SABINE WEISS

Blutige Düne

Weitere Titel der Autorin:

Aus der Reihe um Liv Lammers
Schwarze Brandung
Brennende Gischt
Finsteres Kliff

Historische Romane
Hansetochter
Das Geheimnis von Stralsund
Die Feinde der Hansetochter
Die Tochter des Fechtmeisters
Die Arznei der Könige
Die Perlenfischerin
Der Chirurg und die Spielfrau

Über die Autorin:

Sabine Weiß, Jahrgang 1968, arbeitete nach ihrem Germanistik- und Geschichtsstudium als Journalistin. Seit 2007 veröffentlicht sie erfolgreich Historische Romane und liebt es, im Camper auf den Spuren ihrer Figuren zu reisen, um direkt an den Schauplätzen zu recherchieren. Nach *Schwarze Brandung*, *Brennende Gischt* und *Finsteres Kliff* ist dies ihr vierter Kriminalroman. Die Autorin lebt mit ihrem Mann und ihrem Sohn in der Nähe von Hamburg.

Sabine Weiß

BLUTIGE DÜNE

Sylt-Krimi

lübbe

FSC
www.fsc.org
MIX
Papier aus verantwortungsvollen Quellen
FSC® C014496

Dieser Titel ist auch als E-Book erschienen.

Originalausgabe

Lektorat: Dr. Stefanie Heinen
Textredaktion: Stefanie Kruschandl, Hamburg
Einband-/Umschlagmotiv: © iStockphoto: PPAMPicture | Odem1970 | Matthäus Rojek
Umschlaggestaltung: Manuela Städele-Monverde
Satz: hanseatenSatz-bremen, Bremen
Gesetzt aus der Stempel Garamond LT Std
Druck und Verarbeitung: GGP Media GmbH, Pößneck
Printed in Germany
ISBN 978-3-404-17975-6

2 4 5 3 1

Sie finden uns im Internet unter
www.luebbe.de
Bitte beachten Sie auch: www.lesejury.de

1

Mörderkuhle, zwischen Tinnum und Keitum, Samstag, 23. September, 4.45 Uhr

So bebend, wie er zusammengebrochen war, kam er zu Bewusstsein. Schmerz durchfuhr ihn und fegte die Ohnmacht hinweg. Er spürte, wie sein Körper zuckte. Gleißende Lichter zersplitterten auf seiner Netzhaut, aber um ihn herum war es stockfinster. Der Sturm heulte, er zerrte an seinen Haaren, fuhr ihm wie Messer in die Ohren. Seine Muskeln krampften. Einen klaren Gedanken zu fassen fiel ihm schwer, weil sein Schädel brummte. Saukalt war ihm. Die Erkenntnis traf ihn wie ein Schlag – er war nackt! Aber wieso … Wer … Und warum …

Wut explodierte in ihm. Es spielte keine Rolle, wer ihm das antat. In seiner Position gewann man keinen Beliebtheitspreis. Aber niemand legte sich ungestraft mit ihm an!

Rocco bäumte sich auf. Fesseln schnitten in seine Hand- und Fußgelenke. Etwas kratzte an seinem Rücken wie ein Reibeisen. Er kam nicht los! Der Knebel erstickte sein Brüllen im Keim.

Seine Gedanken rasten zurück. Bis zu seinem Filmriss war alles wie immer gewesen. Er hatte Kasse gemacht. Die Nacht war lukrativ gewesen, denn das Ende der Urlaubszeit spülte nach wie vor viele Touristen auf die Insel. Auch für ihn würde einiges hängenbleiben, womit sein Traum in greifbare Nähe rückte.

Beim Absperren der Bar war er entsprechend wachsam

gewesen. Das Geld und sein Butterfly in der Tasche, Dogo eng an der Führleine. Eigentlich wäre Marcel bei ihm gewesen, heute jedoch ...

Sturmböen hatten ihn über den Parkplatz getrieben. Er hatte Dogo in den Audi gescheucht, war selbst hinterhergesprungen. Im Wagen hatte Dogo nervös gegrollt, doch ehe Rocco hatte reagieren können, hatte sich vom Rücksitz aus ein Angreifer auf ihn gestürzt. Heftige Krämpfe hatten ihn geschüttelt, und dann musste er weggetreten sein. Ein Taser vermutlich, den schmerzenden Stellen an seinem Hals nach zu urteilen. Warum hatte er den Audi A8 nicht auf Aufbruchspuren kontrolliert? Warum nicht schneller auf die Warnung seines Dogo Canario reagiert? Die Kanarische Dogge war doch bekannt für ihre Wachsamkeit. Er hätte sich in den Arsch beißen können für seine Nachlässigkeit! Das bisschen Sturm und Regen ...

Inzwischen hatten sich seine Augen an die Dunkelheit gewöhnt. Vor ihm erstreckte sich die Landschaft. Windgebeugte Äste peitschten über ihm den Nachthimmel. Der Sturm zerrte an zerzausten Büschen und hohen Gräsern. In der Ferne sah er Lichter blitzen. Niemand war zu sehen. Kein Meeresrauschen, nur das Gebrüll des Sturms. Jetzt zitterte er vor Kälte und vor Zorn. Wo war er? Warum hatte man ihn überfallen? Ging es um die Kohle? Um den Stoff? Aber warum war er nackt? Und wo war sein Hund?

Von irgendwo drangen dumpfes Poltern und Hämmern an sein Ohr. Plötzlich gleißendes Licht – ein Handstrahler flammte vor ihm auf. Rocco kniff die Augen zusammen. Gleich darauf hörte er ein metallisches Zirpen. Das Geräusch traf ihn bis ins Mark: Ein Messer, das verdächtig wie sein Butterfly klang, war aufgeklappt worden. Ein breiter Umriss bewegte sich hinter dem Lichtkeil. Erregung pulste in Roccos

Schläfen. Er wollte schreien, doch der Knebel reizte ihn nur zum Würgen.

Die Gestalt näherte sich. Sosehr Rocco auch ins Licht starrte, so wenig erkannte er. Jetzt! Der Kerl hielt etwas in den Händen. Dazu ein Rascheln.

»Ein hübsches Sümmchen hattest du in der Tasche. Wie viel wolltest du denn für dich auf die Seite schaffen? Alles?« Die Stimme war kalt. Und sie war ihm unbekannt, das registrierte Rocco, obgleich er kurz vor dem Durchdrehen war.

Die Einnahmen aus der Bar! Wild riss Rocco an den Fesseln. Könnte er doch nur die Hände oder Füße freibekommen! Er war für die Kohle verantwortlich. Er würde zur Rechenschaft gezogen werden, wenn …

Heiß quoll es über seine Handgelenke. Seine Daumen waren mit Kabelbindern hinter dem Stamm aneinandergefesselt. Da war ein Profi am Werk. War dieser Typ etwa …

Der brutale Hieb zerschlug jeden Gedanken. Feuerwerk in der Hirnschale, Eisengeschmack im Mund. Rocco hatte die Wucht eines Schlagrings schon lange nicht mehr am eigenen Leibe zu spüren bekommen. Sich an seinen Waffen zu vergreifen! Er schüttelte die Benommenheit ab. Erneut bäumte er sich auf.

»Ich werde den Knebel entfernen. Du wirst mir verraten, was ich wissen will. Du wirst nicht schreien, sonst schlitze ich erst deinem Köter die Kehle auf und dann dir.« Die Messerschneide blitzte im Lichtschein auf und zuckte seitwärts.

Nun entdeckte Rocco das Bündel hinter dem Typen. Was hatte dieses Arschloch seinem Hund angetan?

Der Fremde entfernte den Knebel. Er trug Latexhandschuhe, das registrierte Rocco noch.

»Du Wichser wagst es …«, brüllte Rocco. Ohne Rücksicht auf Verluste strampelte er mit Händen und Füßen.

»Du hast es so gewollt. Schau hin, das ist deine Schuld.« Der Fremde zerrte Dogos eigentümlich schlaffen Leib heran.

»Pack zu, Dogo! Fass!«, schrie Rocco.

Eigentlich sollte der kräftige Molosserhund dem Mann auf seinen Befehl hin an die Kehle gehen, aber der Hinterlauf des Kampfhunds zuckte lediglich. Der Fremde stellte seinen Fuß auf Dogos Hals und setzte die Klinge an. Machte dieser Scheißkerl etwa ernst?!

»Stopp! Hör auf! Lass uns … reden.« Nur mühsam hielt Rocco seine Stimme im Zaum.

Panik mischte sich in seinen Zorn. Einem Tier so etwas anzutun! Was wollte dieser Irre von ihm? Unauffällig zerrte er wieder an den Fesseln. Die Haut an seinem Daumen wurde schmerzhaft eingerissen. Weiteres Blut rann seine Hand hinunter – egal! Auch ohne Daumen würde er dem Kerl jeden Knochen einzeln brechen und ihn dann schön langsam umbringen, das schwor er sich.

Als sein Gegenüber die erste Frage stellte, begriff Rocco zunächst einmal gar nichts. Aber dann wurde ihm klar, dass es um Leben und Tod ging. Um seinen Tod.

* * *

Schweiß brannte in ihren Augen. Sie fror und schwitzte zugleich. Platzangst brachte ihr Herz zum Rasen. In ihrem Nacken schmerzte es, als würden heiße Nadeln hineingestochen. Immer wieder hämmerte sie gegen die Kofferraumklappe, zumindest glaubte sie, dass es eine war, denn sehen konnte sie nichts. Stickig und eng war dieses Gefängnis, noch schlimmer als … Der Gedanke ängstigte sie zutiefst.

Reiß dich zusammen, ermahnte sie sich. Denk nach! Erneut tastete sie die Ränder der Klappe ab. Sie musste einen

Hebel, eine Lücke finden! Endlich erfühlten ihre Finger eine Ritze. Sie presste und zerrte an den Kanten, bis ihre Fingernägel brachen. Es war aussichtslos. Jetzt suchte sie die Fläche unter sich ab. Gab es denn hier nichts, womit sie sich verteidigen konnte?

Das Blut rauschte in ihren Ohren. Ihr Hals war bereits wund, und trotzdem schrie sie, so laut es nur ging. Irgendjemand musste sie doch hören, musste ihr helfen, ehe sie erstickte oder er zurückkam. Sie musste hier raus, musste abhauen, bevor er ihr noch mehr antun konnte.

2

9.40 Uhr, im Luftraum über der Nordsee vor Sylt

»Meine Püppi, ich will meine Püppi haben!«, quengelte Lotte. Das Gesicht der Fünfjährigen war aufgequollen vom Weinen. Marion machte sich Vorwürfe. Wie hatten sie die Puppe nur auf dem Düsseldorfer Flughafen vergessen können!

»Erinnerst du dich an den Hasen Felix aus dem Buch, das ich dir so oft vorgelesen habe? Der hat auch alleine eine schöne Reise unternommen«, sagte sie aufmunternd zu ihrer Tochter.

»Ich will aber Püppi bei mir haben!«

Hilfesuchend sah Marion Neublöhler ihren Mann an. Den ganzen Flug ging das schon so. Vermutlich verstärkten die Turbulenzen Lottes Trotz. Auch Marion war flau im Magen. Am Nordseestrand liebte sie eine steife Brise, aber konnte der Wind nicht bitte bei der Landung eine Pause machen? Doch im Grunde sollte sie sich nicht beklagen: Wenn so ein Sturm wie gestern herrschen würde, wäre der Flug abgesagt worden.

»Ich hab dir doch gesagt, dass wir in Westerland eine neue Püppi kaufen«, sagte Thomas geduldig.

Marion suchte dankbar die Hand ihres Mannes. Sie hatten auf Sylt ihre Flitterwochen verbracht und kehrten jedes Jahr auf die Insel zurück. Es war eine besondere Zeit, ihre Zeit. Marion Neublöhler wollte sie sich nicht durch diese Panne verderben lassen.

Sie sah aus dem Fenster. Die Wolken flogen vorbei. Glücklicherweise dauerte der Flug nur sechzig Minuten. In einer weiteren Stunde hätten sie im Hotel eingecheckt, ein Spielzeuggeschäft besucht und würden mit einem Aperitif in einem netten Restaurant mit Meerblick sitzen, während ihre Tochter glücklich mit der neuen Puppe spielte.

Die Stimme aus dem Cockpit riss Marion aus ihren Gedanken: »Wir befinden uns im Landeanflug auf Sylt. Es könnte wegen der Böen etwas holprig werden. Auch wenn es Ihnen vielleicht nicht so vorkommt: Der Sturm macht gerade eine kleine Pause. Sie brauchen sich nicht an den Sitzlehnen festhalten, die fallen mit runter …«, verkündete der Pilot launig.

Vereinzeltes Gelächter im Flugzeug, aber Marion bemerkte, dass nicht nur sie sich an der Armlehne festkrallte.

Lotte rieb sich die verweinten Augen. »Ich will aber meine –«

»Schau lieber aus dem Fenster«, unterbrach Marion ihre Tochter. »Das Meer und die vielen Häuser, sieht das nicht aus wie im Miniaturwunderland?« Als sie im Frühjahr in Hamburg diese Miniaturwelt besucht hatten, war Lotte begeistert gewesen.

Tatsächlich verstummte das Mädchen für einen Augenblick. Auch Marion war verzaubert. Die Sonne hatte einen kristallinen Keil in die Wolkenbank geschlagen und kitzelte urplötzlich aus diesem Septembertag die schönsten Herbstfarben heraus.

Erst aus der Luft erkannte man wirklich, wie filigran die Insel war. Ein lang gestreckter Streifen Land, der unverdrossen dem heranrollenden Meer trotzte. Sylt war ein zerklüfteter Wellenbrecher vor dem Festland. Das Meer ein Gemälde in Azur-, Türkis- und Smaragdtönen. Weiß gekrönt tanzte die Brandung an der Westküste, braungrün liebkoste sie die Wattseite. Die Facetten des Sands begeisterten Marion, vom karamellfarbenen Watt zu dem wüstenartigen Pulversand der Wanderdünen. Dazu das viele Grün: Wäldchen, Felder, Dünengras. Die Leuchttürme an den Enden der Insel in Hörnum und List, aber auch in Kampen, reckten sich in den Himmel, genauso wie etliche Kirchen. Die vielen Häuser, die sich mit ihren Reetdächern in die Landschaft schmiegten. Die zarte Taille Sylts. Unwillkürlich fürchtete Marion, dass eine heftige Sturmflut die Insel an den schmalsten Stellen auseinanderreißen könnte. Hörte man nicht immer wieder von Orkanen, die ganze Inseln verschlangen?

Sie flogen eine Schleife über die Inselhauptstadt Westerland, in der die Häuser nicht immer so schön, aber praktisch waren. Das Flugzeug legte sich schief und wurde von erneuten Turbulenzen geschüttelt. Marions Magen drängte nach oben. Dankbar spürte sie, wie Thomas ihre Finger drückte. Gleich hatten sie es geschafft. Wie sie sich auf ihren Urlaub freute!

Unter ihnen tauchten die Landebahnen auf. Die Spielzeugautos schienen größer zu werden. Menschen waren zu erkennen, Pferde und Schafe. Ein paar Sekunden noch, dann würden die Räder aufsetzen.

»Die Puppe …« Lotte presste die Nase gegen das kleine Oval der Scheibe. Sie klang aufgeregt.

Marion schluckte gegen die Übelkeit an. »Nun hör doch mal auf mit deiner Püppi!«

Das Mädchen wies aus dem Fenster. Im letzten Augenblick sah Marion, was ihre Tochter am Rande des Wäldchens entdeckt hatte, dann waren sie vorbeigerast.

»Nein, nicht Püppi. Ich meinte die komische, hässliche Puppe da …«, sagte Lotte trotzig.

Marion beugte sich noch einmal vor, aber es war zu spät. Sie versuchte das Bild abzuschütteln. Da hatte nicht wirklich ein Nackter in einem Baum gehangen?

3

Westerland, 12.23 Uhr

Liv trug das Surfbrett aus der Brandung. Auch wenn im September das Meer noch aufgeheizt vom Sommer war, zitterte sie am ganzen Leib. Der Ritt über die Wellen war erfüllend, aber auch kräftezehrend gewesen. Geschick, Tempo, Kraft – die Nordsee vor dem Brandenburger Strand hatte sie komplett gefordert. Dabei war der Sturm, der gestern über die Insel gefegt war, deutlich abgeflaut. Aber mit seiner kraftvollen Brandung und den Sandbänken war es eben ein anspruchsvolles Surfrevier, nicht umsonst maßen sich hier alljährlich die weltbesten Windsurfer.

Am Strand puderte feiner Sand ihre Füße. Liv legte Board und Rigg hin, wrang das Salzwasser aus den langen rotblonden Haaren und ließ den Blick schweifen. Obgleich Wolkenbank und Sonne noch um die Vorherrschaft kämpften, belebte sich der Strand vor der Westerländer Promenade stetig. In den Übergangsmonaten war das Wetter auf Sylt wie eine Wundertüte. Liv liebte die Nordseeküste bei jeder Witterung. Wenn die Sonne im Meer glitzerte und die Dünen oder das Kliff zum Strahlen brachte, kam sie zur Ruhe. Wenn der Sturm das Meer aufbäumte, Dünengräser durchzauste und Bäume in ihre windschiefe Form zwang, fühlte sie sich quicklebendig. Und sie liebte den Sound des Meeres: das Brodeln der Brandung genauso wie das Knistern und Glucksen des Watts, das heisere Rascheln des Strandhafers und des Flugsands, das Lied der Meerstrandläufer ebenso wie das gehässige Keckern der Möwen. Glasblau brandete die Nordsee vor ihr an den Strand und ließ Millionen winziger Tropfen aufsprühen, die in der Luft funkelten. Liv genoss das Glück dieses Augenblicks. Sie schmeckte das Meersalz auf den Lippen und atmete so tief ein, dass sie die Nordseeluft bis in ihre Schlüsselbeine und hinein in das Zwerchfell zu spüren meinte.

Jetzt suchte sie die Nordsee nach Sanna und Jan ab. Endlich hatte Liv die Jugendlichen entdeckt, die weit draußen mit den Wellen kämpften. Gebannt sah sie zu, wie Jan auf seinem Board zu einem Frontloop ansetzte: Ihr sechzehnjähriger Neffe war ein erfahrener Windsurfer. Sein Freund Kimi war sogar noch besser; bei ihm hatte das Surfen eine akrobatische Leichtigkeit. Es machte Spaß, den beiden bei ihren Manövern zuzusehen.

Einen Augenblick liebäugelte Liv damit, sich wieder in die Wellen zu stürzen. Ihre Augen suchten ihre Tochter. Sanna kämpfte mit einer Halse. Auch dieses Mal gelang der Bugwechsel nicht, und ihre Tochter landete im Wasser. Sicher hätte Liv ihr den einen oder anderen Tipp geben können, aber Sanna war fünfzehn, und die Letzte, auf die sie derzeit hören würde, war die eigene Mutter. Sanna nabelte sich ab, das war unverkennbar. Dass Liv mit ihren dreißig Jahren selbst noch jung war, gerne feierte und flirtete, machte ihr Zusammenleben nicht einfacher. Und der Streit ums Geld setzte ihnen natürlich auch zu. Seit Wochen lag Sanna ihr in den Ohren, weil sie am Schüleraustausch teilnehmen wollte; ausgerechnet nach Japan sollte es gehen. Alle ihre Freundinnen fuhren mit. Natürlich wollte Liv ihrer Tochter diese Chance gerne geben, aber mit ihr als Alleinverdienerin war das Familienbudget eben knapp. Zumal sich die nächste Reparatur ihres altersschwachen Bullis abzeichnete. Immerhin hatte sich das

Verhältnis zwischen ihr und Sanna auf Sylt ein wenig entspannt. Katharina, Livs älteste Freundin und wie Liv waschechte Insulanerin, feierte heute ihren Geburtstag, weshalb sie und Sanna ein langes Wochenende in lockerer Runde auf Sylt verbrachten. Sanna war oft mit ihrem Cousin Jan unterwegs, der auf der Nordseeinsel lebte und ausnahmsweise nicht im Internat war.

Liv fasste in die vordere Schlaufe des Boards und ergriff mit der anderen Hand den Gabelbaum. Ihre Freunde hatten gerade die Logenplätze vor dem Restaurant Sunset Beach verlassen und waren im Aufbruch befindlich. Katharina reichte ihr ein Badehandtuch.

»Wir gehen jetzt in die Welle. Sehen wir uns gleich im Schwimmbad?«, fragte sie.

»Auf jeden Fall. Wir kommen nach.« Liv kuschelte sich in das flauschige Handtuch.

»Aber lass uns nicht so lange warten. Wir haben noch was vor«, sagte Arian und blinzelte Liv zu. Er war, wie Katharina, ein ehemaliger Klassenkamerad, den Liv jedoch jetzt zum ersten Mal seit langer Zeit wiedergetroffen hatte.

»Ihr zwei habt was vor? Noch vor meiner Feier?« Katharina grinste.

Liv buffte sie liebevoll. »Sei nicht so neugierig.« Tatsächlich war Arian ein kantiger Typ, der Liv durchaus in Versuchung hätte führen können. Allerdings war sie noch dabei, sich von der intensiven Affäre zu erholen, die sie im Sommer viel Herzblut und einige Nerven gekostet hatte. Sowieso hatte sie jetzt gerade keine Zeit für irgendwelche Flirts. Jetzt ging es um einen Geheimauftritt, den Katharinas Freunde für heute Abend planten. Liv hatte ihre Cajón aus Flensburg mitgebracht, das Schlagzeug hätte neben den Surfbrettern kaum in den Wagen gepasst.

Als die Freunde gegangen waren, schenkte Liv sich Tee aus der Thermoskanne ein und schmeckte der Mischung aus Lemongras und Pfefferminz nach. Wind, Wellen, freie Sicht, geliebte Menschen – mehr brauchte sie nicht.

Auch Sanna und die beiden Jungs kamen nun an Land. Liv ging ihnen entgegen. Ihre Tochter stürmte voraus, die Unzufriedenheit hatte einen Keil zwischen ihre Augenbrauen getrieben. Sanna war ehrgeizig, auch beim Handball. Kitesurfen oder Longboardfahren trainierte sie verbissen.

Liv wollte ihr mit dem Board helfen. »Das war doch schon super! Wenn du möchtest, dann zeige ich dir noch mal …«

Sanna drehte sich weg. »Doch. Schon. Super«, wiederholte sie gereizt. »Danke, kein Bedarf! Von meinem Vater habe ich auf jeden Fall nichts geerbt – auch wenn das alle sagen.«

Die Worte ließen Liv erstarren – das war ein heikles Thema. Nach einer Schrecksekunde eilte sie Sanna nach. »Wer sagt was?«

Sanna fuhr herum. Gänsehaut zeichnete sich an ihrem Hals ab, und ihre Lippen waren blau von der Kälte. »Alle erzählen von meinem Vater, nur du schweigst ihn tot – wie immer.«

Vater, das Wort stieß Liv auf. Erzeuger träfe es besser, dachte sie bitter. »Er ist ja auch tot.« Noch immer spürte Liv Erleichterung über diese Tatsache, gleichzeitig schämte sie sich dafür. Boy war ihr Surflehrer gewesen, ihre erste Liebe – und ihr Vergewaltiger. Sanna wusste nicht, unter welchen Umständen sie gezeugt worden war, und sie sollte es auch nie erfahren, wenn es nach Liv ging.

Jan und Kimi hatten sie eingeholt – die Neoprenanzüge halb geöffnet, Meerwasser an den langen Wimpern, versprengte Sandkörner im Gesicht. Jan blickte verwirrt von einer zur anderen. Auch Livs Verhältnis zu Jan hatte sich beinahe normalisiert, das wollte sie nicht gefährden.

Ihre Familiengeschichte war kompliziert und voller Fallstricke. Als sie Teenager war, hatten traumatische Ereignisse zum Bruch mit ihrem Elternhaus geführt. Von ihrem gewalttätigen und tyrannischen Vater war Liv verstoßen und enterbt worden. Nur mit Hilfe ihrer Großmutter Elise hatte sie es geschafft, trotz des Babys ihre Schule zu beenden und eine Ausbildung zu machen. Nie wieder hatte sie etwas mit ihrem Vater Ocke zu tun haben wollen, der durch dubiose Immobiliengeschäfte reich geworden war.

Im letzten Jahr hatte allerdings ein Fall dazu geführt, dass Liv zum ersten Mal nach vierzehn Jahren wieder mit ihrer Schwester Annika gesprochen hatte. Und auch ihrem Vater war sie wieder begegnet. Allein bei der Erinnerung daran stellten sich ihre Nackenhaare auf.

Mit Jan hatte Liv sich allerdings sofort gut verstanden. Als sie erfahren hatte, dass ihr Neffe genauso unter dem hartherzigen Patriarchen Ocke zu leiden hatte wie sie damals, hatte es für sie kein Halten gegeben. Jan jedoch hatte gegen ihre Einmischung protestiert und den Kontakt zu Liv abgebrochen. Erst langsam und mit Sannas Hilfe hatten sie sich wieder angenähert.

Ehe Liv das Gespräch ins Unverfängliche drehen konnte, ließ ihr Handy aus dem Inneren des Seesacks einen Trommelwirbel ertönen.

»Ich muss da ran«, sagte sie entschuldigend. »Geht schon mal voraus zum Bulli und dann in die Welle.«

»Und wieder das Thema umschifft. Toll, Mam«, sagte Sanna ironisch. Kopfschüttelnd stapfte sie los.

Liv kramte das Smartphone heraus. Dreimal hatte jemand versucht, sie anzurufen. Ihr Herz schlug schneller. War etwas mit Elise? Ihre geliebte Großmutter war allein in Flensburg geblieben, weil sie arbeiten musste. Mit ihren sechsundsiebzig Jahren startete Elise gerade beruflich noch einmal so richtig durch.

Nervös entsperrte Liv das Handy. Die Erleichterung währte nur kurz – es war nicht Elise, sondern Hilke Hasselbrecht. Was war so wichtig, dass ihre Chefin sie in der Freizeit störte? Liv schätzte die erfahrene Ermittlerin sehr. Hasselbrecht leitete das K1, die Mordkommission Flensburg, mit Menschenkenntnis und Wärme. Mit Ende zwanzig hatte Liv das K1 bei einem Fall von häuslicher Gewalt unterstützt und war daraufhin von Hilke Hasselbrecht eingeladen worden, sich auf eine freie Stelle bei den Mordermittlern zu bewerben. Die K1-Chefin hatte ihr seitdem viele Chancen gegeben und ihr auch oft genug den Rücken gestärkt.

Hasselbrecht nahm sofort ab. »Ich habe bei Ihnen zu Hause angerufen. Ihre Großmutter berichtete mir, dass Sie auf Sylt sind, Liv. Wir haben einen Toten. Sie wissen ja, wie knapp wir durch Krankheit und Urlaub besetzt sind. Ich selbst bin derzeit unabkömmlich, und bis die Kollegen aus Flensburg auf der Insel eintreffen …«

Es gab zwar eine Kriminalpolizei auf Sylt, für Verbrechen gegen das Leben war jedoch die Mordkommission Flensburg zuständig. Auch die Spurensicherer vom K6 kamen aus der Fördestadt, während der Rechtsmediziner sich von Kiel aus auf den Weg machen musste.

»Wo wurde die Leiche gefunden?«

»Zwischen Tinnum und Keitum in der Nähe der …« Hasselbrecht blätterte, dem Geräusch nach zu urteilen, in ihren Notizen, »… Mörderkuhle. Wenn das ein Scherz sein sollte, kann ich nicht darüber lachen.«

Liv klemmte das Handy zwischen Ohr und Schulter, hängte sich den Seesack über und packte Board und Rigg. »In der Mörderkuhle ist bisher nie jemand ermordet worden«, sagte sie, während sie auf die Promenade zuging. »Aus der Baugrube im Inselinneren wurde der Sand für den Hindenburgdamm geschaufelt – bei so mörderischer Hitze, dass einer der Arbeiter dabei starb. Daher hat der Ort seinen Namen. Später verkam die Senke zur Müllkippe. Als Kinder haben wir dort ab und zu nach Schätzen gesucht.«

»Ein Kind hat die Leiche entdeckt.«

Die Polizistinnen schwiegen einen Augenblick. Niemand sollte eine Leiche finden, schon gar nicht ein Kind. Dann fasste Hasselbrecht den bisherigen Ermittlungsstand zusammen. »Es tut mir leid, dass ich Sie damit belästige, aber …«

»Schon gut. Ich bin auf dem Weg.«

»Das hatte ich gehofft. Danke, Liv. Ich habe Hennes und die Kriminaltechnik losgeschickt. Ihr Partner hatte Sehnsucht nach Sylt.«

Das war pure Ironie, aber Liv freute sich über diese Nachricht. Der Querkopf Hennes und sie hatten sich nach anfänglichen Problemen zu einem guten Team entwickelt.

Liv erklomm den Dünenpfad und lief barfuß über Steinweg und Asphalt. Familien, Paare in Daunenjacken und einzelne Urlauber strömten ihr auf dem Weg zum Strand entgegen.

Sie hatte ihren VW Bulli in einer Seitenstraße abgestellt. Sanna und Jan waren schon nicht mehr zu sehen. Liv verstaute ihre Surfausrüstung ebenfalls auf dem Dach und zog sich in der engen Kabine um. Das Meersalz brannte auf ihrer Haut, und Sand schmirgelte zwischen ihren Zehen, doch die Dusche würde warten müssen. Ihre Klamotten – Jeans und Hoodie – waren ziemlich leger. Aber glücklicherweise gab es ja keinen Dresscode für Kommissare. Über die nassen Haare kam eine Mütze. Schnell schickte sie an Katharina und ihre Tochter Kurznachrichten. In Gedanken war Liv jedoch bereits in der Mörderkuhle. Wie immer zu Beginn eines Falls fühlte sie sich, als wäre ein Faden in ihrem Inneren bis zum Zerreißen gespannt.

Mit ihrem röhrenden, ruckelnden Campingbus quälte Liv sich durch den Verkehr der Inselhauptstadt, der aufgrund der zahlreichen Baustellen nur zäh floss. Der September war auf Sylt noch immer Hauptsaison. Mit Glück erlebte man wunderbar heiße Strandtage, aber ohne die Menschenmassen des Sommers, wo fast jedes Quartier und auch etliche Restaurants ausgebucht waren. Erst nach dem Windsurf World Cup Ende des Monats würde es ruhiger auf der Insel werden. Sie passierte die Tinnumer Supermärkte sowie das Industriegebiet und folgte der Keitumer Landstraße. Zwischen Flughafen und Feldern musste sie gegenlenken, um den schwergängigen T3 auf Spur zu halten, der Wind war noch immer böig.

Ein Streifenpolizist blockierte den Abzweig, der zum Tierheim, dem Schutzgebiet des Deutschen Tierschutzbundes und den Pferdekoppeln führte. Die Mörderkuhle erstreckte sich rechts bis etwa zum Kleingartenverein Keitum. Liv wies sich aus. Der Kollege ließ sie passieren. Weitere Polizisten hatten großräumig Wäldchen, Weg und Brachfläche abgesperrt. Hinter einem Mannschaftswagen stellte Liv den Bulli ab. Der Wind trug Hundegebell aus dem Tierheim zu ihr.

Momke Nebber nahm sie in Empfang. Der Sylter Kollege hatte in den vergangenen Monaten leicht zugelegt, sodass das schrillgrüne Hemd über seinem Bauch spannte. Sein von hellblonden Haaren eingefasstes Gesicht rötete sich bei ihrem Anblick noch mehr.

»Nun guck doch nicht so – hast du noch nichts davon gehört, dass auch Männer schwanger werden?«, fragte Momke grinsend.

Liv umarmte ihn überrascht. »Ioanna ist schwanger? Glückwunsch!«

»Fünfter Monat. Ich habe schon mal Elternzeit beantragt. Freue mich auf eine Pause«, seine Züge verdüsterten sich, »von dem hier.«

»Ach, komm, eigentlich ist Sylt doch sehr sicher«, sagte Liv tröstend. Bei den meisten Verbrechen bestand auf der Insel eine Null-Lage, andere kamen nur marginal vor. Selbst die Anzahl an Eigentumsdelikten war, wenn man die Vermögenswerte auf Sylt betrachtete, verschwindend gering. Aber vermutlich war auch bei Momke die Erinnerung an ihren letzten gemeinsamen Mordfall noch frisch – ein Fall, der sie alle sehr mitgenommen hatte.

Momke zupfte an seinem Hemd, als wolle er den Stoff etwas dehnen. »Neuerdings habe ich auch so seltsame Gelüste. Also essenstechnisch, meine ich. Soll doch mit der Schwangerschaft manchmal auftreten«, murmelte er.

Unwillkürlich musste Liv grinsen. »Bei Frauen, ja.«

»Machst du dich etwa über mich lustig?«

»Wie könnte ich? Wenn man ein Kind bekommt, verändert sich das ganze Leben – warum soll man sich selbst nicht auch verändern?«

Liv erinnerte sich kaum an ihre eigene Schwangerschaft, war diese doch von zermürbenden Auseinandersetzungen mit ihrem Vater und ihrer Schwester überschattet gewesen. Zerwürfnisse, die schließlich zum Eklat und zu Livs Weggang von Sylt geführt hatten.

Sie gingen auf den Krankenwagen zu, neben dem ein Mietwagen stand. Es war ein Porsche; viele Gäste wollten zumindest im Sylt-Urlaub mal einen Luxuswagen genießen.

Der Wind zauste Livs langes Haar, weshalb sie es fester zusammenband und die Kapuze ihrer Barbourjacke hochschlug.

»Der Erste Angriff läuft. Wegen der Witterung haben wir angefangen, den Toten abzukleben und weitere Spuren zu sichern. Hasselbrecht hat veranlasst, dass Fährtenhunde eingesetzt werden«, berichtete Momke.

»Ist die Familie noch da? Ich würde gerne mit dem Kind sprechen, das die Leiche entdeckt hat«, sagte Liv.

»Das dachte ich mir. Die Familie wird gerade medizinisch betreut. Sie sind etwas geschockt, verständlicherweise. Willst du zuerst die Leiche sehen?«

»Wissen wir schon, wer er ist?«

»Naan«, verneinte Momke auf Sylterfriesisch. »Weder Brieftasche noch Handy. Wir hoffen, dass die Fingerabdrücke in den Datenbanken zu finden sind.«

»Dann spreche ich erst mit der Familie, die hat lange genug gewartet.«

Im Mannschaftswagen entdeckte sie ein Mädchen, das sich an seine Mutter kuschelte und am Daumen lutschte. Die Kleine war komplett in Türkis gekleidet, in den Sohlen ihrer Turnschuhe blinkten LED-Lichter. Neben ihnen stand eine Packung mit durchsichtiger Oberseite, in der eine Puppe steckte.

»Ich bin Liv Lammers von der Mordkommission in Flensburg. Meinen Kollegen Momke Nebber kennen Sie ja bereits. Bitte entschuldigen Sie die Wartezeit.«

Der Mann verzog niedergeschlagen das Gesicht. »Kommt nicht mehr darauf an, der Tag ist sowieso im Eimer.«

»Sag das nicht! Wir machen es uns gleich noch schön«, versuchte seine Frau, ihn aufzuheitern.

»Bitte schildern Sie uns noch einmal ausführlich, wie Sie …« Liv zögerte angesichts des kleinen Mädchens.

»Lotte hat die unheimliche Puppe entdeckt«, sagte Marion Neublöhler schnell. Sie drückte ihre Tochter enger an sich. »Wir waren gerade im Landeanflug. Als Lotte sie mir zeigte, konnte ich im Vorbeifliegen gerade noch einen Blick auf sie erhaschen. Ein unglaublicher Anblick!«

Lotte hatte den Daumen aus dem Mund genommen und betrachtete ihn versonnen. »So eine hässliche Puppe!«, sagte sie entschieden.

Die Frau kämpfte mit den Tränen. »Der Anblick hat mir keine Ruhe gelassen. Also habe ich darauf bestanden, dass wir nach dem Einchecken mit dem Mietwagen hier vorbeifahren. Wir haben dann schon aus einiger Entfernung gesehen, dass etwas nicht stimmt, und ich bin mit Lotte zum Auto zurück. Mein Mann hat sich vergewissert, dass ... wir sonst nichts tun konnten.«

Ihr Mann rieb ungeduldig über die Knie. »Wir könnten so schön bei Gosch sitzen und mit einem Glas Wein in der Hand den Ausblick genießen! Stattdessen ...«

»Wir sind gleich fertig, dann können Sie los«, sagte Liv. Sie hockte sich neben das Mädchen, sodass sie mit ihm auf Augenhöhe war, und lächelte es an. »Ist dir sonst etwas aufgefallen? War da jemand bei der Puppe? Oder stand da ein Auto?«

Lotte schüttelte entschieden den Kopf. Doch dann schob sie ihre Zunge in eine Zahnlücke. Liv ließ ihr Zeit. »Da war ein Hund. Oder ein Bambi. Ganz nah«, sagte die Kleine schließlich.

Liv ließ sich das Tier genauer beschreiben. Es hörte sich eher nach einem Hund als nach einem Reh an, aber irgendwo würde es hoffentlich Spuren geben. Fraglich war ohnehin, ob diese Beobachtung etwas mit dem Mord zu tun hatte. »Danke, dass du so gut aufgepasst hast«, sagte sie zu Lotte.

»Wird die hässliche Puppe jetzt weggebracht?«

»Das wird sie«, versicherte Liv ihr.

Lotte nickte zufrieden. Das Mädchen ließ sich vom Schoß ihrer Mutter gleiten und hüpfte aus dem Wagen.

Liv richtete noch einmal das Wort an Thomas Neublöhler. »Sie waren also als Einziger bei der Leiche. Haben Sie den Toten angefasst?«

»Nein. Ich habe Abstand gehalten. Es war schon von Weitem zu sehen, dass jede Hilfe zu spät kommt. Und sonst ist mir auch nichts aufgefallen.« Er blinzelte ein paarmal, als könne er so die Erinnerung an diesen Anblick verdrängen. »Gut nur, dass Lotte nicht begreift, was sie gesehen hat.«

Liv dankte den Eltern und erklärte ihnen, dass sie das Gesprächsprotokoll noch unterschreiben müssten. Sobald die Kriminaltechniker ihre Schuhabdrücke für einen Abgleich genommen hatten, könnten sie gehen.

»Du hast deine neue Puppe vergessen!«, rief Thomas Neublöhler seiner Tochter hinterher. Ratlos hielt er die Packung in den Händen, denn Lotte wollte sie nicht mehr.

Längs des Wäldchens hatten die Polizisten die Spurengasse, einen schmalen Pfad, zum Betreten freigegeben. Der Trampelpfad führte leicht bergan. Rechts von ihnen wies ein Pfosten mit einem aufgemalten weißen Hufeisen auf einen Reitweg hin, der überraschend steil in eine grüne Senke abfiel, wild und geheimnisvoll. Wenn man mit dem Auto vorbeifuhr, ahnte man nicht, dass es hier diese Höhenunterschiede gab. In der Nähe des Spurenpfads wurden Reifen und Fußabdrücke mit Spurenmarken versehen. Auf einer windgebeugten Fichte zankten Krähen. Ein Flugzeug zog unter ohrenbetäubendem Donnern über sie hinweg, es wurde von den Positionslichtern der Landebahn bereits erwartet. Zwischen der letzten Baumreihe und der Brachfläche vor dem Flughafen hatte die Polizei einen Sichtschutz errichtet. Mehrere Polizisten in Schutzkleidung mühten sich, einen Faltpavillon zum Spurenschutz aufzustellen, was wegen des Winds, der vielen Bäume und des unwegsamen Geländes schwierig war.

Soweit Liv erkennen konnte, hing die Leiche in einem abgestorbenen Baum. Der Ort war öffentlich und zugleich versteckt. Dass anscheinend niemand etwas beobachtet hatte und der Tote erst jetzt gemeldet worden war, musste dem gestrigen Sturm geschuldet sein, der nicht gerade zu einem Ausritt oder einem Besuch auf der Pferdekoppel eingeladen hatte.

Zwei Gestalten in weißen Tatort-Schutzanzügen machten sich an dem Toten zu schaffen. Die Anwesenheit des einen überraschte sie. Dafür gab es nur eine Erklärung.

»Ich wusste gar nicht, dass Sie auch Ferien auf Sylt machen, Doktor Gerlich«, sagte Liv.

Der Angesprochene drehte sich um. Das feingeschnittene Gesicht mit der runden Brille wurde eng von dem Overall umrahmt. Gerlich war nur wenig älter als Liv und ein absoluter Überflieger. Vielleicht gingen sie gerade deshalb so distanziert und professionell miteinander um – weil jeder von ihnen wusste, was es hieß, wegen des eigenen Alters nicht ernst genommen zu werden.

»Aber immerhin mit Notausrüstung im Gepäck. Allzeit bereit. Ich halte mich allerdings zurück. Das K6 hat es ja nicht gerne, wenn ich vor der Spurensicherung an der Leiche hantiere.« Der Rechtsmediziner wandte sich wieder seiner Arbeit zu. Tatsächlich waren die Schimpftiraden von Karlpeter Botersen-Evers, dem Leiter der Kriminaltechnik, über Fehlspuren und ihre Verursacher gefürchtet.

Liv hatte Handschuhe und einen Einwegüberzieher aus

ihrem Auto mitgebracht und trat etwas näher heran. Aus sicherer Entfernung nahm sie den Leichenfundort in sich auf.

Sogleich führte die Brutalität der Tat dazu, dass ihr Magen sich verknotete. Nackt und geschunden hing die Leiche des Mannes an dem Baumstamm. Der Tote war nicht übermäßig groß, vielleicht eins achtzig, wirkte aber durchtrainiert. Durch den nach hinten und zur Seite gebundenen, leicht erhobenen Arm und den vornübergesackten Kopf hatte der Körper etwas von einer Jesus-Figur. Der andere Arm hing herunter, die Hand war blutrot. Beim genaueren Hinschauen erkannte Liv, dass Haut und Fleisch am Daumen bis auf den Knochen heruntergerissen waren. Sie stellte sich vor, wie der Mann verzweifelt versucht hatte, sich zu befreien – die Schmerzen mussten grauenvoll gewesen sein. Dazu kamen rote Flecken unter den Achseln, rote Aufschürfungen an den Hacken – vermutlich war er geschleift worden – und ausgefranste Wunden am Oberkörper. An der anderen Hand waren die Fingerspitzen wegen der Daktyloskopie geschwärzt. Und dann war da die Schrift. Auf seine Brust war in krakeligen schwarzen Buchstaben »schuldig« geschrieben. Dem Täter war es offenbar wichtig gewesen, eine eindeutige Botschaft zu hinterlassen. Aber schuldig woran? Worauf wollte der Täter sie, worauf wollte er die ganze Welt hinweisen? Hatte er einen weiteren Hinweis hinterlassen?

Ihr Blick glitt an der Leiche hinunter. Stockte. Wanderte irritiert zurück. Was war das am Geschlechtsteil des Toten? Liv beugte sich vor, konnte es aber nicht genau sehen. Vielleicht wollte ihr Verstand auch nicht wahrhaben, was ihre Augen zu erkennen meinten.

»Ein Vorhängeschloss. Der Täter hat es ihm um die Hoden geklemmt«, sagte Sebastian Gerlich trocken.

Nur mit einiger Anstrengung gelang es Liv, die Übelkeit, die sich ihrer bemächtigte, zu unterdrücken.

»Post mortem, hoffe ich.«

»Das lässt sich noch nicht abschließend sagen.«

Liv spürte, dass sie eine kurze Verschnaufpause brauchte, um sich zu sammeln. Sie sah in die Ferne, schaute über Krüppelkiefern und Holunderbüsche. An einem weiteren Baum baumelte ein alter Autoreifen; eine Kinderschaukel, in die irgendjemand Müll gestopft hatte.

Ihre Gedanken rasten. Wie kam jemand auf so eine Idee mit dem Schloss? Eine solche Signatur, also die persönliche Handschrift des Täters, könnte auf ein Beziehungsdelikt hinweisen. War der Mord vielleicht der Racheakt einer betrogenen Ehefrau? Hatte der Tote eine Geliebte gehabt, und deren Ehemann hatte sich gerächt? Intensive Recherchen im familiären Umfeld des Toten standen an.

Sebastian Gerlich begutachtete den Oberkörper.

»Stichverletzungen. Ein spitzer und ein stumpfer Wundwinkel, was auf ein einschneidiges Messer hindeutet. Allerdings wurden etliche Wunden vermutlich von den Krähen oder Möwen vergrößert. Auch der Regen, der zwischenzeitlich immer wieder eingesetzt hat, dürfte Spuren zerstört haben«, sagte er. »Der Tote hängt hier schon mehrere Stunden. Körpertemperatur, Leichenstarre und Leichenflecken nach zu urteilen, ist der Tod vermutlich in der Nacht eingetreten.«

Liv wunderte sich über die Auskunftsfreude. »Wissen Sie, ob die Waffe, die diese Verletzungen verursacht hat, gefunden wurde?«

»Meiner Kenntnis nach bislang nicht«, murmelte Gerlich. »Aber wie gesagt: Ich halte mich zurück, bis das K6 endlich da ist und die Leiche für mich freigibt.«

Liv beugte sich hinunter, um das Gesicht des Toten besser

erkennen zu können. Etwa vierzig, bärtig, huckelige Nase, die eher nicht vom Schönheitschirurgen, sondern von Fäusten geformt worden war. Derartige Verletzungen konnten aber natürlich auch eine ganz harmlose Ursache haben.

»Etwas anderes dürfte Sie interessieren. Wir müssen allerdings Abstand halten, bis –«

»Schon klar.«

Gerlich ging auf dem schmalen markierten Pfad voran, der zu dem Hang neben dem Baum führte. Mit der Taschenlampe leuchtete er auf den Rücken des Toten. An einer verschatteten Stelle, die auf den ersten Blick nicht einsehbar war, erkannte Liv eine Tätowierung.

Bei dem Anblick durchschoss Liv Adrenalin. Unwillkürlich hielt sie die Luft an. »1%« hatte der Tätowierer in einer Raute in die Haut des Mordopfers gestanzt. War der Tote ein Onepercenter, ein gewaltbereites, gesetzloses Mitglied einer Rockergang? Allerdings kannte sie diese Zeichenkombination bislang nur als Aufnäher auf der Lederkutte.

Auch in Schleswig-Holstein waren die sogenannten Outlaw Motorcycle Gangs ein Problem, das in den vergangenen Jahren mühsam und nur mit hohem Polizeieinsatz eingedämmt worden war. Liv überlegte, ob und wann sie davon gehört hatte, dass MCs auch auf Sylt aktiv waren. Ja, stimmt – jetzt erinnerte sie sich wieder. Vor einigen Jahren war da dieser Skandal gewesen – das Bordell in der Westerländer Fußgängerzone. Dessen Investor hatte angeblich mit den Hells Angels in Verbindung gestanden. Glücklicherweise war dieses Vorhaben aber am Widerstand der damaligen Bürgermeisterin und der Anwohner gescheitert. So oder so musste dieser Mord nun unter einer vollkommen anderen Perspektive betrachtet und mit erhöhter Sensibilität gehandhabt werden.

Liv holte das Smartphone heraus, um ihre Chefin über

diese neue Entwicklung zu informieren. »Ich möchte Sie bitten, die Existenz dieser Tätowierung nicht an die große Glocke zu hängen«, sagte sie vorher noch zu dem Rechtsmediziner.

Gerlich runzelte die Stirn, was in Kontrast zu seinem sonst so glatten, jungenhaften Gesicht stand. Aus der Nähe bestätigte sich, was Liv schon oft gedacht hatte: dass seine Brille anscheinend keine oder kaum Sehstärke besaß. Vermutlich trug er sie nur, um älter und seriöser zu wirken.

»Mir ist bekannt, dass Ihr Kollege Hennes nicht viel von mir hält, aber Sie sollten mich besser kennen«, sagte er.

»Ja, ich …«, begann sie verwirrt. »Entschuldigen Sie, so habe ich es nicht gemeint.«

»Natürlich sind mir die Bedeutungen der verschiedenen Gang-Tatoos bekannt. Allerdings wird das Onepercenter-Zeichen von diversen MCs verwendet, sodass es keinen Rückschluss zulässt, ob der Tote beispielsweise Mitglied der Hells Angels oder der Bandidos war«, erklärte er steif.

»Gut zu wissen«, versicherte Liv schnell. »Es ist nur so: Was Verbindungen zur Organisierten Kriminalität angeht, arbeiten wir nach dem Need-to-know-Prinzip. Natürlich brauchen Sie nichts zu verheimlichen, aber wir werden auch nicht unnötig erwähnen, dass wir in diese Richtung denken.«

Liv rief nun ihre Chefin an. Hasselbrecht würde sofort die für Rockerkriminalität zuständige Abteilung beim LKA informieren. Auch Hennes hatte sich gemeldet: Er und die Kollegen vom K6 hatten die Autoverladung in Niebüll erreicht.

Die Sylter Kommissarin Rabia fing Liv ab. Die Deutschsyrerin war mit Strickpulli, Schal und Kapuzenjacke trotz der Sonne, die inzwischen mit dem Herbstlaub spielte, dick eingepackt. »Gute Nachrichten. Die Datenbank hat einen Treffer ausgespuckt, wir konnten die Fingerabdrücke zuordnen: Der Tote ist René Höpen, genannt Rocco. Geboren 1977, vorbestraft wegen diverser Verstöße gegen das Betäubungsmittelgesetz, Förderung der Prostitution sowie wegen Rohheitsdelikten, wobei Körperverletzung sein Spezialgebiet zu sein schien. Saß ein wegen Steuerhinterziehung. Wir haben eine Anschrift in Westerland, unter der auch eine Frau gemeldet ist, eine gewisse Tamara Hartmack; Höpen ist laut Einwohnermeldeamt allerdings ledig. Die Eltern des Toten wohnen in Kiel«, berichtete sie und rieb die Hände aneinander.

Momke war hinzugetreten. »Außerdem haben wir mit den Mitarbeitern des Tierheims gesprochen. Niemandem ist etwas aufgefallen. Die waren aber auch gerade mit einem Kampfhund beschäftigt, der krank und herrenlos über die Straße irrte. Das arme Vieh hat wohl Giftköder gefressen.«

»Vielleicht war der Kampfhund das Tier, welches das Mädchen bei der Landung gesehen hat.« Liv überlegte laut weiter: »Der Tod ist vermutlich bereits in der letzten Nacht eingetreten. Warum war René Höpen hier? War er hier verabredet? Oder hat sein Mörder ihn hierhergebracht? Warum sollte er das getan haben?« Sie mussten mehr über den Toten und seine Gewohnheiten herausfinden, um die Chronik der Ereignisse rekonstruieren zu können. »Wir müssen die Familie benachrichtigen. Rabia, kannst du die Eltern anrufen? Dann fahren wir in der Zwischenzeit zu seiner Wohnung. Ich bitte jemanden vom KIT, zu uns zu stoßen.« Sie hatte die Erfahrung gemacht, dass es gut war, bei der Übermittlung von Todesnachrichten einen Mitarbeiter des Kriseninterventionsteams dabeizuhaben.

»Willst du nicht warten, bis Hennes da ist?«, fragte Momke.

An der Absperrung waren immer mehr Schaulustige aufgetaucht. Viele hielten die Handys hoch. Sicher machte die Nachricht schon in den sozialen Medien die Runde. Die Presse würde nicht lange auf sich warten lassen, wenn sie nicht schon da war.

»Wir sollten sofort fahren.«

4

Katrevel, 14.15 Uhr

Die Männer schlurften in Gummistiefeln den Pfad hinunter. Friedrich war schwer beladen mit seinem Angelrucksack, den Klapphockern, Kugelgrill und der Kühltasche. Obgleich der Wind kühl war, schwitzte er schon jetzt. Jedes Jahr machten er und sein Bruder eine Angelreise. Dieses Mal hatte Hermann das Ziel aussuchen dürfen. Warum er sich ausgerechnet für Sylt entschieden hatte, erschloss sich Friedrich nicht. Von Hochseeangeln hielt er nichts, und Angelgewässer gab es hier kaum. Den gestrigen Sturm hatten sie in der Sauna ausgesessen. Auch heute schien es ungemütlich zu werden, aber wenigstens war es trocken. Friedrich machte einen großen Schritt über einen Haufen Schafscheiße. Flach und grün war hier alles, abgesehen vom Goldbraun des Schilfs, das in der Brise wippte. Darüber ein tiefblauer Himmel, der so weit war, dass er sich winzig vorkam.

»Beinahe Kaffeetied. Was für eine bescheuerte Zeit zum Angeln. Welcher Fisch soll denn jetzt beißen?«, sagte Friedrich mürrisch.

»Du bist doch nicht aus dem Quark gekommen. Wenn man bis mittags ratzt, kann man nicht mehr bei Sonnenaufgang angeln«, meinte Hermann, der lässig seine Angelrute über die Schulter gelegt hatte. Aus der Brusttasche seiner Jacke dudelte das Handy.

Keinen Schritt kann man machen, ohne beschallt zu werden, dachte Friedrich. »Wenn du schon wach warst, hättest du mich wecken oder die Angelkarten vom Angelshop im Edeka in Keitum holen können.«

»Hätte ich ja gemacht, wenn du deinen Fischereischein rausgelegt hättest. Aber auch das hast du verpennt.«

Genervt hielt Friedrich seinem Bruder die Kühltasche hin. »Nimm du mal, das Bier hängt sich an.«

Sein Bruder grinste. »Geht nicht. Du weißt doch, ich hab Rücken.«

Als der Binnensee vor ihnen auftauchte, ließen sie das Gekabbel. Der Katrevel war ein gesprungener Spiegel, über den die Wolkenbilder flogen. Wider Willen war Friedrich von dem ersten Eindruck angetan. So klein, wie er befürchtet hatte, war der Katrevel-See ja gar nicht. Allerdings entdeckte er auf der gegenüberliegenden Seite bereits weitere Angler; die hatten es richtig gemacht und waren früher aufgestanden. Die Brüder gingen auf Abstand; Friedrich wollte beim Angeln seine Ruhe haben.

Wenn er nicht gewusst hätte, dass es diesen See inmitten der Morsumer Wiesen gab, hätte er ihn nicht gefunden. Der Katrevel war kaum zu sehen, weil das Ufer dicht von Schilf und Büschen bewachsen war.

Eine freudige Erregung erfasste Friedrich. Im Angelshop war die Rede von Hecht, Zander, Barsch, Aal, Karpfen, Schleien und verschiedenen Weißfischarten gewesen, die sich im Katrevel tummelten, weshalb sie sich reichlich mit Maden und Tauwürmern als Köder eingedeckt hatten.

Ein einsamer Steg reckte sich ins Wasser hinein. Ein Schwarm Vögel stob auf und zog eine Schleife über den See. Nur leise konnte er ihre Rufe hören.

»Nun mach doch mal das Gedudel aus!«, fauchte Friedrich seinen Bruder an.

Es dauerte, bis Hermann die richtige Taste gefunden hatte. Endlich war Ruhe. Einen Augenblick nahmen die Brüder die Atmosphäre in sich auf.

»War doch keine so blöde Idee, hierherzufahren, was?«, meinte Hermann.

»Mal sehen.«

»Wenn uns der Katrevel nicht gefällt, können wir noch zum Siel. Der ist eine Art Flusslauf zwischen Tinnum und Morsum, achtzehn Kilometer lang, da werden wir ein schönes Plätzchen finden. Oder wir gehen an die Küste …«

»Zu viel Wind.«

»Wir könnten auch eine Angelfahrt machen.«

»Bin nicht seefest. Hier ist es schon gut.«

Sie suchten sich ein Plätzchen für ihr Lager. Als Erstes mussten die Haken ins Wasser, dann konnten sie es sich gemütlich machen. Das war ohnehin das Beste am Angeln, fand Friedrich. Nachdem er die Angel ausgeworfen hatte, plumpste er in seinen Klappstuhl, ließ eine Bierdose aufzischen und genoss den ersten Schluck. Herrlich ruhig und windgeschützt war es an diesem See, und das, wo einem auf dieser Insel sonst immer der Wind um die Ohren fegte. Obwohl ruhig? Friedrich lauschte konzentriert. Vogelpiepsen, Wasserglucksen, Schilfrascheln und …

»Hörst du das auch?«

»Was?

»Na, das Poltern.«

»Poltern? Du spinnst doch!«

»Hör doch mal.«

Hermann erstarrte, dann lachte er auf. »Du hast schon Ohrensausen. Ich mache gleich wieder die Musik an, dann wissen wir wenigstens, was wir hö–«

»Still!« Hatte er da eine Stimme gehört, zwischen dem

Bollern? Friedrich erhob sich. Mit der Bierdose in der Hand ging er dem Geräusch nach.

»So ein Quatsch! Bleib hier!«

»Da schreit jemand!«

Nun kam Hermann ihm hinterher. Sie gingen schneller, folgten einem Feldweg, der hinter einem Dickicht verschwand. Etwas Dunkles tauchte zwischen den Ästen auf. Ein Auto, halb im Straßengraben. Die aufgewühlte Erde verriet, dass der Fahrer vom Weg abgekommen war und sich festgefahren hatte. Allerdings war niemand zu sehen.

»Hallo? Alles in Ordnung bei Ihnen?«, rief Friedrich auf gut Glück. Das Schreien wurde lauter.

Hermann legte den Kopf schief und lauschte. »Der Kofferraum! Da ist jemand eingesperrt!« Er rüttelte an der Kofferraumklappe. Wie zur Bestätigung hämmerte jemand von innen dagegen. Die Klappe rührte sich nicht.

Friedrich war schon bei der Fahrertür, sie war nicht abgeschlossen. Wo aber war der Fahrer? Hineinsetzen, tasten. »Der Schlüssel steckt!«

»Warte! Wer weiß, wer da im Kofferraum ist. Nachher greift er uns an«, rief Hermann.

»Du hast zu viele Horrorfilme gesehen«, meinte Friedrich und drückte den Knopf, um den Kofferraum zu öffnen.

Im gleichen Augenblick hörte Friedrich seinen Bruder schreien. Heiß durchfuhr es ihn. Sofort sprang er vom Fahrersitz. Hermann lag auf dem Boden und hielt sich die Hand auf das blutende Gesicht.

»Los, hinterher!«, rief er und zeigte auf eine Frau, die quer über die Felder rannte. Die Gummistiefel hingen schwer an Friedrichs Füßen, als er loslief. Die Frau bot einen seltsamen Anblick, denn sie trug eine halboffene Spitzencorsage und einen knappen Slip, sonst nichts.

5

Keitum, 14.30 Uhr

Die Kommissare trafen niemanden bei der Wohnung in Westerland an. Immerhin fanden sie heraus, dass es sich bei Tamara Hartmack um Höpens Verlobte handelte, die eine Boutique in Keitum besaß. Also fuhren sie dorthin. Momke missfiel die Vorstellung, eine Todesnachricht zu überbringen, das hatte er mehr als einmal zum Ausdruck gebracht. Die Freiwillige vom KIT würde etwas später eintreffen, aber Liv wollte nicht warten.

»Dieses Hin und Her hätten wir uns sparen können«, sagte Momke, als sie wieder die Polizeiwagen am Tierheim passierten.

»Hilft ja nichts. Die Wahrscheinlichkeit, dass Frau Hartmack durch Zufall erfährt, was ihrem Geliebten zugestoßen ist, ist zu groß.«

Sie umrundeten den Keitumer Kreisel halb und bogen in eine schmale Straße ein. Rosen auf Friesenwällen, pittoreske Häuser und knorrige Bäume säumten die Wege. In den Cafés, Boutiquen und Galerien herrschte viel Betrieb. Vor der Kleinen Teestube warteten Gäste auf einen freien Platz. Die Idylle des Inseldorfs mit seinen alten Kapitänshäusern unter dichtem Baumbestand passte so gar nicht zu der Aufgabe, die ihnen bevorstand.

Die Boutique befand sich in einem reetgedeckten weißen Friesenhaus, vor dem Kleidung auf einer Holzbank und

Metallständern drapiert war. Obwohl der Sturm das Laub über Straßen und Gärten fegte und sicher niemand auf einen Plausch vorbeischauen würde, stand die obere Hälfte der Klöntür offen, und so traten sie ein. Eine geschmackvoll gekleidete Dame – das musste Tamara Hartmack sein – beriet gerade ein Paar. Die Frau probierte verschiedene Designerkleider an, konnte sich aber nicht entscheiden. Während sie warteten, beobachtete Liv Tamara Hartmack unauffällig. Ein enger Kashmirpulli mit V-Ausschnitt brachte ihr Dekolleté dezent zur Geltung, der Bleistiftrock und die Pumps ließen ihre Beine sehr lang erscheinen. Die Fingernägel waren sorgfältig manikürt, das Make-up perfekt, aber als sie genauer hinsah, erkannte Liv die Fältchen. Vierzig war die Frau bestimmt.

Momke stöberte unruhig in einem Regal. Ein Bikini weckte sein Interesse. »Der wäre was für Ioanna«, meinte er. Als er das Preisschild betrachtete, wurde er blass. »Oder vielleicht auch nicht.«

Liv zog beim Anblick der dreistelligen Zahl die Augenbraue hoch. »Viel Geld für wenig Stoff. Dafür könnten wir eine ganze Woche Urlaub machen.«

»Mindestens.«

Endlich bezahlten die Kunden, sie hatten gleich alle drei Kleider genommen.

Liv ging mit Momke zu der Boutiquebesitzerin. Sie fühlte sich unwohl bei der Sache. Die Situation erschien ihr unpassend; andererseits gab es keinen günstigen Moment, um eine Nachricht zu überbringen, die das Leben eines Menschen in einen Scherbenhaufen verwandeln würde.

»Sie interessieren sich für Bademoden?«, fragte Tamara Hartmack mit einem gewinnenden Lächeln.

»Sind Sie Tamara Hartmack?«, versicherte Liv sich.

»Das steht in meiner Geburtsurkunde. Worum geht es?«

Liv zeigte ihre Marke. »Um René Höpen. Darf ich fragen, was für ein Verhältnis Sie zu ihm haben?«

Der Blick der Frau wanderte zur Tür. Kamen neue Kunden? »Rocco ist mein Verlobter«, bestätigte sie. »Warum wollen Sie das wissen? Ist er etwa tot?«, fragte sie mit einem spöttischen Unterton. Als die Kommissare nicht gleich antworteten, gewitterte Unglauben über das Gesicht der Frau. »Er ist wirklich tot?«

»Wir müssen Ihnen die traurige Mitteilung machen, dass René tot aufgefunden wurde«, sagte Liv förmlich.

In Tamara Hartmacks Gesicht zuckte es. Die Stimmen von draußen wurden lauter. »Möchten Sie, dass wir das Geschäft schließen?«, fragte Liv.

»Ja. Bitte.« Jedes Wort schien Tamara Hartmack unendliche Kraft zu kosten. Momke vertröstete die Kunden, schloss die Klöntür ganz und hängte das »Closed«-Schild vor.

Wie betäubt ging Tamara Hartmack zu einem Sessel. Sie setzte sich auf die Kante, den Rücken durchgedrückt, die Gesichtszüge starr.

»Wie ist Rocco gestorben?«, fragte sie mit brüchiger Stimme.

»Das dürfen wir Ihnen leider noch nicht sagen«, sagte Momke.

Die Frau funkelte ihn an. »Aber Sie sind hier. Mordkommission und Kripo Sylt, sagten Sie. Er wurde also ermordet?«

»Davon müssen wir ausgehen. Warum haben Sie sofort gefragt, ob er tot ist? Gab es einen Grund zu befürchten, dass er sterben würde? Wurde René bedroht?« Liv holte ein kleines Schulheft aus ihrer Tasche, um sich Notizen zu machen.

Jemand klopfte an die Tür. Als sie nicht öffneten, blickte eine Frau durch das Fenster hinein und hielt ein Kleidungsstück hoch. »Haben Sie diesen Kaschmirschal auch noch in Taupe?«, rief sie.

Tamara Hartmack strich über ihre Augenlider, als sei sie auf einmal sehr müde. Liv wollte die Kundin schon abwimmeln, aber da erhob sich die Boutiquebesitzerin, kramte etwas aus einer Kiste, brachte der Frau den maulwurfsgrauen Schal, nahm das Geld, raffte die Kleidung draußen von der Auslage und ließ sich erneut auf den Sessel fallen. Jetzt bebten ihre Hände. Sie war sehr blass.

»Sollen wir Sie nach Hause bringen?«, fragte Liv. Die Frau nickte. »Gibt es jemanden, den wir anrufen können, damit er Ihnen beisteht? Ein Seelsorger ist schon unterwegs.« Die Kommissare erhielten keine Antwort mehr.

Stumm fuhren sie in die Doktor-Nicolas-Straße nach Westerland zurück. Der Fahrstuhl ruckelte bis unters Dach. Sie folgten einer halb offenen Galerie zu einer Wohnung, vor der die Ehrenamtliche vom Kriseninterventionsteam schon wartete. Tamara Hartmack wirkte, als sei sie in den letzten Minuten um Jahre gealtert.

»Ich weiß sehr zu schätzen, dass Sie alle zu mir gekommen sind. Aber ich möchte jetzt allein sein«, sagte sie.

»Das respektieren wir natürlich. Wir möchten Ihnen vorher aber noch einige Fragen über René stellen«, entgegnete Liv.

»Verstehen Sie nicht – Sie sollen gehen!«, wiederholte die Frau, diesmal mit mehr Nachdruck.

Liv sah sie beruhigend an. »Renés Tod geht Ihnen nahe, das ist nur allzu verständlich. Aber Sie möchten doch sicher auch, dass die Polizei herausfindet, was Ihrem Verlobten zugestoßen ist. Ihre Angaben könnten uns bei unseren Ermittlungen entscheidend weiterhelfen«, sagte sie. »Wir können dieses Gespräch gerne zu einem späteren Zeitpunkt im

Revier fortsetzen. Aber es wäre wirklich sehr hilfreich, wenn Sie uns jetzt wenigstens erzählen würden, was Sie über Renés letzte Stunden wissen. Zudem müssen wir natürlich seinen Kalender, seinen Computer und weitere persönliche Informationen sichern.«

Wie betäubt nickte Tamara Hartmack. Sie ging voraus. Die Fensterfront der Penthouse-Wohnung öffnete sich zur Nordsee hin. So hässlich dieses Hochhaus auch war, die Aussicht über das Meer war herrlich. Liv hatte das Gefühl, unendlich weit sehen zu können. Sie entdeckte die Schemen des Windparks, der trotz aller ökologischen Korrektheit ein Anschlag auf die Schönheit dieser Landschaft war. In der Ferne zog ein Kutter einen Schwarm Möwen hinter sich her. Inzwischen waren mehr Wellenreiter als Windsurfer unterwegs, kleine Ovale in der Weite der Nordsee. Hier muss man wunderbare Sonnenuntergänge genießen können, dachte sie.

Im Wohnzimmer war beinahe alles aseptisch weiß, bis auf den Hometrainer, der an der Fensterfront stand, eine Leinwand mit einer karibischen Landschaft und einen Hundekäfig.

Aus einem Gucci-Täschchen holte Tamara Hartmack eine Schachtel Zigaretten und eine Zigarettenspitze aus Elfenbein. Lange Zeit rührten sich in dem Zimmer nur der Rauch, der in feinen Kräuseln aufstieg, und die Asche, die auf den hellen Teppich fiel.

»Erzählen Sie uns, was René gestern vorhatte, wie er den Tag verbracht hat«, versuchte Liv, sie zum Reden zu bringen.

Die Frau befeuchtete die Fingerspitze und nahm die Asche auf. Weil sie so sehr zitterte, fiel diese immer wieder auf den Teppich und zerbröselte weiter. Schließlich rubbelte Tamara Hartmack unwirsch über die Aschereste, sodass diese sich als grauer Schleier auf den Flor legten.

»Rocco war wie immer in der Bar«, sagte sie unvermittelt.

»In der Bar?«

»Die Funky Bar ist hier um die Ecke. Es ist eine exklusive Tabledance-Bar. Er leitet ... leitete die Geschäfte.«

Liv spürte, wie sich ihr Körper anspannte. Auch wenn sie sich um Neutralität und Unvoreingenommenheit bemühte, zog ihr Gehirn doch Rückschlüsse, und ohne dass sie es wollte, wallte alte Wut in ihr auf. Tabledance- und Stripbars gehörten zum Kerngeschäft der Organisierten Kriminalität. Rocker, Gewalt gegen Frauen, Prostitution ...

Liv atmete langsam aus, um sich zur Ruhe zu bringen. Bislang waren das nur wilde Spekulationen. Sie durfte nicht vergessen, dass René Höpen das Opfer war. Er war es, der grausam ermordet worden war.

»Haben Sie sich nicht gefragt, warum René nicht nach Hause gekommen ist?«

»Rocco blieb oft nachts weg, das bringt ... brachte sein Job mit sich.«

»Wo waren Sie gestern Abend?«, fragte Momke.

»Fragen Sie etwa wegen meines Alibis? Ich habe Rocco nicht umgebracht! Wir haben uns geliebt.« Tamara Hartmack schüttelte fassungslos den Kopf. »Ich war mit einer Freundin zum Essen verabredet.«

Liv notierte den Namen der Freundin und des Restaurants. »Wie lange kennen Sie René schon?«

»Ich habe ihn hier auf Sylt kennengelernt.«

»Wussten Sie, dass René im Gefängnis war?«

»Rocco hat kein Geheimnis daraus gemacht. Er war ein großartiger Mann, gradlinig und mutig. Ein richtiger Kerl, kein Softi, das war alles, was für mich zählte. Hier haben wir gelebt, hier haben wir unsere Zukunft geplant. Was früher bei ihm los war, interessiert mich nicht.«

»Wissen Sie, was seine Tätowierung bedeutet?«, forschte Liv nach.

»Nein.« Entschieden drückte Tamara die angerauchte Zigarette aus und machte einige Schritte auf die Tür zu. »Gehen Sie endlich! Wenn ich Beistand brauche, melde ich mich. Aber jetzt möchte ich allein sein.«

Die Kommissare und auch die Freiwillige des KIT erhoben sich. Livs Blick fiel auf den Käfig, und sie fragte danach.

»Der Käfig ist für Renés Hund. Ein Dogo Canario, also eine Kanarische Dogge – haben Sie ihn denn nicht gefunden?«, fragte Tamara Hartmack verwirrt.

»Möglicherweise schon.« Die Kommissare ließen sich ein Foto zeigen. Liv fotografierte es ab und schickte es Rabia. Womöglich handelte es sich um den Kampfhund, der im Tierheim aufgegriffen worden war.

»Sollen wir jemanden anrufen, der Ihnen zur Seite stehen kann?«, fragte sie zum Abschluss.

»Ich werde meiner Freundin Bescheid geben. Das schaffe ich allein.«

An der Tür wandte Liv sich noch einmal um. Eine Böe fuhr in die Galerie und zerrte an ihren Haaren. »Eines noch: Hatte René ein Auto?«, wollte sie wissen.

»Einen Audi A8, neben seiner Fatboy sein ganzer Stolz. Warum?«

Der Fahrstuhl streikte. Liv rannte hinunter, teilweise zwei Stufen auf einmal nehmend, während sie ihren Kollegen das Autokennzeichen simste. Sie konnte es kaum erwarten, das Haus zu verlassen, um gefahrlos mit ihrer Chefin sprechen zu können. Auch wenn noch nicht feststand, dass der Mord mit Organisierter Kriminalität in Verbindung stand, sollten sie vorsichtig sein. Die Erfahrung hatte gezeigt, dass Vertreter der OK ihre Ohren überall haben konnten.

Auf der Straße, im Windschatten des Hochhauses, machte Liv sich weitere Gesprächsnotizen und rief dann die K1-Leiterin an. »Wir fahren sofort in die Funky Bar, um Befragungen vorzunehmen. Falls es Überwachungskameras gibt, würden wir die Aufnahmen beschlagnahmen«, kündigte Liv an.

»In Ordnung, damit sollten wir wirklich keine Zeit verlieren. Ein Racheakt im kriminellen Milieu ist also in Betracht zu ziehen«, hielt Hasselbrecht fest. »Wir werden die Bar überprüfen. Überwachungskameras im Umfeld und Funkdaten werden gecheckt, um herauszufinden, welche Handys sich zum mutmaßlichen Tatzeitpunkt noch beim nächstgelegenen Funkmast eingeloggt haben. Den Wagen schreiben wir sofort zur Fahndung aus.«

Kurz besprachen sie weitere Maßnahmen. Da die Verstärkung vom K1 noch nicht eingetroffen war, würden die Kollegen von der Sylter Kripo es übernehmen, René Höpens Kalender, Computer und Unterlagen zu sichern. »Wenn es Ihnen recht ist, würde ich Sie zur Teamleiterin für diesen Fall benennen, bis ich auf Sylt bin oder wir uns mit dem LKA abgestimmt haben.«

Liv erstarrte. Sie war seit knapp zwei Jahren bei der Mordkommission und hatte schon länger von diesem Augenblick geträumt. »Danke für Ihr Vertrauen!«, platzte sie heraus.

Die nächsten paar Schritte ging Liv, als würde sie schweben. Hinter ihr kam die Freiwillige des KIT, die sagte, dass sie noch ein wenig vor dem Haus warten würde; manchmal überlegten Angehörige es sich und baten schneller um Beistand als erwartet. Liv dankte ihr für ihren Einsatz. Es war eine schwere Aufgabe, die Respekt verdiente. Schließlich kam Momke heran, er massierte sich die Knie.

»Blöde Treppen, bin doch keine Bergziege«, murrte er.

Wie würde Hennes die Nachricht aufnehmen, dass sie die Teamleitung bekommen hatte? Ihr Kollege fühlte sich leicht übergangen und wurde dann ungnädig.

* * *

Gleich nachdem sie die Tür hinter den Polizisten geschlossen hatte, verlor Tamara Hartmack ihre mühsam aufrechterhaltene Beherrschung. Mit einem tiefen Schluchzer sank sie am Türrahmen zusammen. Sie hatte Rocco geliebt, trotz allem …

Tränenblind stemmte sie sich hoch. Nach zwei zögerlichen Schritten knickte sie auf den Louboutins um, die Rocco ihr im letzten Jahr geschenkt hatte, trat die Pumps von sich und tapste barfuß in ihr Schlafzimmer. Aus dem Toilettenkasten holte sie das Prepaidhandy, das Rocco für Notfälle dort versteckt hatte. Die verhasste Nummer zu wählen kostete sie Überwindung. Es half aber nichts.

Das Gespräch war kurz. »Wen verdächtigen die Bullen? Und haben sie was von einer Frau gesagt?«, fragte ihr Gesprächspartner schroff.

Tamaras Hals wurde eng. »Wie kommst du darauf?«

Pause.

»Eines der Mädchen ist weg. Seit gestern Nacht.«

* * *

Sie rannte und rannte. Ihre nackten Fußsohlen waren aufgeschrammt und bluteten. Wie sollte sie je wieder tanzen? Obwohl sie am ganzen Körper zitterte, zwang sie sich weiterzulaufen. Dabei waren die beiden Militarytypen schon längst verschwunden. Brüllend waren sie hinter ihr hergerast.

War es einer der beiden gewesen, der sie in den Kofferraum gesperrt hatte? Aber warum war er abgehauen, nachdem er sie eingeschlossen hatte? Auf jeden Fall hatte sie einem der Kerle kräftig eins mit dem Schraubenschlüssel übergebraten, den sie unter der Kofferraumabdeckung gefunden hatte. Ihr Überlebensinstinkt hatte gesiegt. Sie hatte es satt, dass andere über sie bestimmen wollten!

Inzwischen fiel es ihr schwer, die Füße zu heben. Sie taumelte, knickte immer wieder um. Endlich erreichte sie einen wild bewachsenen Hügel. Hinter einem Busch stürzte sie keuchend ins feuchte Gras. Es tat verdammt gut, die frische Luft in ihren Lungen zu spüren!

Wie lange war sie im Kofferraum gewesen – Stunden, Tage? Warum war sie in diese Pampa gebracht worden? Was hatte ihr Entführer mit ihr vorgehabt? Und was sollte sie jetzt tun?

Sie schlang die Arme um die nackte Taille, um ihren bebenden Körper zur Ruhe zu bringen und gleichzeitig zu wärmen. Hunger hatte sie, Durst und vor allem Angst. Wo war sie? Und wo sollte sie hin? Zurück konnte sie nicht – nicht nach dem, was geschehen war.

6

Westerlands Fußgängerzone war ein seltsames Gemisch aus einigen wenigen historischen Gebäuden, gruseligen Bausünden und aparten Neubauten. Aufgrund der vielen Geschäfte und Restaurants war sie aber vor allem eines: kunterbunt.

Die Tabledance-Bar befand sich im Erdgeschoss eines Wohnhauses aus den Fünfzigerjahren. Die Fassade war modern und durchgestylt, im Gegensatz zu Livs Kollegen Hennes, der an einer Säule lehnte. Wie so oft seit seinem Urlaub auf Kuba trug der Kommissar zu seinem Jeans-Ensemble eine Mütze à la Che Guevara, unter der seine langen grauen Zotteln hervorschauten, und um seinen Hals war ein Tuch geknotet.

»Soso, die Organisierte Kriminalität hat Sylt also in der Hand. Wusste ich's doch!«, begrüßte der schlanke Endfünfziger Liv und Momke.

Dieser schnaubte nur. »Was will Hennes denn hier?«, fragte Momke pikiert.

»Wir werden die Bar übernehmen«, sagte Liv, die Hennes mittels einer Kurznachricht hierhergebeten hatte.

»Willst du mich loswerden?«, fragte Momke.

»Unsinn.« Liv lächelte beruhigend. »Hasselbrecht hat mir die Teamleitung übertragen, und ich halte es für wichtiger, dass du die Fahndung nach dem Audi und möglichen Zeugen vorantreibst. Mit deiner Ortskenntnis wirst du dabei eine große Hilfe sein.«

Die beiden Männer hatten die Augenbrauen hochgezogen. »Glückwunsch«, sagte Momke, aber der Tonfall verriet seine Verärgerung. »Was meint Hennes eigentlich mit Organisierter Kriminalität? Nur weil Höpen eine Fatboy hat? Hier hat jeder zweite Manager in der Midlifecrisis eine Harley. Ihr glaubt doch nicht wirklich, dass Motorradgangs auf der Insel ihr Unwesen treiben?« Als die Flensburger Kommissare nicht gleich reagierten, setzte er hinzu: »Klar, wir haben jedes Jahr die Harley Days, aber die sind doch harmlos und nett, genau wie das Sylt-Chapter.«

»Harley Days?«, echote Liv. Manchmal erstaunte Sylt sie noch immer. Ohnehin fand sie, dass es nicht nur ein einziges Sylt gab, sondern viele: ein Sylt der Einheimischen und ein Sylt der Gäste, eines der Familien und der Singles, der Sportfans, der Naturfreunde, der Genießer und natürlich das Sylt der Reichen und Schönen.

»Ein Treffen von Harley-Fahrern«, erklärte Momke. »So um und bei siebenhundert Harleys knattern jedes Jahr im Mai über die Insel. Die Biker machen eine Rundfahrt, eine Summertimeparty und eine Spendenaktion. Für die Organisation ist das Harley-Davidson Sylt-Chapter zuständig, ein eingetragener Verein. Soweit ich weiß, alles angesehene, respektable Leute. Wir haben hier auch einen Harley-Davidson-Shop. Aber dass es hier jetzt eine Motorradgang geben soll …«

Ein Schatten hatte sich über Momkes Gesicht gelegt. Als echter Lokalpatriot meinte er, Sylt ständig verteidigen zu müssen. Liv war ebenfalls auf Sylt geboren, empfand aber – auch durch die Erlebnisse in ihrer Kindheit und Jugend – eine Hassliebe zu der Insel. Als sie als Jugendliche Sylt verlassen hatte, hatte sie sich geschworen, nie mehr einen Fuß auf die Insel zu setzen. Ihr Verstand hatte entschieden, aber das

Herz hatte gelitten. Ihre Sehnsucht nach Sylt war stark gewesen. Heute war sie froh, dass sie ihre Heimat wieder lieben konnte. Einzig das Verhältnis zu ihrem Vater und ihrer Schwester war nach wie vor belastet.

Allerdings wollte sie jetzt nicht mit Momke darüber diskutieren, ob es auf Sylt Organisierte Kriminalität gab. Sie mochte Momke sehr. Er war einer der wenigen, die die alte Liv – vor dem Vorfall, der ihr Leben verändert hatte – und die heutige Liv kannten und schätzten. Auf keinen Fall wollte sie, dass er sich in diesen Fall zu stark hineinhängte. Jetzt, wo Momke Vater wurde, sollte er nichts mit der OK zu tun haben.

»Der Fall muss nicht mit einer Motorradgang zusammenhängen. Aber ausschließen können wir es nicht«, sagte sie vage.

»Andererseits: So ein Penthouse wie das von Höpen und Hartmack kostet ein paar Tausend Miete. Das kann sich kein Normalsterblicher leisten.« Momke ging endlich.

»Teamleitung, wie?«, murmelte Hennes, als sie allein waren, und kniff die Augen zusammen. »Deshalb hast du mich also in diesem Befehlston hierherbeordert.«

Das war doch kein Befehlston gewesen! Schon rechnete Liv mit einer weiteren spitzen Bemerkung. Sie holte Luft, um sich zu verteidigen.

Hennes hüstelte und steckte sich ein Pfefferminzbonbon in den Mund. »Tja, das hast du dir wohl verdient«, sagte er überraschend handzahm.

Liv konnte es kaum glauben, dass ihr Kollege Hasselbrechts Entscheidung so gelassen hinnahm. »Hat sich das LKA schon gemeldet?«, wollte sie wissen, ehe er es sich anders überlegen konnte.

»Das nicht, aber der Mord spricht doch eine eindeutige Sprache – auch wenn unser Klugsch… unser verehrter Rechtsmediziner es noch nicht zugeben will. Immerhin habe ich Gerlich überzeugen können, dass er dem Hund Blut abnimmt. Dem Foto nach zu urteilen, ist es der Dogo Canario von Höpen. Vielleicht gibt uns das Gift, das dem Hund verabreicht wurde, einen Hinweis auf den Täter.« Erbost über diese Tierquälerei schüttelte Hennes den Kopf.

»Auf jeden Fall war der Täter eher ein Hundefreund als ein Menschenfreund, wenn man das überhaupt so sagen kann«, meinte Liv. Sie schwiegen einen Augenblick.

»Und nun?«, meinte Hennes schließlich.

»Nun nehmen wir uns die Bar vor.«

Hennes salutierte übertrieben. »Aye, aye, Cheffe.«

Die Tür der Tabledance-Bar war verschlossen, ein Post-it an der Tür wandte sich an den Getränkelieferanten und verwies ihn in den Innenhof.

* * *

Hinter ihm schepperte es. Marcel fuhr herum. Die Typen gingen ihm schon eine ganze Weile auf den Keks, der Fatzke mit polierter Glatze und der Typ in einer Motorradweste aus Kunstleder. Zunächst hatten sie die Harleys bestaunt, aber dann hatten sie die Runde zwischen Chromteilen, den aufgebockten Choppern und den Motorrädern gedreht, die zum Verkauf standen. Natürlich konnte man sich in dieser Werkstatt umsehen, aber einfach an den Bikes herumfummeln, das ging gar nicht. Jetzt war der eine auch noch an dem Heckfender der Triumph hängengeblieben, die auf die Reparatur wartete.

»Haben Sie das Schild nicht gesehen?«, sagte Marcel laut. Er wies auf die Tafel neben der Sylt-Karte, auf der zwei stilisierte Männchen zu sehen waren. Einer hielt dem anderen eine Waffe an den Kopf. »Don't touch my moped«, stand darüber.

»Locker bleiben«, meinte die Glatze. Er umfasste den Handgriff und zog den Kupplungshebel, dann tat er so, als ob er Gas geben würde.

»Lassen Sie das!«, rief Marcel scharf.

»Sonst passiert was?« Die beiden lachten.

Marcel berührte unwillkürlich die Platzwunde an der Augenbraue. Er war nicht auf Streit aus, nicht schon wieder. Schließlich straffte er sich und machte die Schultern breit, wie er es bei Rocco beobachtet hatte. Rocco war so souverän, dass er andere allein durch sein Auftreten einschüchterte. Mit seinen achtzehn Jahren und seinem spiddeligen Körperbau hatte Marcel hingegen noch gar nichts zu melden. Seine Muskeln waren nicht respekteinflößend genug, mit dem Bodybuilding kam er zu langsam voran, und für teure Mittel hatte er zu selten Geld. Doch die beiden hörten einfach nicht auf, ihn zu nerven. Er musste etwas tun!

In diesem Augenblick vibrierte sein Smartphone. Endlich, der ersehnte Rückruf! Ohne auf das Display zu schauen, nahm er das Gespräch an. Als er die Stimme hörte, traf ihn beinahe der Schlag. Der Boss. Marcel durchfuhr es heiß. Gleichzeitig spürte er bei den Worten seines Chefs ungewohnte Trauer. Rocco war ein Buddy für ihn gewesen. Der Boss formulierte die Befehle so, als wäre er ein Schwachkopf. Er wusste doch, was er zu tun hatte! Nur mühsam beherrschte Marcel sich, bis das Gespräch vorbei war. Wütend steckte er das Handy weg.

In diesem Augenblick hörte er ein schrilles metallisches Kratzen. Als er sich blitzschnell umdrehte, sah er, wie der Schlüsselbund des Kunstledertypen über den Tank des Bikes schrammte. Marcel gingen die Nerven durch. Impulsiv griff er nach dem größten Maulschlüssel, den er auf die Schnelle fand. Er stürzte zu den beiden.

»Schluss damit!«, brüllte er und schwang drohend das Werkzeug.

Die Glatze wich zurück und hob die Hände. »Ist ja gut, Buddy. War nur ein Spaß.« Als die Typen die Werkstatt verließen, kicherten sie, und Marcel wusste, dass sie sich über ihn lustig machten. An seiner Souveränität musste er dringend arbeiten.

Jetzt betraten auch noch ein Mann und eine Frau den Hinterhof. Er: alter Zausel mit Revoluzzer-Tick. Sie: Typ hochgewachsene Elfe im Kampfmodus. Dem Auftreten nach waren die beiden Bullen, unverkennbar. Marcel versuchte, den Maulschlüssel unauffällig abzulegen. Zu spät. Er hatte es verpatzt. Der Boss würde ihm den Arsch aufreißen.

* * *

Die beiden Männer, die ihnen an der Tordurchfahrt entgegenkamen, hatten sich lautstark über einen durchgedrehten Irren lustig gemacht. Vor den offenen Werkstatttüren im Hinterhof stand allerdings nur ein junger Schrauber im Overall. Unschlüssig hielt er einen schweren Maulschlüssel in der Hand. Er war vielleicht zwanzig, ein magerer Typ mit blondem Bürstenhaarschnitt und Ziegenbart. Sein T-Shirt spannte über den aufgepumpten Armmuskeln, und seine linke Augenbraue wirkte, als hätte er sich kürzlich erst geprügelt. Ob er ein blasser Typ oder blass vor Wut war, ließ sich nur schwer sagen.

»Probleme?«, fragte Hennes.

Der Schrauber versuchte, beiläufig das Werkzeug in die Tasche wandern zu lassen, was ihm nur ungenügend gelang.

»Da war nur ’ne Schraube locker, sonst ist alles easy«, sagte er achselzuckend.

Sie stellten sich vor. *Marcel*, wiederholte Liv stumm; das deutsch ausgesprochene *Marzell* hätte besser zu ihm gepasst.

»Wir möchten mit Ihnen über René Höpen sprechen. Kennen Sie ihn?«

»Klar, er leitet die Bar, in der ich arbeite. Also, abends und nachts natürlich. Tagsüber schraube ich.«

»René Höpen wurde tot aufgefunden«, eröffnete Hennes ihm.

»Rocco ist … tot?«

Marcel Zampowskis pseudoüberraschter Tonfall ließ Liv vermuten, dass ihm diese Tatsache bereits bekannt war. Vermutlich hatte Tamara Hartmack – genau wie befürchtet – einen entsprechenden Anruf getätigt. Hoffentlich waren sie nicht zu spät gekommen. »Wir haben die Ermittlungen aufgenommen und möchten uns in der Bar umsehen. Gibt es Überwachungskameras?«

Marcel Zampowski kratzte sein Kinn. »Was interessiert Sie das Überwachungssystem? Rocco wird doch nicht verdächtigt, oder? Er ist ermordet worden. Er ist das Opfer!«

»Genaugenommen sagten wir, dass er tot aufgefunden wurde.«

»Aber Sie sind von der Mordkommission und ermitteln. Das bedeutet doch, dass er ermordet wurde!«

»Ich möchte mit Ihnen keine juristischen Feinheiten diskutieren, sondern die Aufnahmen sicherstellen.«

»Dürfen Sie das überhaupt?«

»Natürlich. Ihrer Antwort entnehme ich, dass es Aufnahmen gibt. Diese Aufnahmen können als Beweismittel von Bedeutung sein. Wir halten es für möglich, dass der Täter darauf zu sehen ist. Möchten Sie unsere Befugnisse nachlesen?« Liv fürchtete plötzlich, jemand könnte in der Bar die Aufnahmen löschen, während sie hier hingehalten wurden. »Sie bringen uns jetzt sofort zu der Überwachungsanlage, sonst werden wir Sie wegen Störung einer Amtshandlung belangen«, drohte sie.

Endlich gab der junge Mann nach. »Bleiben Sie locker. Alles easy, okay?«, sagte er beschwichtigend.

Er schloss das Werkstatt-Tor und führte sie durch einen Hintereingang in die Bar. Zunächst betraten sie einen relativ großen und aufgeräumten Personalraum. Kühlschrank, Sitzgarnitur, ein Hundekäfig. Es war ein ähnlicher Käfig wie der in dem Penthouse, und doch war etwas anders, auch wenn Liv nicht sagen konnte, was. Dann ging es in ein Hinterzimmer. Die Überwachungsanlage wirkte relativ neu. Auf dem Bildschirm waren aus verschiedenen Blickwinkeln Ein- und Ausgang zu sehen. Liv belehrte Marcel über seine Rechte und zeigte ihm die offiziellen Dokumente, die inzwischen von der Staatsanwaltschaft auf ihrem Handy eingetroffen waren. Marcel Zampowski machte keine Anstalten, ihnen die Aufnahmen auszuhändigen.

»Müssen wir wegen der Festplatten erst einen Kriminaltechniker kommen lassen? Der könnte sich gleich mal genauer in diesem Laden umschauen«, drohte Hennes.

»Wir haben hier nichts zu verbergen, okay?«, versicherte Marcel ihnen und rief die Aufnahmen der vergangenen Nacht auf. Im Schnelldurchlauf kamen und gingen Menschen.

Nach einigen Sekunden brach Hennes die Aufnahme ab. »Immer noch nicht begriffen? Wir wollen kein Best-of, sondern den Directors Cut – oder besser gesagt: die ungeschnittene Variante. Wir nehmen die Festplatte mit.«

Widerstrebend holte Marcel die entsprechende Festplatte heraus und setzte eine neue ein.

»Wir rekonstruieren René Höpens letzte Stunden«, sagte Liv nun.

Die Reaktion kam einen Tick zu schnell: »Darüber kann ich Ihnen nichts sagen, ich hatte gestern Nacht keinen Dienst.«

»Woher wissen Sie eigentlich, dass er gestern Nacht zu Tode gekommen ist?«, fragte Hennes.

Kurz war Marcel Zampowski verwirrt. »Sonst wären Sie früher hierhergekommen, oder?«

»Wo waren Sie denn gestern?«, fragte Hennes.

»Freunde besuchen.«

»Wir hätten gerne die Namen dieser Freunde, reine Routine. Außerdem die Kontaktdaten der Mitarbeiter, die gestern Abend hier gewesen sind«, zählte Liv auf.

»Ich weiß nicht, ob ich deren Daten herausgeben darf. Darüber muss ich erst mit dem Boss sprechen.«

Liv merkte auf. »Ich dachte, René Höpen ist Ihr Chef?«, fragte sie.

»Rocco leitet die Geschäfte. Es gibt aber einen Besitzer.«

»Der da wäre?« Liv ging endgültig die Geduld aus.

»Er heißt Bert Könnermann.«

Liv notierte den Namen und bemerkte gleichzeitig, wie sich das Energiefeld ihres Partners verändert hatte.

»Etwa fünfzig Jahre alt, bullig, aus Flensburg?«, fragte Hennes. Seine Stimme klang angespannt.

»Das Alter kommt hin. Ob er aus Flensburg kommt, weiß ich nicht. Herr Könnermann hat mit der Bar nichts am Hut.«

»Was macht Ihr Boss denn sonst so?«

»Personenschutz- und Sicherheitsdienstleistungen.«

Hennes schnaubte höhnisch, was in einen Hustenanfall überging. Liv suchte den Blick ihres Kollegen. Woher kannte er den Mann?

»Rufen Sie Ihren Boss an, und sagen Sie ihm, dass wir weitere Informationen benötigen. Herr Könnermann hat sicher Interesse daran, dass das Verbrechen schnellstmöglich aufgeklärt wird, damit diese Bar nicht mit unerfreulichen Gerüchten verbunden wird. Schließlich reden wir von Mord.«

Der Adamsapfel des jungen Mannes hüpfte. Er griff zum Telefon, wählte, lauschte, legte es wieder ab. »Mein Boss ist nicht da, Sie müssen es später noch mal versuchen. Bis ich ein Okay von ihm habe, bin ich raus. Ich sage nichts mehr und gebe auch keine Daten weiter.« Marcel Zampowski schien es gar nicht erwarten zu können, sie loszuwerden.

Liv ließ sich nicht beirren. »Erst schauen wir uns noch in der Bar um.«

Zampowski seufzte demonstrativ. Trotzdem führte er sie an der Garderobe vorbei. Hohe Schminkspiegel waren den Fenstern zum Hinterhof gegenüber angebracht, an den Garderobenhaken hingen winzige Kleidungsstücke voller Pailletten und Federn. Sie erreichten einen Saal. Zampowski betätigte einen Schalter. Im Arbeitslicht wirkten die blanken Tresen und Polestangen so funktionell und hart, wie es das Geschäft mit dem weiblichen Körper auch war.

Diese Bar ist eben keiner dieser Sportvereine, die plötzlich meinen, Poledance in ihr Kursangebot aufnehmen zu müssen, dachte Liv. Ob die Tänzerinnen sich nun ganz auszogen, ob sie sich auf den Schößen der Gäste räkeln mussten oder es auch Separées für käuflichen Sex gab – hier ging es um Geld, viel Geld. Die Wand hinter dem Tresen war mit einer Unzahl von Gläsern und Flaschen für Cocktails, verschiedenen Gin-Sorten und Craftbier bestückt. Plüschige Nischen fassten den Raum ein. Sogar im Raucherzimmer bildete eine Polestange den Mittelpunkt.

Hennes holte ein Paket Tabak und Blättchen aus seiner

Brusttasche und begann in aller Ruhe, eine Zigarette zu drehen. Nervös trat der junge Mann von einem Fuß auf den anderen.

»Schöne Maschine.« Hennes wies auf ein altertümlich aussehendes Motorrad, das auf einer Hebebühne stand. »Eine Triumph Bonneville T100, oder?«

»Exakt.«

»Ich mochte die Urversion ja auch, die Motorrad-Legende von 1959. Nicht alles wird besser, wenn man es modernisiert – dieses Bike hier aber anscheinend schon«, meinte Hennes. »Ist doch eigentlich ein zuverlässiges Gerät. Was hat die Bonnie denn?«

»Der Motorblock leckt.«

»Vielleicht die Wellendichtung?«

Erstaunt blickte Zampowski ihn an. »Haben wir auch gehofft; wir warten nun erst mal ab.«

Hennes nickte gewichtig. »Wer hat hier welche Aufgabe? Wer machte den Türsteher?«, wandte er sich wieder dem Fall zu.

Marcel schien gesprächsbereiter. »Meistens Rocco. Wenn Typen die Tänzerinnen angrabbeln, greift er auch schon mal ein.«

»Wohnen die Frauen hier im Haus?«

Marcel nickte.

»Dann lassen Sie uns zu Ihnen gehen.«

»Ich weiß nicht, ob ich Ihnen das erlauben darf.«

»Ich denke, Sie haben nichts zu verbergen.«

Liv und Hennes ließen sich in den ersten Stock führen. In der Wohnung war die Couch ausgezogen und mit zerwühlter Bettwäsche bedeckt, in zwei weiteren Räumen standen Doppelbetten. Kleidung hing über Stuhllehnen, diverse Gläser standen auf Tisch und Schränken. Die drei Frauen trugen

Leggings und weite Sweatshirts. Sie waren jung, hübsch und sprachen nur gebrochen Deutsch. Für eine ausführliche Befragung würde ein Dolmetscher nötig sein. Liv berichtete ihnen von Roccos Tod und bestellte sie ins Revier; beides schien die Frauen gleichermaßen zu schockieren. Das wenige, was die Kommissare aus ihnen herauslocken konnten, war belanglos.

Anschließend brachte Marcel Zampowski die Ermittler zurück zum Hintereingang. »Ich nehme an, dass Rocco die Bar gestern Nacht gegen vier Uhr verlassen hat. Kommt das hin?«, fragte Hennes und steckte sich eine Zigarette zwischen die Lippen.

Liv sah Schweißtropfen auf der Oberlippe des jungen Mannes; Marcel schien sich ganz und gar nicht wohlzufühlen. »Wir schließen um vier, danach wird Kasse gemacht.«

»Hatte Rocco die Einnahmen dabei?«, fragte Liv.

»Weiß ich nicht.«

»Was für ein Typ war René Höpen?

»Ich kannte ihn nicht besonders gut.«

»Wer könnte uns mehr über ihn erzählen?«

»Keine Ahnung.«

Marcel Zampowski mauerte jetzt. Die Kommissare wandten sich ab. Hier kamen sie nicht weiter. Es wurde Zeit, die Aufnahmen zu sichten und herauszufinden, was die weiteren Ermittlungen ergeben hatten. Noch einmal drehte Liv sich um. »Was ist mit Ihrer Augenbraue passiert?«

»Bin gestolpert, okay?«, sagte Zampowski.

Vor der Tür schlug Hennes sein Zippo an und entzündete die Zigarette. Er nahm einige gierige Züge, die ihn zum Hüsteln brachten. Liv ging voraus zum Wagen. Sie löste ihren Schal; jetzt wo der Wind nachließ, wurde es warm. Irgendetwas waberte in ihrem Kopf herum, sie bekam den Gedanken nur nicht zu fassen.

»Vielleicht solltest du das Rauchen mal lassen«, sagte sie, während sie weiter nachgrübelte.

»Nur eine Erkältung, Mama … äh, Cheffe«, stichelte Hennes.

Liv öffnete die Autotür und musterte ihren Kollegen. »Wer ist Bert Könnermann?«

»Bosse war in den Rockerkrieg in den Jahren 2009 und 2010 verwickelt. Schon mal gehört? Graue Vorzeit. Alte Kriegsgeschichten. Da bist du noch zur Schule gegangen.«

Sie musste lachen. »Nicht ganz.«

»Hells Angels gegen Bandidos. Fünf Jahre hat Könnermann im Gefängnis gesessen. Danach hat er sich angeblich aus dem Geschäft zurückgezogen.«

»Hast du damals gegen ihn und die anderen Rocker ermittelt?«

»Hatte ein wenig mit der ›SOKO Rocker‹ zu tun. Könnermann kannte ich allerdings nicht persönlich.«

Liv stützte sich auf das Autodach. Aus den verschiedenen Lokalen drang Musik. Ein Surfer zog mit einem Bollerwagen an ihnen vorbei, auf den er sein Board gebunden hatte. »Glaubst du, dass er den MCs tatsächlich abgeschworen hat?«, fragte sie.

»Nein. Viele Ex-Rocker behaupten das von sich, aber eigentlich machen sie das Gleiche wie vorher, nur ohne ihre Kutten überzuziehen«, erwiderte Hennes.

Die Lederweste mit ihren Aufnähern galt in den MCs als Statussymbol, weshalb das gesetzliche Kuttenverbot sie besonders ärgerte, das wusste Liv. Die MCs waren ebenso regelverliebt wie andere Vereinsmeier, nur dass die Bezeichnungen ihrer Positionen aus dem Englischen entlehnt waren.

Jahre konnte es dauern, bis ein Neuling, ein Hangaround, zum Supporter und dann zum Prospect wurde. In dieser Zeit hatte er keine Rechte, musste aber alle Drecksarbeiten übernehmen. Wenn er sich bewährt hatte und schließlich Member werden sollte, wurde in einer feierlichen Zeremonie die Lederkutte übergeben. Bei der Kuttentaufe kamen teilweise krude Rituale zum Einsatz, wie das Kettenburnout, bei dem die Motorradreifen auf der Kutte durchgedreht wurden. Die Kutte blieb Club-Eigentum und musste gehütet werden wie ein Augapfel. Kuttenklau galt als Schande, die umgehende Rache forderte. Vor allem aber schüchterte Normalbürger der Anblick der Kuttenträger mächtig ein, auch deshalb fand Liv das Kuttenverbot richtig.

Hennes riss sie aus ihren Gedanken. »Ich frage mich allerdings, ob die Rocker nicht die Dinosaurier des Verbrechens sind. Warum den Baseballschläger schwingen und armen Kneipenbesitzern das spärliche Geld abknöpfen, wenn man im Darknet mit ein paar Klicks die fette Kohle machen kann?« Er trat seine Kippe aus und warf sie in eine Mülltonne. »Das ist wie mit der Polizei: Ermittler wie ich, die noch altmodisch von Tür zu Tür gehen und mit den Leuten reden, wird es vielleicht bald nicht mehr geben. Die Überwachung ist demnächst flächendeckend, da wird jeder Fall am Computer gelöst.«

Sie stiegen ein. Liv musterte ihren Partner von der Seite, während sie den Motor startete und losfuhr. »Das glaube ich nicht. Wir haben es ja immer mit Individuen zu tun, nicht mit Maschinen. Mord ist und bleibt eine Angelegenheit zwischen Menschen – auch wenn er uns manchmal unmenschlich erscheint. Und du bist ja ohnehin unersetzbar«, schob sie nach, weil sie den Eindruck hatte, dass Hennes das Lob gut gebrauchen konnte.

Hennes reagierte nicht auf das Kompliment, richtete seine Aufmerksamkeit aber wieder auf die Ermittlung. »In diesem Fall haben wir schon mal leichte Mädchen. Sollte mich wundern, wenn wir nicht auch noch auf Drogen und Glücksspiel stoßen, dann hätten wir die Heilige Dreifaltigkeit der Organisierten Kriminalität. Und als Nächstes gibt es zertrümmerte Kniescheiben und andere Freundlichkeiten.«

Das ist es! Plötzlich wusste Liv, was ihr Unterbewusstsein registriert hatte. Abrupt scherte sie aus und wendete. Sie bat Hennes, die Spurensicherung zur Bar zu bestellen. Dann rief sie den Staatsanwalt an, um sich Rückendeckung zu holen. Jetzt war ihr klar, was sie an dem Käfig irritiert hatte.

7

Marcel Zampowski stand hinter dem Tresen und telefonierte. Als die Kommissare eintraten, beendete er abrupt das Gespräch. Er schien ganz und gar nicht erfreut, sie wiederzusehen.

»Was wollen Sie denn schon wieder?« Marcel zupfte an seinem Ziegenbart und lächelte Liv schief an. »Stehen Sie etwa auf mich?«

Liv ignorierte die Bemerkung. »Wir wollen uns den Käfig im Hinterzimmer noch einmal anschauen«, sagte sie und marschierte voraus.

Der junge Mann eilte ihr hinterher. »Was … aber warum …«

Liv und Hennes zogen Latexhandschuhe hervor, zudem hatten sie das Spurensicherungsset aus dem Wagen mitgebracht. Notgedrungen ließ Zampowski sie gewähren. Zunächst machte Liv einige Fotos von dem Käfig. Er war leer, eine Decke und ein Napf lagen daneben.

»In den Käfig sperrte René Höpen seinen Hund?«

»Ja, genau. Was ist eigentlich mit Dogo? Ist er auch …«

»Er wird im Tierheim versorgt.«

Blanke Spuren am Metall bewiesen, dass dort ein Schloss gehangen hatte. Liv fragte danach.

»Das Schloss? Weiß ich auch nicht. Ist mir gar nicht aufgefallen, dass das weg ist«, meinte Zampowski.

Sie mussten den Käfig im Penthouse überprüfen, herausfinden, ob es sich um das gleiche Fabrikat handelte, und das Schloss mit dem vergleichen, das sie an den Hoden der Leiche gefunden hatten.

Liv sah Marcel Zampowski an. »Ich fürchte, die Bar wird heute geschlossen bleiben. Die Kriminaltechniker rücken an.«

»Nicht Ihr Ernst?!«

»Sehe ich aus, als ob ich scherzen würde?«

Wenig später kam der erste Kollege an, den Botersen-Evers geschickt hatte. Der Mann war in der Mörderkuhle nicht direkt am Tatort gewesen, sodass eine Spurenübertragung vermieden werden konnte. Rabia hatte ein Foto des Käfigs aus dem Penthouse beschafft und Höpens persönliche Unterlagen gesichert. Offenbar waren Käfig und Schloss aus der gleichen Bauserie. Blieb die Frage, wie lange das Schloss in der Bar bereits fehlte. Problematisch war zudem, dass mehr oder weniger jeder Zugang zu dem Käfig gehabt haben konnte.

Grundsätzlich war Liv zufrieden mit sich. Das Team kam schnell voran. Alles lief gut. Sie konnte es kaum erwarten, endlich ins Revier zu fahren und die Aufnahmen der Überwachungsbänder zu sichten. Allerdings wurde es Zeit für eine erste Teamsitzung, ein Gedanke, der sie zunehmend nervös machte. Sie mussten mit den Mitarbeitern der Bar sprechen, der Barbesitzer musste die Kontaktdaten herausrücken. Bert Könnermann war aber noch immer nicht erreichbar. Vielleicht sollten sie einfach zu seiner Meldeadresse fahren.

Hennes lenkte den Dienstwagen nach Alt-Westerland, zum historischen Kern des Nordseeheilbads. Währenddessen schaute Liv sich die Fotos und Filmaufnahmen auf dem Smartphone an, die ihr Flensburger Kollege Bente herausgesucht hatte. Muskelbepackte, tätowierte Kerle mit Sonnenbrillen waren zu sehen, die über engen T-Shirts die typischen abgewetzten Rockerkutten trugen. Breitbeinig standen sie da, als müssten sie auf Teufel komm raus ihre Macht demonstrieren, andere lehnten an ihren Motorrädern. *Easy-Rider*-Attitüde pur. Prompt hatte Liv Steppenwolfs *Born to Be Wild* im Ohr. Auch von dem Rockerkrieg gab es Fotos. Sie zeigten die verfeindeten Hells Angels und Bandidos, aber auch Mitglieder der jeweiligen Supporter-Clubs. Könnermann hatte damals schon graue Stoppelhaare gehabt, doch sein Nussknacker-Kiefer gab ihm etwas Viriles. Wäre er mit einer Stupsnase ebenso schnell in der Rockerhierarchie aufgestiegen? Allerdings schien für seine steile Kriminellenkarriere eher seine Gewaltbereitschaft entscheidend gewesen zu sein. Wie so oft bei derartigen Fällen waren Anzeigen wegen Körperverletzung stets zurückgezogen worden. Ins Gefängnis war er überhaupt nur gekommen, weil die Polizei ihn wegen Waffenbesitzes drangekriegt hatte. René Höpen hingegen schien, den Fotos nach zu urteilen, ein eher zurückhaltender Rocker aus der zweiten Reihe gewesen zu sein.

»Ich habe ein wenig Sorge, dass wir schlafende Hunde wecken. Noch braucht Könnermann nicht zu erfahren, dass wir von seiner Rocker-Vergangenheit wissen und eine Verbindung des Mords zur Organisierten Kriminalität vermuten. Wir sollten beim ersten Gespräch zurückhaltend sein. Auf keinen Fall dürfen wir erwähnen, wie Höpen aufgefunden wurde«, sagte Liv nachdenklich.

»Andererseits wäre es auch verdächtig, wenn wir Könnermann nicht befragen«, entgegnete Hennes. »Der weiß doch genau, wie die Polizei arbeitet.«

Sie passierten die Dorfkirche Sankt Niels und hatten bald

die Sackgasse in Alt-Westerland erreicht, an deren Ende sich ein imposanter Zaun erstreckte. Die Villa dahinter wirkte überdimensioniert, wie es auf Sylt bei Neubauten häufiger der Fall war. Woher hatte Könnermann so viel Geld?

»Zweihundert Quadratmeter Wohnfläche auf vierhundert Quadratmeter Grund«, murmelte Liv.

»He, das war mein Einsatz!«, beschwerte Hennes sich grinsend. »Ich bin hier der Sylt-Nörgler vom Dienst!«

Als wolle der Besitzer Werbung für seine Dienste machen, waren die Villa und der Zaun mit Überwachungskameras und Sensoren gepflastert. Das Automatiktor glitt erst auf, nachdem das elektronische Auge sie ausgiebig geprüft hatte. Lautes Bellen drang zu ihnen. Eine zierliche Blondine von vielleicht fünfundzwanzig Jahren öffnete, die über ihrer weißen Kleidung eine Schürze im Dirndl-Look trug. Auf ihrer Hüfte hielt sie ein Baby, während sich ein etwa dreijähriges Mädchen hinter ihrem Schürzenzipfel versteckte. Offensichtlich war doch jemand zu Hause …

»Entschuldigen Sie den Aufzug, ich koche gerade«, versorgte Rosi Könnermann sie mit überflüssigen Informationen, nachdem sie sich vorgestellt hatte. Im Flur hingen Fotos, auf denen Könnermann mit diversen Prominenten zu sehen war, sowie gerahmte Danksagungen für seine Dienste als Bodyguard.

Rosi Könnermann führte sie in ein Wohnzimmer, dessen spießige Einrichtung Liv erstaunte. Bert Könnermann thronte an einer nussbraunen Tafel vor einer Unmenge Puzzleteile. Er war massig und deutlich älter als auf den Fotos; von seiner Virilität war nicht viel übrig geblieben. Das Pappstück, das er gerade einpassen wollte, wirkte winzig in seinen Pranken. Neben ihm kniete auf einem Stuhl ein Junge im Grundschulalter. Der Kleine schob konzentriert Holzpuzzleteile ineinander, für die auf dem Tisch eine Ecke freigelassen worden war. Zu Könnermanns Füßen stand ein geöffneter Koffer, in dem weitere Beutel mit Puzzleteilen lagen.

Liv stellte sich vor. »Aufgrund einer dringenden Angelegenheit haben wir schon eine ganze Weile lang versucht, mit Ihnen in Kontakt zu treten«, sagte sie.

»Wir sind gerade erst nach Hause gekommen«, behauptete Bert Könnermann. Sein Tonfall klang reserviert, und der Mann sah nicht einmal auf. »Was gibt's denn so Wichtiges?«

»Sie haben wohl viel Geduld«, versuchte Liv sich in Smalltalk.

»Es sind achtundvierzigtausend Teile, wenn Sie's genau wissen wollen«, sagte Könnermann. »Das Puzzle wird im Koffer geliefert, damit man es überall mit hinnehmen kann, was für einen Mann in meiner Position sehr praktisch ist.«

Hennes zupfte an seiner Mütze. »Natürlich. In Ihrem Gewerbe muss man ständig in seinem Reich nach dem Rechten sehen. Aber bekommen Sie den Koffer denn auch auf die Harley? Ach, ich vergaß, die hat man Ihnen ja damals, als Sie ins Gefängnis kamen, unter dem Hintern weggepfändet.«

Der Junge sah verwundert auf. Liv sog scharf die Luft ein. Was redete Hennes da? Hatten sie nicht gerade erst im Auto Zurückhaltung vereinbart?

Bert Könnermann schickte seinen Sohn hinaus. Dann erhob er sich. Er war nicht nur deutlich größer als Hennes, sondern wog auch mindestens das Doppelte. Liv fasste unwillkürlich an das Schulterholster, um sich zu vergewissern, dass sie ihre Walther P99 dabeihatte. Würde sie die Waffe auch schnell genug ziehen können? Das Smartphone vibrierte in ihrer Tasche; doch das Gespräch anzunehmen wäre in dieser Situation undenkbar.

Die Mundwinkel ihres Gegenübers hoben sich zu einem verkniffenen Lächeln. »Sie haben Glück, dass ich heutzutage eine längere Lunte habe.« Er wandte sich an Liv und hielt ihr die Hand hin. »Müssen wir uns wirklich in Gegenwart dieses Clowns unterhalten?«

Liv machte sich auf einen schmerzhaft-festen Händedruck gefasst und hielt dagegen.

Hennes trat vor. »Wer ist hier ein Clown? Wollen Sie mich beleidigen?«

»Wie käme ich dazu? Wenn ich eines im Knast gelernt habe, dann ist es, dass die Polizei am längeren Hebel sitzt.«

Könnenmann reichte auch Hennes die Hand, doch ihr Kollege verweigerte ihm den Handschlag.

Schulterzuckend drehte Könnermann sich weg. »Ich habe es nicht mehr nötig, mich mit der Polizei anzulegen. Jetzt habe ich einen ehrbaren Job. Die Personenschutz- und Sicherheitsbranche ist lukrativ, hier auf Sylt und anderswo. Immer mehr Menschen verfügen über ein ansehnliches Vermögen und wollen ihre Privatsphäre gewahrt wissen. Ich möchte nur, dass meine Geschäfte laufen. Und wenn die Polizei meine Bar schließt und für jede Menge schlechte Presse sorgt, beunruhigt mich das sehr.«

»Sie haben es also bereits gehört. Marcel Zampowski teilte uns mit, dass Sie nicht erreichbar sind, sonst hätten wir Sie schon früher persönlich informiert«, sagte Liv höflich. Sie klärte Könnermann über den Grund ihres Besuchs auf und berichtete auch gleich, dass sie die Überwachungsbänder beschlagnahmt hatten. »Wir haben Hinweise darauf, dass der Täter sich in der Bar aufgehalten haben könnte.«

Bedauernd wog Könnermann den Kopf. »Das kann ich mir vorstellen. Ich drucke gleich eine Mitarbeiterliste aus. Tun Sie alles, was nötig ist, meine Leute werden kooperieren. Es ist sehr traurig, was Rocco zugestoßen ist. Ich mochte ihn, außerdem ist es schwierig, verlässliche Mitarbeiter zu finden.«

»Seit wann hat René Höpen für Sie gearbeitet?«, fragte Liv und holte Notizheft und Stift heraus.

»Seit etwa drei Jahren.«

»Aber Sie kannten sich schon länger«, meinte Hennes.

»Da irren Sie sich.« Ruhig beugte Bert Könnermann sich hinab und versuchte, ein Puzzleteil in eine Lücke einzufügen. Es passte nicht.

»Wir sind dabei, uns ein Bild von Roccos Persönlichkeit zu machen. Was für ein Mensch war er?«, fragte Liv.

»Rocco ruhte in sich. Hatte seine wilden Jahre hinter sich, wie ich. So einen braucht man für eine Bar, weil manche Gäste sich einfach nicht benehmen können.«

»Kennen Sie auch seine Verlobte?«

»Kaum. Er war ein Mitarbeiter, mehr nicht. Die Bar ist für mich nur ein Investment, die Werkstatt ein Hobby.«

»Wenn man sich Roccos Wohnung anschaut, muss er gut verdient haben«, meinte Hennes.

»Wer von meinen Leuten wie wohnt, geht mich nichts an. Ich will keinen Ärger haben, sondern nur auf ehrliche Art und Weise mein Geld verdienen.«

»Sicher«, sagte Hennes spöttisch.

»Wir melden uns noch einmal, falls es nötig sein sollte«, beendete Liv das Gespräch. Ehe sie hinausgingen, trat Hennes an den Tisch und platzierte ein Puzzleteil. Bert Könnermann sah schweigend zu.

* * *

Sobald die Kommissare weg waren, fegte Bert Könnermann mit einem wütenden Brüllen die Puzzleteile vom Tisch. War er denn nur von Trotteln umgeben? War es nicht schlimm genug, was mit Rocco passiert war? Marcel hatte genau gewusst, was er tun musste! Warum hatte er die Aufnahmen nicht beiseitegeschafft? Könnermann holte tief Luft. Jetzt hatten ihn die Bullen hier gepestet, in seinem Haus.

Grimmig kontrollierte er sein Handy. Noch immer keine Nachricht. Er musste wissen, was über den Mord an Rocco geredet wurde. Musste die kleine Nutte finden. Musste alte Beziehungen spielen lassen und Vorkehrungen treffen. Wenn nötig, würde er so schnell wie möglich zurückschlagen, das stand fest.

8

Westerland, 19.25 Uhr

Die Fenster des historischen Backsteinbaus im Kirchweg waren hell erleuchtet. Sowohl im Polizeirevier als auch in der Kriminalpolizeistelle herrschte Hochbetrieb. In der Teeküche stapelten sich Pizzapackungen. Aufgerissene Gummibärchentüten und Schokoladetafeln lagen neben Fotokopien. Liv pinnte die letzten Fotos an die Wand. Obgleich sie die Informationen über die Rockergangs weggelassen hatten, hingen dort schon viele Zettel. Vor allem der vorläufige Bericht der Rechtsmedizin hatte eine Überraschung zutage gefördert.

Liv hatte die Ermittler zur Abschlussbesprechung des Tages gebeten. Während die Kollegen eintrudelten, nahm Liv das Smartphone zur Hand. Sie wollte noch schnell ihre Freundin anrufen. Den ganzen Tag über hatten Katharina und auch Sanna ihr alberne Fotos aus dem Schwimmbad und von der Partyvorbereitung geschickt. Es würde eine fette Party werden, denn Katharina hatte an nichts gespart. Auch Sanna hatte sich mit künstlichen Wimpern, perfektem Makeup und bauchfreier Bluse aufgestylt, was Liv einen Stich versetzte. Ihre Tochter wurde so schnell groß!

Katharinas Familie hatte ihr Vermögen mit Schiffsbeteiligungen verdient. In der Jugend hatte Katharina mit dem Reichtum gefremdelt, dann aber hatte sie sich damit arrangiert. Ihre Tätigkeit als Psychologin und Coach war ihre Berufung und wurde von zahlreichen Ehrenämtern flankiert. Katharina hatte ein großes Herz und setzte ihr Vermögen auch für wohltätige Zwecke ein.

Bald würden die ersten Gäste in der Strandbar bei List eintreffen. Liv freute sich auf die Party: das glitzernde Meer, Fackelschein auf den Dünen, ein exquisites Büffet und tanzen, bis die Füße wund waren.

Katharina meldete sich sofort. Ihre Stimme wurde beinahe vom Rauschen des Winds übertönt, im Hintergrund erklang Lachen.

»Sag jetzt nicht, dass du es nicht schaffst«, meinte Katharina gespielt streng.

»Wie könnte ich mir das entgehen lassen! Ich komme, versprochen«, versicherte Liv ihrer Freundin. »Es dauert nur noch ein bisschen. Ich wäre so gerne von Anfang an bei euch, aber es ist noch so viel zu tun.«

»Lass dir nicht zu viel Zeit, ich feiere nur einmal meinen Dreißigsten.« Jemand rief Katharina etwas zu, und sie lachte.

»Ist Sanna auch da?«

»Klar, du Glucke, mach dir keine Sorgen. Sanna, Jan und Kimi bringen die Setlist des DJs gehörig durcheinander.« Wieder fremde Stimmen. »Du, die ersten Gäste kommen.«

»Viel Spaß!«, konnte Liv noch rufen, aber da war Katharina schon weg.

Als Nächstes rief Liv Sebastian Gerlich an. Sie wollte gerne kurz mit ihm über die Leiche sprechen, obgleich inzwischen seine Kieler Kollegen übernommen hatten. Der Anrufbeantworter sprang an. Liv hörte den Piep, als sich Hennes mit zwei Bechern Kaffee näherte.

»Lammers hier. Ich wollte Ihnen nur danken, dass Sie so schnell hierhergekommen sind, Doktor Gerlich. Schönen Urlaub noch, trotzdem.«

Hennes verdrehte bei ihren Worten die Augen. »Schleimerin«, zischte er.

»Griesgram«, gab Liv ungerührt zurück und nahm ihm einen Becher ab. »Gerlich hätte nicht zum Leichenfundort kommen müssen. Genauso wenig wie ich.«

»Du bist ja auch so ein Streber.«

Nach und nach kamen die Kollegen zusammen. Liv sah in der Runde viele angespannte Gesichter. Den meisten Kollegen von der Kripo machten Mordfälle sehr zu schaffen; verständlich, wie Liv fand. Manche verfolgte der Anblick von Leichen sogar bis in den Schlaf. Doch Livs Motivation war stärker als Angst, Ekel oder Zorn. So pathetisch es klang: Sie hatte selbst Unrecht erlebt und wollte anderen Verbrechensopfern Gerechtigkeit widerfahren lassen.

Während die letzten Kollegen eintrudelten, ertappte sie sich dabei, wie sie nervös auf ihren Unterarm trommelte. Schnell verschränkte sie die Arme. Jetzt waren fast alle da. Momke nippte an einem Teebecher, Rabia löffelte selbstgemachten Salat aus einem Einmachglas, Hennes drehte sich eine Zigarette. Liv selbst spürte weder Müdigkeit noch Hunger oder Durst, nur ein Kribbeln im Zwerchfell. Ihr erstes Meeting als Teamleiterin! Sie wusste, wie wichtig die richtige Vorgehensweise war. Ein Teamleiter konnte die anderen inspirieren und anspornen, aber auch bremsen. Er – oder sie – brauchte Übersicht und einen guten Riecher, um die Fähigkeiten und Belastungsgrenzen der einzelnen Ermittler korrekt einzuschätzen. Eigentlich glaubte sie, der Aufgabe gewachsen zu sein, und doch spürte sie jetzt den Schweiß in ihrem Nacken.

Einige Gesichter waren ihr neu, also stellte sie sich vor. Zunächst fasste sie kurz die bisherigen Erkenntnisse zusammen. Sie verschwieg die möglichen Verbindungen zur Organisierten

Kriminalität und ging auch nicht auf die Tätowierung ein, weil sie den Kreis der Eingeweihten klein halten wollte.

»Bei der Sektion gab es eine Überraschung. Es wurden winzige Metallpfeile mit Widerhaken in der Haut des Toten gefunden. Diese Pfeile deuten auf mehrmaligen Beschuss durch ein Elektroschockgerät, vermutlich einen Taser, hin. Die entsprechenden Hautareale werden derzeit mikroskopisch untersucht«, berichtete Liv.

»Taser oder Elektroschocker – ist das nicht dasselbe?«, fragte Momke.

Nun ergriff Karlpeter Botersen-Evers, der Leiter der Kriminaltechnischen Abteilung, das Wort. »Eben nicht. Bei einem Taser werden kleine Pfeile an Kabeln verschossen, die sich in die Haut bohren und so den Strom übertragen. Bei einem einfacheren Elektroschockgerät gibt es lediglich Strommarken.« Er klickte aus einem Döschen reihenweise Süßstoff in eine Espressotasse. Da der korpulente Mann eine Vorliebe für Gummibärchen hatte, würde dieser Zuckerverzicht wenig bringen, mutmaßte Liv.

»Hat dieser Taser-Angriff zum Tod geführt?«, wollte Hennes wissen, der den Bericht offenbar noch nicht gelesen hatte.

Liv verneinte. »Allerdings hat der Elektroimpuls Höpens vorgeschädigtes Herz zum Kollabieren gebracht. Vermutlich hat der Täter den Taser so lange eingesetzt, dass ein Herzkammerflimmern ausgelöst wurde.« Sie wartete einen Augenblick, damit die Kollegen die Information sacken lassen konnten.

»Derartig starke Elektroschockpistolen wie die, mit der der Tote vermutlich traktiert wurde, sind in Deutschland verboten, aber leicht über das Internet erhältlich. Herauszufinden, ob ein Taser an jemanden auf Sylt verkauft wurde, dürfte also schwierig werden«, ergänzte Botersen-Evers.

»Wollen Sie gleich weitermachen, Herr Botersen-Evers? Was haben Sie und Ihre Leute in der Mörderkuhle entdeckt? Und was in der Tabledance-Bar?«, fragte Liv.

»Außer altem Bauschutt, der in der Kuhle entsorgt wurde, haben wir bislang nicht viel gefunden. Auch nicht das Messer, von dem die Abwehrverletzungen des Opfers stammen«, berichtete der Kriminaltechniker und seufzte schwer. »Ansonsten hasse ich diese Fälle auf Sylt, wo erst einmal alle möglichen Leute am Tatort herumtrampeln, bevor wir mit diesem grässlichen Bummelzug eintrudeln.«

Viele der Anwesenden versteiften merklich bei diesem Affront. »Meines Erachtens ist der Erste Angriff korrekt abgelaufen. Durch die frühe Daktyloskopie konnten wir schnell die Identität des Toten klären«, entgegnete Liv.

»Immerhin hat Familie Neublöhler tatsächlich Abstand gehalten«, meinte Botersen-Evers. Er spülte den Espresso hinunter wie andere Leute Schnaps und schüttelte sich anschließend, als habe es schrecklich geschmeckt. Angesichts der Süßstoffmenge konnte Liv sich das gut vorstellen. »Die Reifenabdrücke könnten zu dem gesuchten Audi passen, zumindest wird dieses Reifenmodell für den A8 angeboten. Außerdem konnten wir von verschiedenen Fußspuren Abdrücke anfertigen. Bei der schwarzen Farbe, in der die Buchstaben geschrieben wurden, handelt es sich um Nagellack, wir prüfen die Zusammensetzung noch, um eventuell die Marke herauszufinden. Zudem haben wir eine 3-D-Ansicht des Tatorts erstellt.«

»Das ist sicher später sehr nützlich«, sagte Liv, bemüht, den Einsatz des Kriminaltechnikers angemessen zu würdigen; gleichzeitig fing sie Hennes' spöttischen Blick auf. Hatte sie übertrieben? Ein Schweißtropfen lief ihr Rückgrat entlang.

Botersen-Evers tupfte mit dem Zeigefinger die Süßstoffreste aus der Tasse und leckte sie ab. »In der Bar sieht es schon anders aus. Massenweise Fingerabdrücke, auch am Käfig. Es ist ein handelsübliches Modell aus Alu, wie man es bei vielen Versandhändlern bekommt. Wir konnten Haare und auch Blut an den Gittern sichern. Hundehaare und Menschenhaare. Die Analyse wird etwas dauern. Außerdem haben wir in einem Kabuff der Bar neben den Putzmitteln eine Poker-Tischauflage und einen Pokerkoffer gefunden.«

»Glücksspiel – wusste ich's doch«, sagte Hennes und schnalzte mit der Zunge.

»Marcel Zampowski meinte, er habe die Utensilien noch nie gesehen.«

»Sicher«, sagte Hennes mit einem ironischen Lachen, das in ein Hüsteln überging. »Und wie sollen die Sachen in die Bar gelangt sein?«

»Das wusste Zampowski auch nicht«, antwortete Botersen-Evers.

»Dann hören wir uns doch bei den Gästen um. Apropos: Habt ihr Zeugen bei der Mörderkuhle auftreiben können?«, leitete Liv zum nächsten Thema über.

»Wir haben eine Liste der Grundstücksbesitzer und Reiter erstellt, die sich dort regelmäßig aufhalten. Bisher konnten wir niemanden finden, der etwas Auffälliges bemerkt hat, aber auch diese Liste ist noch nicht vollständig abgearbeitet. Ganz zu schweigen von den Fremden, die den Reitweg benutzt haben könnten. Dazu müssen wir die Reitställe abklappern«, berichtete Rabia. »René Höpens Kalender und Computer haben wir gesichert, außerdem seine Bankunterlagen. Ein sehr ordentlicher Mensch, sogar die Parkscheine hat er akribisch abgeheftet.«

»Ausgezeichnete Arbeit«, lobte Liv und kam sich ein wenig übereifrig vor. »Was hat das Gespräch mit Höpens Eltern ergeben?«

»Anscheinend hatten sie schon lange keinen Kontakt mehr zu ihm«, sagte Rabia.

»Und der Schriftzug? René Höpen hat sich in der Vergangenheit sicher vielfach schuldig gemacht, aber welches seiner Opfer ist zum Täter geworden, um ihn zu bestrafen?«, fragte Liv in die Runde.

»Von Drohbriefen oder so hat seine Verlobte jedenfalls nichts erzählt. Die Funkdaten werden weiterhin ausgewertet. Was den Audi angeht, so gibt es noch nichts Neues. Da sind wir ebenfalls dran«, berichtete Momke. Er bewegte sich unruhig auf seinem Stuhl.

»Also Raubmord? Das Geld ist weg, genau wie der Wagen«, sagte Rabia.

Momke beugte sich vor. »Der eigentliche Hammer sind die Überwachungsbänder.«

Liv hielt unwillkürlich den Atem an. Was hatte Momke herausgefunden? Und warum hatte er es nicht früher erwähnt? Ihr Kollege schien dramatische Auftritte zu lieben.

Spürbar stieg die Anspannung im Raum. Selbst diejenigen, die eben noch verstohlen gegähnt hatten, richteten sich noch einmal auf.

Momke trat an seinen Computer. »Gestern besuchten dreiunddreißig Menschen die Bar, manche kurz, manche den ganzen Abend lang. Um 4.05 Uhr schmeißt René Höpen die letzten Gäste eines Junggesellenabschieds raus. Er schließt ab und macht die Kasse, dann nimmt er den Hinterausgang. Seinen Hund hat er an der Leine, eine Geldkassette unter dem Arm.«

Momke öffnete ein Programm. Auf dem Bildschirm startete ein Film. Die Aufnahme war für eine Überwachungskamera verhältnismäßig gut. Die Kommissare sahen, was Momke beschrieben hatte, bis dieser langsam vorspulte. »Eine Zeit lang passiert nichts mehr, aber dann …« Momke schaltete wieder Normaltempo ein.

Jetzt war eine Tür auf dem Bildschirm zu erkennen. Eine Gestalt öffnete sie und betrat das Gebäude. Dunkel gekleidet, eine Maske vor dem Gesicht.

»Wer auch immer das ist, er wusste genau, wo die Kameras sind. Auf vielen Aufnahmen ist er nicht zu sehen. Beim Ausgang konnte er der Kamera allerdings nicht entgehen.«

Die dunkle Gestalt kam erneut vorbei. Diesmal trug sie allerdings einen leblosen, halb nackten Frauenkörper über der Schulter.

Eine Weile waren die Kommissare sprachlos. Dann redeten alle durcheinander. Liv rief sie zur Ordnung. »So wie es aussieht, könnte es sich bei der Frau um eine der Tänzerinnen handeln. Aber warum hat niemand erwähnt, dass sie verschwunden ist? Oder könnte die Frau auf dem Film …«, sie konsultierte ihre Notizen und verwendete der Einfachheit halber die Künstlernamen, »… Sassy, Ruby oder Candy sein?«

»Das glaube ich kaum. Selbst das Wenige, was wir vom Aussehen erkennen können, passt nicht. Wir sollten die anderen Frauen schnellstmöglich befragen, falls Könnermann versucht, sie einzuschüchtern, oder ihnen eintrichtert, was sie sagen sollen«, meinte Hennes.

Sofort machten sie sich an die Arbeit; an Feierabend schien jetzt kaum jemand zu denken. Nach einer halben Stunde fanden sich nicht nur die drei Tänzerinnen, sondern auch eine Dolmetscherin im Revier ein, die die Kommissare kurzfristig hatten auftreiben können. Sie belehrten die Frauen über ihre Rechte und befragten sie zu ihren Namen und Lebensdaten.

Alle drei gaben an, über eine Stellenanzeige nach Sylt gekommen zu sein. Es fiel Liv schwer, nicht gleich mit der Frage nach der Entführten herauszuplatzen.

»Wir werden fürs Tanzen bezahlt. Die Wohnung stellte uns Rocco zur Verfügung«, sagte Saskia, die sich Sassy nannte. Sie war eine etwas füllige Rothaarige, die für die anderen häufiger das Antworten übernahm. Die Dolmetscherin übersetzte ohne Verzögerungen. »Ganz gleich, was ihm zugestoßen ist, das hat er nicht verdient«, setzte Saskia mitfühlend hinzu.

»Wie viele Tänzerinnen sind Sie normalerweise?«

»Wir drei sind hier.«

»Das sehen wir. Wir wissen aber, dass eine vierte Tänzerin zu ihrem ... Team gehörte«, bluffte Hennes.

Candy und Ruby warfen Saskia schnelle Blicke zu. Die Frauen schwiegen jedoch. Liv holte den Computer aus der Schlafstellung. Sie mussten den dreien ohnehin einen kurzen Ausschnitt des Films zeigen, damit sie die Bewusstlose identifizieren konnten. Die Tänzerinnen waren erschrocken.

»Das ist Denise«, sagte Ruby, also Regina, sofort.

»Sind Sie sicher?«

»Ja. Ich erkenne ihr Gesicht, den Dress.«

»Wie heißt sie weiter?«

»Dimitrov ... Denise Dimitrov.«

Liv simste Momke den Namen, damit sie das Gespräch nicht unterbrechen musste. »Wann haben Sie Frau Dimitrov zum letzten Mal gesehen?«

»Gestern. Denise stand mit uns auf der Bühne.«

»Und dann?«

»Dann sind wir ins Bett gegangen. Ich dachte, Denise hat frei.« Die Frau rückte auf die Stuhlkante vor. »Was ist mit ihr? Wer ist der Mann? Wo wurde Denise hingebracht? Hat sie etwas mit Roccos Tod zu tun?«

Liv beobachtete ihr Gegenüber genau. »Wie kommen Sie darauf? Ist gestern etwas zwischen Rocco und Denise vorgefallen?«

Saskia biss sich auf die Lippen. »Haben Sie schon mit unserem Boss gesprochen? Der weiß bestimmt mehr über Denise.« Sie erhob sich. »Wir möchten jetzt gehen«, erklärte sie bestimmt.

Laut dröhnte Rockmusik durch den Bulli, als Liv zwei Stunden nach Ende der Befragung gen Norden fuhr. *Sleeping My Day Away* der dänischen Rockband D-A-D pushte sie verlässlich und verlieh ihr neue Energie. Manchmal half nur Heavy Metal.

Sie hatten nach der Aussage der Tänzerinnen sofort eine Fahndung eingeleitet. Auch Könnermann und Zampowski hatten sie noch befragt, aber beide behaupteten, dass Denise frei hatte. Warum war Denise auf der Aufnahme bewusstlos? Und was war mit ihr geschehen? War sie entführt worden? Oder vielleicht gerettet? Wohin war sie verschwunden? Was hatte sie mit dem Mord an Rocco zu tun? War sie ein zweites Mordopfer? Wer war der Vermummte? Ein Computerforensiker würde versuchen, das Aussehen des Unbekannten besser aus Standbildern herauszuarbeiten. Ein Einbruch wäre aufgefallen. Woher hatte der Eindringling also den Schlüssel für die Bar gehabt? Nach Aussage von Könnermann besaßen nur Höpen und er einen Schlüssel. Hatte der Vermummte René Höpen überfallen und ihm den Schlüssel abgenommen?

Liv hatte die anstehenden Aufgaben verteilt und noch einmal allen für ihren Einsatz gedankt, ehe sie die meisten Teammitglieder in den Feierabend geschickt hatte. Kurz hatte sie den Drang verspürt, Hennes zu fragen, wie er ihren ersten Tag als Teamleiterin gefunden hatte, aber dann hatte sie es sich doch verkniffen. Anschließend hatte sie noch mit Hasselbrecht telefoniert und Berichte geschrieben, bis die Buchstaben vor ihren Augen geflimmert hatten. Jetzt hieß es warten, was die Suche nach der Frau ergab. Was, wenn Denise in der Gewalt eines Entführers war? Diese Befürchtung ließ Liv keine Ruhe. Aber vielleicht irrte Denise auch umher und wurde von der Nachtschicht der Polizei aufgegriffen. Es tat gut zu wissen, dass die Polizeimaschinerie auch ohne sie weiterlief.

Der Parkplatz bei der Dünenbar war so voll, dass sie den Bulli an den Fahrbahnrand quetschen musste. Liv folgte dem Dünenweg durch die milde, sternenklare Nacht. Der Sturm hatte sich endgültig verzogen. Nur eine kalte Brise kam vom Meer und pustete ihr den Kopf frei. Leise raschelte der Strandhafer, die Sterne blinkten. Das Meeresrauschen vermittelte ihr wie kein anderes Geräusch ein Heimatgefühl. Gleichzeitig wurden Musik und Gelächter zu ihr getragen. Noch fiel es Liv schwer, die Anspannung und die Belastungen des Tages abzuschütteln und so zu tun, als wäre nichts gewesen. Kurz erwog sie, einfach umzudrehen, sich in ihrer Unterkunft eine Stulle zu machen und sich ins Bett zu legen.

Ein paar Schritte weiter sah sie das Bistro, dessen Lichter einladend über die spärlich bewachsenen Sandhügel strahlten. Sie ging weiter, langsamer jetzt. Für einen Augenblick nahm sie das Bild in sich auf, das sich ihr hinter der Fensterfront bot: ein großer Schankraum im maritimen Stil, Tische und Stühle waren beiseitegerückt worden, um Platz für den entfesselten Pulk zu machen, der im Takt der Musik waberte. Katharina war in der Mitte, barfuß tanzend. Momke und seine schwangere Verlobte bewegten sich behutsam am Rande der Tanzfläche; er hatte früher Feierabend gemacht.

Von Livs Füßen breitete sich ein Kribbeln in ihrem ganzen Körper aus. Schuhe aus und tanzen, bis die Erinnerungen an den Ermordeten nur noch ein ferner Schatten waren!

Etwas rührte sich hinter ihr. Unwillkürlich zuckte Liv zusammen. Eine tiefe Stimme sagte: »Ich dachte schon, du hättest unseren Auftritt vergessen.«

Es war Arian. Gut sah ihr ehemaliger Klassenkamerad im goldfarbenen Zwielicht aus. Unwillkürlich ertappte Liv sich dabei, den Sitz ihrer Haare zu kontrollieren, die vom Wind ganz schön zerzaust waren. Vielleicht hätte sie sich doch noch frisch machen und umziehen sollen. Herrje, sie war eine gestandene Kriminalkommissarin und dreißig – sie sollte in so einer Situation nicht mehr nervös sein! Aber die Jahre mit Kurzbeziehungen, Kuppelversuchen wohlmeinender Freunde und One-Night-Stands hatten die Sache nicht einfacher gemacht. Sie rang sich ein Lächeln ab.

»Wie könnte ich? Ich habe allerdings meine Cajón noch im Auto.«

»Ich kann sie holen«, bot er an, dann fuhr er sich durch die Haare. Er schien zu wissen, dass er gut aussah, was ihn aus Livs Sicht schon wieder unattraktiv machte. »Du wirkst, als könntest du einen Drink gebrauchen.«

»Jep.«

Sie gingen hinein. Nun bemerkten auch die anderen Liv. Sie spürte eine Hand auf ihrer Schulter. »Das Buffet und ein schöner Rotwein warten auf dich. Oder möchtest du lieber einen Aperol-Spritz?«, fragte Katharina fürsorglich.

Die Nacht war noch jung, und Liv hätte nur zu gern ihr Gedankenkarussell zum Stoppen gebracht. Andererseits dachte sie an die stille Bereitschaft, die als Ehrenkodex bei der Mordkommission galt. »Ein alkoholfreies Weizen wäre erst mal super.«

Katharina gab die Bestellung auf. Liv sah sich um. Das Getränk kam schnell, und sie stießen an. Liv erkannte die ersten Töne des nächsten Songs sofort. Im selben Moment tanzte Katharina neben ihr los und lockte sie aufs Parkett. Noch immer hatte Liv ihre Tochter nicht entdeckt, was sie zu beunruhigen begann. Was war sie nur für eine Glucke! Und doch …

Sie neigte sich zu Katharina. »Wo ist Sanna?«, fragte sie gegen die Musik an.

Katharina lachte. »Die Jugendlichen haben sich verpieselt. Du weißt doch, für die sind wir steinalt.«

»Und wohin?«

Ihre Freundin zögerte kurz. »Zu Jan. Er hat sturmfreie Bude.«

Das gefiel Liv ganz und gar nicht. Die Lammers besaßen ein weitläufiges Anwesen in Morsum. Livs Schwester Annika hatte neben ihrem Elternhaus neu gebaut. Das wäre für Liv unvorstellbar gewesen, sie hätte die Nähe zum perfekt restaurierten Friesenhof ihres Vaters nicht ertragen. Zu viele Geister der Vergangenheit. Unbedingt musste sie sich vergewissern, dass es Sanna gut ging. Sie wollte Katharina jedoch nicht die Laune verderben.

Nachdem sie einige Songs durchgetanzt hatte, zog Liv sich auf die Terrasse zurück, wo vereinzelte Pärchen in den Strandkörben herumturtelten. Nur zu verständlich, es war eine perfekte Nacht. Mond und Sterne tauchten die Dünen in silbernes Licht. In der Ferne glitzerte die Brandung; auch ohne die Tidetabelle wusste Liv, dass auflaufendes Wasser war. Sie stellte sich in den warmen Schein einer Feuerschale. Arian kam ihr nach, aber sie machte eine abweisende Geste und hob ihr Handy.

Sanna meldete sich sofort. Im Hintergrund waren ebenfalls Gelächter und laute Musik zu hören. Sogleich stieg das Bild eines Partyschlachtfelds in Liv auf.

»Ich dachte mir schon, dass du anrufst. Tut mir leid, dass ich vorhin so grummelig war«, erklärte Sanna.

»Nicht schlimm, Lütte.« Liv war erleichtert, dass Sanna sich beruhigt hatte und zum Glück auch nicht länger über ihren Erzeuger nachzugrübeln schien. »Ihr seid bei Jan …«

»Ja, keine Sorge. Tante Annika besucht Großvater in der Reha-Klinik auf dem Festland. Nicht mal Frau Mönck ist da.« Die strenge Hausmamsell musste Ocke Lammers sogar in der Klinik zu Diensten sein, vermutete Liv. »Mam, es ist so cool hier! Die Villa ist riesig! Die Küche ist größer als unser ganzes Haus. Der Kühlschrank ist voll elektronisch und spricht mit dir. Die Home-Cinema-Anlage müsstest du mal sehen – mega! Wir waren auch schon im Whirlpool, und …«

Liv fröstelte. »Wer ist wir?«

»Jan, ich und ein paar seiner früheren Schulfreunde.«

»Gibt es Alkohol?«

»Mam, die meisten sind über sechzehn!«, sagte Sanna entrüstet. »Ich bin vernünftig, du kannst dich darauf verlassen.«

Die Musik hinter Liv wurde lauter, weil die Tür erneut geöffnet wurde. Arian zeigte Liv die Uhrzeit an. Es war Zeit für ihren gemeinsamen Auftritt. Liv gab ihm mit einer Geste zu verstehen, dass sie verstanden hatte. »Du kommst aber nachher zurück und schläfst bei Katharina?«

»Wir wollen durchmachen!«

»Ich weiß nicht –«, wagte Liv den Versuch einer Entgegnung.

»Oh Mann, Mam! Du brauchst gar nicht darauf zu spekulieren, dass ich einknicke!«, fiel Sanna ihr ins Wort.

Liv lachte. »Ich hab dich auch lieb, Lütte.«

»Ich bin nicht mehr lütt! Bald bin ich sechzehn, dann darf

ich Alkohol kaufen, länger in die Disco, Motorrad fahren, mich tätowieren lassen und sogar heiraten.«

Die Zusammenfassung ließ Liv schwindeln. »Nun mal langsam mit den jungen Pferden, das meiste davon darfst du nur mit dem Einverständnis der Erziehungsberechtigten.«

»Du wirst mir das Übernachten doch nicht etwa verbieten? Du bist so uncool. Chill mal.«

Liv bezwang mühsam ihre Muttergefühle. »Okay. Melde dich, wenn etwas ist. Sofort. Egal, was ist, ich komme zu dir.«

Sanna seufzte. »Das weiß ich doch. Bleib locker.« Sie schmatzte einen Kuss ins Mikro, dann war sie weg.

Das kann ja noch lustig werden, dachte Liv halb amüsiert, halb besorgt.

Als sie das Gespräch beendet hatte, sah sie auf die Uhr. Es war zu spät, Annika anzurufen und sich zu überzeugen, dass ihr verhasster Vater wirklich nicht in Morsum war. Trotzdem schickte sie ihrer Schwester eine Kurznachricht. Als sie gerade hineingehen wollte, rief Annika an. Sie war tatsächlich bei ihrem Vater in der Reha-Klinik auf dem Festland.

»Es geht ihm gut, falls dich das interessiert. Ocke hat sich von dem Schlaganfall glücklicherweise ziemlich schnell erholt. Erstaunlich gut sogar. Ein paar Wochen noch, dann kann er nach –«

»Danke, das interessiert mich nicht«, unterbrach Liv sie und log: »Ich wollte mich nur mal gemeldet haben, wo ich doch auf der Insel bin.«

Sie wollte die Jugendlichen nicht verpfeifen; vielleicht ahnte Annika nichts von der Party. Genaugenommen wusste Liv nie, worüber sie mit ihrer Schwester sprechen sollte. Auf keinen Fall über ihren Vater. Über die Immobiliengeschäfte der Firma Lammers Estates würden sie sich auch nur in die Haare kriegen. Über Jan? Schlechte Idee: Annika reagierte eifersüchtig darauf, dass Liv sich mit ihrem Sohn gut verstand. Und von Sanna wollte Liv ihrer Schwester nichts erzählen. Also Elise. Ihre Großmutter war Expertin für den Flensburger Dialekt Petuh, schrieb darüber ihr erstes Buch, hielt Vorträge und verfasste Festreden.

»Ich soll dich von Elise grüßen. Sie schreibt fleißig, das Buch wird schön –«

»Großmutter sollte sich lieber nicht überanstrengen. Warum in ihrem Alter noch so ein Ehrgeiz?«, unterbrach Annika sie nun ihrerseits. »Hast du mit diesem Toten in der Mörderkuhle zu tun?«

»Ja.« Liv wollte nicht mit ihrer Schwester über den Fall sprechen. Außerdem bauten ihre Freunde im Lokal bereits alles für ihren Auftritt auf. Andererseits hatte sie Annika so spät gestört, deshalb wollte sie nicht unhöflich sein. »Weißt du noch, wie wir dort nach Schätzen gesucht haben? Die Mörderkuhle war immer ein verzauberter Ort für mich«, sagte Liv schließlich.

»Diese alte Müllkippe? Seltsam.«

Annika erzählte von ihrem engen Terminplan und ihrer ebenso durchgetakteten Freizeit sowie von ihrem Mann Enno, der mal wieder auf Geschäftsreise war. Schließlich würgte Liv sie ab. Ihre Schwester jedoch hielt sie noch einmal auf.

»Ich soll dir übrigens ausrichten, dass Vater mit dir reden will.« Annikas Ton klang sachlich, beinahe kühl.

»Ich aber nicht mit ihm. Schön, mit dir gesprochen zu haben«, log Liv erneut. Dann schaltete sie das Handy auf Vibration und wandte sich wieder der Party zu.

* * *

Sanna schob das Handy in ihre Hintertasche. Immer diese Mütter! Sie sah sich in dem Wohnzimmer um, das groß genug war, um darin ein Badminton-Match auszutragen. Ein paar Jungen und Mädchen sangen lautstark und von Lachanfällen unterbrochen Karaoke, andere hatten VR-Brillen auf und spielten auf dem gewaltigen Flatscreen. Jan saß auf einer Lehne der champagnerfarbenen Sofalandschaft und spielte Gitarre, auch ein paar seiner Freunde hatten ihre Instrumente dabei. Insgesamt fand Sanna seine Freunde nett, wenn auch ein wenig schräg. Die meisten hatten mehr Geld, als ihnen guttat. Ach je, sie hörte sich schon an wie ihre Mutter!

Kimi kam aus der Küche, zwei Dosen in der Hand, und Sannas Herz tat einen Sprung. Er war so süß, ein mutiger Rettungsschwimmer und der wahre Grund, weshalb sie hier war und nicht mit Katharina feierte. Als Kimi tatsächlich auf sie zukam, glaubte Sanna, gleich ohnmächtig werden zu müssen.

Er hielt ihr eine der Dosen hin. »Eine Spezialmischung, extra für dich …«

* * *

Fröstelnd raffte Denise die Jacke vor der Brust zusammen, während sie durch eine Häuserschlucht zum Hintereingang der Tabledance-Bar eilte. Der raue Stoff scheuerte die zwei Pusteln an ihrem Nacken immer wieder auf. Die Klamotten, die sie von einer Wäschespinne geklaut hatte, waren nicht nur hässlich, sondern auch zu weit. Immerhin würde sie darin niemand erkennen.

Ohne einen Cent und ganz schwindelig vor Hunger war sie zu Fuß nach Westerland gelaufen. Per Anhalter zu fahren wagte sie nicht. Nicht nach dem, was passiert war. Als sie vor ein paar Stunden die Bar angesteuert hatte, war der Anblick der vielen Polizeiwagen ein Schock gewesen. Was war da los?

Unruhig hatte sie sich seitdem in den Einkaufsstraßen Westerlands herumgetrieben. Sie wusste ja genau, wann die Stoßzeiten in der Bar vorüber waren. Enttäuschung und Ärger über die eigene Dummheit nagten an ihr. Vor zwei Jahren war sie in ihrer Heimat von einer charmanten Arbeitsvermittlerin angeheuert worden. Diese hatte ihr gesagt, dass der Leiter eines Ballett-Ensembles in Deutschland einen ihrer Auftritte bei Youtube gesehen hatte und sie als Ballerina engagieren wollte. Sie müsse nur noch einmal vortanzen, der Form halber. Voller Hoffnung hatte Denise sofort angefangen, Deutsch zu lernen. Ihre Tochter Felia hatte sie bei ihrer Schwester untergebracht, der Abschied war ihr schwergefallen. An die erste Etappe der Reise erinnerte sie sich kaum, weil sie ständig gegen das Weinen angekämpft hatte. Sie hatte mit sich gehadert, schließlich hätte sie froh über die Chance sein sollen, die man ihr bot. In der ersten Unterkunft, einer einfachen Pension, hatte die Arbeitsvermittlerin ihr den Ausweis abgenommen; sie wollte ihn im Safe verwahren. Obwohl Denise die Mitreisenden etwas merkwürdig gefunden hatte, waren ihre Alarmglocken still geblieben. Sie teilten schließlich alle dieselbe Hoffnung. Die Erinnerung an den Augenblick, an dem man ihnen diese Hoffnung ausgetrieben hatte, war die Hölle. Statt im Ballett-Ensemble war sie in einem Puff gelandet. Seitdem war sie mehrfach weiterverkauft worden, und selbst für eine Kämpferin wie sie – anders konnte man eine Ballettausbildung nicht überstehen – war die Wahrscheinlichkeit, sich aus dieser Existenz zu befreien, gering.

Das Fenster der Garderobe stand offen. Denise hörte eine bekannte Frauenstimme, was ihr Mut machte. Sassy und die anderen würden ihr helfen. Sie würden ihr erzählen, was los war, würden Rocco besänftigen. Denise würde bei Rocco ankriechen müssen, aber er würde ihr verzeihen. Die Aussicht, sich derart zu erniedrigen, ekelte sie zwar an, aber wenn sie sich nicht aus dem Geschäft herauskaufte, würde sie niemals in Frieden leben können. Wie viel sie wohl abarbeiten musste? Drei-, viertausend? Dafür musste sie noch oft die Beine breit machen und sich noch öfter auf der Bühne entblößen ... Kurz überlegte sie, ob sie nicht einfach fliehen sollte. Aber ohne Ausweis ... Außerdem würde Bosse sie suchen lassen. Er würde ihre Tochter und ihre Schwester bedrohen, das wusste sie von Leidensgenossinnen.

Eine scharfe Stimme durchschnitt die Stille. Im Schatten schlich sie näher. Was war da los?

»Bin ich denn nur von Idioten umgeben? Der eine spielt den Bullen in die Hände, und ihr stellt euch dumm!«

Denise erstarrte. Es krachte, und sie zuckte zurück. Im nächsten Augenblick wurde direkt neben ihr das Fenster zugeschlagen. Sie konnte nichts mehr verstehen. Warum glaubte Bosse, dass die Frauen sich dumm stellten? Denise konnte nicht anders, sie legte ihr Ohr nah an das Glas. Nun konnte sie auch ein wenig in die Garderobe hineinsehen. Ihre Leidensgenossinnen kauerten eingeschüchtert auf den Stühlen, die kurzen Bademäntel bedeckten nur notdürftig ihre Blöße. Unbarmherzig vervielfachten die beleuchteten Spiegel ihr Elend. Bosse und Marcel hatten sich vor den Frauen aufgebaut. Denise wurde mulmig zumute. Sie hatte schon länger gespürt, dass etwas nicht stimmte. Wo war Rocco? Worum ging dieser Streit? Und was hatte sie damit zu tun?

Ihr fiel auf, dass Sassy zum Fenster sah. Hatte sie sie bemerkt?

»Denise hätte Rocco niemals ...«, hörte sie nun Marcels Stimme. Er verteidigte sie – aber weswegen?

»Halt die Fresse! Du hast selbst genug auszubügeln!«, brüllte Bosse.

Marcel zuckte, als sei er geschlagen worden. »Ich habe nicht … die Bullen …«

»Rocco ist tot, und wir wissen nicht mal genau, was auf den Bändern ist, weil du zu dämlich …«

Denise war es, als habe jemand ihr den Boden unter den Füßen weggezogen. Rocco war tot?

»Sorry, Boss. Ich werd's wiedergut…«, hörte sie Marcel leise sagen. Nun wandte sich auch noch Ruby dem Fenster zu.

Denise konnte es nicht fassen. Nicht dass es ihr leid um Rocco tat, aber …

»Dann finde Denise, und schaff sie her! Wir müssen wissen, ob sie sich an Rocco gerächt und ihn umgebracht hat! Sie ist ganz sicher nicht ohne Grund am gleichen Abend verschwunden!«

Sie, eine Mörderin? Denise wankte zurück.

In diesem Augenblick bemerkte Bosse, dass die Mädchen abgelenkt waren, und folgte ihren Blicken. Für eine Sekunde fasste er Denise ins Auge. Dann schrie er einen Befehl. Denise taumelte zurück und rannte, rannte wieder …

Sie schoss aus dem Hinterhof und lief die Fußgängerzone entlang. Wo konnte sie sich verstecken? Schritte hinter ihr, Rufe. Da war Bosse. Stinkwütend klang er. Die Angst ließ sie die wunden Füße vergessen. Schneller! Jetzt kam es ihr zugute, dass sie nicht nur sportlich war, sondern sich auch in den letzten Stunden zwangsweise hier herumgetrieben hatte. Sie wusste, wo man von Blicken geschützt war, wo man sich unsichtbar machen konnte. Sie musste verschwinden, brauchte Zeit zum Nachdenken, um herauszufinden, welche Möglichkeiten ihr blieben.

Ein Schatten tauchte hinter ihr auf. Ein Windzug – jemand griff nach ihr.

»Bleib stehen! Wir werden dich schon nicht so hart rannehmen!«, rief Marcel.

Denise legte einen Zahn zu. Marcel war einer dieser Typen, bei denen selbst die einfachsten Bemerkungen anzüglich klangen. Aber bei diesem Satz wurde ihr richtiggehend schlecht.

Sie fuhr auf dem Absatz herum und bog in die schmale Gasse zwischen zwei Häusern ein. Garageneinfahrten. Jägerzäune. Keine großen Hindernisse dank ihrer Sprungkraft. Mit Anlauf setzte sie über den Zaun, erreichte Gärten im Hinterhof. Ein Krachen hinter ihr. Marcel musste irgendwo gegengerannt sein, was ihr eine kurze Verschnaufpause verschaffte. Plötzlich Mauern, eine Sackgasse, aufgereihte Mülltonnen.

Denises Kopf flog herum. Wohin nur, wohin? Sie unterdrückte ein Keuchen, in ihren Seiten stach es. Ganz nah war er schon …

* * *

Könnenmann hatte sich auf den Tresen aufgestützt und brütete über seinem Gin Tonic. Wenn man ihn so sah, bekam man den Eindruck, dass er ein alter schlaffer Mann war. Oft schon hatte Marcel gedacht, dass Bosse nur noch von der Vergangenheit zehrte. Früher war er vermutlich mal furchterregend gewesen, aber inzwischen war er nur noch furchterregend langweilig.

Don, Bosses Dogge, sprang auf die Füße, als Marcel sich näherte. Er hasste diesen Köter genauso, wie er Roccos Dogo Canario gehasst hatte. Die Hunde wurden verhätschelt und bekamen nur feinstes Fleisch, das sich auf seinem Grill besser machen würde.

»Und?«

Marcel presste sich die Hand in die Seite. »Ich hab sie verfolgt, aber sie ist mir letztlich doch durch die Lappen gegangen. Wird schon wieder hier angekrochen kommen, wo soll sie auch hin?«

Bosse erhob sich und trat zu ihm. Er überragte Marcel um Haupteslänge. Ruhig musterte er ihn, während der Köter grollend seine Zähne bleckte.

Marcels Mund war auf einmal staubtrocken, immer wieder musste er schlucken.

»Du hast sie entwischen lassen? Oder steckst du sogar mit ihr unter einer Decke?«, fragte Bosse schneidend und schob das kantige Kinn vor. Als handle es sich dabei um eine scharfe Waffe, wich Marcel zurück. »Habt ihr gemeinsam Rocco getötet?«, bohrte Bosse nach.

Nun ging Marcel doch der Arsch auf Grundeis. »Nein, Boss! Ehrlich nicht, ich habe nichts …« Seine Stimme versagte, wie peinlich. Wieder schluckte er krampfhaft. Noch einen Schritt machte er zurück. Ein Hindernis, er konnte nicht weiter.

Der Köter kläffte, Sabber tropfte auf Marcels Schuhe.

Ganz leise war Bosses Stimme nun. Marcel erinnerte sich plötzlich an seinen Alten: Je ruhiger der geworden war, umso heimtückischer war er gewesen. »Glaubst du, ich wüsste nicht, was du hinter Roccos Rücken getrieben hast? Du kennst doch sicher die Strafe für Verrat?«

9

List, 24. September, 6.45 Uhr

Liv reckte sich noch einmal ausgiebig und krabbelte dann aus dem Bett. Zwei Stunden Schlaf waren einfach nicht genug. Vielleicht hätte sie doch nicht bis zum Ende mitfeiern sollen. Aber wenn sie erst einmal in Fahrt war … Der gemeinsame Auftritt hatte sie in eine euphorische Stimmung versetzt. Viele Freunde hatten Instrumente gespielt, alle hatten mitgesungen, und am Schluss war Katharina zu Tränen gerührt gewesen. Gegen vier hatten sie die Feier ausklingen lassen, und die Nüchternen hatten die Betrunkenen zu Katharinas Kapitänshaus nach List gefahren.

Liv nahm ihr Smartphone zur Hand. Keine Nachricht von Sanna. War das gut oder schlecht? Sie schickte ihrer Tochter einen kurzen Morgengruß und hoffte, dass sie sich gleich melden würde.

Über die abgeschliffenen Holzbohlen tapste Liv ins Bad, um zu duschen. Ein feiner Lichtstreifen kroch über den Horizont und ließ vor den Fenstern die violetten Heidebüschel erstrahlen. Normalerweise wäre sie jetzt eine Runde gejoggt, aber sie hatte es eilig, ins Revier zu kommen. Während sie in der Küche einen Espresso trank, schrieb sie für Katharina einen Gruß; vielleicht würde sie später kurz beim gemeinsamen Essen vorbeischauen. Liv schlich hinaus. Ob es Ergebnisse von der Fahndung, aus der Rechtsmedizin oder von der Spurensicherung gab? Ob man die Frau gefunden hatte?

Nur wenige Autos waren um diese Zeit unterwegs. Liv schaute bei der Fahrt immer wieder zum Watt, über dem die Sonne aufging. Sie hatte gerade den Langen Christian passiert, der seinem Leuchtturm-Feierabend entgegenblinkte, als ihr Handy klingelte. Doch statt Sanna war es der Wachhabende des Reviers.

»Hier sind zwei komische Typen aufgetaucht, die anscheinend den gesuchten Audi gefunden haben«, sagte er.

Livs Puls beschleunigte sich. »Lassen Sie den Fundort bitte schon absperren, ich bin gleich auf dem Revier.« Sie gab etwas mehr Gas, sodass der Bus zu röhren begann. Dann klingelte sie Hennes aus dem Schlaf.

Im altehrwürdigen, holzvertäfelten Eingangsbereich des Polizeireviers, der früher Teil des Amtsgerichts gewesen war, roch es nach Bier, Schweiß und Fisch. Zwei Männer in Tarnkleidung präsentierten den Streifenpolizisten gerade einen armlangen Hecht und eine kapitale Brasse.

»Moinsen. Lammers, K1. Sie haben also einen Audi A8 entdeckt?«, begrüßte Liv die Männer.

Der Jüngere antwortete, während der Ältere die Fische beinahe liebevoll in einer Kühlbox verstaute. »So isses. Gestern Nachmittag. Da war so ein nerviges Poltern. Die Geräusche kamen aus dem Kofferraum. Wir also hin, da hat sie mich angegriffen, die halb nackte Furie.« Der Mann fasste sich an die blau geschwollene Nase.

Was für ein wirrer Bericht. »Noch mal, ganz langsam, und bitte ausführlicher.« Aufmerksam hörte Liv zu. Bei der Geflüchteten handelte es sich vermutlich um Denise Dimitrov. Ärger wallte bei jedem Wort stärker in Liv auf. »Gestern Nachmittag also. Und warum kommen Sie erst jetzt zu uns?«, fragte sie mühsam beherrscht.

»Wir wollten erst mal angeln. Außerdem war jetzt das Bier alle. Zeit, sich hinzuhauen, ist es auch. Nachtangeln schlaucht. Friedrich meinte aber, es wäre besser, wenn wir das mit dem Auto und der Frau melden, komisch war es ja schon. Außerdem war das doch Körperverletzung, oder etwa nicht?«

In diesem Augenblick trat Hennes ein. Liv bat die Brüder, kurz zu warten, weil sie eine gemeinsame Ortsbegehung machen mussten. Erst maulten die beiden, aber schnell tauschten sie wieder mit den Streifenbeamten Anglerlatein aus.

Die Kommissare kontrollierten im Büro kurz ihre E-Mails und die Faxmaschine, doch noch lagen keine wichtigen neuen Informationen vor. Liv hinterließ Hasselbrecht eine Nachricht und instruierte die Kollegen. Sie brauchten die Kriminaltechniker, und zwar schnell, gerne auch noch Verstärkung. Immerhin waren Botersen-Evers und seine Mitarbeiter noch auf der Insel.

»Ich kann es nicht fassen – gestern Nachmittag ist René Höpens Auto aufgetaucht, und wir erfahren erst jetzt davon!«, stieß sie auf dem Rückweg von ihrem Büro zu den Anglern leise hervor. »Wir hätten viel weiter sein können! Wer weiß, was in der Zwischenzeit geschehen und wohin die Frau verschwunden ist!«

Sie fuhren erneut die Keitumer Landstraße entlang, ließen Archsum rechts liegen und bogen schließlich im Ortsteil Schellinghörn mit seinen großen Reethöfen ab. Puschelwolken zierten das Tiefblau. Ein Schwarm Stare stob auf und zeichnete immer neue Formen auf den Himmel. Schmale Wege, die teilweise nur für Radfahrer und Wanderer zugelassen waren, durchschnitten die Felder.

»Katrevel – was soll das eigentlich heißen? Du bist doch der Lokalmatador, also erleuchte mich«, brummte Hennes.

»Du weißt, dass ich mir keine Gelegenheit für einen lokalhistorischen Vortrag entgehen lasse«, sagte Liv mit einem halben Lächeln.

»Das Risiko gehe ich ein.«

»Das Wort kommt vom friesischen ›Katrebbel‹, Katzenstreifen. Der Katrevel ist ein ehemaliger Priel. Ehe der Deich im Jahr 1937 gebaut worden war, haben Sturmfluten die Nösse-Halbinsel immer wieder überspült und viele Todesopfer gefordert.«

»Damals ging es auf Sylt also auch schon lebensgefährlich zu.«

»Gefährlicher als heute, würde ich sagen.«

Hennes sah sie skeptisch an. »Du klingst ja beinahe schon wie Momke. Pass auf, dass der Sylt-Virus dich nicht wieder infiziert, sonst könntest du betriebsblind werden.«

Liv schwieg. *Wenn Hennes wüsste!* In Wahrheit hatte dieser Virus, der alljährlich so viele Urlauber befiel, sie nie verlassen. Liv war als Jugendliche mit Elise nach Flensburg gekommen, hatte dort Sanna zur Welt gebracht, ihre Schule beendet und die Ausbildung absolviert. In Flensburg war sie erwachsen geworden. Flensburg war ihre zweite Heimat, wenn auch ihr Herz nach wie vor für die Nordseeküste schlug.

In ihrer Schulzeit hatten die Geschichten über tödliche Sturmfluten Liv gegruselt und zugleich fasziniert. Sie erinnerte sich noch gut daran, wie sie als Kind durch die Marschwiesen zum Deich geritten waren, ihre Schwester und sie. Vor einigen Monaten hatten Annika und sie mal wieder einen Ausritt gemacht. Es war schön gewesen und zugleich anstrengend, weil die Wunden der Vergangenheit und das unterschiedliche Verhältnis zu ihrem Vater zwischen ihnen standen.

Die Streifenbeamten hatten rund um den Audi abgesperrt. Dieses Mal stand der Faltpavillon bereits.

Als sie ausstiegen, flitzten Kaninchen über die nächstgelegene Wiese. Die Sonne schien ihnen ins Gesicht, trotz der Uhrzeit wurde es schon warm.

Hennes hüstelte und öffnete die Jeansjacke ein wenig. »Das ist ja wie April: gestern Sturm, heute Sommerwetter. Scheußlich«, brummte er.

Der Geruch nach Watt und Weiden stieg Liv in die Nase. Auf dem Deich blökten die Schafe. Die Landschaft mit ihren schlichten Farben – Grasgrün, ausgewaschenes Himmelblau, schmutziges Schafweiß – wirkte beruhigend. Trotzdem stoben Liv unzählige Fragen durch den Kopf: Was war das Ziel des Fahrers gewesen? Wohin war er von hier aus gelaufen? Hier war doch nichts, außer der Morsum Odde und dem Bauwagen der Schutzstation Wattenmeer. Oder hatte jemand den Fahrer abgeholt?

Sie nahmen den Audi in Augenschein. Es war einer dieser tiefergelegten Hochleistungswagen, wie sie derzeit geschätzt wurden: unauffällig, aber dank des Tunings mit einer Menge PS unter der Haube. Die Bremsspuren und die aufgewühlte Erde verrieten, dass er mit hoher Geschwindigkeit von der Fahrbahn abgekommen war und sich festgefahren hatte. Die Beifahrertür war anscheinend aufgebrochen worden, Staub und Haare lagen auf den Fußmatten, im Kofferraum roch es scharf nach Urin und Angst.

»Nun erzählen Sie mal, was passiert ist«, forderte Hennes die Angler auf. Die Brüder zeigten den Kommissaren, wo sie geangelt hatten, und berichteten, was dann geschehen war.

Besonders detailliert ließ sich Liv beschreiben, wie die Frau ausgesehen hatte und wo sie hingelaufen war. Später würden die Brüder erneut mit auf die Wache kommen müssen, um ihre Fingerabdrücke abzugeben und ihre Aussagen zu unterschreiben. Außerdem musste ein Phantombild angefertigt werden. Die Wahrscheinlichkeit war hoch, dass es sich bei der geflohenen Frau um Denise Dimitrov handelte, aber sicher konnten sie nicht sein. Liv fragte sich, wann Hasselbrecht endlich Verstärkung schicken würde. So viele Daten waren auszuwerten, so viele Gespräche zu führen, dass sie gar nicht nachkamen. Inzwischen spürte sie ihren Magen knurren. Warum hatte sie nicht gefrühstückt?

Plötzlich raste ein silberner BMW den Feldweg hinunter und bremste mit quietschenden Reifen kurz vor der Absperrung. Zwei Männer und eine Frau stiegen aus. Sie tauchten unter dem Flatterband hindurch und kamen auf die Kommissare zu. Voraus ging ein kräftiger Hüne in Lederjacke, bei dem Liv sofort an die Fotos der Gangmitglieder denken musste. Er hatte keinen Stiernacken, war aber nahe dran.

»Bleiben Sie stehen, hier haben Sie nichts zu suchen«, wollte Liv die drei aufhalten. Hennes, der gerade noch die Angaben der Brüder aufnahm, wandte sich zu ihnen um, als ob er an ihrer Stimme gehört hätte, dass etwas nicht in Ordnung war.

Der Fremde baute sich breitbeinig vor ihr auf. Fehlt nur noch, dass er die Daumen in die Gürtelschnallen hängt, dachte Liv. Dunkle Schatten zeigten sich auf seinen Wangen, obgleich er anscheinend rasiert war.

»Carlo Preker, LKA Kiel, Abteilung OK, Sachgebiet Rocker und Milieu. Frau Lammers, nehme ich an? Danke für Ihren Einsatz. Sie können jetzt gehen. Wir übernehmen.« Seine Begleiter schwärmten aus.

»Sie … aber …«, brachte Liv verwirrt heraus. Die Überraschung hatte offensichtlich ihr rhetorisches Talent zum Erliegen gebracht.

»Hat Frau Hasselbrecht Sie denn nicht in Kenntnis gesetzt? Außerdem sollten Sie es doch wissen: Sobald ein Mord mit OMCGs, also kriminellen Rockervereinigungen, zu tun hat, sind wir am Zuge.« Preker lächelte schmallippig. »Das ist ja auch in Ihrem Interesse. Nichts gegen die Mordkommission, aber die Organisierte Kriminalität stellt nun mal besondere Anforderungen.«

Hennes hatte ihren Wortwechsel verfolgt und gesellte sich nun zu ihnen. »Anforderungen, denen wir durchaus gewachsen sind. Im Gegensatz zu Ihnen sind wir in diesen Fall eingearbeitet«, übernahm er die Verteidigung.

Carlo Preker hob lässig die Hände. »Die Zuständigkeit ist in dieser Situation klar geregelt. Rufen Sie einfach die K1-Leiterin an, und ersparen Sie uns diese Diskussionen, wir haben zu tun.« Mit diesen Worten wollte er sich abwenden.

Liv hielt ihn auf. »Wir haben uns bislang mit dem Verdacht der Verbindung zur OK zurückgehalten, um in der Szene nicht für Unruhe zu sorgen. Wenn jetzt die zuständige Abteilung vom LKA anrückt, müsste doch selbst dem dümmsten Rocker klar sein, was die Polizei vermutet«, zischte sie.

»Das lassen Sie mal unsere Sorge sein«, gab Preker über die Schulter gewandt zurück, er schenkte Liv aber keinen Blick mehr.

Auf jeden Fall Stiernacken, dachte sie und zückte das Handy. »Was bildet sich der Kerl ein?«, stieß sie ungläubig hervor, während sie die Nummer eingab.

»Zuständigkeit, wie!« Hennes klang stocksauer.

Als Liv hörte, dass sich am anderen Ende der Leitung jemand meldete, drehte sie sich aus dem plötzlich auffrischenden Wind. Eine Sekunde später begann es zu tröpfeln, und dann ergoss sich aus heiterem Himmel ein Regenguss. »Liv, da sind Sie ja. Ich hatte Sie nicht erreicht, vielleicht ein Funkloch. Die Kollegen vom LKA sind unterw–«

»Wir haben bereits Bekanntschaft gemacht«, unterbrach

Liv ihre Chefin. Sie wollte professionell klingen, aber es kam gereizt heraus. Regen prasselte auf sie nieder. Woher kam der auf einmal? Und gab es irgendeinen Ort, an dem Hennes und sie sich unterstellen konnten? Aber hier war ja nichts. Das Spurenzelt kam natürlich nicht infrage.

Einen Augenblick herrschte Stille am anderen Ende der Leitung. »Machen Sie eine anständige Übergabe, und bringen Sie Ihre Arbeit auf der Insel zu Ende. Die Berichte schreiben Sie in Flensburg. Nehmen Sie sich den Rest des Tags frei, Liv«, sagte Hasselbrecht. »Denken Sie daran, es geht hier um die Sache, nicht um Egos.«

Liv biss die Zähne zusammen. Der Regen, der sie allmählich durchweichte, war ihr egal. Aber dass und vor allem *wie* ihnen der Fall abgenommen wurde, nervte. »In Ordnung.«

Kaum hatte sie das Gespräch beendet, hasteten sie zum Wagen und sprangen hinein. Klitschnass klebten Hennes' Haare an seinem Schädel; sie sah kaum besser aus. Immerhin hatte es die LKA-Kollegen genauso getroffen. Preker und seine Leute waren ebenfalls zu ihrem Wagen gehechtet und suchten nun fluchend die Jackentaschen nach dem Autoschlüssel ab. In diesem Augenblick hörte der Regen so plötzlich auf, wie er gekommen war. Über dem Schilf zeichneten sich die schillernden Farben eines Regenbogens ab.

Ihr Partner wollte mit etwas herausplatzen, wurde jedoch von einem Hustenanfall unterbrochen.

Liv hob die Hand. »Wir sollen unsere Egos zurückstellen, meint die Chefin.«

Hennes schnaubte. »Das soll sie mal den Kollegen vom LKA sagen!«

»Sieh es positiv: Du kannst nach Hause zurück.«

»Stimmt auch wieder. Trotzdem …«

»Trotzdem, ich weiß.« Die vielen Fragen, die dieser Mord

aufgeworfen hatte, kreisten auch in ihrem Kopf. Es würde einige Zeit dauern, sie loszulassen. Zumindest konnte sie jetzt Sanna noch einmal anmorsen. Als ihre Tochter sich noch immer nicht meldete, rief Liv bei Katharina an, doch auch dort war Sanna noch nicht aufgetaucht.

»Lass sie«, versuchte Katharina, sie zu beruhigen. »Sanna wird sich schon melden. Sie ist ein vernünftiges Mädchen. Denk mal daran, was wir in dem Alter alles angestellt haben.«

Dieser Satz machte Liv erst recht nervös.

* * *

Ocke Lammers ließ sich von seinem Fahrer aus dem Phaeton helfen und schickte ihn los, Frau Mönck zu suchen. Seine Haushälterin hatte lange genug auf der faulen Haut gelegen. Langsam humpelte der alte Mann auf einen Stock gestützt die Einfahrt entlang. Dass er nicht nur den Schlaganfall überstanden, sondern seit der Reha sogar mobiler als vorher war, grenzte an ein Wunder. Kaum brauchte er seinen Rollstuhl noch. Ocke Lammers wusste jedoch, dass er die Genesung allein seinem eisernen Willen zu verdanken hatte. Man konnte alles schaffen, wenn man es nur wollte. Allerdings waren die meisten Menschen zu schwach. Jammerlappen und Feiglinge, die bei jedem Problem die einfachste Lösung suchten.

Er musste einen Augenblick verschnaufen und nutzte die kurze Pause, um den Zustand des Gartens zu kontrollieren. Der Rasen war auf drei Komma fünf Zentimeter gekürzt, allerdings hatte der Gärtner eine Insel voller Gänseblümchen stehen lassen. Für die Bienen vermutlich, sentimentaler Unfug. Er würde den Gärtner sofort einbestellen lassen, damit er diesen Fehler korrigierte. Man durfte dem Personal keine Eigenmächtigkeit durchgehen lassen.

Ocke Lammers atmete tief durch. Seine Faust, die den Stockknauf umschloss, bebte. Kurz fragte er sich, ob er sich übernommen hatte. Unfug, natürlich. Er war allein, endlich allein. Unerträglich war es in dieser Klinik gewesen. Der Lärm. Die vielen Menschen. Das furchtbare Essen. Genauso unerträglich wie seine Tochter, die ihn seit dem Schlaganfall wie einen Minderbemittelten behandelte. Dabei war Annika die Letzte, deren Mitleid er dulden würde. Sie hatte während seiner Krankheit einige falsche Entscheidungen getroffen, die Lammers Estates auf Sicht einige Hunderttausend kosten würden. Seiner jüngeren Tochter fehlte oft der richtige Instinkt. Dabei hatte er so hart daran gearbeitet, Annika zu einer würdigen Nachfolgerin für sich zu machen. Aus dem Nichts hatte er seine Firma aufgebaut. Ihm war zu verdanken, dass die Familie Lammers über die Grenzen der Insel Sylt hinaus ein Begriff war. Es waren nicht nur Reichtum und Besitz, die ihn zufrieden machten, es war auch das Wissen, dass viele Leute – wohlhabende und arme – durch ihn eine angemessene, anständige Bleibe hatten. Harte Arbeit war der Schlüssel. Unduldsamkeit gegenüber Fehlern – bei sich selbst und bei anderen. Das hatte er auch jetzt wieder bewiesen. Er war vor dem Schlaganfall gebrechlich gewesen. Niemand hätte erwartet, dass er sich überhaupt erholen würde. Und jetzt ging es ihm sogar besser als zuvor. Das war der Triumph seines Willens. Die jungen Leute waren verweichlicht.

Lammers hatte die Weggabelung durch den ansprechend angelegten Garten erreicht. Gerade wollte er den Weg zu seinem Friesenhof einschlagen, als er aus der Villa seiner Tochter Musik hörte. Was war da los? War etwa sein unnützer Enkel Jan …

Die Haustür der Villa stand einen Spalt auf. Aufgebracht humpelte Ocke Lammers darauf zu. Er gab der Tür mit seinem Stock einen Stoß. Konfetti auf dem Boden, Luftballons unter der Decke. Überall Getränkedosen und Chips-Tüten. Eine dunkle Lache auf dem Teppich. Zigarettenrauch in der Luft.

Gift und Galle breiteten sich in ihm aus. Derjenige, der dafür verantwortlich war, musste bestraft werden! So mit fremdem Eigentum umzugehen! Erzürnt ging er weiter. Niemand war zu sehen.

Gerade wollte er Jans Namen brüllen, als er jemanden auf dem Sofa liegen sah. Den rotblonden Schopf und die feinen Gesichtszüge erkannte er sofort. Sanna. Noch so ein verwöhntes, unerzogenes Ding.

Seine Enkelin trug eine kurze Bluse und einen schmalen Slip, die Wolldecke war halb zu Boden gerutscht. Deutlich zeichneten sich ihre kleinen Brüste unter dem dünnen Stoff ab, die Rundung ihrer Scham. Wie ein Flittchen sah sie aus. Ihre Mutter hatte sie einfach nicht im Griff. Wie auch, war Liv doch selbst ohne Zucht und Ziel. Beide brauchten eine harte Hand, seine Hand.

Wie magisch angezogen setzte Ocke Lammers den Stock vor und machte langsam Schritt für Schritt. Auf dem Teppich lag ein Kleidungsknäuel, eine leere Dose daneben. Ein Saustall hier! Sannas Wangen waren rosig, ihre Lippen halb geöffnet. Unverschämt war seine Enkelin gewesen, als sie sich das letzte Mal gesehen hatten. Dabei sollte sie doch sein Mädchen sein, genau wie Liv. Seine Wut wandelte sich in etwas anderes, etwas ebenso Drängendes.

Ocke Lammers ließ sich neben seine Enkelin auf das Sofa sinken und streckte die Hand nach ihrer jungen, zarten Haut aus.

10

Denise wartete darauf, dass Marcel die Motorradwerkstatt öffnete. Immer wieder lief sie am Tor zum Hinterhof vorbei und linste hinein. In den Hof zu gehen und ihn zu wecken, wagte sie nicht, aus Angst, dass Bosse auftauchen und ihr den Weg abschneiden könnte. Marcel schlief auf einer Pritsche in der Werkstatt, das wusste sie. In der Nacht war sie noch vor ihm und Bosse weggelaufen und hatte sich in einer Mülltonne versteckt, aber die darauffolgenden Stunden, die sie schlaflos und frierend in einem Hauseingang verbracht hatte, hatten sie zum Nachdenken gezwungen: Marcel mochte sie. Er hatte sie vorgestern Abend Rocco gegenüber verteidigt, und er hatte sie gestern wieder zu verteidigen versucht. Er würde wissen, dass sie Rocco nicht getötet hatte, also würde er ihr auch helfen – er musste es einfach.

Endlich hörte sie das bekannte Quietschen des Tors. Sie stürzte in den Hinterhof, hinein in die Werkstatt. Vor ihr standen Harleys und andere Motorräder aufgereiht, manche auf Hebebühnen, manche unter Motorradplanen. Chromblitzende, bullige Ungetüme. Neben ihr klaffte eine Werkstattgrube.

Marcel, in Cargohose und T-Shirt, wirkte noch verschlafen. Gerade nahm er Kaffeepulver aus dem Schrank. Seine Augen weiteten sich vor Unglauben, als er sie sah.

Schnell legte sie den Finger über seine Lippen.

»Denise, hast du … Warum bist du … Wo warst du …«, brach es aus Marcel heraus.

»Nichts habe ich getan! Bitte, du musst mir glauben!«

Marcel zog sie hinter den Paravant, der seine Schlafnische abtrennte. Die Bilder der Route 66 auf dem Raumteiler zu sehen quälte sie, denn sie suggerierten Weite und Freiheit; beides hatte sie verloren.

Marcel musterte sie und verzog das Gesicht. »Rocco ist tot, und du … Was hast du damit zu … Wie siehst du überhaupt aus, so wird dich doch keiner mit der Zange anfassen.«

Die Ablehnung, die sie jetzt in seinen Zügen las, tat ihr weh. Sonst hatte er sie doch immer mit den Augen ausgezogen, genau wie die anderen Kerle. Die Lumpen und die Angst verliehen ihr vermutlich nicht gerade ein strahlendes Aussehen. Außerdem hatte sie sich seit knapp zwei Tagen weder gewaschen noch geschminkt. Da half nur eins. Ihre Tränen strömten, ohne dass sie sich anstrengen musste. Denise schlug sich die Hände vors Gesicht und ließ sich an ihn sinken.

»Ich war es nicht, das musst du mir glauben! Ich war in dem Käfig, und dann … Bosse hatte bestimmt, dass ich die ganze Nacht darin bleiben soll … Und dann kam jemand und betäubte mich …« Sie schluchzte auf. Nun spürte sie seine Hände auf ihren Schultern und presste sich an ihn. Er fühlte sich gut an. »Bitte, Marcel, du musst mir helfen.« Wieder schüttelte ein Weinkrampf sie.

Seine Hände wanderten ihren Rücken hinunter. »Ganz ruhig, Baby«, sagte er rau. »Erzähl weiter. Erzähl mir, was geschehen ist.«

»Ich bin aufgewacht … in einem Kofferraum. Ich hatte solche Angst! Ich dachte, er bringt mich um!« Sie klammerte sich an ihn.

»Wer war es?«

»Ich habe sein Gesicht nicht gesehen. Er trug eine Maske, war schwarz gekleidet. Und dann hat er mich mit einem großen …«, ihr fiel das Wort nicht ein, »… Elektrodings betäubt.« Sie zeigte die schmerzenden Einstichstellen an ihrem Nacken.

»Was für ein Monster. Aber schöne Frauen ziehen anscheinend Ungeheuer an«, murmelte Marcel und küsste ihren Hals. Seine Hände waren um ihre Pobacken gewandert. Obgleich sie Sex hassen gelernt hatte, wusste Denise, wie Marcel tickte.

»Oh, Baby, du bist so stark«, flüsterte sie die Worte, die ihrer Erfahrung nach alle Männer gerne hörten.

Er atmete schwer. »Und dann … Was ist dann passiert?«

»Dann ist der Wagen ge… ge…« Wie hieß das noch gleich? »… geschlingert und ist irgendwo gegengefahren. Ich dachte, ich verrecke in dem Kofferraum. Ewig hat es gedauert, bis etwas passierte. Ich habe geschrien. Zwei Militarytypen haben mich gehört und mich rausgelassen. Ich bin gerannt wie noch nie.«

»Aber warum hat er dich entführt? Was wollte der Typ von dir?«

Aus dem Hinterhof waren Geräusche zu hören. Viel Zeit hatten sie nicht mehr. Ihre Hände zupften an seinem T-Shirt. Sein Sixpack fühlte sich gut an. Hoffentlich war es nicht wie bei den anderen Muskelpaketen, wo durch die Steroide der Schwanz geschrumpft war, dann konnte es ewig dauern.

»Ich weiß es nicht. Ich weiß auch nicht, was … mit Rocco passiert ist. Aber eines weiß ich genau: Ich habe ihn nicht getötet«, wisperte sie. Er knetete ihre Brüste. Sie hielt seine Hände fest. »Du musst beim Boss ein … gutes Wort für mich einlegen. Er darf nicht glauben, dass ich es war. Er muss mich wieder aufnehmen. Ich werde meine Schulden abarbeiten. Dann verschwinde ich …«

Marcel rieb sich an ihr. »Ich weiß nicht … Bosse glaubt, dass du Rocco umgebracht hast, weil du dich an ihm rächen wolltest.«

»Ich war auch wütend auf ihn. Du bist doch genauso sauer auf Rocco gewesen, oder?« Rocco hatte Marcel geschlagen, weil der sich eingemischt hatte. Konnte Marcel nicht genauso gut für den Mord an Rocco verantwortlich …

In diesem Augenblick umfasste Marcel ihre Oberschenkel, schob sich zwischen ihre Beine und hob Denise auf die Werkbank.

»Warte … Jeden Augenblick kann jemand kommen«, versuchte sie ihn nun doch noch aufzuhalten.

Diese Vorstellung schien ihn jedoch gerade anzumachen. »Ja, genau … Ich.«

* * *

Kaum hatten sie den Flur betreten, auf dem sich die Kripo Sylt befand, warfen sie ihre nassen Jacken über die Heizung. Liv zog zusätzlich die durchweichten Schuhe aus. Die Heizung im Auto hatte wenig gebracht. Eine Gänsehaut zog über ihren Körper. Am liebsten wäre sie gleich verschwunden, um sich erst mal trockene Klamotten anzuziehen, aber sie wollte eine anständige Übergabe machen.

Momke fing sie auf dem Weg zur Teeküche ab. Er hielt einige Zettel in den Händen, die er anscheinend gerade aus dem Kopierer genommen hatte.

»Das ist doch eine Sauerei, euch einfach so rauszukegeln! Und uns gleich mit! Die LKA-Wichtigtuer haben vorhin einfach unsere Akten genommen und sich Kaffee bringen lassen«, erklärte er gallig. »Bin froh, dass die erst mal unterwegs sind und sich hier nicht weiter derart aufspielen. Immerhin habe ich einen Blick auf die Laborergebnisse werfen können. Da waren hauptsächlich Menschenhaare in dem Käfig, Fingerabdrücke an den Gittern und das Blut eines Menschen. Irgendjemand hat eine Frau in den Käfig gesperrt! Das muss Rocco gewesen sein. Denise hat sich an ihm gerächt, ist doch klar.«

Frauen in Käfigen waren in Erotikclubs perverserweise beliebt, allerdings handelte es sich dabei um größere Käfige … Liv dachte an das Vorhängeschloss an den Hoden des Toten und die mit Nagellack geschriebenen Buchstaben. Irgendetwas stimmte an dieser Theorie nicht.

»Und dann hat Denise sich selbst in den Kofferraum gesperrt, um unschuldig zu wirken?«, sprach Hennes aus, was sie dachte.

»Aber warum ist sie geflohen?« Unzufrieden schüttelte Liv den Kopf, dann sah sie Momke verwundert an. »Ich dachte, du hast die Nase voll von dem Mord.«

»Habe ich auch.« Er wedelte mit den Kopien. »Die Routine ruft: Es ist mal wieder ein E-Bike geklaut worden. Das sieht mir nach einer Diebstahlsserie aus.«

Am Schreibtisch kontrollierte Liv noch einmal ihr Handy. Nichts von Sanna. Sie begann sich ernsthaft Sorgen zu machen. Aber vermutlich hatten die Jugendlichen nur bis in die Morgenstunden gefeiert und waren dann doch vom Schlaf übermannt worden. Sie musste Geduld haben. Die Arbeit würde sie ablenken. Der Gedanke an die in einen Hundekäfig eingesperrte Frau hatte Liv ohnehin nicht losgelassen.

Sanna erwachte mühsam, weil etwas an ihrem Oberschenkel kitzelte. Sie kratzte sich und tastete nach der Decke. Verschwunden. Sie war zu schlapp, um danach zu suchen. Ihre Lider waren bleischwer, außerdem fühlte sich ihr Kopf an, als ob jemand mit Nadeln hineinpieksen würde. Wie hatte Kimi diesen Drink genannt? Warum hatte sie ihn getrunken? Sie konnte nüchtern viel besser Spaß haben. Eigentlich mochte sie keinen Alkohol. Natürlich hatte sie schon mal probiert, auch wenn sie das ihrer Mutter gegenüber nie zugeben würde. Sanna gähnte und kniff dabei die Augen zusammen. Wie müde sie war ... Schon dämmerte sie wieder weg. Die Erinnerung an die Party trieb ein Lächeln auf ihr Gesicht. Irgendwann hatte sie sich mit Kimi auf das Sofa verzogen. Schön war das gewesen ...

Sie spürte eine Berührung auf ihrem Bauch. Finger, die ihren Körper hinabwanderten. Kimi ...

Sanna schlug die Augen auf. Mit einem Ruck fuhr sie hoch, als sie ihn erkannte. Ausgerechnet er. Entsetzen erfasste sie. Sie riss die Beine zurück und setzte sich auf. Am liebsten wäre sie weggelaufen. »Ocke«, stieß sie angeekelt hervor.

»Du sollst mich doch Großvater nennen«, sagte der alte Mann in einem sanften und zugleich eiskalten Tonfall. Er hatte die faltige Hand zurückgezogen. Hatte sie sich die Berührung nur eingebildet? Aber was war das für ein Ausdruck auf seinem Gesicht? Sie konnte sich nicht geirrt haben!

»Hast du mich gerade angetatscht?! Das ist ja widerlich!«, platzte Sanna heraus. Ihre Haut fühlte sich auf einmal klebrig an, als wäre sie mit etwas Ekligem in Berührung gekommen. Am liebsten wäre sie sofort duschen gegangen. Sanna sprang auf, schnappte ihre Hose und schlüpfte hinein.

Bekümmert wog der alte Mann den Kopf. »Wie redest du denn mit deinem Großvater? Hast du denn gar keinen Respekt vor dem Alter?« Sein Ton wurde schärfer. »Hilf mir gefälligst hoch. Weißt du denn nicht, wie krank ich bin? Wie sieht es denn hier überhaupt aus?« Seine Stimme war anklagend geworden.

Ein schlechtes Gewissen überfiel Sanna, als sie das Chaos sah, das sie angerichtet hatten. Sie hatte tief und fest geschlafen, war nicht bei sich gewesen, deshalb musste sie sich die Berührung eingebildet haben. Ihr Großvater würde doch nicht wirklich ... Sanna kratzte nervös über den Arm, zupfte an ihrem kurzen Shirt, um den nackten Bauch zu bedecken. Wo waren denn nur die anderen? Wo waren Jan und Kimi?

»Nun mach schon!«

Sie umfasste seinen mageren Arm und zog ihn hoch, sofort ließ sie ihn wieder los. Ocke Lammers stützte sich auf seinen Stock, seine Hand bebte. »Bring mich in mein Haus. Los doch, du dummes Ding.«

Nein, Sanna wollte das nicht. Und doch, dieser Ton, diese ganze Art waren so einschüchternd, dass sie sich nicht weigern mochte. Vielleicht war es besser, wenn sie die verwüstete Villa verließen. Nicht dass Jan großen Ärger bekam. Sie wusste, dass ihr Großvater jähzornig war. Erstaunlich, dass er verhältnismäßig ruhig blieb. Wieder sah sie ihn vor sich, als sie die Augen geöffnet hatte. Ganz sicher hatte sie eine Berührung gespürt. Ganz sicher hatte er die Hand dann schnell zurückgezogen. Sein Gesichtsausdruck war gruselig gewesen.

»Wird's bald?«

Widerwillig hielt sie ihm die Hand hin. Ocke krallte sich hinein, legte den Arm um sie. Er roch seltsam, sein Schädel war beinahe kahl. Sanna passte sich seinen Trippelschritten an. Ihr Handy schien in ihrer Hintertasche zu glühen. Sie musste ihre Mutter anrufen, ganz dringend.

Ihr Großvater ließ sie seine Villa öffnen, in der es ihr düster und kühl erschien. Sein Atem ging schwer. »Bring mich in mein Arbeitszimmer, ich will mit dir über den Japan-Austausch reden.«

Woher wusste Ocke von dem Austauschprogramm? Jan oder Annika mussten es erzählt haben. Mit jeder Stufe verstärkte sich ihr mulmiges Gefühl. An der Tür zum Arbeitszimmer erstarrte Sanna. Wegen der heruntergelassenen Jalousien drang das Licht nur diffus in den Raum.

Ockes Finger wanderten ein Stück weiter um ihren Rücken herum, bis seine Fingerspitzen ihre Brüste berührten. Sanna zuckte zurück und wollte sich losmachen. »Lass das!«, fauchte sie, doch ihre Stimme zitterte dabei.

Der alte Mann krallte sich in ihre Haut. Wieder hatte er diesen gruseligen Gesichtsausdruck. »Hinein mit dir.« Er gab ihr einen Stoß. Ehe sie sich's versah, fiel die Tür hinter ihr ins Schloss. Eine schwere Tür. Zu schwer für einen einfachen Raum.

Ocke Lammers ließ sich auf den Ledersessel an seinem Schreibtisch sinken. »Und jetzt komm her, und setz dich zu mir, dann besprechen wir, ob du das Geld für das Austauschprogramm von mir bekommen kannst.«

Wo sollte sie sitzen? Da war nur der Sessel. Er wies auf die Armlehne.

No way! Das Zimmer war klein, die Wände schienen auf Sanna zuzuwachsen. Nur eine Armlänge war sie von ihm entfernt. Stumm schüttelte sie den Kopf.

»Du weigerst dich, ein braves Mädchen zu sein?«

Ocke Lammers stemmte sich hoch. Der Schlag traf sie völlig unerwartet. Sannas Kopf schmerzte, als müsste er zerspringen. Sie wankte. Schneller, als sie es von dem Greis erwartet hatte, hatte dieser den Stock geschwungen. Und er schwang ihn wieder, dieses Mal traf er ihre Schulter. Sanna schnappte nach Luft, als der Schmerz ihr die Tränen in die

Augen trieb. Sie stürzte zur Tür – verschlossen. Panisch fuhr Sanna herum. Die Fenster waren zu, die Jalousien unten. Niemand würde ihr Schreien hören.

Ocke war aufgestanden. »Du weißt wohl nicht, was man mit ungehorsamen Mädchen macht! Allein für den Dreck, den ihr verursacht habt, verdient ihr schon Schläge!« Wieder hob er den Stock.

Sanna wich ihm aus und fummelte dabei ihr Handy aus der Tasche. Vor Angst und Ekel zitterte sie. Sie hatte gewusst, dass ihr Großvater Jan geschlagen hatte, aber sie hatte sich nicht klargemacht, was das bedeutete. Liv hatte sie nie geschlagen, sie würde sie auch nie schlagen. Endlich hatte sie ihr Smartphone hervorgekramt. Sie drückte die erste Nummer ihrer Kontakte.

Ocke war direkt hinter ihr. Sie konnte ihn hören, konnte ihn riechen. Ein Schlag gegen ihren Arm, das Handy fiel hinunter. Sanna bückte sich. Er schlug wieder zu. Sie landete auf den Knien. Das Handy schlug er mit seinem Stock weg.

»Unerzogen bist du. Schmutzig und vorlaut. Eine Schande für die Familie. Füg dich, Mädchen, dann können wir über alles reden.«

Tränen traten in Sannas Augen. Was sollte sie tun? Sie konnte doch einen alten Mann nicht schlagen! Andererseits hatte ihre Mutter ihr beigebracht, sich zu wehren.

»Lass mich in Ruhe, du böser alter Kerl!«, schrie sie endlich.

Mit hassblitzenden Augen holte Ocke Lammers mit dem Stock aus. »Ich werde dich lehren …«

* * *

»... schmutzig und vorlaut. Eine Schande für die Familie ...«

Als sie die Stimme ihres Vaters hörte, schoss Liv so heftig vom Schreibtisch hoch, dass sie einen Aktenstapel umriss. Sie kümmerte sich nicht um das herabsegelnde Papier. Kaum hatte sie Sannas Nummer auf dem Display gesehen, hatte sie das Gespräch schon angenommen. Die Worte waren nur leise zu hören gewesen, aber Liv gingen sie durch Mark und Bein. Diese Art von Anschuldigungen hatte sie selbst oft genug von ihrem Vater zu hören bekommen.

»Was ist?« Hennes starrte sie an.

»Sanna ... mein Vater ...« Ohne eine weitere Sekunde zu verlieren, stürzte Liv hinaus, wobei sie es irgendwie schaffte, im Gehen in die halb trockenen Schuhe zu schlüpfen. Hennes kam ihr nach. Dafür war sie dankbar. Sie hatte das Handy auf Laut geschaltet. Was sie hörte, machte sie schier verrückt. Das Herz schlug ihr bis zum Hals. Kaum bekam sie noch Luft. Sanna!

Sie diktierte Hennes eine Nummer. »Jan. Ruf ihn an. Wo ist er? Warum ist er nicht bei Sanna?«, murmelte sie.

Und da war noch etwas. Ein Entsetzen, das tief aus ihrer Erinnerung aufstieg und sie zu überwältigen drohte.

Zum ersten Mal in ihrer Laufbahn setzte sie aus privaten Gründen das Blaulicht aufs Dach. Gleich nach dem Ortsschild von Westerland war sie auf Hundertzehn. Nach viel zu vielen Freizeichen meldete sich jemand. Hennes hielt ihr sein Handy hin.

»Jan, irgendwas ist mit Sanna! Du musst sie suchen!«, schrie Liv hinein.

Ihr Neffe nuschelte etwas. Sie hoffte, dass er sich beeilen würde, denn ihr eigenes Handy war verstummt.

Hennes wählte sofort eine weitere Nummer und diktierte Anweisungen. Dann wandte er sich Liv zu. Sacht berührte er ihren Unterarm. »Fahr an die Seite, Liv. Beruhige dich«, sagte er betont langsam. »Die Kollegen haben einen Streifenwagen losgeschickt. Ein Rettungswagen ist ebenfalls unterwegs. Jan sucht nach Sanna. Wenn wirklich ein Verbrechen vorliegt, dann dürftest du nicht … schon gar nicht in diesem Zustand …«

Das wollte sie nicht hören. Liv wartete hinter einem Traktor ungeduldig den Gegenverkehr ab, scherte aus und überholte rasant. »Es geht um Sanna, Hennes! Du kannst mich nicht aufhalten, niemand kann das!«

* * *

Denise war nervös. Nach dem Sex war Marcel in die Bar gegangen. Als sie gefragt hatte, ob er ihr helfen würde, hatte er nicht geantwortet. Dabei hatte sie doch gehört, dass er mit Bosse telefoniert hatte. Nicht einmal ein paar Pillen hatte er ihr gegeben, obwohl sie zitterte wie Espenlaub und dringend etwas brauchte, um runterzukommen. Vielleicht hätte sie doch einfach …

Marcel kam zurück in die Werkstatt gelaufen, packte ihren Arm und zerrte sie hoch. »Die Bullen! Du musst dich verstecken!«

Sie verstand nicht. Warum …?

Er schubste sie zur Abstellkammer der Werkstatt. Lichtlos, eng und vollgestellt, ohne Fenster. Mit stolperndem Herzen hielt Denise sich am Türrahmen fest. Platzangst packte sie. Nicht schon wieder!

Im nächsten Moment hatte er sie schon grob hineingestoßen. Sie krachte gegen die Wand, stolperte, fiel hart. »Keinen Mucks, sonst verrate ich dich an die Bullen! Die wissen nämlich, dass du mit Roccos Tod zu tun hast!«, hörte sie ihn noch schreien.

Nun begriff Denise gar nichts mehr. Wie hatte die Polizei denn von der Sache erfahren? Und was glaubten die Bullen zu wissen? Sie war unschuldig! Sie spürte, wie ihre Angst immer größer wurde. Finsternis umfing sie, wieder einmal. Der Schlüssel drehte sich im Schloss. Zwischen Dampfstrahler, Polierwatte und Sprühöl kauerte sie sich hin. Wäre sie doch nie auf diese Insel gekommen!

Denise hörte die Stimmen der Bullen. Marcel, der nur einsilbig antwortete. Schließlich Stille, zäh wie Sirup.

Die Tür flog auf. Nun zerrte Marcel sie in die Werkstatt zurück. Bosse hatte sich an die Werkbank gelehnt, die Arme vor der Brust verschränkt, und musterte sie. Neben ihm stand Honk, ein bulliger Rocker, der ab und zu als Türsteher an der Bar aushalf. Seine Gesichtstätowierung gab allen zu verstehen, dass er nichts zu verlieren hatte. Jetzt hielt er zwei Kampfhunde an Leinen. Es waren Dogo und Don, die Kanarischen Doggen von Bosse und Rocco. Die Köter fixierten Denise, als warteten sie nur darauf, dass sie eine falsche Bewegung machte. Denise war vor Angst wie erstarrt. Als sie endlich zurückwich, knurrte Don und zog drohend die Lefzen hoch. Vielleicht wären die Bullen die bessere Wahl gewesen.

* * *

Keitum. Archsum. Endlich Morsum. Livs Magen war ein Klumpen, ihr Herz raste. Hennes sagte nichts. Sie war dankbar dafür. Schon öfter war sie bei Ermittlungen an ihrem Elternhaus vorbeigefahren, und jedes Mal war ihre Brust wie eingeschnürt gewesen. Nie hatte sie das Grundstück noch mal betreten wollen. Hätte sie nur auf ihr Bauchgefühl gehört …

Das massive Elektrotor war verschlossen. Kein Wagen war

zu sehen. Warum war Ocke nicht mehr in der Reha-Klinik, wie zum Teufel war er hierhergekommen, und wo war Sanna?

Liv riss an dem Tor, klingelte. Nichts rührte sich. Sie überlegte, wieder ins Auto zu steigen, Vollgas zu geben und das Tor zu durchbrechen, nahm dann aber doch lieber Anlauf und kletterte über das Metallgerüst. Im gleichen Augenblick, als sie ihr Bein über die Kante gestreckt hatte, sah sie, wie Jan aus dem Haus taumelte. Er trug jemanden …

* * *

»Gib ihr was zu trinken«, sagte Bosse.

Marcel hielt Denise eine Energydrink-Dose hin. Gierig trank sie. Sie warf ihm einen dankbaren Blick zu. Hatte er ihr also doch geholfen … Jetzt musste sie nur noch zu Kreuze kriechen.

»Ich bin so froh, dass du nicht … auskickst …«, das war falsch, »… ausflippst, Bosse. Mit Roccos Tod habe ich … nichts zu tun. Wirklich, ich schwöre. Ich bin selbst Opfer«, wisperte sie.

Bosse richtete sich auf und kam näher. Allein seine Größe war schon einschüchternd. Das Grollen des Hundes wurde lauter, und nun stimmte der zweite auch noch ein. Bosse umfasste hart ihr Kinn und bog ihren Kopf hoch. Denise begriff, dass sie seine vermeintliche Ruhe falsch gedeutet hatte. »Selbst Opfer, wie?«, zischte er. »Das habe ich anders gehört. Was war noch gleich am Abend von Roccos Tod?«

Vor Angst ging in ihrem Kopf alles durcheinander. Nicht einmal die einfachsten Wörter wusste sie noch. »Das … weißt du … doch«, presste sie schließlich hervor.

»Ich will es aus deinem Mund hören.«

Es fiel ihr schwer, es auszusprechen. »Rocco hatte einen …

Freier für mich. Aber der war … einfach nur … abartig. Ich bin doch … Tänzerin!« Der Gedanke an ihre Hoffnungen und ihre ausweglose Lage trieb ihr die Tränen in die Augen. »Ich hätte mich nicht … weigern dürfen … Das weiß ich … jetzt. Bitte, Bosse. Entschuldigung. Nie wieder. Ich mach's … nie wieder.« Ganz schrill klang ihre Stimme.

Bosse löste den Griff. Grob tätschelte er ihre Wange; es war wie ein Schlag. »Das will ich hoffen. Du hättest wirklich gehorchen sollen.« Er legte den Arm um ihre Schulter und wies auf die Landkarte. »Siehst du diese Insel? Ist es nicht schön, hier zu leben?« Sie wusste, dass er ihre Zustimmung erwartete, und nickte. »Sylt ist der reichste Knust Deutschlands. Ich werde mir meine Geschäfte hier nicht kaputt machen lassen, schon gar nicht von einer Nutte.« Seine Stimme war scharf geworden. Das Hundeknurren wandelte sich in ein Geifern. Die Kampfhunde sprangen ihr zähnefletschend entgegen, kaum konnte Honk sie halten. Blanke Panik ergriff von Denise Besitz. Sie kannte die Geschichten von Huren, denen zur Strafe die Gesichter zerfetzt oder die einfach totgevögelt und anschließend im Meer entsorgt worden waren.

»Ich habe … nichts Schlimmes gemacht, Bosse. Wirklich nicht«, brachte sie mühsam hervor.

Auf seinen Wink hin schob Marcel sie bis zum Rand der Werkstattgrube. Denise wollte zurückweichen, doch seine Hand lag schwer zwischen ihren Schulterblättern. Die Grube war fleckig und schmutzig. Eine Falle. Denise kniff die Augen zu. Sie weinte, konnte nichts dagegen tun.

»Ich habe Familie. Eine Tochter …«, begann sie flehentlich.

»Das hättest du dir früher überlegen sollen. Ich will dir helfen, die Wahrheit zu sagen. Eine Entscheidungshilfe, sozusagen.« Er wandte sich an Marcel. »In die Grube mit ihr.«

Der junge Mann zögerte. »Das kannst du nicht machen, Boss«, sagte er.

»Ach nein? Ich dachte, das hätten wir schon diskutiert«, sagte Könnermann scharf.

Marcel wurde blass. Mehrmals musste er schlucken. Er packte Denise an Nacken und Schulter und stieß sie in die Grube. Sie fiel hart auf die Knie, der Schmerz ließ sie aufheulen. Warum tat Marcel das? Sie hatte gedacht, dass er ihr helfen würde! Nun wurden die Köter an den Rand der Grube geführt. Honk stachelte die Kanarischen Doggen an, sodass diese immer wieder an der Leine rissen und in ihre Richtung sprangen. Eine Weile waren nur das Kläffen der Hunde sowie das Scharren der Krallen auf dem Beton zu hören.

»Was meinst du, was passiert, wenn ich die Hunde zu dir in die Grube schicke? Glaubst du, dass es ihnen da unten gefällt? Die finden es bestimmt zu eng, beißen um sich. Wenn ich ihnen dann noch verrate, dass du ein böses Mädchen warst …«, sagte Bosse drohend.

Hals und Brust waren eng, so eng! Vor Angst bekam Denise kaum Luft. »Ich habe … nichts … getan, Bosse, wirklich …«

»Und warum suchen dann die Bullen wegen Roccos Tod nach dir? Was wissen die – wir aber nicht?«

Bosses Hand zuckte nur. Honk löste die Leine. Die erste Dogge setzte zum Sprung an.

Denise kauerte sich auf den Grund der Grube und schlug die Arme über den Kopf. Nicht mein Gesicht, dachte sie, nicht …

* * *

Liv sah, wie Jan Sanna auf dem Rasen ablegte. Sie stürzte zu ihrer Tochter. Sanna schlang weinend die Arme um ihren Hals.

Ihre Tochter blutete aus einer Platzwunde am Kopf, an Armen und Beinen schwollen Hämatome an. Mit dem Pulloversaum tupfte Liv das Blut ab, um herauszufinden, wie tief die Wunden waren. Weitere Jugendliche tauchten plötzlich in der Tür auf.

»Ocke … er hat … mich angefasst …«, schluchzte Sanna.

Mit einem Schlag brach sich das Entsetzen, das in Liv gebrodelt hatte, Bahn. Die auf sie einstürmenden Erinnerungsfetzen waren wie eine Urgewalt: sie selbst als kleines Mädchen. Ocke. Seine Hand an ihrem Körper. Woher kamen diese Bilder auf einmal? Dass er gewalttätig war, wusste sie. Aber dass … Hatte sie diese Erinnerung vergessen gehabt?

Ein Gefühl unerträglicher Ohnmacht ergriff von Liv Besitz. Wurde gleich darauf von heißer Wut verdrängt. Ihr Atem ging schnell, der Körper bebte. Am liebsten wäre sie sofort ins Haus gestürzt und hätte Ocke die Niedertracht aus Leib und Seele geprügelt. *Tu es nicht, Liv! Du bist nicht wie er!* Sie musste sich zur Besonnenheit zwingen. Ruhiger Atemrhythmus half dabei. Mit einem Ohr hörte sie, dass Hennes den Krankenwagen und die Verstärkung hierherlotste; ausdrücklich forderte er Rabia an.

»Dann hat er … mich geschlagen … mit seinem Stock.«

Sanna weinte in Livs Armen. Was hatte dieses Schwein ihrer Tochter angetan? Liv schob mit aller Macht Hass und Erinnerungen beiseite. Die Polizistin in ihr musste übernehmen, sofort!

»Alles in Ordnung, Sannchen«, sagte sie betont sanft. »Du hast alles richtig gemacht. Wo hat er dich angefasst? Hat er …«

Ruckartig schüttelte Sanna den Kopf. »Ich weiß nicht … Nein, ich glaube nicht. Ich bin rechtzeitig … aufgewacht.«

Sie stieß ein Schluchzen aus, das Liv mitten ins Herz traf. Gleichzeitig spürte Liv ein wenig Erleichterung.

»Seine Hand … auf meinem Bein, als ich wach geworden bin. Dieser Lustgreis!« Hasserfüllt stieß Sanna das Wort aus, von dem Liv nicht einmal wusste, woher ihre Tochter es kannte. »In seinem Arbeitszimmer hat er mich … eingesperrt und verprügelt. Ich konnte nicht raus. Aber dann kam … Jan. Erst als er gegen die Tür gehämmert hat … hat er … aufgemacht.« Sannas Tränen flossen heftiger. Sie verbarg das Gesicht an Livs Hals. »Ich schäme mich so.«

Das Arbeitszimmer. Erneut überfielen Liv Flashbacks, verschwommen und zugleich düster. Ihr wurde schlecht. Kaum konnte sie ihre Übelkeit bezwingen. »Du bist die Letzte, die sich schämen muss«, sagte sie rau.

Der Phaeton fuhr auf die Einfahrt. Ein Mann in einem uniformähnlichen Anzug und Frau Mönck stiegen aus, alarmiert. Gleichzeitig tauchte eine Gestalt in der Tür der Villa auf. Ocke Lammers. Hager, greisenhaft, der Schädel beinahe kahl. Und doch von einer geradezu unheimlichen Energie erfüllt.

»Liv, da bist du ja. Ich wollte dich sprechen«, sagte Ocke mit seiner emotionslosen, kalten Stimme.

Mit einem Satz kam Liv auf die Füße. Die Wut schoss aus ihrem Bauch nach oben und flackerte unter ihren Rippen. Sie konnte keinen klaren Gedanken fassen, da war nur Hass. Im nächsten Moment hatte sie bereits ihre Waffe gezogen. Kaum nahm sie die erschrockenen Rufe der Jugendlichen wahr.

Hennes fiel ihr in den Arm. »Mach keinen Scheiß, Liv, das ist er nicht wert«, zischte er.

Kurz wehrte sie sich, doch ihr Partner bändigte sie, redete beruhigend auf sie ein. Liv sah schlagartig wieder glasklar. Sie bemerkte die aufgerissenen Augen der Jugendlichen. Spürte schwer die Waffe in ihrer Hand.

Bebend ließ Liv die Waffe sinken. Hätte sie wirklich geschossen?

Der Chauffeur trat zu Ocke Lammers, als wollte er ihn stützen. Aus der Ferne war endlich das Martinshorn zu hören. Liv sah aus den Augenwinkeln, dass Jan die Jugendlichen in die andere Villa trieb. Für sie aber gab es nur Sanna.

Es war ein Ablauf, den sie schon viel zu oft als Polizistin begleitet, aber noch nie als Angehörige eines Opfers hatte mitmachen müssen. Liv bemühte sich um eine ruhige Fassade, obgleich in ihr noch immer ein Gefühlssturm tobte. Sie musste stark sein, für Sanna.

Der Krankenwagen brachte sie in die Klinik, wo Sanna ärztlich versorgt und begutachtet wurde. Jede einzelne Verletzung wurde sorgfältig dokumentiert und fotografiert. Die Untersuchung ergab, dass Sanna glücklicherweise tatsächlich rechtzeitig aufgewacht war, sodass es beim Versuch eines Missbrauchs geblieben war. Eine Tatsache, die Liv unendlich erleichterte.

Gleichzeitig war ihr klar, dass Ocke alles abstreiten und auch ein Anwalt leichtes Spiel haben würde, da es keinen Beweis für sexuelle Gewalt gab. Dabei musste sie ihre Tochter nur ansehen, um zu wissen, was diese Gewalt Sanna angetan hatte. Sanna war ein Häufchen Elend. Das anfängliche Entsetzen und der Schmerz wichen mehr und mehr einer tiefen Verunsicherung. Immer wieder mussten sie bei der Untersuchung Pausen machen, weil Tränenkrämpfe die Jugendliche schüttelten. Schließlich nahm Rabia die Anzeige nach § 184i StGB wegen sexueller Belästigung in Verbindung mit einer Körperverletzung nach § 223 StGB auf. Die Tat schien auch Rabia sichtlich anzugreifen. Hennes war ebenfalls nicht von Livs Seite gewichen.

»Sanna muss in der Wache noch die Aussage machen, sobald es ihr besser geht. Und auch du wirst dort gebraucht«, sagte Rabia. Ungesagt hing in der Luft, dass Liv sich gegenüber ihren Vorgesetzten auch für das Ziehen der Schusswaffe würde rechtfertigen müssen.

Sanna ballte die Hände zu Fäusten. »Ich will das gleich machen. Sofort.«

Besorgt musterte Liv ihre Tochter. »Bist du sicher?«

Sanna nickte entschlossen. »Ich will es hinter mir haben.«

In der Wache trafen sie auf Ocke und Annika Lammers. Beide wirkten zornblass, was bei Livs Schwester, die einen beigefarbenen Anzug und ihre Haare blondiert trug, beinahe ungesund wirkte.

»Ich habe Sanna nur gezeigt, was sich gehört. Du kommst deinen Erziehungspflichten ja nicht nach. Hast du denn nicht gesehen, wie die Jugendlichen Annikas Villa zugerichtet haben? Ein Saustall ist das!«

Liv hätte sich am liebsten auf ihren Vater gestürzt, aber Hennes hielt sie fest.

Kalt blickte der Alte sie an. »Schlag mich, das willst du doch. Zeig mir, wie wütend du bist. Oder habe ich es doch endlich geschafft, dir Respekt einzuflößen, mein Mädchen?«

Mein Mädchen. Liv riss sich los, bebend. Plötzlich bewegte sich etwas neben ihr. Im nächsten Augenblick ging Ocke Lammers zu Boden. Annika schrie auf. Hennes rieb sich die Faust und blickte Liv voller Befriedigung an.

»Das hat gutgetan. Und jetzt unterschreibt endlich diese verfluchte Anzeige«, sagte er grimmig.

Annika half ihrem Vater auf die Füße. »Wir müssen ins Krankenhaus! Ruft einen Krankenwagen!«, schrie sie hysterisch.

Ein feiner Blutfaden rann aus Ockes Nase, aber offenbar

hatte der alte Mann keinen gravierenden Schaden davongetragen.

Liv und ihre Tochter gingen endlich zu dem Büro. Unvermittelt zerrte jemand Liv am Arm. Sie fuhr herum. Annika, zornbleich.

»Wollt ihr Ocke wirklich anzeigen? Du weißt doch genau, dass Vater diese Anzeige von seinem Anwalt leicht abschmettern lassen wird. Wenn du das durchziehst, sind wir auf immer geschiedene Leute. Und was deinen Kollegen betrifft: Der wird für diesen Schlag zahlen, bis nichts mehr von seinem mickrigen Lohn übrig ist.«

»Besser ein mickriger Lohn als kein Rückgrat«, brummte Hennes.

Liv fand die Worte ihrer Schwester wirr. Warum fürchtete Annika die Anzeige, wenn Ockes Anwalt sie ohnehin abschmettern würde? Und geschiedene Leute waren sie ja schon lange. Nur eines schien klar: Annika stand wie immer kritiklos auf der Seite des Vaters.

Liv hielt Sanna fest im Arm. Sie ließen Annika und Ocke Lammers stehen. Als sie im Büro waren, wandte sie sich ihrem Partner zu. »Danke. Ich weiß gar nicht, wie ich das wiedergutmachen kann«, sagte Liv.

Hennes winkte ab. »Nun werd mal nicht rührselig.«

Rabia hatte das Aufnahmegerät im Vernehmungsraum bereits eingerichtet. Sannas Aussage würde auf Video aufgezeichnet werden, damit sie vor Gericht nicht noch einmal aussagen musste. Sanna schien letzte Kräfte zu mobilisieren. Erstaunlich gefasst berichtete sie, was geschehen war.

Endlich waren die Anzeigen aufgenommen. Noch nie hatte es so gutgetan, ihre Unterschrift unter ein Papier zu setzen, fand Liv.

11

Kampen, 18.20 Uhr

Tobias hielt seinen Buschhut fest. Die Sonne war richtiggehend heiß geworden, aber hier am Kampener Weststrand pfiff der Wind, was gefährliches Sonnenbrandwetter war. Obwohl zu dieser Jahreszeit kaum noch FKK-Fans zwischen dem Naturschutzgebiet Nord-Sylt und den Ausläufern des Roten Kliffs unterwegs waren, hatte es heute viele Spaziergänger und sogar Badende an den Strand getrieben. Verständlich: Die Wucht der Wellen war hier besonders wohltuend, weil die Brandung die Luft mit dem heilkräftigen Meeresaerosol sättigte. Bei jedem Atemzug wurde der Körper mit allen wichtigen Meeressalzen und Spurenelementen versorgt – für Tobias ein wahres Wunder.

Ein Plastikfetzen flog über die Düne. Der Neunzehnjährige lief ein paar Schritte und konnte ihn gerade noch einfangen, ehe er ins Meer geblasen wurde. Vor ihm trippelte ein Austernfischer über den Sand. Dahinter zeichneten verrottete Buhnen die Uferlinie nach; eine Mahnung daran, dass die Methoden des Menschen zum Küstenschutz noch mehr als verbesserungsbedürftig waren.

Etwas Dunkles bewegte sich zwischen den Wellenkämmen. Tobias entdeckte in der Ferne die Finne eines Schweinswals. Seine Brust weitete sich. Großartig sah dieses Naturschauspiel im weicher werdenden Licht des Spätnachmittags aus. Schnell fotografierte er und postete das Foto auf seinem

Insta-Accout; er hatte schon 587 Follower, denen er sein Herzensthema, den Naturschutz, näherbringen konnte. Anschließend machte Tobias eine Notiz auf seinem Beobachtungszettel. Eine Weile beobachtete er, wie die Rückenflosse in den Wellen verschwand und woanders wieder auftauchte. Die Nordsee war die Kinderstube dieser Kleinwale, und Tobias erfüllte es stets mit einem besonderen Glücksgefühl, sie zu beobachten. Gleichzeitig bekam er eine Stinkwut. In der EU waren Schweinswale zwar geschützt, aber in der Nordsee kamen noch immer viel zu viele dieser wunderbaren Lebewesen in Fischernetzen um. Gleich heute Abend würde er wieder Protestmails an Politiker schreiben und einige Naturschutz-Petitionen unterzeichnen.

Weil ihm der Schutz seiner Insel am Herzen lag, hatte er sich nach dem Abitur hier für sein Freiwilliges Soziales Jahr beworben. Seinen Eltern war es ohnehin nur recht, dass er in der Nähe blieb. Sie sorgten sich immer viel zu sehr um ihn. Auch heute hatte er schon drei WhatsApp-Nachrichten seiner Mutter beantwortet, die er für bloße Kontrollversuche hielt. Es wurde Zeit, dass er mal wieder über die Stränge schlug, wenn auch das letzte Mal furchtbar geendet hatte …

Wieder taumelte Verpackungsmüll über den Strand. Tobias fing den Plastikfetzen ebenfalls ein und sammelte auch gleich noch die Schnur und schlaffe Überreste eines Luftballons aus der Brandung. Viel zu oft wurden im Spülsaum tote Vögel gefunden, die sich in diesem Müll verheddert hatten und elendig verendet waren. Wenn jeder Besucher nur drei Stück Plastikmüll am Strand einsammeln würde, wäre dem Meer schon geholfen, dachte Tobias. Doch sosehr die Touristen die Insel auch liebten, zur Veränderung ihres Verhaltens führte diese Liebe leider nicht.

Er stapfte den Dünengürtel hoch. In einiger Entfernung ragte das Kampener Quermarkenfeuer trutzig zwischen Dünen und Horizont auf. Der dunkelrote stämmige Leuchtturm schien über das im Wind wabernde Dünengras zu wachen; ein schönes Bild, das ihn zu einem weiteren Insta-Post verleitete. Dann ging er weiter, um zu kontrollieren, ob die Absperrung noch stand. Mit Schildern »Naturschutzgebiet – Kein Weg« versuchten die verschiedenen Schutzstationen auf der Insel, die Dünen zu schützen. Auch Watt-Wohl, der Naturschutzverein, für den er tätig war, engagierte sich für den Dünenschutz. Ihr Schild stand nach wie vor am Beginn des Trampelpfads und versperrte den Zugang, aber der Strandhafer auf der Außenseite der Pfosten war umgeknickt und teilweise herausgerissen. Verärgert kniete sich Tobias hin, um die Pflanzen wieder einzugraben. Die grünen Halme waren wichtig für die Bewahrung der Dünen, denn sie verhinderten, dass der Sand weggetragen wurde. Außerdem war es eine großartige Pflanze, fand Tobias, denn –

Das schrille Lachen riss ihn aus seinen Überlegungen. Er richtete sich auf und entdeckte ein älteres Paar in Windjacken und roten Cordhosen, das mitten in den Dünen eine Decke ausgebreitet hatte und dort picknickte. Die aufgerissenen Lebensmittelpackungen verrieten, dass sie es gewesen waren, die den Müll verursacht hatten. Sie hatten sogar Dünengras ausgerissen, um ein Loch in die Düne zu graben, damit sie ihre Sektflasche kühlen konnten!

Tobias zog den Kopf ein. Es war ihm zutiefst zuwider, mit jemandem zu streiten. Andererseits hatte er sich vorgenommen, mutiger zu sein. Und das Verhalten dieses Paares war wirklich unmöglich. Tobias' Handy vibrierte. Sicher wieder seine Mutter.

Er straffte sich. »Kommen Sie aus den Dünen raus! Das Betreten ist verboten!«, rief er.

Das Paar ignorierte ihn. Was sollte er nur tun? »Kommen Sie sofort raus, oder ich mache ein Foto von Ihnen und übergebe es der Polizei!«, drohte er.

Der Mann drehte sich zu ihm um. Sein Blick war überheblich. Tobias kannte solche Typen zur Genüge aus dem Bekanntenkreis der Eltern. Diese Menschen glaubten, ihnen gehöre die Welt. Dass sie diese für die nachfolgenden Generationen zerstörten, interessierte sie nicht.

»Das darfst du gar nicht. Noch nie was vom Recht am eigenen Bild gehört?!«, fragte der Mann provozierend.

Tobias holte sein Handy hervor. Er erkannte die Nummer, und sein Herz begann, schneller zu schlagen. Schon lange hatte er auf diesen Anruf gewartet. Der Anblick verlieh ihm neuen Mut. Er schrieb: »Bin gerade am Weststrand, melde mich gleich.«

»Ich mache jetzt das Foto!«, sagte er laut, als er die Nachricht abgeschickt hatte.

Der Mann erhob sich. »Das wagst du nicht, du Bengel! Ich klag dich in Grund und Boden!«

Eine halbe Stunde später war Tobias völlig durchgeschwitzt. Die Auseinandersetzung war heftig gewesen, aber schließlich war das Paar abgehauen. Tobias hatte weitere herausgerissene Strandhaferpflanzen eingepflanzt und den letzten Müll eingesammelt, den diese Typen liegen gelassen hatten. Der Streit hatte ihn ganz schön mitgenommen. Trotz aller Freude bereitete ihm der Gedanke an das Telefonat noch mehr Magenschmerzen. Vielleicht sollte er in die Unterkunft zurückkehren und sich erst einmal berappeln. Auf keinen Fall durfte er sich bei seinen Eltern melden. Seine Mutter würde sofort hören, dass ihn etwas belastete, und ihn wie ein Kleinkind behandeln.

Am schmalen Sandstrand wanderte er nordwärts. Als er seinen Lieblingsplatz erreicht hatte, an dem die Dünen eine natürliche Einbuchtung bildeten und ihn so vor dem Wind schützten, setzte er sich einen Augenblick hin. Er überlegte, ob er etwas rauchen sollte, aber sein Magen hatte sich schon ein wenig beruhigt, und für das Telefonat brauchte er einen klaren Kopf. Er würde den Sonnenuntergang genießen, der hier immer besonders großartig war, und dann zurückrufen. Doch eine Wolkenbank schob sich vor die untergehende Sonne und tauchte die Nordsee in ein diffuses Grauorange. Heute würde auch das Rote Kliff nicht glühen. Tobias sah noch dem letzten Lichtstreifen nach.

Die Dunkelheit kam jetzt schnell. Er rappelte sich auf. Seine Hose war klamm, und die Kälte war ihm in die Knochen gekrochen. In einiger Entfernung sah er den Umriss einer Gestalt am Strand. Vermutlich ein später Spaziergänger. Trotzdem regte sich ein ungutes Gefühl in ihm. Er war so ein Schisser! Was sollte ihm hier schon passieren? Dennoch beschleunigte er seine Schritte. Es war nicht mehr weit bis zu seiner Unterkunft. Hinter sich hörte er das Mahlen des Sands unter Füßen, das Rascheln von Kleidung. Der Fremde holte auf.

»Tobias Schulke?«, hörte er auf einmal eine Stimme.

Tobias drehte sich um. Ganz nah war der Fremde schon. »Ja«, gab er zu, ehe er sich wunderte, woher der Unbekannte seinen Namen wusste.

Der Mann stand starr da. Tobias hielt unwillkürlich die Luft an. Er versuchte, die Gesichtszüge des Fremden zu erkennen, der Kopf war jedoch seltsam schwarz. Trug der Mann eine Maske? Aber warum?

Da zuckte der Arm seines Gegenübers vor. Elektrische Funken blitzten auf. Im gleichen Augenblick durchfuhr Tobias ein Krampf. Alles drehte sich. Dann verlor er das Bewusstsein.

12

Flensburg, 22.15 Uhr

»Bleibst du bei mir, bitte?« So dünn und kindlich klang die Stimme ihrer Tochter, dass es Liv einen Stich versetzte.

»Natürlich. Ich bin immer für dich da, wenn du mich brauchst«, sagte sie und wusste gleichzeitig, dass sie sich nie verzeihen würde, wenn sie dieses Mal versagen würde.

Sie krabbelte zu Sanna unter die Decke. Ihre Tochter schmiegte sich an sie. Sanna hatte die Insel schnellstmöglich verlassen wollen, also hatten sie den erstbesten Autozug genommen. Unsere Klamotten holen wir bei nächster Gelegenheit bei Katharina ab, dachte Liv. Ihre Freundin war entsetzt über die Geschehnisse gewesen und hatte Hilfe – auch psychologische – angeboten. Liv hatte jedoch lieber eine Flensburger Therapeutin kontaktiert, um Sanna den Weg zu ersparen.

Elise hatte sie bereits mit einem großen Bauernfrühstück erwartet, einem Seelenessen; es war ihre Art, Trost zu spenden. Der alten Dame war es schwergefallen, ihre Erschütterung zu verbergen. Sanna hatte kaum gegessen und Liv zum ersten Mal seit Jahren wieder gebeten, bei ihr am Bett zu sitzen, bis sie eingeschlafen war. Wenn auch die Verletzungen wieder heilen würden, saß der Schock doch tief.

»Ich muss immer daran denken, was passiert wäre, wenn ich nicht aufgewacht wäre«, wisperte Sanna.

»Du bist aber aufgewacht. Dein Instinkt hat dich geweckt.

Dein Unterbewusstes passt auf dich auf«, sagte Liv fest, damit ihre Tochter nicht spürte, wie sehr der Gedanke auch sie erschreckte.

»Ich hätte ... Ich hätte gar nicht erst mit ihm gehen dürfen. Aber sein Ton, seine Stimme ... Ich wusste einfach nicht ... Ich dachte, er ist doch mein Großvater, ein alter Mann«, wisperte Sanna.

»Du hast alles richtig gemacht. Er ist derjenige, der Schuld auf sich geladen hat. Nie wieder wird er auch nur in deine Nähe kommen, dafür werde ich sorgen«, sagte Liv mit fester Stimme. Schlechtes Gewissen und Hass schienen sie von innen heraus aufzufressen. Und da waren die Flashbacks, von denen sie nicht wusste, was genau sie zu bedeuten hatten. Säure kroch aus Livs Magen hoch, ihr war übel.

Eine Weile schwiegen sie. Liv glaubte schon, dass Sanna eingeschlafen war. Sie wollte hinuntergehen und mit Elise sprechen; auch ihre Großmutter war außer sich. Doch dann bewegte Sanna sich und sog im gleichen Augenblick scharf die Luft ein.

»Au, tut das weh«, stieß sie leise hervor. Dann schniefte sie. »Ich wusste ja, was Ocke Jan angetan hat. Aber was das wirklich bedeutet, das wusste ich nicht«, sagte sie. »Ich wünschte, ich hätte es nie herausgefunden. Ob die anderen mich jetzt komisch finden?«

»Die anderen? Es kann dir doch egal sein, was die denken. Sie sollen wissen, was für ein schlechter Mensch Ocke ist. Jeder soll es wissen.«

Sanna lag noch etwas auf der Seele, das spürte Liv. »Ob Kimi davon gehört hat?«, fragte ihre Tochter schließlich leise. »Er hat mir eine Nachricht geschickt. Er musste nachts weg, nach Hause. Was soll er denn jetzt von mir denken?«

»Von dir?«, fragte Liv erstaunt, wertete es aber dann als

gutes Zeichen, dass Sanna sich über ihren neuen Schwarm Gedanken machte. Sie küsste den Scheitel ihrer Tochter. »Er wird denken, dass du ein wunderbares, tapferes Mädchen bist.«

Als Sanna eingeschlafen war, eilte Liv die schmale Treppe im Kapitänshaus hinunter und ins Badezimmer. Sie glaubte, erbrechen zu müssen, konnte die Übelkeit dann aber doch noch bezwingen. Als sie auf den Flur trat, tapste Elise ihr entgegen. »Ich wollte nach dir sehen«, sagte die alte Frau matt.

»Alles in Ordnung«, beruhigte Liv sie. Zärtlich nahm sie ihre Großmutter in den Arm. »Soll ich uns eine heiße Schokolade machen?«

»Ein Tee mit Rum wäre mir lieber. Ich glaube, sonst komme ich gar nicht in den Schlaf«, antwortete Elise. Sie gingen zusammen in die kleine Küche. Ihr Hund tänzelte zwischen ihnen und seinem Fressnapf hin und her, als hoffte er, dass um diese Zeit auch noch etwas für ihn abfallen würde.

Bald erfüllte der Duft nach Rum und Tee den Raum. Elise suchte immer den besten Rum der traditionsreichen Flensburger Manufakturen aus. Die beiden Frauen setzten sich auf die Küchenbank. Elise ließ Kandis in ihren Becher fallen, der leise knackte. Liv streichelte Zorro und ließ zu, dass er sich auf ihre Füße legte. Es war eine heimelige Atmosphäre, die in scharfem Kontrast zu den Gefühlen stand, die in ihnen tobten. Auch Elise musste sich immer wieder Tränen abwischen.

Plötzlich hieb die alte Frau heftig mit der Hand auf den Tisch. »Ich kann nicht fassen, dass Ocke das getan hat«, stieß sie hervor.

Liv streichelte den Handrücken mit seinen Falten und Altersflecken, der ihr so vertraut war. »Ich auch nicht«, sagte sie. »Ich hätte ihn längst anzeigen sollen. Schon als ich im letzten Jahr herausgefunden habe, dass er Jan schlägt. Aber ich dachte, dass Annika ihn unter Kontrolle bringt.«

Elise seufzte schwer. »Es ist verrückt. Wenn man in der Zeitung über Verbrechen liest, sagen die Nachbarn in den Artikeln immer, dass sie das nie von dem Täter gedacht hätten. Aber stimmt das wirklich? Bei Ocke hatte ich ein scheußliches Gefühl, seit Rosa ihn mir zum ersten Mal vorstellte. Und tatsächlich: Er hat sie mit jedem Tag schlechter behandelt. Aber seelische Misshandlung ist eben schwer zu beweisen.« Es war einer der seltenen Momente, in denen Elise über Rosa sprach – ihre Tochter und Livs Mutter. Elise nahm einen Schluck und schüttelte fassungslos den Kopf. »Andererseits ist nicht jeder, bei dem man ein übles Gefühl hat, gleich ein Verbrecher. Trotzdem habe ich mir Vorwürfe gemacht, als Ocke Rosa zugrunde richtete. Ich habe mir weitere Vorwürfe gemacht, als Ocke dich damals so übel behandelte. Und jetzt mache ich mir wieder Vorwürfe.« Elise stieß einen kehligen Laut aus. Sie klang in den Grundfesten erschüttert.

Liv umarmte sie. Einen Augenblick hielten sie einander fest. »Du hast für Sanna und mich alles getan, was du konntest. Du hast uns so viel gegeben.«

Eine Träne rann Elises von feinen Falten überzogene Wange hinunter.

Ockes böse Tat zog Kreise, so war es immer mit Verbrechen. Liv schluckte schwer. »Ich bin es, die sich Vorwürfe machen muss. Ich hätte Sanna nie in die Villa gehen lassen dürfen. Denkst du, er hätte sie wirklich ...« Liv konnte es nicht aussprechen. »Er ist doch ein alter Mann, hinfällig.«

Elise trank ihren Tee mit Rum aus. So erschöpft wirkte sie jetzt, dass Liv sich um die Gesundheit ihrer Großmutter zu sorgen begann. »Ich weiß es nicht. Ocke geht es vor allem um Macht. Er erträgt es nicht, wenn sich ihm jemand widersetzt. Er wollte Sanna erniedrigen, beschämen, wie er es mit allen tut, die er für unwert erachtet«, sagte Elise leise.

Liv umschloss ihren Becher mit den Handflächen und trank. Heiß und scharf rann die Mischung aus Tee und Rum ihre Kehle hinunter.

»Mach dir keine Vorwürfe mehr. Du kannst Sanna nicht immer beschützen, Liv«, sagte Elise tröstend.

»Das weiß ich. Aber ich kann Ocke Einhalt gebieten.« Liv stockte bei der Erinnerung an die Waffe, die sie am Nachmittag in den Händen gehalten hatte. »Beinahe hätte ich es getan. Beinahe hätte ich auf ihn geschossen. Wenn Hennes nicht gewesen wäre …«

»Und jetzt wird Ocke ihn in Grund und Boden klagen.«

»Nicht wenn ich es verhindern kann.«

Verwundert blickte Elise sie an. »Wie willst du das tun?«

»Ich muss mit Jan reden, vielleicht macht er die Misshandlung durch Ocke ebenfalls öffentlich, dann wären wir gleich drei Ankläger. Zur Not muss ich mit Ocke reden, auch wenn es das Letzte ist, was ich will.«

Schrecklich, welcher Hass zwischen Menschen lodern kann, dachte sie, und prompt fiel ihr der Fall wieder ein.

Elise hatte ihren Tee getrunken und gähnte verstohlen. Liv spülte die Becher aus, küsste ihre Großmutter auf die Wange und wandte sich der Kellertreppe zu.

»Du spielst noch?«, fragte Elise.

»Nur ein wenig, um runterzukommen.«

Ihr Schlagzeug – ein elektronisches, den Nachbarn zuliebe – war die beste Einschlafhilfe. Nach einer Drumsession war sie verlässlich bettschwer. Der Hass auf ihren Vater und düstere Erinnerungen würden sie ansonsten wach halten. Außerdem musste sie immer wieder an den Mann mit dem Vorhängeschloss um die Hoden denken und die Frau, die in den Käfig eingesperrt gewesen war. Was Menschen einander antaten …

* * *

Hennes schloss leise die Tür hinter sich. Niemand musste wissen, dass er noch einen Informanten traf, und schon gar nicht, dass es dieser war.

Die Nachtluft an der Förde war kühl. Einladend funkelten die Lichter des Flensburger Hafens. Vom Willy-Brandt-Platz und der Schiffbrücke waren Musik und Gelächter zu hören. Die Amüsier- und Partymeile kontrastierte mit den Museumsschiffen, die in einiger Entfernung im Fördewasser dümpelten. Sie hatten gut gegessen und einen ausgezeichneten Rotwein getrunken, was Hennes die Ärgernisse dieses Tages beinahe hatte vergessen lassen. Es hatte gutgetan, dem alten Lammers eine zu verpassen – egal, was es ihn kosten würde.

Als er außer Sichtweite war, zündete Hennes sich eine Selbstgedrehte an, doch gleich kehrte das ätzende Kitzeln im Hals zurück. Hüstelnd wanderte er an Onkel Jule, der ältesten Hafenkneipe Flensburgs, vorbei, vor der sich Feiernde versammelt hatten. An der Spielothek beschleunigte er die Schritte. Ein paar Straßen weiter war das Tattoo-Studio, auch so ein Spielplatz des Organisierten Verbrechens. Sein Informant wartete im Hauseingang. Hennes stellte sich zu ihm.

»Es geht um Könnermann. Der Name sagt dir doch wa–«, begann er.

Sein Gegenüber fiel ihm ins Wort. »Bist du vom wilden Affen gebissen?! Halt dich von dem fern, sage ich dir. Oder hast du etwa vergessen, was wir gegen dich in der Hand haben?«

13

Hörnumer Straße, Sylt, Montag, 25. September, 2.54 Uhr

Nacht umhüllte die Heidelandschaft. Der Mann drückte aufs Gas. Beim Beschleunigen grollte der Lamborghini wie ein Ungeheuer. Schon nice. Ein Jammer, dass man den Wagen auf Sylt so gut wie nie ausfahren konnte. Aber jetzt, nachts, nachdem er die Mädchen abkassiert hatte, hielt ihn nichts mehr. Eine lange Gerade wartete auf ihn. Der Wagen schüttelte sich unter ihm, das Lenkrad vibrierte, die Heidebuckel flogen nur so vorbei. Das Adrenalin brachte seine Kopfhaut zum Prickeln. Er johlte. Diese Challenge war besser als jeder Trip, besser als Sex, besser als … Was war das?

Scheinwerferlicht kreuzte in einiger Entfernung die Straße. Normalerweise gehörte der Streckenabschnitt um diese Zeit ihm. Und warum stand der Wagen quer zum Straßenrand? Fuck! Sollte er bremsen oder vorbeirasen? Was sollte das Zögern, er war doch keine Pussy! Entschlossen trat er das Gaspedal durch.

Im gleichen Augenblick fuhr auch der Geisterfahrer los – direkt in seinen Fahrweg! War der denn irre?

Er riss am Lenkrad. Als der Lamborghini einen Schlenker machte, heulten die Reifen auf. Doch zu spät. Krachend trafen die Wagen aufeinander. Der Aufschlag war heftig. Mit dem Kopf donnerte der Mann gegen den Holm des Sportwagens. Der Lamborghini gab ein dumpfes Ächzen von sich, dann kreiselte er über die Straße und überschlug sich schließlich.

14

Flensburg, 7.03 Uhr

Als Liv aus der Dusche kam, zog der Geruch frischen Kaffees durch das Haus. Nachdenklich sah sie durch das Dachfenster auf die Förde hinaus. Nach dem Schlagzeugspielen hatte sie sich zu ihrer Tochter gelegt, wie sie es versprochen hatte. Sanna war mehrmals aufgewacht, hatte im Schlaf geschrien und gezuckt. Liv hatte sie dann immer wieder beruhigend gestreichelt. Sie hoffte, dass die Widerstandsfähigkeit der Jugend den Schock mit der Zeit mildern würde.

Elise schenkte ihr einen Kaffee ein, die alte Dame wirkte völlig übernächtigt. »Dein Handy hat geklingelt. Ich bin rangegangen, weil es Hennes war. Er muss wieder nach Sylt. Ein neuer Fall«, sagte sie wie nebenbei.

Liv rubbelte sich die langen Haare trocken. Elises Nachricht gab ihr zu denken, sie ging aber nicht darauf ein. »Ich werde mir heute frei nehmen und mich um Sanna kümmern. In der Schule melde ich sie ohnehin für diese Woche ab.«

»Was ist mit mir?« Wie aufs Stichwort kam Sanna die Treppe hinuntergetapst. Sie humpelte ein wenig.

Liv stürzte zu ihr. »Wie geht es dir?«

»Ich hab überall blaue Flecke, die tun ganz schön weh. Aber sonst okay, denke ich. Worüber habt ihr geredet?«

Liv sagte es ihr.

»Du musst nicht hierbleiben. Ich möchte, dass du deine

Arbeit machst. Lass Hennes nicht allein fahren. Ihr seid ein Team«, sagte Sanna tapfer.

Liv strich ihrer Tochter die Haare aus der Stirn, die in die Wunde an der Augenbraue zu fallen drohten. »Ich will bei dir bleiben, auf dich aufpassen.«

Sanna ging zu Elise, die ihre Großenkelin in die Arme schloss. »Das brauchst du nicht. Hier passiert mir nichts. Ich bin zu Hause. Und Oma ist ja auch da.«

»Ich verteidige dich wie eine Löwin, wenn das nötig sein sollte«, sagte Elise mit einem traurigen Lächeln und doch kämpferisch. Sie nickte Liv zu. »Nun ruf Hennes schon an.«

Aber erst als Liv ihre Tochter eingehend untersucht und Sanna das Versprechen abgenommen hatte, dass sie heute zu der Therapeutin gehen würde, nahm sie das Telefon zur Hand.

Hennes schien zufrieden, verband sie aber an Hasselbrecht weiter. »Ich habe von dem Vorfall mit Ihrer Tochter gehört, Liv«, erklärte diese. »Wir werden Ihren Vater mit allen Mitteln strafrechtlich verfolgen.«

»Das beruhigt mich«, sagte Liv ehrlich. »Es muss verhindert werden, dass so etwas noch mal passiert. Natürlich werde ich mich einer disziplinarischen Ermittlung stellen, was das Ziehen der Dienstwaffe angeht. Leid tut mir nur, dass ich Hennes in den Konflikt hineingezogen habe.«

»Wir werden alles tun, um Hennes zu verteidigen, darauf können Sie sich verlassen. Aber etwas anderes beschäftigt mich: Sind Sie denn wirklich dem Einsatz gewachsen?«

Die aufgehende Sonne tauchte das Wattenmeer in weiches Licht. Auf den Feldern hatte Nebel gehangen, aber hier über dem Hindenburgdamm war die Luft klar. Über dem satten Gelb am Horizont türmte sich das tiefe Blau des Himmels, die Farben wurden von der spiegelnden Fläche des auflaufenden Wassers zurückgeworfen und vermittelten den Eindruck unendlicher Weite – ein Anblick, der Liv das Herz aufgehen ließ. Ein Schwarm Pfuhlschnepfen zog über die Nordsee hinweg. Sylt war ihr letzter Halt, ehe die Vögel die weite Reise gen Süden antraten.

Hennes drehte sich die dritte Zigarette. Allzulange auf dem Hintern zu sitzen und nicht einmal rauchen zu dürfen fiel ihm schwer. Für Liv hatte die Fahrt mit dem Autozug hingegen beinahe etwas Meditatives. Nur kurz hatte ihr Kollege sich nach Sannas Befinden erkundigt. Livs Versuch, ihm ein weiteres Mal für seine Hilfe zu danken, hatte Hennes sogleich abgewürgt, wobei ihm ein Hustenanfall zu Hilfe gekommen war. Allmählich machte sie sich Sorgen um die Gesundheit ihres Partners.

Hennes holte eine Thermoskanne hervor und schenkte sich einen streng riechenden Tee ein. »Salbei, gegen den Husten. Willst du auch einen Schluck?« Er wies auf ihren Edelstahlbecher.

»Nein, danke.« Sie konnte sich eine Bemerkung nicht verkneifen: »Vielleicht solltest du lieber das Qualmen lassen.«

Schweigend nippte er an seinem Tee.

Falsches Thema.

Liv warf einen Blick in den Rückspiegel, wo der Wagen der Kriminaltechnik stand. Dann beobachtete sie, wie das Meer am Hindenburgdamm leckte. Lila blühte die Heide am Rand der Schwemmlandschaft. Der Kirchturm von Sankt Severin hieß sie aus der Ferne willkommen. Eine hektische Bewegung am Himmel fing ihren Blick: Eine Raubmöwe machte Jagd auf eine Seeschwalbe. Liv hoffte für den kleineren schwarzhaubigen Vogel, doch da hatte die dunkelbraune Raubmöwe ihn schon mit ihrem kräftigen Schnabel gepackt. Liv musste daran denken, was sie erwartete.

»Ausgerechnet ein so junges Opfer, und dazu noch Meeresschützer«, murmelte sie.

»Vor allem keine Verbindung zu dem Mord an René Höpen. Sonst hätten unsere LKA-Spezis wieder geblockt.«

»Abgesehen davon ist das LKA ja auch erst mal mit dem Autounfall beschäftigt. Dieser Unfall hat schon eher mit Rocco zu tun, zumindest arbeitet der Lamborghini-Fahrer im gleichen Milieu.«

Hennes schnaubte. »Der schöne Lamborghini, so ein Jammer«, sagte er sarkastisch. »Wer auch immer Rocco ermordet hat – auch diese Tat zieht Kreise.«

»Immerhin ist der Fahrer mit dem Leben davongekommen.«

»Ich nehme an, dass es auch gar nicht darum ging, ihn zu töten. Der Anschlag war eine Warnung. Da geht es um Schutzgeld oder Revierkämpfe.« Der Tee war alle. Hennes steckte sich eine Zigarette in den Mund, zündete sie aber nicht an. Stattdessen ließ er sein Zippo auf- und zuschnappen. »Wer ist unser Opfer?«

»Lesen hilft«, sagte Liv.

Er grinste. »Eben deshalb, Cheffe.«

»Ich bin kein Che… Ach, egal.« Liv konsultierte die Mail, die Bente ihr geschickt hatte. »Tobias Schulke, achtzehn Jahre alt.« Mühsam gebändigter Zorn ergriff sie. »Er ist Bufdi, die Eltern leben aber auf Sylt. Der Vater ist Finanzberater«, setzte sie ihren Bericht fort.

»Finanzberater auf Sylt, das scheint mir ja eine perfekte Kombi zu sein. Kommt gleich nach Immobilienmakler auf Sylt.« Hennes drehte eine vierte Zigarette. »Und der Sohn ist beim Bundesfreiwilligendienst? Viel Arbeit für wenig Geld. Aus der Art geschlagen?«

Liv hielt nichts davon, Vorurteile zu kultivieren. »Offenbar hat der Vater einige finanzielle Turbulenzen durchgemacht. In den Medien ist die Rede von einer Insolvenz«, sagte sie. »Tobias setzt sich anscheinend sehr für den Schutz der Meere ein. Er hat gegen Fischerei und für Umwelt- und Naturschutz protestiert. In den sozialen Medien ist er sehr aktiv und hat häufig über sein Engagement berichtet, das hat zumindest eine erste Internetrecherche ergeben. Für alles Weitere müssen wir warten, ob wir über die Eltern eine Freigabe der Provider bekommen. Tobias wurde auf einer Düne gefunden. Offenbar ist er gestern von seinem Kontrollgang am Kampener Weststrand nicht zurückgekehrt.«

Hennes steckte seine Tabakpackung weg, ließ aber das Zippo auf- und zuschnappen. »Die Kontrollwut der Deutschen ist wirklich nicht zu überbieten. Jetzt muss sogar schon der Strand kontrolliert werden.«

Liv freute sich ein wenig über seinen Sarkasmus. Es tat gut, dass zumindest beruflich wieder Normalität eingekehrt war.

Im gläsernen Licht des Septembermorgens wirkte der Dünengürtel vor Kampen malerisch. Die salzgeschwängerte Luft blies den letzten Rest Müdigkeit weg und erfüllte Liv mit Energie. Sie waren zwischen Vogelkoje und Buhne 16 abgebogen. Das letzte Wegstück mussten sie zu Fuß gehen. Der Wind war aufgefrischt. Liv war froh über ihren handgestrickten dicken Schal, während Hennes den Kragen seiner Jeansjacke hochschlug und mit der Hand zu verhindern versuchte, dass seine Mütze weggeweht wurde. Unbeeindruckt wachte der pummelige backsteinrote Leuchtturm über die Szenerie. Ehemals hatte der Turm, der zur Unterscheidung vom zweiten Kampener Leuchtturm »Quermarkenfeuer« genannt worden war, vor einer Sandbank in der Einfahrt zum Lister

Tief gewarnt. Immerhin gab es hier so gut wie keine Schaulustigen, die von der Sylter Polizei abgehalten werden mussten. Liv und Hennes ließen der Spurensicherung den Vortritt. Sie würden warten, bis der Tatort freigegeben war.

Momke und Rabia kamen im Schutzanzug auf sie zu. Die Sylter Kommissare erkundigten sich sofort nach Sannas Befinden und fragten auch, wie es Liv ging.

»Sanna geht es den Umständen entsprechend gut. Sie hat darauf bestanden, dass ich meine Arbeit wiederaufnehme«, berichtete Liv in einem Tonfall, der freundlich war, jedoch deutlich machte, dass sie nicht näher darauf eingehen wollte.

»Hardy Mittgaard, der Chef von Watt-Wohl, hat Tobias schwer verletzt gefunden. Er hat Erste Hilfe geleistet und einen Krankenwagen gerufen. Dann hat er ein paar Fotos geschossen, weil er sich dachte, dass das wichtig sein könnte«, wechselte Momke das Thema.

Liv und Hennes scrollten sich durch die Bilder auf dem Handy. Verdreht und gefesselt lag der junge Mann auf einer Düne. Der Rucksack war aufgegangen, sandige Plastikfetzen schauten heraus. Offenbar hatte er gerade Müll eingesammelt, ein Detail, das Liv einen Stich versetzte. Das Gesicht war nur halb zu erkennen. Die erschreckend bleiche Haut stand in scharfem Kontrast zu dem tiefroten Blut, das sich mit dem feinen Sand verklumpt hatte. Tobias musste bewusstlos gewesen sein. Das Gesicht war jung und glatt; die geschlossenen Augen mit den hellen langen Wimpern gaben ihm etwas Friedliches. Der Anblick rührte Liv zutiefst.

Auf dem Rücken des jungen Mannes gab es etliche Einstichstellen. So viel Blut. Liv bedrückte der Anblick, und zugleich machte er sie wütend. Tobias Schulke war nur wenig älter als ihr Neffe oder ihre Tochter. Feige und hinterrücks war er angegriffen worden. Jemand hatte versucht, ihm sein

Leben zu stehlen; erst die nächsten Stunden würden zeigen, ob er überleben würde.

Entschlossen strich Liv die Fotos vom Display. Sie würden diesen Jemand finden und dafür sorgen, dass er zur Rechenschaft gezogen wurde.

»Angesichts des enormen Blutverlusts muss er einen Schutzengel gehabt haben. Wie lange mag er hier gelegen haben?«

»Um 18.25 Uhr hat er noch ein Foto im Internet gepostet. Gegen 22 Uhr hat der Leiter der Naturschutzorganisation Watt-Wohl nach Tobias, der für ihn als Bufdi tätig ist, gesucht. Schließlich hat er ihn gefunden. Hardy Mittgaard gibt an, nach der Ersten Hilfe alles so gelassen zu haben, wie es war«, berichtete Momke.

»Haben wir schon eine Nachricht aus der Klinik?«

»Die Ärzte haben stundenlang um Tobias' Leben gekämpft. Es lässt sich noch nicht absehen, ob der Junge es schaffen wird. Durch die Messerattacke sind Leber und Lunge verletzt worden. Offenbar ist er glücklich gefallen, was die Blutung etwas verringert hat.« Momke machte eine hilflose Handbewegung. »Keine Ahnung, bin ja kein Arzt. Gerlich ist auf Abruf, um die Wunden rechtsmedizinisch zu begutachten.«

»Woher wusste dieser Leiter, dass er Tobias hier finden würde?«, fragte Hennes misstrauisch.

»Das könnt ihr ihn selbst fragen, Mittgaard wartet in der Hütte des Vereins, ist nicht weit.«

Die kleine Hütte lag mitten in den Dünen, was ihrem Alter geschuldet war. Bestandsschutz, denn heutzutage bekommt man in diesem Naturschutzgebiet keine Baugenehmigung mehr, dachte Liv. Handgemalte Schilder pflasterten die Hüttenwände. Sie warben für Dünen- und Wattwanderungen, es gab aber auch Aufrufe zu mehr Umweltschutz und Proteste gegen Fischerei und Windparks. Manches Schild war auf Söl-ring, obwohl die meisten Besucher wohl kein Sylterfriesisch sprechen würden.

Ein bärtiger Zausel in Strickpulli, geflickter Hose und ausgelatschten Stiefeln saß an seinem Tisch und wärmte sich die Hände an einem Becher. Neben ihm standen eine Thermoskanne und ein silberner Flachmann. Tatsächlich pfiff der Wind durch die Ritzen der Hütte. Als die Kommissare sich vorstellten, sah Liv, dass Tränen in den Augenwinkeln des etwa sechzigjährigen Mannes blitzten.

»Gur Dai«, begrüßte Liv ihn auf Sylterfriesisch.

Hardy Mittgaard blinzelte erstaunt, taute aber auf, als sie sich einige Zeit in breiter Mundart unterhielten.

»Auch einen Pharisäer?«, fragte er schließlich, starrte aber weiterhin ins Leere, als wären sie gar nicht wirklich da.

»Nur Kaffee«, nahm Liv dankend an. »Auch Sie sollten besser auf Alkohol verzichten, vor allem, weil wir sie befragen müssen.«

»Vermutlich haben Sie recht«, sagte der Mann zerknirscht.

Sie setzten sich zu ihm. Hardy Mittgaard wollte ihnen Kaffee einschenken, aber seine Hände bebten so, dass Liv die Aufgabe übernahm. Sie belehrten ihn über seine Rechte und befragten ihn allgemein.

»Seit ich ein kleiner Junge war, habe ich für Sylts Natur gekämpft«, berichtete er. »Mein ganzes Leben und auch mein Vermögen habe ich diesem Kampf gewidmet. Viele Zivis und Bufdis habe ich kommen und gehen sehen. Aber dass ich so etwas erleben muss …«

»Haben Sie eine Ahnung, wer Tobias das angetan haben könnte?«, fragte Hennes.

Ihr Gegenüber schwieg, dann platzte er heraus: »Das waren bestimmt die Bonzen. Windkraft, Fracking, Fischereiindustrie oder diese Bauhaie – irgendeiner von denen wird es gewesen sein.«

»Was hatte Tobias gegen Windkraft?«, wunderte sich Hennes.

»Lärm ist für Schweinswale eine existenzielle Bedrohung. Das gilt auch für den Lärm der Offshore-Windanlagen. Diese Windkraftanlagen sind zudem echte Vogelfallen.«

Liv wollte sichergehen, dass sie Hardy Mittgaard richtig verstanden hatte. »Und Sie meinen, dass einer dieser Bonzen Tobias angegriffen hat?«

»Die haben jemanden auf ihn angesetzt, ihn mundtod gemacht«, war der Naturschützer überzeugt.

»Wie kommen Sie darauf?«

Mittgaard nahm einen tiefen Schluck, blickte dann bedauernd auf seinen Flachmann. »Tobias hat sich aufgelehnt. Hat Protestbriefe verfasst und Petitionen geschrieben. Wenn das Havarie-Kommando einen Umweltsünder gefunden hat, hat Tobias geholfen, die Reederei anzuprangern. Mit den sozialen Medien kennt er sich aus, da kann er schnell viele Leute informieren.« Der Mann wischte sich über die Lippen.

Interessiert eine vermutlich international tätige Reederei wirklich, was ein junger Umweltschützer auf Sylt schreibt?, fragte Liv sich. Dennoch würden sie ein besonderes Augenmerk auf das Onlineverhalten von Tobias legen.

»Erzählen Sie uns mehr davon. Wurde Tobias konkret bedroht?«

»Das weiß ich nicht. Dieser ganze Onlinekram interessiert mich nicht. Vielleicht hätte ich mich mehr damit befassen müssen.«

»Wo war Tobias zuletzt?«, fragte Liv.

»Er war auf Kontrollgang am Weststrand. Wir schauen abwechselnd mit den anderen Verbänden nach dem Vogelbestand und den Robben und kontrollieren den Spülsaum. Leider werden ab und zu tote Tiere angespült oder Paraffin von den Schiffen. Speziell dagegen hat Tobias gekämpft«, gab er schließlich dem Gespräch eine andere Wendung.

Hennes mischte sich nun ein. »Unglaublich, dass das immer noch erlaubt ist!«

Mittgaard wandte sich an Liv. »Paraffin ist dieses Wachs, das für alle möglichen chemischen Prozesse gebraucht wird. Da die Schiffe auf See ihre Tanks reinigen dürfen, wird immer wieder auch dieser Dreck angespült«, berichtete er ausführlich. »Das ist nicht nur eine Umweltsauerei, sondern kann auch tödlich enden. Viele Tiere verwechseln dieses Wachs mit Futter und verhungern dann – den Magen voller Paraffin. An den Stränden werden die weißen Paraffinklumpen manchmal angespült, und die Gemeinden müssen sie dann auf eigene Kosten entsorgen. Wir sammeln Beweise, damit Schadensersatz gezahlt wird. Manchmal lässt sich das Paraffin anhand der Zusammensetzung zuordnen.«

Liv wollte diesen Exkurs beenden und lieber auf den Fall zurückkommen, aber da hakte Hennes noch einmal ein, den das Thema offenbar auch in Rage brachte; vermutlich, weil er früher selbst zur See gefahren war. »Eine Entsorgungspflicht in den Häfen müsste her – aber dafür ist die Lobby zu stark«, stimmte Hennes zu. »Man darf den Kampf nicht aufgeben.«

»Tobias hat also Reedereien und andere Umweltsünder im Internet angeprangert, sagen Sie. Aber ist das wirklich ein Grund, ihn umzubringen?«, konnte Liv endlich auf den Angriff auf Tobias Schulke zurückkommen.

»Das glaube ich schon«, war Hardy Mittgaard überzeugt.

»Wir werden dem auf jeden Fall nachgehen. Wieso haben Sie eigentlich nach Tobias gesucht?«

»Seine Eltern haben mich angerufen. Völlig verrückt gemacht haben die mich. Sie waren besorgt, weil er sich nicht gemeldet hat. Die haben ihn sehr betüdelt. Wollten eigentlich nicht, dass er hier in der Hütte übernachtet. Aber Tobias wollte es unbedingt, und irgendwie gehört das ja auch zum Bufdi-Leben dazu.« Er nahm den Flachmann zur Hand und zeichnete die Gravur nach. »Tobias ist ein guter Junge.«

Ein wenig wunderte Liv sich über das Verhalten der Eltern. Tobias war erwachsen. Gab es einen Grund für diese Überbehütung? »Sie haben sich aber keine Sorgen gemacht, weil Tobias unterwegs war?«, fragte sie.

»Wieso? Er hat ja auch Freunde auf der Insel. Vielleicht hatte er eine Verabredung. Dann habe ich mir aber irgendwann doch Sorgen gemacht, also bin ich los. Und habe ihn gefunden. Ich wollte Erste Hilfe leisten, aber da war überall Blut. Und jetzt … Allein schaffe ich …« Er sprang auf. »Ach je, ich muss die Wattwanderungen absagen. Allein schaffe ich das ja gar nicht!«

»Einen kleinen Moment noch.« Liv ließ sich die Namen der Freunde geben. »Woher wussten Sie, wo Sie Tobias finden würden?«

»Das wusste ich nicht. Aber ich habe etwas im Wind flattern hören, da habe ich nachgesehen.«

Liv sprang zum nächsten Punkt: »Und wo waren Sie gestern zwischen 18 und 22 Uhr?«

»Das sagte ich doch schon! In dieser Hütte, wo sonst?«

»Gibt es dafür Zeugen?«

»Nein. Wollen Sie mich jetzt verhaften? Wie schon gesagt: Ich bin sicher, dass es die Bonzen waren. Einer der Bauunternehmer, denen die Naturschutzgebiete ein Dorn im Auge sind. Oder vielleicht ein Hundebesitzer, der es nicht verknust hat, dass Tobias ihn zur Ordnung rief. Manchmal muss man die ganz schön anpfeifen, damit die ihre Köter nicht frei herumlaufen lassen!«

»Trotzdem werden wir Sie spurenkundlich behandeln. Sie müssen auf das Revier …«

»Meine Spuren sind doch ohnehin überall an Tobias! Ich habe ihn ja schließlich gefunden. Konzentrieren Sie sich doch lieber –«

Sie wurden unterbrochen, weil Momke die Tür öffnete. »Botersen-Evers sagt, dass ihr jetzt zum Tatort könnt.«

Die Kommissare vereinbarten mit Hardy Mittgaard einen Termin auf dem Revier und gingen hinaus. Vor der Absperrung schlüpften Liv und Hennes in Schutzanzüge. Die Spurensicherung hatte einen Spurenpfad durch die Dünen freigegeben. Schon von Weitem hörte sie Botersen-Evers schimpfen. Liv ließ sich nicht ablenken, sondern nahm den Tatort konzentriert in Augenschein. Sie befanden sich beinahe auf der Kuppe der Dünenlandschaft, die sich auf beiden Seiten bis zum Meer erstreckte. Ein Zuweg wäre von allen Seiten möglich gewesen, aber die geknickten Halme verrieten, dass Opfer und Täter vom Strand gekommen waren. Bei Tageslicht hätte man sie ohne Weiteres gesehen, aber bei Dunkelheit …

Dunkelrote Klumpen befleckten den reinen Dünensand. Wenn auch diese entfernt waren, würde nichts mehr daran erinnern, dass hier ein Mensch beinahe gestorben war.

Liv mahnte sich, einen klaren Kopf zu bewahren. Sie wandte sich an die Kollegen von der KTU. Botersen-Evers koordinierte lautstark die Aufgaben. Vor ihm wurde der Dünensand durchgesiebt. »Schlimm, schlimmer, am schlimmsten! Alles kaputt getrampelt! Am Strand hat auch noch der Offroad-Krankenwagen die Spuren zerstört!« Es klang, als würde er das als persönliche Beleidigung auffassen. »Bislang noch keine Tatwaffe. Auch kein Handy. Zuletzt postete Tobias Schulke um 18.25 Uhr die Sichtung eines Schweinswals und anschließend eine Klage über ein Paar, das unerlaubterweise in den Dünen picknickte. Auf dem veröffentlichten Foto hat er die Gesichter der beiden abgeschnitten.«

»Haben wir schon versucht, sein Handy zu orten?«

»Natürlich. Nichts. Jemand muss den Akku entfernt haben«, sagte Rabia.

»Diese zwei Picknicker könnten also die Letzten gewesen sein, die Tobias Schulke gesehen haben, ehe er angegriffen wurde. Oder sind sie etwa für den Mordanschlag verantwortlich? Wir sollten sofort mit dem Foto die Gegend abklappern, vielleicht erkennt sie jemand anhand ihrer Kleidung.« Liv leitete alles Nötige für diese Maßnahme in die Wege.

»Was haben wir noch?«, fragte Hennes.

»In Tobias' Rucksack befanden sich Plastikmüll, Beobachtungsbögen und Stifte. Außerdem ein kleines Tütchen Dope samt Blättchen.«

Momke kam hinzu. Er wirkte aufgewühlt. »Tobias' Eltern rufen immer wieder aus dem Krankenhaus an. Wir sollten schnellstmöglich hinfahren.«

* * *

Tamara saß auf dem Daybed, das sie so oft mit Rocco geteilt hatte, wandte den Blick von ihrem Notebook ab und betrachtete Denise, die im Schlaf unruhig stöhnte. Als die Mädchen sie gestern Nacht um Hilfe gebeten hatten, war Tamara in einem Dämmerzustand gewesen, unfähig, der Realität ins Auge zu sehen. Sie hatte weder gegessen noch gearbeitet. Die Boutique hatte sie auf unbestimmte Zeit einer Aushilfe überlassen. Nur mit Mühe hatte sie Roccos Beerdigung in die Wege geleitet. Der Hilferuf der Tänzerinnen hatte sie aus der Lethargie gerissen. Erst hatte Tamara sich geärgert – was hatte sie damit zu tun?! Aber die Mädchen wussten genau, warum sie sich an sie gewandt hatten. Also war sie Saskia in die Wohnung über der Bar gefolgt. Der Anblick von Denise war ein Schock gewesen. Bosse und Marcel hatten die junge Frau verletzt auf ihrem Bett abgeladen. Hysterisch war Denise gewesen, mit Fleischwunden an Armen und Beinen und einem irren Flackern im Blick. Kein Wunder, dass die Mädchen gefürchtet hatten, dass Denise mögliche Freier vergraulen könne. Heller Zorn auf Bosse und seine Spießgesellen hatte Tamara gepackt. Denise war hübsch … gewesen. Wie sie aussehen würde, wenn die Verbände abgenommen wurden, würde sich erst zeigen.

Sie hatte Denise mit in ihr Penthouse genommen und den Arzt ihres Vertrauens gerufen. Dieser hatte Denise diverse Spritzen in den Körper gejagt und die Wunden versorgt. Seltsamerweise war es anschließend auch Tamara besser gegangen. Seitdem trieb sie ihre eigenen Pläne voran. Pläne, bei deren Entwicklung Rocco eine entscheidende Rolle gespielt hatte.

Gerade als tiefe Verzweiflung Tamara erneut überfallen wollte, stöhnte Denise auf. Ihre Augenlider flatterten. »Rocco … ich habe nicht …«

Finstere Gefühle wischten Tamaras Trauer weg. Bosse schien überzeugt davon zu sein, dass Denise etwas über Roccos Tod wusste. Aber würde nicht vor allem Marcel von einer neuen Hackordnung profitieren? Er hatte sich oft genug gegen Rocco aufgelehnt, das wusste sie. Und auch Bosse selbst hatte versucht, Rocco und sie aufzuhalten.

Tamara richtete ihre Aufmerksamkeit wieder auf das Notebook. Ein Grund mehr, ihre Pläne schnellstmöglich umzusetzen.

15

Westerland, 12.30 Uhr

Lautstark telefonierend lief der Mann im Wartebereich auf und ab, während die stark geschminkte Dame beschwörend auf einen Arzt einredete. Als Liv die beiden sah, fiel ihr nur ein Wort ein: neureich. Sie waren in eine schrille Mischung aus Dolce & Gabbana, Tommy Hilfiger und Ralph Lauren gekleidet. Stil schien jedenfalls kein Kriterium für die Auswahl gewesen zu sein. Wie die Stationsschwester bestätigte, handelte es sich um die Eltern von Tobias, Babette und Friedrun Schulke.

Hennes' verächtlicher Gesichtsausdruck war unübersehbar. »Nach Insolvenz sieht das aber eher nicht aus«, murmelte er.

»Die finanzielle Situation des Paares interessiert uns erst mal weniger. Die bangen um ihr Kind. Eine schlimmere Angst gibt es nicht. Das sollte niemand durchmachen müssen«, versuchte Liv, eine Diskussion im Keim zu ersticken.

Babette Schulke wurde nun laut, ihre Stimme klang schrill: »Ich verstehe nicht, warum es nicht möglich sein soll, unseren Sohn nach Hause oder in ein Hotel zu verlegen. Wir haben bereits vom Festland Pflegepersonal angefordert und …«

»Ich sagte es doch schon: Ihr Sohn wird gerade noch einmal operiert.«

»Aber warum? Wie kann das sein?«

»Die Verletzung der Leber hatten wir tamponiert, sie blutete jedoch nach. Anschließend werden wir Tobias auf der Intensivstation unter Beobachtung behalten und ihn möglicherweise in ein künstliches Koma versetzen müssen«, erklärte der Arzt mit einer Engelsgeduld.

»Auch mit einem Spezialisten aus Berlin habe ich bereits Kontakt aufgen–«

»Was für ein Spezialist? Für eine genaue Diagnose muss das Ende der Operation abgewartet werden. Ich bezweifle zudem stark, dass es für Ihren Sohn zuträglich …«

»Für Tobias ist nur das Beste gut genug, begreifen Sie das denn nicht?« Babette Schulke hatte diesen letzten Satz geschrien.

Als hätten sie sich abgesprochen, gingen Liv und Hennes nun dazwischen und stellten sich vor.

Friedrun Schulke beendete, als er ihre Worte hörte, abrupt sein Telefonat. Er sah demonstrativ auf seine protzige Armbanduhr. Sein Gesicht war rot vor Erregung. »Da sind Sie ja endlich! Uns so lange warten zu lassen! Sie haben den Täter endlich gefunden, nehme ich an?«

Liv sah, dass Hennes sich bei diesen Worten beherrschen musste. »Die Ermittlungen dauern noch an. Deshalb haben wir einige Fragen an Sie.«

»Fragen an uns? Das ist doch sinnlos«, rief die Frau aus, die den unsicheren Blick eines Maulwurfs bei Tageslicht hatte.

Der Arzt verabschiedete sich und versicherte den Eltern, dass er sich melden würde, sobald es etwas Neues von ihrem Sohn zu berichten gab. Er wirkte erleichtert, sich wieder seiner Arbeit zuwenden zu können.

Babette Schulke sah beschwörend zu der Tür, die zum OP-Trakt führte. »Ich weiß gar nicht, was die Ärzte die ganze Zeit machen. So lange kann man doch gar nicht operieren.«

Plötzlich wankte sie und klammerte sich an den Arm ihres Mannes. Ein Weinkrampf schüttelte sie. Liv wollte sie zu einem der Stühle führen, aber Babette Schulke lehnte ab und bat lediglich um ein Glas Wasser, das Hennes besorgte.

Während seine Frau sich sammelte, war der Mann noch immer außer Fassung. Als Babette Schulke sich schließlich wieder gefangen hatte, schüttelte Friedrun Schulke den Kopf. »Ich begreife nicht, wie das geschehen konnte. Vermutlich einer dieser geisteskranken Messerstecher oder irgendein Asylant, der mit dem Messer rumgefuchtelt hat. Davon liest man doch ständig«, brach es aus ihm heraus.

Ehe Liv zu diesen kruden Theorien Stellung beziehen konnte, ergriff Hennes das Wort: »Geisteskranke Messerstecher kommen äußerst selten vor. Und wenn, dann handelt es sich zumeist um Täter, die bereits anderweitig aufgefallen sind. Darauf haben wir hier aber keine Hinweise«, sagte Hennes und konnte anscheinend nur mühsam einen Hustenanfall beherrschen.

»Dass Messerangriffe heutzutage häufiger vorkommen als früher, ist nicht erwiesen. Die Zahlen sind je nach Bundesland sehr unterschiedlich«, setzte Liv hinzu. »Der Angriff auf Tobias deutet hingegen auf eine Beziehung des Täters zum Opfer hin, beispielsweise auf einen Racheakt.« Wer so häufig zustach, war oft von persönlicher Kränkung oder Wut getrieben.

»Eine persönliche Beziehung? Wer könnte denn …? Es gibt doch niemanden, der Tobias oder uns …« Babette Schulke versteifte sich, dann wandte sie sich leise an ihren Mann: »Meinst du, dass es einen Zusammenhang …«

»Auf keinen Fall«, zischte Friedrun Schulke.

Die Kommissare hatten aufgemerkt. »Worauf wollten Sie hinweisen, Frau Schulke?«, fragte Liv.

Die Angesprochene starrte auf ihre kurzen dicken Finger. »Auf gar nichts.«

»Bitte sagen Sie es uns, wenn Sie eine Vermutung haben.«

»Meine Frau vermutet gar nichts«, erklärte Schulke kategorisch.

Es hatte keinen Sinn, weiter herumzubohren, das wusste Liv aus Erfahrung. Besser, sie nahmen dieses Thema später noch einmal auf. Auf jeden Fall verschwiegen die beiden etwas.

»Bitte erzählen Sie uns von Tobias. Was für ein Mensch ist er? Womit verbringt er seine Zeit? Wann haben Sie zuletzt mit ihm gesprochen?« Schon als Liv die Fragen aussprach, wusste sie, dass sie das Paar damit überforderte – aber es gab so viel, was sie herausfinden mussten.

»Tobias hat sich schon immer für die Natur interessiert. Dass unser Garten so aufgeräumt war, gefällt ihm gar nicht. Er meint, die Natur braucht Wildwuchs«, sagte Babette Schulke und schnäuzte sich geräuschvoll.

»Wildwuchs gibt es da draußen genug!«, warf ihr Mann ein. »Begeisterung für die Natur, gut und schön, ist ja auch gerade modern. Aber ich wollte, dass Tobias etwas Anständiges studiert.«

»Du weißt, dass er mit BWL oder Rechtswissenschaft nie froh werden würde.«

»Als mittelloser und arbeitsloser Biologe würde er auch nicht glücklich werden. Dann müsste er uns immer auf der Tasche liegen. Denk mal an seinen Freund Rafael, der erst einmal auf Kosten seiner Eltern ein Jahr Work and Travel macht, nur ohne Work.« Schulke schnaubte verächtlich.

Liv fragte nach Tobias' Freunden und notierte sich deren Namen.

»Die meisten sind nach dem Abitur ausgeflogen. Enrik,

Tobias' bester Freund, ist wohl noch hier. Ein anderer studiert in Marburg, weitere in Hamburg, Erfurt oder sonst wo. Anständige Ausbildungsplätze auf Sylt sind knapp. Wenn man was werden will, muss man die Insel verlassen«, sagte Friedrun Schulke.

»Hatte Tobias eine Freundin?«

Babette Schulke nickte. »Da gab es Rhianna, ein nettes Mädchen. Die Beziehung ging aber zur Zeit der Abi-Prüfungen auseinander. Jetzt studiert sie in Berlin. Kurz bevor Tobias seine Stelle antrat, hat er sie noch einmal besucht. Ich glaube, er wollte sie zurückgewinnen.«

Wieder schnaubte ihr Mann. Er schien das Thema nicht weiter vertiefen zu wollen.

»Wir hätten Tobias nicht bei Watt-Wohl übernachten lassen dürfen. Er hätte hier bei uns sein sollen«, haderte sie.

»Das ist doch Unfug. Er musste sich abnabeln. Das ist völlig normal in seinem Alter. Wir sollten ihn gar nicht mehr unterstützen. Tobias muss sich allein durchschlagen, sonst entwickelt er nie den richtigen Biss.«

»Auf meine letzten Nachrichten hat er sich gar nicht mehr gemeldet, dabei ist er doch sonst immer so zuverlässig.« Die Frau zeigte ihr Handy, die Hülle war mit einer gewaltigen Menge Strasssteine besetzt. Zuletzt hatte Tobias seiner Mutter um 16 Uhr eine Antwort geschrieben. Die nächsten Nachrichten hatte er nicht mehr gelesen.

»Hatte Tobias mit jemandem Streit? Gab es etwas, das ihn belastete?«

Mit zusammengekniffenen Lippen schüttelte der Mann den Kopf.

»Tobias kam mit allen gut aus. Er war friedlich und wohlerzogen«, sagte Babette Schulke schließlich.

»Hat er Drogen genommen?«

»Nein«, sagte Friedrun Schulke im Brustton der Überzeugung.

»Wir haben bei ihm eine kleine Menge Cannabis gefunden.«

»Mein Sohn hatte mit Drogen nichts am Hut. Er hätte sich nie selbst in Gefahr gebracht.«

»Wir würden gerne Tobias' Zimmer sehen. Wäre es möglich, dass einer von Ihnen uns Zugang verschafft?«, fragte Liv.

»Wir verlassen die Klinik erst, wenn wir Tobias mitnehmen können.« Babette Schulke sah wieder auf ihr Handy und erhob sich. »Ich muss den Pflegedienst organisieren und mit dem Spezialisten aus Berlin verhandeln, damit er sich hier rund um die Uhr um Tobias kümmert.«

Liv hielt sie auf. »Es könnte sein, dass wir im Zimmer Ihres Sohnes etwas finden, was uns Aufschluss über den Angreifer gibt. Ich dachte, es wäre in Ihrem Interesse …«

»Bitte, Friedrun. Wenn die Kommissare es doch unbedingt möchten.«

Der Mann warf die Hände in die Luft. »Wenn es denn sein muss, dann lassen Sie uns aber sofort fahren. Sie können sich in Tobias' Zimmer davon überzeugen, dass es keinen vernünftigen Grund für diesen Angriff gibt. Meine Frau wird hier die Stellung halten.«

Liv suchte den Augenkontakt mit Babette Schulke und reichte ihr eine Visitenkarte. »Sagen Sie es uns, wenn Sie eine Vermutung haben, was den Täter oder das Motiv angeht – Ihrem Sohn zuliebe«, redete sie ihr ins Gewissen.

Während sie Schulkes Jaguar F-Type hinterherfuhren, rief Liv zu Hause an. Es beruhigte sie zu erfahren, dass es ihrer Tochter so weit gut ging. Die Verletzungen schmerzten erträglich, zudem war sie mit Elise bei der Therapeutin gewesen. Außerdem registrierte Liv, dass Annika und sogar ihr Vater sie angerufen hatten; keinen der beiden Anrufe würde sie erwidern.

Das Haus von Tobias Schulkes Eltern befand sich in Archsum. Die Gemeinde im Insel-Osten zwischen Keitum und Morsum war durch Landwirtschaft und Seefahrt geprägt worden, wovon man heute, abgesehen von den Pferdekoppeln und vereinzelten Höfen, nur noch wenig spürte.

Sie hielten vor einem modernen Architektenhaus mit Kieselzäunen und Kiesbeeten sowie einem Garten aus der Hölle, in dem Vögel und Insekten verhungern würden. Friedrun Schulke fuhr seinen Wagen in die Garage, in der noch ein Range Rover und – unter einer Schutzhülle – ein Oldtimer zu sehen waren.

Das Architektenhaus war mit einer Alarmanlage und Überwachungskameras gesichert. Im Eingangsbereich standen Kunstwerke, die durch geschickte Beleuchtung in Szene gesetzt wurden. Die Einrichtung war teuer und exquisit, sodass Liv Hennes' Kritik an dem protzigen Lebensstil des Pleitiers zunehmend nachvollziehen konnte.

Sie gingen ins Obergeschoss. Im Treppenhaus hing moderne Kunst. Tobias bewohnte das Dachgeschoss, das einen weiten Blick über die Marsch bis zur Nordsee bot. In Keilformation flog ein quäkender Wildgans-Schwarm vorbei.

Das Zimmer war unaufgeräumt, auf dem Schreibtisch stapelten sich Papiere, Zeitschriften und Stifte. Bücher und Comics lagen aufgeschlagen um das Bett herum. Viele Bücher und Plakate von Walen und anderen Meerestieren zeugten von Tobias' Leidenschaft für die Meereskunde. Über dem Schreibtisch hing in einem Bilderrahmen ein getrockneter Strandhafer-Schössling, grünbraun und zart, daneben eine Pinnwand voller Zettel.

Hennes zog ein Notebook unter den Papieren hervor und fuhr es hoch. »Kennen Sie das Passwort?«

Friedrun Schulke sah sich missbilligend in dem Zimmer um und schüttelte den Kopf.

Livs Partner schaute unter dem Notebook, auf der Pinnwand, versuchte es mit Namen und Geburtsdatum – nichts. »Wir werden das Notebook mitnehmen, um es untersuchen zu lassen.«

»Wenn Sie das wirklich für nötig erachten. Ich halte das für eine Luftnummer«, sagte Friedrun Schulke kühl. »Trotzdem gebe ich Ihnen stellvertretend für meinen Sohn die Erlaubnis dazu. Wir haben ihn überredet, gegenseitig Vorsorgevollmachten auszustellen, man weiß ja nie.«

In diesem Augenblick klingelte Livs Handy. Unbekannte Nummer.

Eine unsichere Stimme am anderen Ende meldete sich. »Hier ist Babette Schulke.«

»Ist Ihnen doch noch etwas eingefallen, Frau Schulke?« Alarmiert blickte Friedrun Schulke sie bei diesen Worten an.

Seine Frau zögerte. »Nein, das nicht. Es ist … Sprechen Sie meinen Mann doch bitte auf die Zettel an. Er soll Ihnen von den Drohbriefen erzählen.«

* * *

Bert Könnermann, aka Bosse, klickte sich durch die Live-Bilder aus der Wohnung, die versteckte Kameras ihm lieferten. Es hatte viele Vorteile, wenn man sich mit Überwachungstechnik auskannte. Die jungen Frauen duschten, machten sich die Nägel oder starrten auf ihr Handy. Nur Denise war verschwunden. Sie war seine Nutte, auch wenn sie sich für eine verdammte Ballerina hielt! Wohin hatte Tamara sie gebracht?

Wie so oft bereute er es, dass es ihm nicht gelungen war, auch in Roccos Wohnung eine Kamera zu platzieren. Nur wegen Tamara hatte Rocco sich so weit von ihm entfernt.

»Was machst du da, Papa?«

Sein Sohn sah ihn mit großen Augen an. Die Tür stand offen. Er hatte gar nicht mitbekommen, dass Felix aus der Grundschule gekommen war. Mit einem Klick waren die Live-Bilder verschwunden, und der Bildschirmhintergrund war zu sehen. Ein Familienbild im Grünen, Rosi, die Kinder und er samt dem Welpen, ein Idyll. Das Foto war wenige Tage nach seiner Freilassung aus dem Knast aufgenommen worden. Damals hatte er sich gerade aus dem MC freigekauft, entschlossen, sein eigenes Ding zu machen. Üblicherweise gehörte man auf Lebenszeit einem Rockerclub an oder man wurde hinausgeworfen – *out in bad standing*, hieß das dann, vogelfrei. Bei ihm und Rocco war das etwas anders gelaufen, aber sie hatten ja auch nicht zur obersten Führungsriege des Clubs gehört. Rocco war sein Biker-Bruder gewesen und sein wichtigster Vertrauter, sogar ihre Hunde hatten sie aus einem Wurf gekauft, deshalb hatte Roccos Verrat ihn ja auch so geschmerzt.

Aus der Küche drangen das Klappern von Geschirr und Bratenduft. Rosi kochte. Sie hatte, gleich als sie ihn kennengelernt hatte, erkannt, dass er auf ein pünktliches und reichhaltiges Mittagessen Wert legte.

»Ich arbeite, das siehst du doch«, sagte er zu seinem Sohn.

Felix kletterte trotzdem auf seinen Schoß. »Können wir spielen? Nur kurz?«

»Ich habe eigentlich keine Zeit.«

»Bitte, Papa.«

Er ließ sich breitschlagen und öffnete Minecraft. Während Felix spielte, drifteten Bert Könnermanns Gedanken ab. Alles war bestens gelaufen, seit er aus dem Knast gekommen war – zu gut vermutlich für alte Feinde und aktuelle Konkurrenten. Fernab von den MCs hatte er sich auf Sylt ein neues Leben aufgebaut. Eine bürgerliche Fassade, dazu hohe Einnahmen durch Drogen, die Pferdchen und illegale Pokerrunden.

Von dem Gedanken, dass Denise mit dem Mord zu tun hatte, war er inzwischen abgerückt. Dennoch war es richtig gewesen, sie zu bestrafen. Die Pferdchen durften nicht bockig werden.

»Soll ich was bauen, Papa?«, versuchte Felix, ihn in das Spiel einzubinden.

»Bauen ist immer gut«, sagte Bert abgelenkt.

Die Finger des Kleinen flogen über die Tastatur. Bert grübelte weiter. Marcel hatte schon länger mit Roccos Position geliebäugelt. Vielleicht hatte er ihn sogar umgebracht. Der Mord an Rocco hatte Bert geschwächt, die Überwachung durch die Bullen tat es ebenso. Aber er würde Stärke beweisen. Er war cleverer als sie, härter. Er würde sein Revier verteidigen, keine Konkurrenz durfte hier Fuß fassen. Der Lamborghini würde ihm so schnell nicht mehr vor der Nase herumcruisen. Marcel würde er genau im Auge behalten und nötigenfalls zurechtstutzen. Derzeit konnte er es sich nicht leisten, auf noch einen Mann zu verzichten. Erst einmal brauchte er Verstärkung. Und Waffen. Beides würde er sich spätestens bei Roccos Beerdigung beschaffen, hoffte er.

* * *

Friedrun Schulke nahm einen beschriebenen Zettel nach dem anderen von Tobias' Schreibtisch und ließ ihn in die Papiertonne fallen; nur die Drohbriefe holte er nicht.

»Meine Firma war in geschäftliche Turbulenzen geraten.

Einige meiner Kunden hatten kein Verständnis dafür, sondern verlangten die Auszahlung ihres Investments. Das war natürlich unmöglich.«

»Daraufhin bekamen Sie böse Briefe?«, fragte Liv.

»Ja, in einigen Briefen wurde ich bedroht. Dabei trifft mich keine Schuld an der Insolvenz. Die Weltwirtschaft ist verantwortlich. Außerdem habe ich jedem Kunden klargemacht, wo das Risiko liegt. Ich kann nichts dafür, dass die Leute ihre Geldanlagen nicht vernünftig gestreut haben.«

»Das heißt, einige Ihrer Kunden sind durch Ihre Insolvenz in finanzielle Schwierigkeiten geraten?«, fragte Hennes.

»Anscheinend. Statt die Schuld bei sich zu suchen, haben Sie behauptet, ich hätte mich auf ihre Kosten bereichert.«

»Tatsächlich sieht es nicht so aus, als ob Sie sonderlich unter der Insolvenz gelitten hätten«, meinte Hennes. Liv spürte, dass ihr Kollege seine Zunge im Zaum halten musste.

»Was wollen Sie damit sagen?«, fragte Schulke scharf.

Liv ging dazwischen. Es war nicht der richtige Zeitpunkt für diese Diskussion, schon gar nicht, solange sie die Fakten nicht kannten. »Haben Sie die Drohbriefe noch? Wissen Sie, wer der Verfasser war? Haben Sie die Drohungen der Polizei gemeldet?«

»Ja. Nein. Und nein. Wir haben unser Zuhause durch Sicherheitstechnik geschützt. Statistisch gesehen … Ich konnte ja nicht ahnen … Warten Sie, ich hole sie.« Er verschwand.

Hennes warf Liv einen sprechenden Blick zu. Während sie warteten, durchsuchten sie das Zimmer weiter.

»Schau mal hier«, sagte Hennes und hielt ein Plastiktütchen hoch, in dem einige Gramm Cannabis waren. »So viel dazu, dass er keine Drogen genommen hat.«

In diesem Augenblick kam Schulke herein. In der Hand hielt er diverse Papiere. Jedes einzelne Blatt war sorgfältig in einem Gefrierbeutel verpackt worden. »Hier sind die Drohbriefe«, sagte er.

* * *

Auf dem Hinterhofparkplatz des Polizeireviers stand der eingedellte Lamborghini neben einem SUV und dem Audi A8 von René Höpen. Liv erkannte ein Einsatzfahrzeug des MEK. Waren Abhörmaßnahmen in Gange? Das Zimmer, das meist für Vernehmungen genutzt wurde, war vom LKA belegt. Offenbar befragten Carlo Preker und seine Kollegen gerade Marcel Zampowski.

Im Revier tauschte sie sich mit den Kollegen aus. Manche fragten Liv nach ihrer Tochter, andere tuschelten und warfen ihr neugierige Blicke zu. Während Hennes eine ganze Kanne seines Kräutertees anschleppte und sich die Brust mit einer stark riechenden Paste einrieb, was wenig Auswirkungen auf seinen Husten zu haben schien, fotografierte Liv die Drohbriefe ab und bereitete sie für die spurenkundliche Untersuchung vor. Die Buchstaben waren aus der Zeitung ausgeschnitten worden. Der Text war auf allen identisch: *Betrüger! Zahl das Geld zurück, dass du uns schuldest, sonst wirst du es büßen!*

Sie würden sie von Experten analysieren und auf Spuren untersuchen lassen, um herauszufinden, ob Sie im Zusammenhang mit dem Mordanschlag auf Tobias Schulke standen. Viel Ermittlungsarbeit stand jetzt an. Allein die Untersuchung des Notebooks würde Stunden dauern. Auch hatten sie sich von Friedrun Schulke eine Liste der Kunden geben lassen, die bei der Insolvenz seiner Firma Geld verloren hatten. Natürlich würden sie das Alibi der Eheleute überprüfen, genau wie die der anderen Beteiligten. Die engsten Freunde von Tobias hatte sie ins Revier bestellt. Außerdem wartete sie auf die Funkdaten.

Liv telefonierte, organisierte und schrieb Berichte. Wieder versuchte ihre Schwester, sie anzurufen, aber Liv nahm das Gespräch nicht an.

Schließlich meldete sich Sebastian Gerlich. Der Rechtsmediziner war erstaunlich engagiert dafür, dass er ja noch im Urlaub war. »Die Ärzte haben mit mir über die Art und Tiefe der Wunden gesprochen, ich habe auch Fotos gesehen. Eine Ähnlichkeit mit dem Messer, mit dem René Höpen verletzt wurde, ist gegeben. Spitze und stumpfe Wundwinkel, also einschneidig. Dazu große Schwalbenschwänze – das Opfer hat sich also gewehrt. Außerdem wurden erneut punktförmige Wunden gefunden, die vermutlich von einem Taser stammen. Die mikroskopische Untersuchung muss abgewartet werden.«

»Ich weiß zu schätzen, dass Sie sich in Ihrer Freizeit darum kümmern. Auf Ihr Urteil können wir uns immer verlassen.«

»Ich arbeite ja nicht nur für die Toten, sondern vor allem für die Lebenden.«

Livs Gedanken rasten. Vermutlich das gleiche Messer, der Taser, die Kabelbinder. Gab es etwa eine Verbindung zwischen den Toten? Aber was hatte das Mitglied einer Rockergang mit einem Meeresschützer zu tun? Und warum gab es keinen »Schuldig«-Schriftzug? Noch konnten sie allerdings einen Zufall nicht ausschließen.

Als Liv wenig später jedoch erfuhr, was die Spurensicherer aus dem Dünensand gesiebt hatten, schlug sie Alarm, auch auf die Gefahr hin, dass ihnen dieser Fall ebenfalls entzogen werden würde.

16

Da sie darauf warten mussten, dass Hasselbrecht und die LKA-Leitung ihre Beratungen über die neue Lage abschlossen, machten Liv und Hennes einfach weiter. Wer auch immer diesen Fall in Zukunft leiten würde, benötigte schnellstmöglich Ergebnisse. Inzwischen hatten Streifenbeamte das Paar gefunden, das Tobias beim Dünen-Picknick fotografiert hatte. Weil Heinz und Bärbel Zapmer sich geweigert hatten, aufs Revier zu kommen, fuhren Liv und Hennes kurzerhand nach Kampen, um die zwei dort zu vernehmen. Mürrisch stapfte Hennes durch den Sand auf die Strandkorb-Riege zu. Der kalte Wind, der trotz der Sonne am Strand wehte, verschlimmerte seinen Husten noch. Liv nahm sich vor, nachher eine Apotheke aufzusuchen.

Gepflegt, mit silbernem Haar und im Partnerlook, hatte das Paar es sich in einem Strandkorb bequem gemacht. Auf dem Klapptisch des Strandkorbs stand ein Sektkühler, daneben feinste Kristallkelche und zu den Füßen der beiden ein Fresspaket. Die Wolldecke auf ihren Knien schien farblich auf den orangeroten Sand des Roten Kliffs abgestimmt, das sich hinter ihnen erhob und in Liv düstere Erinnerungen weckte.

»Ich hoffe, Sie haben Verständnis dafür, dass wir nicht alles stehen und liegen gelassen haben und nach Westerland aufs Revier gekommen sind. Wir wollen jede Minute unseres Urlaubs auf Sylt genießen«, sagte Heinz Zapmer und hielt das Gesicht in die Sonne. »Und was könnte so wichtig sein, dass wir uns dafür den Strandkorbtag verderben?«

Hennes runzelte die Stirn. »Für diesen Genuss nehmen Sie auch die Behinderung einer polizeilichen Ermittlung sowie einen Gesetzesbruch in Kauf, wie gestern, als Sie in den Dünen picknickten?«

Seine Frau rückte das Stirnband zurecht, sodass es ihre Ohren komplett umschloss. »Wir haben kein Gesetz gebrochen. Falls das jemand behaupten sollte, lügt er«, sagte Bärbel Zapmer laut.

Liv bewegte sich ein Stück, sodass ihr Körper einen Schatten in den Strandkorb warf. Sie wollte, dass die beiden sich ganz auf dieses Gespräch konzentrierten. »Sie wurden bei diesem Picknick in den Dünen fotografiert.«

Heinz Zapmer nahm den Sektkelch und trank genüsslich einen Schluck. »Selbst wenn es so wäre, wäre eine derartige Fotografie verboten. Wir haben das Recht am eigenen Bild. Ich kann jemanden, der unerlaubt ein Bild von uns veröffentlicht, verklagen.« Bärbel Zapmer gefiel es offenbar, wie ihr Mann sie verteidigte.

Liv zeigte ihnen nun das Foto, das Tobias hochgeladen hatte. Sie musste sich beherrschen, die Urlauber nicht mit der Tat zu konfrontieren. »Vielleicht erzählen Sie uns erst einmal, wie es zu diesem Foto gekommen ist.«

»Warum sollte ich das tun?«, fragte Heinz Zapmer und rückte so in seinem Strandkorb, dass er wieder im Sonnenschein saß.

Jetzt platzte Liv die Hutschnur. »Weil auf den jungen Mann, der Sie gestern auf Ihr Fehlverhalten hinwies, wenig später ein Mordanschlag verübt wurde. Wir haben am Tatort verschiedene Spuren sichergestellt.«

Bärbel Zapmer schlug sich die Hand vor den Mund. »Das wussten wir nicht«, sagte sie erschrocken.

»Wir haben das Schild, das den Weg in die Dünen absperrte, gar nicht gesehen. Als der junge Mann uns darauf hinwies, sind wir sofort gegangen«, sagte ihr Mann nun.

»Tatsächlich?« Prüfend blickte Hennes die beiden an.

»Mein Gatte hat mit ihm diskutiert«, gab Bärbel Zapmer schließlich zu. »Sich so aufzuspielen, das hat uns geärgert. Als wir als junge Leute nach Sylt kamen, durfte man kreuz und quer durch die Dünen laufen. Man durfte sogar in den Dünen seine Zelte aufstellen – und das war herrlich. Seitdem wurden immer mehr Regeln aufgestellt. Heute ist alles, was Spaß macht, verboten. Man darf nicht mal mehr Partys am Strand feiern.«

»Nach einiger Zeit haben wir unsere Brotzeit beendet. Er hätte ja doch keine Ruhe gegeben. Und was soll's auch – auf Sylt gibt es genügend schöne Flecken«, setzte Heinz Zapmer hinzu.

»Haben Sie nur mit dem jungen Mann diskutiert, oder ist es auch zu Handgreiflichkeiten gekommen?«, fragte Hennes.

»Was denken Sie denn von uns? Natürlich haben wir nur Worte gewechselt«, entgegnete der Urlauber entrüstet.

Nun mischte sich Bärbel Zapmer noch einmal ein: »Auf dem Rückweg kam uns jemand entgegen. Ein älterer Mann in einer Daunenjacke, weißt du noch? Er wirkte seltsam.«

»Inwiefern seltsam?«

»Er war so eingemummelt, dass man sein Gesicht kaum erkennen konnte. Unseren Gruß hat er auch nicht erwidert.«

Daunenjacke und eingemummelt war für Sylt nicht gerade eine ungewöhnliche Personenbeschreibung. »Wir möchten, dass Sie aufs Revier kommen, dort eine genaue Beschreibung des Fremden und Ihre Fingerabdrücke abgeben. Wie gesagt: Wir haben am Tatort Spuren sichergestellt.«

Heinz Zapmer rieb nervös über seine Cordhose.

Sie aßen an der Buhne 16 einen schnellen Flammkuchen gegen den Hunger. Vor einem Regenschauer flohen alle Besucher des Strandbistros in die Strandkörbe oder unter das kleine Dach, doch als Liv und Hennes zu ihrem Dienstwagen gingen, wölbte sich schon wieder ein Regenbogen über der kargen Dünenlandschaft.

Frisch gestärkt ließen die Kommissare die Urlaubsatmosphäre hinter sich und fuhren los. Bald hatten sie die Baustelle erreicht, an der sie Tobias' Freund Enrik finden sollten, der für eine Reetdach-Firma arbeitete. Für einen Augenblick sahen die Kommissare fasziniert zu, wie ein Dachdecker sich geschickt auf der Holzlatte bewegte, die auf dem Reetdach befestigt war, ein weiterer auf der anderen Seite des Hauses fachmännisch an einer Traufe gegen die Halme klopfte, ein dritter mit den Bunden hantierte. Das Reetdach war bereits halb erneuert. Der Unterschied zwischen dem alten, bemoosten und braungrünlichen Reet und dem neuen, beinahe gelblichen Reet war enorm.

»Wir suchen Enrik Baack«, rief Hennes schließlich, und es wirkte, als hätte er noch eine Weile zuschauen können.

Der junge Mann mit den Reet-Bunden richtete sich auf. »Das bin ich.«

Die Kommissare stellten sich vor und baten um ein kurzes Gespräch. Etwas ratlos betrachtete Enrik die Reet-Bunde noch einmal und legte sie dann auf einen großen Haufen.

»Ich bewundere ja echte Handwerkskunst. Es gehört bestimmt eine Menge Wissen dazu, ein Reetdach einzudecken«, meinte Hennes anerkennend.

Enrik Baack wischte sich einen Halm von der Stirn. »Ich habe noch sehr wenig Ahnung davon, ehrlich gesagt. Ich bin nur Praktikant. Habe gerade Abi gemacht und weiß noch nicht, was ich werden will. Auf keinen Fall wollte ich wieder Bücher wälzen.«

»So ahnungslos haben Sie aber nicht ausgesehen«, sagte Liv mit einem Lächeln.

Der junge Mann wurde rot. »Ich sortierte die Reet-Bünde. Man braucht Reet in unterschiedlichen Längen und Dicken, um ein Dach zu decken. Das Dach soll ja nicht nur dicht sein, sondern auch schön aussehen.« Er wies auf die anderen beiden Dachdecker. »Der Azubi gibt der Traufe mit dem Klopfbrett die Form. Mein Chef bringt das Reet mit den Feststeckern an«, erklärte er ihnen.

Liv kam auf ihr Anliegen zu sprechen. »Wann haben Sie Tobias Schulke zuletzt gesehen?«

Enrik Baack schien ein wenig verwundert. »Am Freitag. Wir haben zusammen abgehangen. Wieso, was ist denn mit Tobias?«

»Hat er irgendwie seltsam gewirkt, besorgt vielleicht?«

»Nein, er war wie immer. Wollen Sie mir nicht endlich sagen, was mit ihm ist?!«

Enrik wirkte ehrlich erschüttert, als sie ihm von dem Angriff auf Tobias berichteten.

»Wer tut denn so was? Ich werde freinehmen und ins Krankenhaus fahren. Vielleicht kann ich Tobias irgendwie beistehen«, meinte er und wollte schon seinen Chef vom Dach rufen.

»Tobias ist auf der Intensivstation, niemand darf zu ihm«, hielt Liv ihn auf. »Erzählen Sie uns etwas über ihn.«

Betroffen zupfte Enrik Baack an der aufgeschürften Haut seiner Hände. »Tobias ist ein echter Öko, da fehlt nur noch die Latzhose, und er würde Fritz Fuchs Konkurrenz machen.« Ein halbes Lächeln entschlüpfte ihm. »Ist ja auch okay, muss auch solche geben. Und bevor Sie fragen: Feinde hat er nicht. *Peace für alle* ist sein Motto. Sogar den Fight gegen seine Eltern kann er nicht aufnehmen.«

»Seine Eltern?«

»Die beiden Kontrollettis. Hatten immer Angst um ihn. Er hatte kurz überlegt, nach Berlin zu gehen und dort Umwelt- und Ressourcenmanagement zu studieren. Dann hat er sich aber wegen seiner Eltern dagegen entschieden. Ich fand's auch besser, sonst wäre er wieder Rhianna hinterhergelaufen.«

»Seiner Ex-Freundin?«

»Ja, genau. Als wir im Juli gemeinsam in Berlin waren, haben die beiden wieder so ein Drama gemacht, dass Tobias früher nach Sylt zurück ist. Jammerschade, war 'ne geile Zeit.«

»Hat Tobias Drogen konsumiert?«

»Na ja, Drogen. Er hat ein bisschen gekifft. Nichts Besonderes.«

»Wo kaufen Sie den Stoff hier auf Sylt?«

Enrik blickte nervös zu seinem Chef, der ihr Gespräch inzwischen etwas irritiert vom Dachfirst aus verfolgte. »Das kann ich nicht sagen.«

»Wir wollen den Angriff auf Tobias aufklären. Diese Information könnte sehr wichtig für uns sein«, appellierte Liv an sein Gewissen.

Der junge Mann senkte die Stimme. »Sie kennen das doch sicher: Man geht in die Disco, eine Bar oder einen Club, fragt den Türsteher und wird zu einer Wohnung in der Nähe geschickt.« Ja, dieses System kannten die Kommissare tatsächlich zur Genüge.

»Welche Läden meinen Sie?«, wollte Hennes wissen.

Enrik Baack druckste noch etwas herum. »Na, zum Beispiel die Funky Bar«, gab er schließlich zu.

Einige Stunden später trafen Hilke Hasselbrecht und Staatsanwalt Roman Leipoll aus Flensburg ein, gefolgt von den K1-Kommissaren Bente und Andreas. Endlich war die Verstärkung da. Die Brisanz der Situation hatte sie zur Eile getrieben. Der Staatsanwalt, ein Mann Anfang vierzig, den Liv als kompetent, aber etwas eitel kennengelernt hatte, hielt der Leiterin der Mordkommission, einer resoluten Dame mit birnenförmiger Figur und roter Fönfrisur, die Tür auf. Mit dem Kostüm und der Henkeltasche über dem Arm erinnerte sie Liv entfernt an die Queen. Allerdings glaubte Liv nicht, dass die englische Königin so gut schießen konnte; Hasselbrecht war eine geachtete Schützin.

In der Polizeistation im Kirchenweg herrschte hektische Betriebsamkeit. Leipoll berief sofort die Kommissare des K1 und des LKA zu einem Meeting. Die Stimmung im Besprechungsraum war zum Zerreißen gespannt.

»Ich weiß nicht, was wir hier sollen. Wir haben mehr als genug zu tun«, protestierte Carlo Preker, auf dessen Wangen sich Bartschatten abzeichneten.

»Für diese Besprechung werden Sie sich die Zeit nehmen müssen«, sagte Leipoll. »Es hat keinen Sinn, das Tempo zu erhöhen, wenn man in die falsche Richtung läuft.«

Preker und seine Kollegen vom LKA setzten sich auf die eine Seite des Raumes, die Kommissare der Mordkommission auf die andere. Niemand redete.

Der Staatsanwalt trat nach vorne. »Es ist an der Zeit, eine wesentliche Weichenstellung in diesen Ermittlungen vorzunehmen«, begann Leipoll gewichtig. »Wir haben einen Mord und einen Mordversuch innerhalb von zweiundsiebzig Stunden, zwischen denen möglicherweise ein Zusammenhang besteht.«

Wieder wollte Carlo Preker protestieren, doch Leipoll gebot ihm mit einer gebieterischen Geste Einhalt. »Ich beziehe mich nicht nur auf die Strommarken bei Tobias Schulke, die denen bei René Höpen entsprechen, sondern auch auf das Fläschchen schwarzen Nagellacks, das in den Dünen bei Tobias Schulke geborgen wurde.«

Liv beobachtete die Reaktion der Ermittler des LKA genau; das hatten sie noch nicht gewusst.

»Nach einer Analyse des Inhalts und einer mikroskopischen Untersuchung der betroffenen Haut werden wir wissen, ob es sich um ebendiesen Lack handelt, der auch an René Höpens Körper gefunden wurde. Da wir sicherheitshalber von dem Worst Case ausgehen sollten, sind Frau Hasselbrecht und ich übereingekommen, eine gemeinsame Ermittlungsgruppe aus K1 und LKA einzurichten, um schnellstmöglich zu einem Ergebnis zu kommen.«

Carlo Preker setzte sich auf und stützte die Hände auf die Oberschenkel. Er schien nicht einverstanden zu sein. »Bei allem Respekt, je weniger Personen in der Ermittlungsgruppe beteiligt sind, desto besser. Wie wir auch von Ermittlungen in der Rockerszene in anderen Bundesländern wissen, erhöht sich die Gefahr, dass Ermittlungsziele durchsickern, mit jedem weiteren Beteiligten.«

»Willst du uns etwa unterstellen, dass wir etwas ausplaudern?«, fuhr Hennes auf.

»Es sind schon Ermittlungsakten durch Nachlässigkeit irgendwo liegen geblieben …«

Hennes wollte ob dieser ehrverletzenden Anspielung aufspringen, wurde aber von Hasselbrecht aufgehalten. »Wir haben volles Vertrauen in Ihre Fähigkeiten.«

»Nebenbei bemerkt: Auch die Sylter Presse konnte ich von einer zurückhaltenden Berichterstattung während der heißen Phase der Ermittlungen überzeugen«, mischte Leipoll sich wieder ein.

»Überhaupt, was soll das heißen, ›Worst Case‹?«, fragte Preker unwillig.

»Wenn wir davon ausgehen, dass ein und derselbe Täter für den Tod von René Höpen und den Mordanschlag auf Tobias Schulke verantwortlich ist, dann besteht die Möglichkeit, dass er sein nächstes Opfer schon im Visier hat.«

»Dass es möglicherweise eine Art Todesliste gibt?«, fragte Hennes.

Preker schüttelte den Kopf. »Todesliste, Bullshit. Ich sehe keine Verbindung zwischen Rocco und diesem Tobias, außer dass sie beide mit Drogen zu tun hatten – wenn man denn diese geringe Menge Cannabis bei Tobias Schulke überhaupt anführen will.«

Leipoll bat Liv und Hennes zu berichten, was sie bislang über den Mordanschlag auf Tobias Schulke herausgefunden hatten. »Tobias Schulkes Vater hat Drohbriefe erhalten? Dann ist es doch klar, dass der Messerangriff nichts mit Höpen zu tun hat!«

»Müssen wir das noch einmal diskutieren?«, fragte Haselbrecht scharf. »Ich war davon ausgegangen, dass wir Wichtigeres zu tun haben.«

Hennes fasste das Gespräch mit Enrik zusammen und erwähnte, dass sie eine Liste von Freunden und ehemaligen Mitschülern hatten, die befragt werden mussten. Liv ergänzte noch die Reihe von Firmen, die Tobias Schulke mit Protestbriefen angeprangert hatte, was Preker sichtlich unwichtig fand.

»Was habt ihr über den Mord an Rocco herausgefunden? Habt ihr Beweise dafür, dass es sich um einen Racheakt unter Rockern handelt?«, fragte Liv schließlich. Ihr Gegenüber schwieg. »Was ist mit Denise Dimitrov? Habt ihr sie gefunden?« Die Erinnerung an den engen Käfig erfüllte Liv noch immer mit Grauen.

Carlo Preker wechselte Blicke mit seinen Teammitgliedern, blieb aber stumm.

Roman Leipoll räusperte sich. »Das ist hier kein Wunschkonzert. Es ist nicht so, dass Sie die Zusammenarbeit verweigern können. Ich habe mein Vorgehen mit der LKA-Leitung in Kiel abgestimmt. Wir sind der Auffassung, dass die Ermittlungen gerade durch die möglichen Verbindungen zur Flensburger Rockerszene und nach Sylt von einer gemischten Ermittlungsgruppe durchgeführt werden sollten. Normalerweise obliegt die Leitung einer derart gelagerten Ermittlungsgruppe dem LKA. Sollten Sie sich jedoch unkooperativ –«

Mit einem Satz war Carlo Preker auf den Füßen und tigerte im Raum auf und ab. Er verlagerte sein Gewicht leicht auf die Zehen, sodass sein Gang trotz der muskelbepackten Statur etwas Tänzerisches hatte.

»Wir haben keine Hinweise darauf, dass Könnermann etwas mit dem Mord an Rocco zu tun hat. Ebenso wenig scheint er zu wissen, wer dafür verantwortlich ist«, unterbrach Preker den Staatsanwalt. »Der Anschlag auf den Lamborghini seines Konkurrenten war ein reiner Schuss ins Blaue. Er hielt es vermutlich für notwendig, diesem eine Warnung zukommen zu lassen.«

»Könnermann ist also für den Unfall mit dem Luxuswagen verantwortlich?«

»Davon gehen wir aus, wenn uns auch bislang noch kein Beweis dafür vorliegt. Marcel Zampowski hat unserer Auffassung nach den SUV gestohlen und die Luxuskarre gerammt. Die Analyse der technischen Daten des Wagens, die

Auswertung von Überwachungskameras oder die gefundenen DNA-Spuren werden uns hoffentlich Beweise liefern.«

»Lasst ihr die Telefone der Funky Bar und Könnermanns Privatvilla abhören?«, wollte Hennes wissen.

»Ja«, gestand Preker unwillig. »Wir vermuten, dass Könnermann aus Flensburg Männer und Waffen angefordert hat. Allerdings reden die Männer in Codes.«

»Codes?«, fragte Liv nach.

»Es geht um Maschinenteile für die Harleys oder andere Motorräder, die in absurden Mengen bestellt werden.«

»Männer und Waffen, um wen anzugreifen?«, fragte Hasselbrecht.

»Im Zweifelsfall Mr Lamborghini.« Will er uns den richtigen Namen nicht sagen?, fragte Liv sich verärgert. »Er ist erst seit einigen Wochen auf der Insel. Unterhält eine Modellwohnung und dealt ein bisschen mit Koks. Sondiert die Lage für einen albanischen Clan.«

»Übel«, sagte Hennes.

»Ganz unschuldig ist das K1 an diesem neuen Player auf Sylt nicht. Ihr habt im letzten Jahr mit dafür gesorgt, dass in der bislang beschaulichen Drogenszene auf der Insel ein Machtvakuum entstanden ist. Diese Lücke will nicht nur Könnermann schließen.«

»Da kommt ihm ›Mr Lamborghini‹«, Liv setzte den Namen mit einer Geste in Anführungsstriche, »natürlich ins Gehege.«

Carlo Preker nickte.

»Welche Rolle spielt die junge Frau? Könnte Denise Dimitrov die Täterin sein? Immerhin wird Nagellack verwendet, den ja Männer üblicherweise nicht in der Tasche haben«, sagte Leipoll.

»Ich habe auch keinen Nagellack dabei«, meinte Liv.

»Warum wundert mich das jetzt nicht?«, warf Andreas ein und grinste Carlo Preker an. Was mischte der sich denn ein? Allerdings war Liv schon ein paar Mal mit ihrem risikofreudigen, unsensiblen Kollegen aneinandergeraten.

Ehe Liv etwas entgegnen konnte, sagte Hennes: »Vielleicht ist ja auch Tobias Schulke der Mörder von Rocco. Und Bosse hat Rocco gerächt.«

»Das hätten wir mitbekommen«, war Preker überzeugt.

»Wie nah seid ihr an Bosse dran?«, wollte Liv wissen.

»Nah genug.«

»Vielleicht hat einer von Bosses Handlangern Tobias angegriffen?«

Eine Weile diskutierten sie diese Theorie. Die kriminalistische Hypothesenbildung gehörte nun einmal dazu, auch wenn es einem manchmal wie Stochern im Nebel vorkam.

Schließlich kam Liv auf die Entführte zurück. Das Schicksal der jungen Frau ließ ihr keine Ruhe. »Habt ihr wirklich keinen Hinweis auf ihren Verbleib gefunden?«, fragte sie noch einmal.

Carlo Preker ließ sich auf seinen Stuhl fallen. Entnervt stieß er die Luft aus. »Offenbar hat Denise Dimitrov eine Abreibung kassiert. Unserem Kenntnisstand nach ist sie bei Tamara Hartmack«, gab er zu.

»Wer hat sie verletzt?«

»Sie war bei Könnermann …«

Liv brauste auf. »Das habt ihr beobachtet? Und ihr habt einfach zugeschaut, wie sie misshandelt wurde?«

Carlo Preker rieb sich über den Stiernacken. »Nicht direkt. Wir werden aber auch nicht unseren Einsatz gefährden, um einer Nutte zu helfen.«

Hasselbrecht sog die Luft ein.

»Herr Preker«, mahnte der Staatsanwalt.

»'tschuldigung, einer Tänzerin und Prostituierten zu helfen«, korrigierte er sich. »Man muss Prioritäten setzen.«

Ein Blickwechsel zwischen Hasselbrecht und Leipoll. »Diese gemischte Truppe kann nur funktionieren, wenn eine Abteilung von der anderen profitiert«, sagte Hilke Hasselbrecht. »Das LKA wird sich auf den Mord an René Höpen aka Rocco konzentrieren, während das K1 den versuchten Mord an Tobias Schulke übernimmt. Sie werden sich jedoch täglich mehrfach austauschen und auch kollegial zusammenarbeiten. Machen Sie sich nun mit den Ermittlungsergebnissen des jeweils anderen Teams vertraut«, entschied die K1-Leiterin. »Finden Sie heraus, was geschehen ist und ob eine Verbindung zwischen den Taten besteht. Und machen Sie den oder die Mörder dingfest, ehe die Lage auf Sylt eskaliert. Spätestens am Wochenende ist die Insel wegen des Surfcups ausgebucht. Wir tun hier derweil alles, um die nötigen Ermittlungsmaßnahmen zu beschleunigen.«

Carlo Preker stürmte hinaus. Die Kommissare folgten ihm in ein Besprechungszimmer, an dem eine ganze Wand mit Fotos und Berichten bedeckt war. Preker warf die Jacke von sich und rollte den Kopf auf seinen Schultern, als sei er ein Boxer, der sich für einen Kampf bereitmachte.

»Ihr wisst ja sicher, dass die Zahl der OMCG-Mitglieder – der Outlaw Motorcycle Gangs – bis zu dem Verbot extrem angewachsen war«, begann er zu referieren. »Schon 2012 war Deutschland nach den USA der weltweit zweitgrößte Rocker-Standort. 2011 hat das BKA über tausendzweihundert Hells Angels in siebenundfünfzig Chartern und über tausend Bandidos in fünfzig Chaptern gezählt. Der Rockerkrieg forderte damals viele Todesopfer, auch in Deutschland. Die Verbote und Strafverfahren haben Früchte getragen, aber heute mischen ethnisch gemischte Rockergangs die Szene auf, die nichts mit Bikes am Hut haben. Denen geht es nur um Krawall und Kohle.«

»Schon klar. Die Höllenengel hatten nie Bock auf – O-Ton – ›Kanaken‹. Deshalb waren sie ja auch so offen für Nazis«, entgegnete Hennes.

Preker ließ sich offenbar nur ungern unterbrechen. »Das bedeutet: keine Loyalität mehr, kein Ehrenkodex, kein ›Easy Rider‹-Feeling …«

Hennes hüstelte vernehmlich, dieses Mal anscheinend absichtlich. »Reicht's jetzt langsam mit deinem Vortrag? Wir sind keine Polizeischüler«, ging er erneut dazwischen.

»Was wollt ihr also wissen?«, fragte Preker pikiert.

»Wen habt ihr für den Mord an Rocco im Visier?«, begann Liv.

»Wir prüfen die Frage, ob der Mord im Zusammenhang mit anderen MCs steht, checken aber auch mögliche Täter, die nicht aus dem Umfeld stammen. Infrage kommen Denise Dimitrov und Zampowski, Tamara Hartmack oder Könnermann.«

»Warum Denise Dimitrov und Marcel Zampowski?«

»Soweit wir wissen, haben die beiden was miteinander. So wie es aussieht, hat Rocco Denise in seinen Hundekäfig gesperrt, weil sie sich weigerte, einen Freier zu bedienen. Marcel trat für sie ein und wurde von Rocco geschlagen und rausgeworfen. Außerdem hat Marcel wohl öfter gegen Rocco gestichelt.«

»Und warum kommen die beiden anderen als Täter infrage?«

»Rocco wollte mit Tamara Deutschland verlassen, um sich in Florida ein neues Leben aufzubauen. Bosse wollte seinen besten Mann nicht verlieren, aber Rocco war fest entschlossen.«

»Hätte dann nicht eher Tamara Hartmack aus dem Weg geschafft werden müssen?«

Preker ging nicht darauf ein. Sie würde tiefer in René Höpens Biografie eintauchen müssen. Genauso wie sie sich mit Tobias Schulkes Leben detailgenau beschäftigen mussten. Der Gedanke an den jungen Mann, der noch immer mit dem Tode rang, ließ Erbitterung in Liv aufsteigen.

»In der Funky Bar wurde Poker-Equipment gefunden. Was ist mit den geheimen Pokerrunden? Gibt es jemanden, der dabei geschröpft wurde und sich an Rocco gerächt haben könnte?«, fragte Hennes.

»Ja. Diese Frage hat uns viel Mühe gekostet. Vor allem Kai Laubenpichler, ein Geschäftsmann aus Wenningstedt, steht ganz schön bei Könnermann in der Kreide. Hat allerdings ein Alibi für die Tatnacht.«

»Konntet ihr mehr über den Schriftzug herausfinden, der auf Höpens Brust stand?«

»Nope. Viele könnten eine Stinkwut auf Höpen gehabt haben, aber die waren alle an diesem Tag nicht auf der Insel, soweit wir wissen.«

»Was wird bei den anderen MCs geredet? Habt ihr Informanten in der Szene? V-Leute?«

Preker zeigte Liv grinsend die Handflächen. Offenbar waren seiner Auskunftsfreude Grenzen gesetzt.

»Habt ihr die OFA hinzugezogen? Vielleicht können die Kieler Fallanalytiker ein Täterprofil erstellen und uns Hinweise darauf geben, in welche Richtung weiterermittelt werden soll.«

»Kümmert ihr euch doch darum«, schlug Prekers Kollegin Josie, eine drahtige Schwarzhaarige, vor. »Wir werden derweil mal hören, was das MEK Neues zu bieten hat.« Die LKA-Kommissare gingen hinaus.

Liv ärgerte sich. Der gönnerhafte Tonfall war eine Frechheit.

Hennes und sie sichteten die Akten. Im Audi waren vereinzelte Fingerabdrücke des Toten und von Marcel Zampowski gefunden worden sowie weitere DNA, aber offenbar hatte jemand Lenkrad und Sitze abgewischt. Marcels Alibi war von seinen Kumpels aus einer Muckibude bestätigt worden. Roccos Akte war ebenfalls ergänzt worden. Angeblich war er Mitglied eines Supporter-Clubs des Hells Angels MC Charter Flensburg gewesen, hatte sich dann aber – genau wie Bert Könnermann – nach dem Gefängnisaufenthalt freigekauft. Vieles sprach dafür, dass Rocco und Bosse nie vorgehabt hatten, die kriminellen Machenschaften aufzugeben. Es schien eher darum gegangen zu sein, auf eigene Faust Geschäfte zu machen. Ihre offizielle Buchhaltung wirkte makellos, aber das war wenig erstaunlich; viele Zuhälter wussten beispielsweise genau, wie sie vorgehen mussten, um gesetzeskonform zu handeln. Waren die beiden mit ihrem Plan jemandem auf die Füße getreten? War sogar das abgelegene Sylt in die Verteilungskämpfe geraten?

In Roccos Unterlagen fanden sich viele Tankquittungen, offenbar war er auch häufig auf dem Festland unterwegs. Immer wieder musste Hennes wegen seines Hustens unterbrechen.

In einer kurzen Pause ging Liv zur Apotheke und rief auf dem Weg in Flensburg an. Sie hörte, dass Elise die Stimme senkte. »Sanna schläft«, sagte sie zur Erklärung.

»Wie geht es ihr?«

»Heute Nachmittag nach der Therapiestunde wollte sie unbedingt mit Zorro raus und einkaufen. Ich konnte sie überreden, es lieber bleiben zu lassen, und bin allein los. Kaum dass ich im Supermarkt war, rief Sanna an und fragte, wann ich zurückkomme. Sie hat mich begrüßt, als ob ich wochenlang weg gewesen wäre. Sie will aber auch nicht, dass ich Aufhebens um sie mache.«

»Soll ich kommen? Hasselbrecht würde mir bestimmt freigeben.« Wenn auch zähneknirschend, dachte Liv.

»Ich glaube, das wird nicht nötig sein. Aber wenn du möchtest, bitte ich Sanna, dich anzurufen.«

»Danke, das möchte ich wirklich.«

Elise schwieg einen Augenblick. »Ich habe in den Nachrichten gehört, dass das Opfer ein junger Mann ist, der sich für den Schutz der Meere eingesetzt hat. Wenn ich das höre, kann ich richtig füünsch werde, da komme ich in Brass«, regte sie sich auf.

»Ja, das geht mir auch so«, gab Liv zu, durfte aber nicht näher auf den Fall eingehen. »Und du, alles in Ordnung bei dir?«

»Ich bin immer noch geschockt über Ockes Tat. Ich lenke mich mit Arbeit ab, wie du. Nur ein paar Kapitel noch. Außerdem hat der Verlag gefragt, ob ich auch Lesungen abhalten würde. Dann werde ich eine richtig bekannte Petuh-Tante, ein Star«, meinte Elise mit einem Lächeln in der Stimme und spielte dabei auf die Originale an, die das Flensburger Kauderwelsch und den gediegenen Lebensstil an der Förde perfektioniert hatten.

»Also mein Star bist du schon lange«, sagte Liv liebevoll. »Gib Sanna einen dicken Tuscher von mir.«

Wieder im Revier, stellte Liv zwei Packungen vor Hennes auf den Schreibtisch. »Wenn du mich fragst, solltest du damit anfangen – dann wird das mit dem Husten auch besser«, sagte sie und schob die Nikotinpflaster näher an ihn heran.

Hennes pfefferte die Pflaster zur Nikotinersatztherapie

in die Papiertonne und las bei dem Hustensaft die Packungsbeilage, ehe er das Medikament wortlos in der Tasche verschwinden ließ.

Als wäre nichts gewesen, besprachen sie ihr weiteres Vorgehen. Anschließend kündigten sie Carlo Preker und seinen Kollegen an, dass sie noch einmal mit den Hauptbeteiligten des Falls reden würden.

»Das halte ich für einen Fehler. Wir wollten die Rocker in Sicherheit wiegen«, sagte Preker.

»Das können wir auch weiterhin. Wir müssen um die Ecke denken. Es wäre merkwürdig, wenn wir sie nicht auf Tobias Schulke ansprechen würden, und sei es nur, um einen Zusammenhang zwischen den Fällen auszuschließen.«

Bis sie eine Analyse von Tobias Schulkes Notebook und den Drohbriefen, die an seinen Vater gerichtet gewesen waren, bekamen, würde es dauern. Weitere Befragungen von Freunden und Bekannten standen erst später an. Außerdem wollte Liv ihr Bild von den in den Fall verwickelten Personen vertiefen. Und herausfinden, wie es Denise Dimitrov ging, um ihr nötigenfalls Hilfe anzubieten. Auf dem Weg hinaus klaubte sie die Nikotinpflaster aus der Papiertonne. So schnell würde sie nicht aufgeben.

17

Eingehüllt in eine Kuscheldecke lag Denise auf dem Gästebett und starrte auf den Fernseher. Es war die dritte romantische Komödie, mit der sie sich abzulenken versuchte. Doch wenn jemand sie gefragt hätte, was sie gesehen hatte, hätte sie nicht antworten können. Ihre Augenlider waren schwer, aber immer wieder, wenn sie sie zufallen ließ, blitzten die Bilder der geifernden Hunde vor ihrem inneren Auge auf. Spitze Zähne, die sich in ihre Haut vergruben. Die Angst, für immer entstellt zu sein oder bei lebendigem Leibe zerfetzt zu werden. Allein der Gedanke verschaffte ihr Beklemmungen. Denk an was Schönes, denk an deine Tochter, ermahnte sie sich. Vorhin hatte sie kurz mit Felia telefoniert. Alles sei in Ordnung, Mami trete fleißig mit ihrer Balletttruppe auf und würde bald zurückkommen, hatte sie der Kleinen versichert.

Denise ekelte sich vor sich selbst. Ihre Wunden pochten, und als sie die Verbände gewechselt hatte, waren die Bisswunden rot geschwollen gewesen. Unruhig tastete sie nach den Pillen, die Tamara dagelassen hatte, und spülte eine mit Leitungswasser herunter. Es beschämte sie, dass Roccos Witwe so nett zu ihr war. Aber Tamara wusste ja genau, was sie durchmachte …

Ein Geräusch ließ Denise zusammenzucken. Schnell schaltete sie den Fernseher auf Stumm. Tamara konnte es noch nicht sein, sie war zum ersten Mal wieder in der Boutique. Der Gedanke an den Fremden stieg in Denise auf, der sie betäubt und aus dem Käfig befreit hatte, nur um sie von Neuem einzusperren. Ob er wusste, dass sie hier war? Ob er sie suchte, um zu vollenden, was er angefangen hatte? Sie rutschte tiefer unter die Decke. Fliehen konnte sie mit der Bisswunde in ihrer Wade ohnehin nicht. Erneut wollte sie lauschen, aber das Blut in ihren Ohren rauschte zu laut. Sie musste sich geirrt haben.

Ein Klopfen. Sie fuhr zusammen. »Denise! Mach auf, ich bin's!«

Marcel. Ihn wollte sie schon gar nicht sehen. Wie feige er sich verhalten hatte! Erst hatte er sie gevögelt, und dann …

»Bitte, mach auf. Ich weiß, dass du da bist!« Seine Stimme hatte einen weichen Ton angenommen. Marcel war schon niedlich. Und schließlich brauchte sie einen Beschützer.

Denise humpelte zur Tür. Bei jedem Schritt schossen höllische Schmerzen durch ihre Wade. Marcel strahlte sie an; zerzaust sah er aus. »Ich bin so froh, dass es dir gut geht!« Er umfasste sie und nahm sie auf die Arme, wie es seit ihrer Kindheit keiner mehr mit ihr gemacht hatte. »Du musst dich wieder ausruhen! Wohin soll ich dich tragen?« Unwillkürlich musste sie lächeln.

Marcel legte sie auf das Gästebett und deckte sie sogar zu, was sie noch mehr besänftigte. Tränen brannten in ihren Augen. Wie tief war sie gesunken, dass selbst diese kleine Geste sie so rührte! Sie ließ es zu, dass er sie küsste, aber als sich seine Hände unter die Decke bewegten, hielt sie ihn auf.

»Ich will aussteigen«, sagte sie bestimmt.

»Aussteigen? Bosse hält dir deinen Platz frei. Ich weiß, dass er deine Arbeit schätzt.«

Denise hätte beinahe aufgelacht – wie das klang! Als ob sie etwas Wichtiges, etwas Bedeutsames tat.

»Ich schaffe das nicht mehr«, gestand sie. »Du musst mir helfen, da rauszukommen. Ich bin eine Tänzerin, keine Nutte!«

Er nahm ihre Hände und sah sie lange an. Sie konnte sehen, wie es in ihm arbeitete. »Wenn du unbedingt willst, dann helfe ich dir«, sagte er schließlich.

»Ich will zu meiner Tochter zurück. Ich will wieder tanzen, richtig tanzen. Wenn ich es denn noch kann.« Ihre Stimme brach.

»Das kannst du bestimmt. Ich helfe dir, versprochen. Du bist schließlich ein Hammerweib! Aber du wirst erst deine Schulden abarbeiten müssen. Dein Zimmer kostet hundertdreißig Euro am Tag, und je länger du krank bist, umso höher werden deine Schulden.«

Seine Schmeichelei tat ihr gut, die Aussicht hingegen, wieder zurück zu Bosse zu müssen, machte sie fertig. »Warum suchen die Bullen nach mir? Bosse sagte doch …«

»Alles easy, wir passen auf dich auf. Bosse kümmert sich um die Bullen.«

Marcels Handy klingelte. Er blickte kurz auf das Display, legte es dann aber weg.

»Nicht wichtig?«

»Nee, keine Ahnung, da verwählt sich immer einer. Geht schon den ganzen Tag so.« Er kramte etwas aus seiner Tasche und grinste spitzbübisch. »Ich habe uns was mitgebracht …« Sie war nicht sicher, ob sich das Koks mit den Schmerztabletten vertrug, die sie eingeworfen hatte. »Komm schon. Wir halten zusammen, wir zwei.« Mit geübten Bewegungen zog Marcel auf einer DVD-Hülle eine Line. Denise sog die Hälfte durch das frische gerollte Papier ein. Marcel nahm den Rest, dann schob er sich zu ihr auf das schmale Gästebett. Auf einmal waren seine Hände überall. Kurz fragte sie sich noch, warum er nicht in die Bar oder die Werkstatt musste und was Tamara zu seinem Besuch sagen würde. Doch dann schoss das Koks durch ihre Nervenbahnen.

* * *

Zunächst steuerten die Kommissare Könnermanns Villa an. Rosi Könnermann kam zur Tür, dieses Mal trug sie eine Plastikschürze. Die glänzenden Hände hielt sie weit von sich. Ihr Sohn lugte um die Ecke des Flurs, er hatte ein übergroßes Hemd an und einen Hut aus Zeitungspapier auf.

»Wir kleistern gerade«, sagte Rosi Könnermann abweisend.

»Pappmaché?«, fragte Liv. Lächelnd setzte sie hinzu: »Das hat meine Tochter auch geliebt. Wir haben immer Dinosaurier aus Zeitungen und Pappe geformt.«

Rosi Könnermann blieb kühl: »Was wollen Sie? Bert ist nicht da.«

»Wo können wir Ihren Mann finden?«

»Er ist bei einem Objekt.«

»Wo?

»In Munkmarsch, glaube ich.« Rosi Könnermann antwortete mit sichtlichem Widerwillen, traute sich aber offenbar nicht, die Auskunft zu verweigern.

»Was halten Sie eigentlich von den Geschäften Ihres Mannes?«

Rosi schickte ihren Sohn weg. »Jeder möchte sich in seinem Hause sicher fühlen.«

»Ich meine die Funky Bar.«

»Ein Liebhaberobjekt, mehr nicht.«

Liv musste es anders versuchen. »Darf ich fragen, wie Sie sich kennengelernt haben?«

»Warum?« Rosi Könnermann stemmte die Handrücken in die Hüfte und spreizte die Finger ab, was seltsam aussah. »Weil Sie finden, dass wir nicht zusammenpassen? Ich finde Ihre herablassende Art wirklich anmaßend. Ich liebe Bert. Er ist ein guter Mann und Vater. Sie können sich kein Urteil darüber erlauben.«

Der Vorwurf der jungen Frau berührte Liv. »Ich wollte Ihnen nicht zu nahe treten.« Sie blickte Rosi Könnermann ruhig an. »Wir müssen uns allerdings auch mit den Biografien der beteiligten Personen befassen.« Das war aber nur die halbe Wahrheit.

»Bert hat in dem Spielzeugladen in Flensburg, in dem ich arbeitete, Puzzles bestellt, die zu ihm ins Gefängnis geschickt wurden. Seine Auswahl hat mich neugierig gemacht, also habe ich eines Tages selbst eine Bestellung vorbeigebracht.«

Was Frauen an Straftätern fanden, würde Liv nie verstehen, aber während einer Haftstrafe kam es bekanntermaßen immer wieder zu Brieffreundschaften, aus denen sogar Ehen wurden.

»Warum hat er die Puzzles nicht beim Versandhandel bestellt?«

»Buy local, sagt Bert immer. Ich soll vor Ort einkaufen, damit auch kleine Läden überleben können.« Sie strich sich fahrig eine Haarsträhne aus der Stirn, die prompt durch den Kleister kleben blieb. »Ich finde, jeder hat eine zweite Chance verdient. Bert versorgt uns gut. Nie würde er zulassen, dass uns jemand schlecht behandelt.« Rosi Könnermanns Blick war feindselig geworden.

»Aber andere behandelt Ihr Mann schlecht«, sagte Hennes.

»Spielen Sie auf die Tänzerinnen an? Es steht den Frauen

doch frei, diese Arbeit anzunehmen. Sie verdienen viel Geld in der Funky Bar, manche von ihnen finanzieren sich so ihr Studium.«

Ein moderner Mythos, dachte Liv. Die wenigsten Stripperinnen oder Prostituierten waren angehende Ärztinnen, die sich ein paar Hundert Euro dazuverdienten. Und heutzutage waren die Bedingungen grausamer denn je. Es gab Flatrates für Sex und viele Bordelle, in denen die Frauen – wie in einer Legebatterie – nie das Tageslicht sahen.

»Und jetzt entschuldigen Sie mich, der Kleister trocknet.«

Bereits zwanzig Minuten später hatten sie sich zu der Baustelle in Munkmarsch durchgefragt. Der Neubau bot einen atemberaubenden Blick über den ehemaligen Fährhafen und das Watt. Innenausstatter und Elektriker machten gerade Feierabend, die meisten von ihnen würden nun mit dem Zug aufs Festland fahren. Das Landhaus im Friesenstil war beinahe bezugsfertig und wirkte fast klein. Als sie aber auf einem Tisch eine Bauzeichnung entdeckten, sah Liv, dass sich das Haus mehrere Stockwerke in die Tiefe erstreckte. Luxus, unter Reet versteckt. Der Eisberghäuser-Trend kam aus London und New York. Dass sich diese Häuser auch auf Sylt verbreiteten, war wenig erstaunlich, weil der Grund teuer und die Traufhöhen begrenzt waren.

In einem Raum mit Elektrokästen und Leitungen entdeckten sie Bert Könnermann. Liv wäre am liebsten sofort auf ihn losgegangen oder hätte ihn verhaftet, riss sich aber zusammen. Neben ihm lagen die beiden Molosserhunde. Als Liv und Hennes näher kamen, grollten sie und zeigten Zähne. Hatte er Roccos Hund aus dem Tierheim geholt?

»Was wollen Sie denn hier? Ich denke, Ihre Kollegen vom

LKA haben Ihnen den Fall abgenommen. Haben Sie Roccos Mörder endlich gefunden?«, fragte Könnermann.

»Wir haben die Ermittlungen in einem anderen Fall aufgenommen und wollen lediglich eine Verbindung ausschließen. Kennen Sie diesen jungen Mann?«, zwang Liv sich zu einer höflichen Antwort.

Könnermann verneinte beim Anblick des Porträts.

»Er heißt Tobias Schulke. Haben Sie den Namen schon mal gehört?«

»Nein.«

»Wo waren Sie gestern zwischen 18 und 22 Uhr?«

»In der Bar, später zu Hause. Zeugen für Ersteres gibt es reichlich, für Letzteres nur meine Familie.« Er kniff sich in den Nasenrücken. »Mir scheint, Sie vergessen, dass ich einer der Leidtragenden von Roccos Tod bin. Abgesehen davon, dass ich einen Freund verloren habe, muss ich auch in der Bar nach dem Rechten sehen, sonst kann ich mein Investment abschreiben.«

Jetzt sollten sie eigentlich wieder gehen, doch Liv ließ das, was sie gesehen und gehört hatte, keine Ruhe. »Sie waren ja anscheinend nicht gerade begeistert von Roccos Auswanderungsplänen.«

»Deshalb habe ich ihn noch lange nicht umgebracht. Hat Tamara Ihnen das erzählt? Sie sollten bei ihr lieber misstrauisch sein. Tamara hat Geheimnisse. Googeln Sie doch mal ›die heiße Tammy‹, dann wissen Sie, wovor diese feine Dame fliehen wollte«, sagte er.

Was deutete er damit an? War Tamara Hartmack ebenfalls Prostituierte gewesen? Handelte es sich um üble Nachrede oder die Wahrheit?

Liv überlegte noch, als Hennes schon die nächste Frage stellte: »Haben Sie eigentlich eine Konzession für den Bordellbetrieb?«

Könnermann setzte sich auf. »Ich besitze eine exklusive Tabledance-Bar, kein Laufhaus. Was meine Tänzerinnen in ihren Zimmern machen, geht mich nichts an. Ich vermiete ihnen nur die Räume.«

Könnermanns Wortwahl war typisch und ärgerte Liv enorm: Man sagte in bestimmten Kreisen nicht mehr »Nutte« oder »Puff«, sondern »Escort«, »Modell« oder »Laufhaus«, was edler und moderner klang, aber auf das Gleiche hinauslief. Liv hatte oft genug mit dem Rotlichtmilieu zu tun gehabt. Nicht in jeder Tabledance- oder Stripbar wurde Sex angeboten, aber es kam häufig vor. Wie andere Gruppierungen der Organisierten Kriminalität setzten auch die Rocker auf Zwangsprostitution. Im Zweifelsfall traten sie lediglich als Vermieter auf, was völlig legal war. Dass die Gangs nicht nur in diesem Milieu für Angst und Schrecken sorgten, hatte Liv in Flensburg mehr als einmal beobachtet.

Etwas summte, und Könnermann holte sein Handy hervor. Noch während er die Nachricht las, lief er rot an. »Sie waren bei meiner Frau?«, fragte er scharf.

Hennes setzte ein demonstratives Lächeln auf. »Sie hat uns netterweise gesagt, wo wir Sie finden können.«

»Nicht nur das, Sie haben Rosi befragt.«

»Wir haben geplaudert.«

Könnermann schob drohend das Kinn vor. Anspannung sprach aus seiner Stimme. »Ich warne Sie, lassen Sie meine Familie in Ruhe! Sie machen mir nichts kaputt!«

Die Hunde setzten sich auf, ihre Lefzen zuckten. Liv konnte sich vorstellen, dass man Angst vor ihnen bekommen konnte. Sie fragte sich, ob sie es fertigbringen würde, einen der Hunde zu erschießen, falls er sie angriff.

Trotzdem zwang sie sich, nicht vor den Hunden zurückzuweichen. Möglichst gelassen sagte sie: »Sie wissen ja sicher, dass ein Halter gefährlicher Hunde in Schleswig-Holstein nicht vorbestraft sein darf? Wir können diese Hunde sicherstellen.«

Seine Augen funkelten. »Dann beschaffen Sie erst mal den entsprechenden Beschluss des Staatsanwalts. Mein Anwalt wartet nur auf so was.«

* * *

Der fremde Geruch in ihrem Apartment fiel Tamara sofort auf. Sie hatte sich überzeugt, dass in der Boutique alles in Ordnung war, ihre Aushilfe machte die Arbeit gut. So zu tun, als wäre nichts passiert, überstieg jedoch ihre Kräfte. Schnell war sie wieder in ihren Fiat Abarth gestiegen. Sie konnte einfach noch nicht zum Alltag zurückkehren. Außerdem wollte sie nach Denise sehen.

Sie hatte das zum Gästezimmer umfunktionierte Arbeitszimmer erreicht. Zwei nackte Körper, zerwühlte Laken, Getränkedosen, die blutigen Verbände, das Papierröllchen, die bepuderte DVD-Hülle …

Ausgerechnet Marcel! Wütend stieß Tamara ihn mit dem Fuß an. Auch auf Denise war sie sauer. Ihr Vertrauen derart auszunutzen! »Raus mit euch, raus!«, schrie sie.

Denise schreckte hoch. »Tamara, ich wollte nicht …«

»Ist mir egal, was du wolltest! Du verschwindest jetzt! Geh in die Bar zurück, wo du hingehörst, und nimm deinen Stecher gleich mit.«

Marcel kam mühsam auf die Füße. Er rieb sich die Augen. »Reg dich ab«, murmelte er.

Tamara schlug ihm ins Gesicht. Sie hatte Dogo nicht besonders gemocht, aber jetzt bedauerte sie, dass die Kanarische

Dogge nicht da war. »Hau ab! Verschwinde! Sonst ruf ich Bosse an und verpfeife euch! Es wird ihm nicht gefallen, dass ihr euch vergnügt, statt für ihn zu arbeiten.« Wieder wollte sie ihm eine Ohrfeige verpassen. Dieses Mal fing Marcel ihre Hand ab. Seine Faust ruckte hoch.

Tamara funkelte ihn an. »Schlag mich doch! Hat Rocco dich auch so wütend gemacht, dass du es ihm so richtig gezeigt hast?«, provozierte sie ihn.

Zornig funkelte er sie an, wich aber zurück.

Denise war in ihren Jogginganzug geschlüpft. »Schick mich nicht weg. Ich kann nicht … Ich will nicht …«

»Das hättest du dir früher überlegen …«

In diesem Augenblick klingelte es. Gereizt schoss Tamara an Marcel vorbei zur Tür und drückte auf die Gegensprechanlage. Dann wandte sie sich um.

»Die Bullen«, sagte sie nur.

Liv eilte die Treppen hoch, schnell hatte sie Hennes abgehängt. Tamara Hartmack hatte angespannt geklungen, und Liv glaubte, ehe die Verbindung abgebrochen war, noch einige Worte gehört zu haben. Worte, die sie in Eile versetzt hatten. Sie war ohnehin schon auf hundertachtzig, seit sie sich mit Könnermann angelegt und auch gleich wegen der Hunde Rücksprache mit den zuständigen Kollegen gehalten hatte.

Tamara Hartmack stand an der Tür. Liv begrüßte sie und ging ungefragt hinein. Sofort sah sie die offene Tür, das zerwühlte Bett. »Wo ist sie?«

»Ich weiß nicht, wen Sie meinen«, sagte Tamara Hartmack kühl.

»Denise Dimitrov.«

Kurzerhand stieß Liv die Türen zum Bad und den anderen Räumen auf. Alle waren leer. Sie kehrte zu Tamara zurück, die noch immer an der Tür stand.

In diesem Augenblick hörte Liv Hennes schreien.

* * *

Mit jeder weiteren Stufe hatte Hennes seine No-Sports-Mentalität verflucht. Hätte er doch das Sporttraining nicht so oft schleifen lassen. Klar, sein wichtigster Muskel war das Gehirn, aber trotzdem durfte er nicht so stark abschlaffen. Wie peinlich war das denn! Andererseits steuerte er, ob er es nun wahrhaben wollte oder nicht, hart auf das Rentenalter zu. Dass ausgerechnet heute der Fahrstuhl kaputt sein musste! Immerhin hatte er gleich das nächste Stockwerk erreicht.

Ein Hustenanfall brachte ihn zum Stehen. Nikotinpflaster, die Lammers drehte ja wohl völlig ab. Als ob er süchtig wäre – lachhaft! Er konnte jederzeit mit dem Rauchen aufhören, wenn er wollte. Langsam beruhigte er sich. Nur noch zwei Stockwerke …

»Lauf nicht weg, bitte, ich kann nicht so schnell …«, hörte er plötzlich eine leise Frauenstimme aus dem oberen Teil des Treppenhauses.

Ein Mann antwortete: »Ich muss zurück in die Werkstatt, danach in die Bar.«

»Und ich?«

»Versteck dich irgendwo, bis die Bulette …«

Hennes unterdrückte den Hustenreiz und stieg weiter hoch. Er bog um die Ecke. Im nächsten Augenblick stand Marcel Zampowski vor ihm.

»Was machen Sie denn …?«, begann Hennes.

Eine Bewegung auf der Treppe hinter Zampowski, jemand

lief weg. Obgleich seine Oberschenkel zitterten, beschleunigte Hennes sein Tempo. Da war sie! Eine Frau humpelte vor ihm die Treppe hoch. Auf ihren Verbänden war frisches Blut zu sehen. Wo wollte sie denn hin?!

»Bleiben Sie stehen!«, rief er.

Ein paar Stufen noch, gleich hatte er sie erreicht. Seine Lunge stach beim Atmen. »Halt! Sie sind doch Denise Dimitrov!«

Wie aufs Stichwort fuhr sie herum. Ihre Pupillen waren auffällig geweitet. Stand sie unter Drogen?

Hennes machte noch einen Schritt. »Stehen bleiben, Polizei!«

Da ruckte ihr Arm vor. Ein Stoß. Hennes fiel.

* * *

Die Frau kniete neben Hennes und versuchte, ihm aufzuhelfen. Ihr Partner hielt seinen Arm umklammert. Hennes' Ellenbogen war aufgeschürft und blutete; er musste an der Wand entlanggeschrammt sein.

»Das wollte ich nicht … Sie müssen mir glauben …«, stieß die Frau beinahe hysterisch hervor.

»Alles in Ordnung?«, fragte Liv ihren Partner. Sie hielt Handy und Waffe weiter bereit. »Soll ich einen Krankenwagen rufen?«

»Nicht nötig.« Unwirsch machte Hennes sich von der Frau los und kam auf die Füße. Sein Atem rasselte. »Mir geht es gut.«

»Wirklich?«, fragte Liv.

Ein Hustenanfall schüttelte ihn. »Wirklich.«

Liv steckte die Waffe weg. Schuldbewusst blickte Denise Dimitrov sie an. »Ich wollte ihm nichts tun. Sie müssen mir glauben. Ich habe auch Rocco nichts getan«, sprudelte es aus ihr heraus. »Ich bin selbst …«, sie suchte nach dem richtigen Wort, »… entführt worden.«

Liv sah sie ruhig an. »Das wissen wir. Wir tun Ihnen nichts, wir wollen nur mit Ihnen sprechen. Versuchen Sie nicht noch einmal wegzulaufen. Ich helfe Ihnen zurück in die Wohnung.« Liv bot ihr die Hand an. Nach einem kurzen Zögern hielt Denise sich an ihr fest.

Der Sonnenuntergang kündigte sich an. Einen Augenblick sahen sie aus dem Penthouse beinahe andächtig zu, wie die Menschen ameisengleich an den Strand pilgerten, um diesem Schauspiel beizuwohnen. Tamara Hartmack protestierte nicht mehr, sondern versorgte Hennes' Wunde. Als sie hörte, wie sehr er hustete, brühte sie einen Tee aus frischem Ingwer und Zitrone auf. Denise Dimitrov hatte sich auf einen Stuhl sinken lassen; sie wirkte angeschlagen. Ihre Verbände waren von frischem Blut befleckt.

»Jetzt sagen Sie uns erst einmal, was hier los ist«, forderte Liv die beiden Frauen auf.

»Marcel … Ich wusste, dass die Bu… die Polizei mich wegen dem Mord an Rocco sucht. Ich hatte Angst, dass … Ich weiß doch selbst nicht, was … Das habe ich auch schon …« Resigniert schüttelte Denise nach diesem wirren Ausbruch den Kopf.

»Wir haben auf den Überwachungsbändern gesehen, dass jemand Sie betäubt und aus der Funky Bar entführt hat. Wir haben das Auto gefunden, in dessen Kofferraum Sie waren, und haben mit den Anglern gesprochen«, setzte Liv sie in Kenntnis.

»Ich hatte solche Angst! Ich dachte, gleich kommt dieser … schreckliche Typ zurück, der mich entführt hat, und tut mir was an.« Denise biss sich auf die Lippe. »Tamara hat mir geholfen. Und ich …« Sie verstummte mitten im Satz.

Es war klar, dass Denise Dimitrov einen Teil der Geschichte übersprungen hatte. Liv überlegte, was zu tun war. Sollten sie Denise in Untersuchungshaft nehmen und erst befragen, wenn sie nüchtern war? Würden sie damit aber die Frau nicht zusätzlich in Gefahr bringen, weil dann offensichtlich war, dass sie mit der Polizei gesprochen hatte? Außerdem würden sie Prekers Strategie zuwiderhandeln.

»Wir müssten Sie mit aufs Revier nehmen …«, begann Hennes.

»Bitte nicht! Mein Boss wird denken, dass ich …«

»Lassen Sie sie hier. Sie sehen doch, dass Denise völlig fertig ist«, redete ihnen Tamara Hartmack ins Gewissen.

Liv und Hennes tauschten Blicke. »Wir wollen wissen, was geschehen ist. Am Abend von René Höpens Tod und in den Tagen danach. Und zwar alles«, sagte Hennes.

Denise nickte. Stockend begann sie zu berichten. Sie fing mit dem Tag an, an dem sie in ihrer Heimat von einer vermeintlichen Talentsucherin angesprochen worden war und sofort angefangen hatte, Deutsch zu lernen.

Als sie fertig war, vibrierte Liv förmlich vor Wut und Hilflosigkeit. Sie wusste nicht, wie oft sie derartige Geschichten schon gehört hatte. Immer war es ein Arbeitsvermittler, ein Talentsucher oder ein Loverboy, der die Frauen ins Unglück stürzte. Man sollte glauben, dass sich diese Masche der Frauenhändler allmählich herumgesprochen hatte, aber offenbar waren Hoffnung und Verzweiflung so groß, dass die Opfer alle Vorsicht außer Acht ließen. Könnermanns Verhalten war menschenverachtend und grausam. Und ihnen spielte er den Biedermann vor! Jetzt war Liv erleichtert, dass sie alles in die Wege geleitet hatte, damit ihm die Hunde weggenommen wurden! Hoffentlich ging die Sicherstellung schnell.

Natürlich war Denises Aussage gerichtlich nicht zu verwerten. Sie alle wussten, dass Denise ihre Worte niemals vor Gericht wiederholen würde, zu groß war ihre Angst vor Bert Könnermann.

»Wir können Ihnen helfen. Es gibt Frauenhäuser und Vereine, die aussteigewillige Prostituierte unterstützen. Sie müssen das nicht allein durchstehen«, sagte Liv.

»Doch, ich muss«, gab Denise leise zurück.

Liv wandte sich an Tamara Hartmack. »Wo wir gerade dabei sind, off-the-record zu reden – erzählen Sie uns doch mal von Ihrem Verhältnis zu Könnermann. Da steckt sicher mehr dahinter, als Sie uns bislang verraten haben.«

Tamara seufzte. »Rocco und ich wollten hier wegziehen. Weg von Bosse und seinen schmutzigen Geschäften. Wir haben ein Haus in Florida entdeckt, das wir mieten wollten. Ich hatte sogar schon Räume für eine neue Boutique in den Keys gefunden. Aber daraus wird jetzt wohl nichts mehr«, berichtete sie wehmütig.

»Könnermann hielt nichts von diesen Plänen?«

»Natürlich nicht. Rocco und er waren wie Blutsbrüder. Bosse hat auf Roccos Entscheidung wie eine gekränkte Geliebte reagiert.«

»Würden Sie Könnermann einen Mord zutrauen?«

»Ja. Aber dass er Rocco umbringt – nein, das nicht.« Sie warf Denise einen schnellen Blick zu. »Für Marcel hingegen würde ich nicht meine Hand ins Feuer legen.«

»Wissen Sie zufällig, wo Marcel Zampowski gestern zwischen 18 und 22 Uhr war?«

Beide verneinten. Hennes zückte das Foto von Tobias Schulke, das sie von dessen Eltern bekommen hatten. Die

Frauen gaben an, den jungen Mann noch nie gesehen zu haben. Zur Tatzeit seien sie hier im Penthouse gewesen. Da sie sich beide sehr erschöpft gefühlt hätten, seien sie früh schlafen gegangen.

Mehr denn je hatte Liv das Gefühl, dass sie es bei Denise und Tamara mit Opfern, nicht mit Tätern zu tun hatte. Eines beschäftigte sie jedoch noch.

»Wissen Sie, worüber ich mich wundere?«, wandte sie sich an Tamara Hartmack. »Sie scheinen eine selbstständige und weltgewandte Frau zu sein. Ich frage mich, was Sie an René gefunden haben. Er hat im Gefängnis gesessen, gehörte einer kriminellen Rockervereinigung an und hat Frauen wie Denise misshandelt. In einen Käfig hat er sie zur Strafe gesperrt! Wie konnten Sie das gutheißen?«

Ein Schatten zog über Hartmacks Gesicht. »Ich wusste nichts davon. Rocco wollte ein ehrliches Leben führen, das hat er mir versprochen.«

»Ausgerechnet mithilfe einer Tabledance-Bar?«

Die Frage setzte Tamara Hartmack sichtlich zu. »Was glauben Sie denn, wo er einen anständig bezahlten Job bekommen hätte? Ich habe seine Arbeit hingenommen, weil ich wusste, dass es nur eine Zwischenlösung war. Wir brauchten ja auch ein kleines Vermögen für unsere Pläne. Mit der Funky Bar lässt sich Geld verdienen. Heißt es nicht immer, man solle bei einem Verbrechen dem Geld folgen? Die höchsten Summen kassiert Bosse. Und Marcel will gerne viel Geld machen.«

Als sie hinausgingen, war gerade die blaue Stunde angebrochen. Die Sonne war bereits untergegangen. Weit gespannt und tiefblau wölbte sich der Himmel über der Stadt, die wenigen Wolken waren in ein dramatisches, orangeviolettes Licht getaucht.

»Sylt, du alte Diva«, murmelte Liv und ließ sich von diesem zauberhaften Kunstwerk in Pastellfarben einen Augenblick von den Ermittlungen ablenken.

Die Kommissare trafen Marcel Zampowski im Hinterhof zwischen Bar und Werkstatt an. Der junge Mann war gerade dabei, Getränkekisten in die Bar zu karren. Er tat so, als wäre nichts geschehen.

»Was haben Sie in dem Hochhaus gemacht?«, fragte Hennes.

»Ich habe Roccos Witwe besucht. Wollte sehen, wie es Tamara geht.«

»Und?«

Zampowski blinzelte verständnislos.

»Wie geht es ihr?«, präzisierte Liv.

»Gut.«

»Und was war mit Denise?«

»Die habe ich im Treppenhaus getroffen. Zufällig.«

»Zufällig?«

»Genau. An mehr kann ich mich nicht erinnern.«

Liv und Hennes hatten eine ähnliche Reaktion befürchtet. Alle, die mit Organisierter Kriminalität zu tun hatten, litten in entscheidenden Situationen an einer unerklärlichen Gedächtnisschwäche. Sie mussten mehr gegen Zampowski in der Hand haben und ihn dann im Revier in die Mangel nehmen. Liv fragte ihn nach seinem Alibi zu der Zeit, in der Tobias Schulke angegriffen worden war.

»Ich war in der Bar. Wieso?«

»Kennen Sie diesen jungen Mann?«

Sie hielten ihm das Foto von Tobias Schulke hin. Liv glaubte ein Zucken in Zampowskis Gesicht zu sehen, doch er reichte das Bild zurück.

»Nie gesehen.«

»Der lügt doch«, sagte Liv, als sie auf die Fußgängerzone hinausgingen. Überall vor den Cafés und Restaurants saßen Leute unter Heizpilzen oder Fleecedecken. Flammkuchen schien Konjunktur zu haben. Liv bekam Hunger.

»Yes, Mam«, meinte Hennes. »Vielleicht hat er Tobias das Gras verkauft, die alte Zuckernase.«

Sie sah ihren Kollegen von der Seite an. »Geht es dir wirklich gut? Nicht dass du dir eine Gehirner–«

»Nun werd mal nicht frech, Jungspund. Ich bin doch nicht auf den Kopf gefallen!«, fiel Hennes ihr ins Wort. »Hast du die bepuderte DVD-Hülle denn nicht gesehen?«

Sie fuhren ins Revier, wo die Kommissare von LKA und K1 sowie Leipoll und Hasselbrecht auf dem Weg zum Meeting waren.

Carlo Preker schoss auf sie zu. »Was habt ihr zwei an ›Überlasst die Rocker uns‹ nicht verstanden?! Da muss ich vom MEK erfahren, dass ihr beide einfach bei Zampowski und Könnermann reinspaziert!«

»Was habt ihr an ›Wir konfrontieren sie mit dem zweiten Opfer, das ist normale Polizeiarbeit‹ nicht verstanden?«, gab Hennes die Frage kühl zurück. »Bleib mal locker, wir wissen schon, was zu tun ist.«

»Ach ja?«

»Ja.«

»Great«, ätzte Preker. »Dann wisst ihr ja sicher auch, dass hier übermorgen fünfzig, sechzig Rockergrößen aus ganz Norddeutschland auftauchen werden, um Rocco die letzte Ehre zu erweisen. Da kommen ein paar Hundert Jahre Vor- und Gefängnisstrafen zusammen. Wir haben Verstärkung angefordert. Nicht nur um die Vorgänge zu überwachen und neue Erkenntnisse zu gewinnen, sondern auch um gegebenenfalls einzugreifen, falls es zu Krawallen kommt«, presste

Carlo Preker heraus. »Das, was wir uns hier auf der Insel am wenigsten wünschen sollten, sind blank liegende Nerven bei den Rockerbossen.«

Hasselbrecht trat zwischen die Streithähne. »Lassen Sie uns in professioneller Atmosphäre die Ergebnisse austauschen und die Perspektiven für die nächsten Tage festlegen, dann haben alle mehr davon.«

Als alle im Besprechungsraum Platz genommen hatten, erteilte Hasselbrecht zunächst Carlo Preker das Wort. Dessen Team war in der Mordermittlung nicht nennenswert weitergekommen. Stattdessen hatten sich seine Leute auf die Analyse der Observationsmaßnahmen sowie die Planung des Einsatzes bei Höpens Beerdigung konzentriert. Auch das K1-Team würde vor Ort sein müssen. Die Aussicht, einer derartigen Ansammlung von Rockern gegenüberzustehen, erfüllte Liv nicht gerade mit Vorfreude. Aus dem Krankenhaus gab es nichts Neues, was bedeutete, dass Tobias Schulke weiterhin auf der Intensivstation im künstlichen Koma lag.

Liv und Hennes berichteten von ihren Ermittlungen, hielten aber die Zusammenfassung des Gesprächs mit Denise und Tamara kurz. Noch im Auto war Liv Könnermanns Hinweis gefolgt und hatte die Suchmaschine angeworfen. Als »heiße Tammy« war Tamara Hartmack in ihrem früheren Job bezeichnet worden. Damals war sie noch ein Escort-Girl gewesen. Auf den Fotos war sie eindeutig zu identifizieren. Dass die schicke Boutiquebesitzerin eine derartige Vergangenheit hatte, hatte Liv doch ein wenig erstaunt.

»Die Frage ist, inwieweit dieser Fakt Tamara Hartmacks Rolle in diesem Fall verändern könnte«, warf Preker in den Raum.

»Gar nicht«, meinte Liv. »Könnermann hat es nur erwähnt, um Hartmack zu diskreditieren.« Ihr war jedoch klar, dass sie die Boutiquebesitzerin darauf ansprechen würde. »Die Tänzerinnen waren nicht sehr auskunftsfreudig, aber Denise deutete an, dass Bosse im Besitz ihres Ausweises ist und sie auch sonst in Abhängigkeit hält. Habt ihr Erkenntnisse über die Herkunft und die Verhältnisse der anderen Frauen?«

»Das Übliche, würde ich sagen. Was nichts daran ändert, dass der Mord an Rocco für jede von ihnen zeitlich und logistisch schwierig gewesen sein dürfte.« Ganz offensichtlich hielt Preker diesen Aspekt für reine Zeitverschwendung.

Livs K1-Kollege Andreas hatte sich rittlings auf einen Stuhl gesetzt und ergriff nun das Wort. »Das Picknick-Pärchen können wir ebenfalls abhaken, denke ich. Sie sind tatsächlich direkt nach dem Zusammentreffen in der Kampener Vogelkoje gewesen. Der Ehrenamtliche dort konnte sich gut an sie erinnern, weil sie ständig von der guten alten Zeit gesprochen haben. Von Blut auf der Kleidung keine Spur. Außerdem würde eine gehörige Portion Abgebrühtheit dazugehören, nach einer solchen Tat ganz entspannt eine Besichtigungstour zu machen.«

»Zudem haben wir Beschreibungen von Autos und Personen, die zur mutmaßlichen Zeit des Angriffs auf Tobias Schulke auf den Parkplätzen in der Nähe der Kampener Dünen gesehen wurden. Da es keine Überwachungskameras auf diesen Parkplätzen gibt, ist fraglich, wie viele Zeugen wir tatsächlich ermitteln können. Wir setzen jetzt darauf, dass einige regelmäßig dort auftauchen«, berichtete Bente. »Auch etliche Freunde und ehemalige Mitschüler von Tobias haben wir bereits befragt, was ebenfalls keine Anhaltspunkte für ein Motiv lieferte.«

Resignation machte sich breit.

»Neues aus der Kriminaltechnik?«, wollte Hasselbrecht wissen.

»Das Gift, das dem Hund verabreicht wurde, konnte ermittelt werden: herkömmliches Rattengift, leider. Etwas Exotischeres hätte uns sicherlich weitergeholfen«, erklärte Wanda.

»In Roccos Audi wurde eine Vielzahl von DNA festgestellt, schließlich haben wir den ganzen Wagen abgeklebt. Der Abgleich mit den Datenbanken dauert noch an.«

Bente übernahm. »Ich habe mir die ersten Ergebnisse der Computerforensiker vorgenommen. Tobias Schulke war gut mit Meeresschutzorganisationen wie Sea Shepard, aber auch Greenpeace, dem Nabu oder dem BUND vernetzt. Vor allem der Schutz der Schweinswale war ihm ein Anliegen. Mehrere Entwürfe für Briefe sind auf dem Notebook gespeichert, in dem er die zuständigen Stellen bei Bund und Ländern dazu aufruft, den Artenschutz in der Nordsee ernst zu nehmen. Vor allem protestierte er gegen das Krabbenfischen, das Muschelfischen und die Offshore-Windparks …«

»Wieso, gehören Schweinswale neuerdings zu den fliegenden Fischen?«, meinte Andreas spöttisch und blickte beifallheischend zu Carlo Preker.

Bente ignorierte ihn einfach. »Außerdem prangerte Tobias eine dänische Fischereiflotte an, die noch mit Stellnetzen arbeitet. Dadurch kommen offenbar jährlich viele Schweinswale zu Tode.«

»Jaja, die Dänen.«

Bente hörte auch über diese Spitze gegen seine Landsleute hinweg. »Im Nationalpark Schleswig-Holsteinisches Wattenmeer sind Schleppnetz- und Stellnetzfischerei verboten, in Dänemark nicht. Ich könnte das Gespräch mit den Fischern übernehmen.«

Hennes referierte, was die Analyse der Drohbriefe an Friedrun Schulke ergeben hatte: »Die Buchstaben wurden aus den Sylter Gratiszeitungen ausgeschnitten, Papier und Klebstoff sind handelsüblich. Immerhin konnte bei der KTU ein halber Fingerabdruck gesichert werden.«

»Wir werden uns also genauer mit den Geschädigten befassen«, setzte Liv hinzu.

Carlo Preker sah sie finster an. »Das hättet ihr längst tun sollen, statt euch in unseren Fall einzumischen. Abgesehen von diesem Nagellackfläschchen haben wir keinen Hinweis auf eine Verbindung zwischen den beiden Taten gefunden. Was soll ein Meeresschützer auch mit einem Onepercenter zu tun haben?! Wir suchen zwei Einzeltäter, davon bin ich überzeugt.«

Es war 21.11 Uhr, als Liv die Wache verließ. Das schlechte Gewissen nagte an ihr. Sanna war ihr einziges Kind, ihr ein und alles, und sie ließ sie im Stich. Sie konnte es kaum erwarten, ihre Stimme zu hören.

Elise meldete sich. »Sanna schläft schon. Wir hatten vorhin eine mittelschwere Katastrophe.«

Ein Schreck durchfuhr Liv. »Was ist passiert?«

»Sie ist mit Zorro los, als ich kochte. Alles sollte ja wie immer sein, aber als sie nach dem Hundespaziergang ein paar Schulfreunde traf, die sie auf ihre Verletzungen ansprachen, brach sie zusammen. Völlig verheult kam sie hier an, ich konnte sie kaum beruhigen.«

»Warum hat Sanna mich nicht angerufen?«

»Das wollte sie nicht. Sie wollte niemanden sprechen. Keine ihrer Freundinnen. Und auch Jan und einen gewissen Kimi nicht, der ebenfalls angerufen hat.«

Liv sah auf die Uhr. »Wenn ich sofort in den Zug steige, kann ich um Viertel vor zwölf bei euch sein.«

»Und was willst du dann tun? Sanna wecken?«

»Bei ihr sein.«

»Ich bin bei ihr.«

Liv blinzelte in den Himmel. Warum brannten ihre Augen auf einmal so? Sie kniff sich in den Nasenrücken. Elise war ihr schon so viele Jahre eine Stütze. Oft hatte sie sie vertreten müssen, beispielsweise bei Elternabenden. Aber teilweise hatte Liv auch das Gefühl gehabt, zu viel zu verpassen. Jetzt war sie für ihre Tochter nicht da – obwohl Sanna etwas Schreckliches erlebt hatte. Manchmal hatte sie das Gefühl, ihrer Tochter keine richtige Mutter sein zu können.

»Ich kann dir gar nicht sagen, wie froh ich darüber bin, dass du da bist«, sagte sie, als sie sich wieder einigermaßen gefangen hatte. »Ich mache morgen früher Schluss und komme zu euch, ganz bestimmt. Es ist eine schwere Zeit für Sanna, und ich möchte in ihrer Nähe sein.« Es machte sie rasend, wenn sie daran dachte, wer schuld an Sannas Zustand war.

Liv schlug den Kragen hoch und wollte gerade noch mal zu einem Strandspaziergang aufbrechen, um die Anspannung wegpusten zu lassen, als jemand in ihren Weg trat. Es war ihre Schwester.

»Bist du zur Besinnung gekommen?« Annika funkelte sie an.

Wut prickelte auf Livs Kopfhaut. »Ich bin so klar wie lange nicht.«

»Das kann ich mir kaum vorstellen. Deine Tochter hat dich mit ihren Hirngespinsten angesteckt. Vater derart zu beschuldigen – lächerlich.«

»Und die Wunden hat sie sich wohl selbst zugefügt?«, fragte Liv in einem ätzenden Tonfall, den sie nicht kontrollieren konnte.

»Vermutlich. Vater ist gar nicht in der Lage, jemanden zu

schlagen. Er ist ein alter kranker Mann, falls du es noch nicht bemerkt hast.«

»Krank ist er wirklich. Aber anders, als du denkst. Ocke gehört weggesperrt«, platzte Liv heraus.

»Das sind nichts als Lügen! Und mit eurem Verhalten werdet ihr Vater ins Grab bringen.«

»Das kann dir doch nur recht sein. Dann bist du endlich die Chefin von Lammers Estates.« Liv wusste nicht, warum sie das gesagt hatte. Es war der alte schwesterliche Trotz, der sie in diesen Kleinkrieg zog, obgleich ihr Vater doch der wahre Feind war.

Annika stieß einen verächtlichen Laut aus. »Endlich zeigst du dein wahres Gesicht. Du tust immer so erhaben, als ob du was Besseres wärst – moralisch gesehen, natürlich. Was den Rest betrifft – tja, dir ist ja wohl klar, dass du weder in gesellschaftlicher Hinsicht noch finanziell irgendwas auf die Reihe gekriegt hast.«

Liv wandte sich ab. »Dann brauchst du dich ja auch nicht länger mit mir abgeben.«

Annikas Hand krallte sich in ihre Schulter und riss sie herum. »Sanna und du, ihr werdet die Anzeigen zurückziehen. Du wirst sagen, dass Sanna diese ungeheuerlichen Anschuldigungen erfunden hat. Du wirst …«

»Wem soll ich das sagen?«

»Der Presse. Ein Journalist hat bei uns …«

Liv riss sich los. »Ach, daher weht der Wind. Dann stellt euch doch besser auf einen Sturm ein. Denn wir werden nicht aufgeben.« Mit diesen Worten ließ sie ihre Schwester stehen.

Annikas Stimme klang schrill: »Das wirst du noch bereuen! Wir machen dich fertig.«

Liv war jetzt viel zu aufgewühlt, um schlafen zu gehen. Sie rief ihre Freundin Katharina an, die tatsächlich so spontan

Zeit hatte. Sie trafen sich in der Strandoase, wo Liv den Blick auf die nächtliche Nordsee und eine Portion Kaiserschmarrn mit Eierlikörsahne genoss. Lange und intensiv sprachen sie über Livs Familie und Katharinas Pläne, bis Livs Augen schwer wurden.

* * *

Marcel verbarg sich im Dunkeln im Hinterhof und schnupfte eine Linie Koks. Der Stoff schoss ihm direkt in die Blutbahn. Er glaubte, Schritte zu hören, und presste sich an die Wand. Fehlalarm. Bosse sah es nicht gern, wenn er sich in der Öffentlichkeit eine reinzog. Und gerade jetzt, wo die Bullen den Laden ohnehin auf dem Kieker hatten …

Denise war noch immer nicht in der Bar aufgetaucht. Der Boss war ernsthaft sauer auf sie. Spätestens morgen, wenn der hohe Besuch hier eintraf, musste sie wieder auf den Beinen sein. Es würde zu Roccos Ehren eine geschlossene Gesellschaft geben …

Leute gingen laut redend am Hinterhoftor vorbei. In den Lärm aus der Bar mischte sich das Telefonklingeln. Ein kurzer Blick genügte. Schon wieder dieser Anrufer. Und jetzt wusste er auch, wem die Nummer gehörte. Marcel nahm das Gespräch an, sagte aber nichts.

Schweres Atmen am anderen Ende. »Jemand weiß, was du getan hast. Du wirst dafür zur Rechenschaft gezogen werden«, hörte er schließlich eine männliche Stimme.

Erschrocken trennte Marcel das Gespräch. Er hatte etwas anderes erwartet. Unwillkürlich tastete er nach dem Butterflymesser, das Rocco ihm geschenkt und das er in seinen rückwärtigen Hosenbund gesteckt hatte. Er würde die Sache in die Hand nehmen müssen, wieder einmal.

Erneut glaubte Marcel, Schritte zu hören. Bewegte sich da etwas im Schatten, oder war das nur der Kick, der ihm die Sinne vernebelte? Jetzt zückte Marcel das Messer.

»Wo bleibst du denn? Schaukelst du deine Eier, oder was?!« Bosse hatte den Hinterausgang der Bar aufgerissen.

Unauffällig steckte Marcel das Butterfly zurück. »Ich komm ja schon.«

* * *

Im Schatten der Häuser schlich er die Straße entlang. Ein Auto oder ein Motorrad hätte an diesem Ort zu viel Aufmerksamkeit erregt, vor allem um diese Zeit. Der Molotowcocktail fühlte sich gut in seiner Hand an. Als er sein Ziel erreicht hatte, war immer noch alles still. Nun nur noch den Molli entzünden und einen guten Wurf landen, dann würde es ein hübsches Feuer geben …

18

Dienstag, 26. September, 6.45 Uhr

Die aufgehende Sonne tauchte den Himmel über Westerland in ein knalliges Pink. Es war ein unwirkliches Licht, das von den Fassaden und Fenstern in unzähligen Schattierungen zurückgeworfen wurde. Liv lief sich auf der Strandstraße warm. Noch schlummerten Boutiquen, Restaurants und das Kino. Ein dicker Mann in zeltartiger Kleidung schlenderte einsam durch die Fußgängerzone. Vielleicht genoss er es, Westerland um diese Zeit noch für sich zu haben.

Sie passierte das Syltness-Center und bog nach rechts ab, um nach einem Stück Promenade den Strand zu erreichen. Vor dem Brandenburger Strand waren schon die ersten Zelte für den Weltcup aufgebaut worden. Zehntausende kamen extra für dieses Windsurf-Event auf die Insel. Wenn dann ein Mörder hier sein Unwesen trieb, konnte das leicht für eine Panik sorgen. Liv versuchte, sich von dem Druck freizumachen. Sie arbeiteten schon mit vollem Einsatz. Vielleicht würden sie den Mörder bis zum Beginn des Surfcups längst dingfest gemacht haben.

Im festen Spülsaum trabte sie Richtung Wenningstedt. Silbrig grau glitzerte die Nordsee links von ihr. Es war ruhig, selbst die Möwen schienen noch zu schlafen. Was gab es Schöneres, als die ersten und die letzten Stunden des Tages am Strand zu verbringen? Liv dachte an die vielen Gespräche, die sie heute führen würde, und legte sich die Fragen zurecht.

Dann wanderten ihre Gedanken zu Tobias. Ein junger Mann am Anfang seines Erwachsenenlebens. Jemand, der sich abgenabelt hatte und sich selbst treu geblieben war. Vielleicht würde keiner seiner Träume und keines seiner Ziele mehr in Erfüllung gehen. Im schlimmsten Fall würde Tobias sterben oder lebenslang im Koma liegen, und die Eltern würden lange, wenn nicht für immer, unter dem Tod ihres einzigen Kindes leiden.

Im Film wirkte es oft mühelos, jemanden niederzustechen, aber tatsächlich waren dabei viel Kraft und Entschlossenheit vonnöten, das wusste sie. Bei derart vielen Messerstichen handelte der Täter oft wie im Rausch. War dies bei Tobias' Angreifer der Fall gewesen? Und was sagte das über den Täter aus? Sie hatte gestern noch eine Anfrage an die Operative Fallanalyse geschickt, doch die Analytiker würden Zeit für eine Einschätzung brauchen. Kurz überlegte sie, was wohl der selbsternannte Profiler Hermann Gitzelstein dazu sagen würde. Er war zwar ein schräger Typ, hatte ihr aber schon einmal einen entscheidenden Hinweis geliefert.

Liv setzte zu einem Zwischenspurt an. Die violette Himmelsfärbung war zu einem schmalen Streifen geschrumpft und wurde von einem Matrosenblau verdrängt. Möwen, die sich inzwischen über den Meerwasserverwirbelungen bei den Buhnen gesammelt hatten, stoben auf. Sie lief immer schneller, als könne sie auf diese Weise ihren Grübeleien entkommen.

Hinter ihr war das Tapsen eines weiteren Läufers zu hören, sein gepresster Atem. Liv zog das Tempo noch etwas mehr an, aber da preschte er schon an ihr vorbei. Carlo Preker trug eine enge Radlerhose und trotz der herbstlichen Temperaturen ein Muscle-Shirt.

»Übertreiben Sie es nicht, Lammers. Nicht dass Sie nachher völlig erschöpft im Revier ankommen«, gab Preker ihr mit auf den Weg.

Blödmann, dachte Liv. Leider fiel ihr so schnell keine schlagfertige Entgegnung ein, worüber sie sich noch mehr ärgerte. Kurz stellte sie sich vor, wie sie ihn im Sprint überholen würde, musste sich aber eingestehen, dass sie es kaum schaffen würde. Er war verblüffend schnell angesichts all dieser Muskelmasse. Außerdem wäre es albern, sich auf einen Wettstreit einzulassen. Also lief sie langsam aus und machte mit Blick auf das Meer einige Dehnübungen, dann trabte sie zurück.

Als Liv erneut in die Strandstraße einbog, sah sie den beleibten Spaziergänger wieder. Er beugte sich unauffällig über eine Mülltonne und klaubte eine Plastikflasche heraus. Er sucht nicht die Einsamkeit, sondern Pfandflaschen, ging ihr auf. Auch das war Sylt, ein Sylt, das man nicht auf den ersten Blick bemerkte. Sie kaufte für Hennes und sich ein paar Franzbrötchen. In der Auslage sah sie, dass die Zeitungen sich noch immer zurückhielten. Der Sylt-Experte mit seinem Vlog war der einzige Berichterstatter, der sich nicht an die Bitte der Staatsanwaltschaft hielt. Die Tatsache, dass ein Mörder auf der Insel sein Unwesen trieb, während wegen des Surfcups viele Urlauber anreisten, machte anscheinend nicht nur sie nervös.

Hennes hatte den Kopf so tief über das Dokument gebeugt, dass es wirkte, als sei er eingeschlafen. »Warum gehst du nicht einfach zum Optiker und besorgst dir eine Brille?«, fragte Liv und legte ihm ein Franzbrötchen hin.

»Meine Augen sind absolut in Ordnung.«

»Deshalb lässt du dir auch gerne von mir erzählen, was in manchen Berichten steht.«

»Holzauge, sei wachsam, das war ja eine spitzenmäßige Deduktion, Lammers.«

Etwas roch hier seltsam. Liv schnupperte an der Teekanne auf Hennes' Tisch und wich zurück. »Was ist das?!«

»Hustensaft. Selbstgemacht aus Zwiebeln, Majoran und Kandis. Muss schön lange köcheln, dann wirkt er auch.« Das also hatte gestern Nacht in der Teeküche so scheußlich gerochen.

Sie stellte ihm die Nikotinpflaster wieder auf den Tisch. Hennes sah darüber hinweg.

»Bist unter die Mülltaucher gegangen, was?« Er brach sich einen Streifen von dem zimtigen Gebäck ab und wechselte das Thema. »Das K6 war fleißig. Der Nagellack, der bei Tobias gefunden wurde, entspricht tatsächlich dem auf Roccos Brust, also zumindest ist es die gleiche Zusammensetzung. Auch die Messerform ist ähnlich, wenn auch bei Rocco nicht so tief zugestoßen wurde. Klingentiefe: fünfzehn Zentimeter. Das könnte zu dem Balisong passen, das René Höpen bei sich getragen haben soll.«

»Rocco hatte ein Butterflymesser?«

»War wohl Teil seines Waffenarsenals. Ist allerdings verschwunden. Wird ja von Kriminellen immer gern verwendet, weil's verboten ist und schon das Aufklappen der aufschwenkbaren Griffhälften etwas hermacht.«

Liv hatte sich in der Teeküche Leitungswasser abgefüllt und stürzte nun ein volles Glas hinunter. »Vielleicht war es doch derselbe Täter. Vielleicht hat er Rocco das Messer abgenommen und bei Tobias den Nagellack verloren, ehe er den Schriftzug hinterlassen konnte.«

»Wenn die Botschaft so wichtig war, hätte er die Buchstaben ja auch anders hinterlassen können. Beispielsweise mit dem Messer in die Haut ritzen.«

»Möglicherweise wurde er überrascht, ehe er das tun konnte.«

»Auf jeden Fall hatte er eine Heidenwut auf Tobias, mehr noch als auf Rocco.«

»Das wissen wir nicht. Rocco starb ihm ja unter den Händen weg.«

»Stimmt auch wieder.«

Sie mussten ihr Gespräch unterbrechen, weil Carlo Preker zur Morgenrunde rief. Er hatte sich zwar umgezogen, schwitzte aber so stark, dass sein T-Shirt schon wieder an der muskulösen Brust klebte.

»Heute Nacht gab es einen Brandanschlag auf Könnermanns Haus. Der Carport fing Feuer, konnte aber gelöscht werden. Bosse hat allerdings keine Anzeige erstattet. Könnte die Revanche von Mr Lamborghini sein«, berichtete er. »Wir werden dem natürlich nachgehen.«

Hoffentlich läuft das nicht auf einen neuen Rockerkrieg hinaus, dachte Liv besorgt. Sie besprachen kurz die anstehenden Aufgaben. Allerdings würden die Ermittlungen von dem Einsatz bei René Höpens Beerdigung überschattet werden. Jeden Augenblick konnte die Verstärkung vom Festland eintreffen.

Plötzlich brandete lautes Grollen von der Straße in das Dienstzimmer. Liv ging zum Fenster. Ein erster Konvoi Motorräder fuhr über den Kirchenweg. So breit machten sich die Fahrer in ihrer Lederkluft, dass die entgegenkommenden Autos ausweichen mussten. Es ging los.

Zur großen Runde waren dieses Mal nicht nur K1, Kripo Sylt und LKA gekommen, sondern beinahe die gesamte Sylter Polizei – so viel zum Need-to-know-Prinzip. Der Revierleiter begrüßte die Anwesenden und übergab dann das Wort an Carlo Preker.

»Wie wir hören, trudeln die ersten Gäste der morgigen Beerdigung von Rocco auf Sylt ein. Nur dass es sich nicht um Teilnehmer der fröhlich-friedlichen Harley Days handelt, die ich selbst aus eigener Anschauung kenne, sondern um Kampf- und Weggefährten des Verstorbenen«, begann er. »Obgleich sich sowohl Rocco als auch Bert Könnermann nach ihrer Zeit im Knast von ihrem Motorradclub gelöst haben, werden wir es nach bisherigem Erkenntnisstand mit Mitgliedern der Hells Angels, der Bandidos und anderer Clubs zu tun haben.«

»Wie sieht es denn eigentlich allgemein mit den MCs in Schleswig-Holstein aus?«, fragte Urs, ein junger Streifenbeamter. »Man kriegt ja gar nichts mehr mit. In Flensburg sind die Hells Angels doch verboten, und in Lübeck sollen die sich aufgelöst haben.«

»Aufgelöst haben die gewaltbereiten Rocker sich leider nicht«, sagte Preker. Einige Polizisten lachten. Urs wurde rot. »Die Null-Toleranz-Strategie der Landesregierung hat jedoch Wirkung gezeigt. Oberflächlich herrscht jetzt Ruhe, aber darunter brodelt es nach wie vor. Gerade was Rotlicht und BTM, also Betäubungsmittel, angeht, läuft vieles über die MCs. Derzeit arbeiten sie auf gerichtlicher Ebene daran, dass das Kuttenverbot aufgehoben wird.

»Die Rocker? Auf gerichtlicher Ebene?«, spottete ein anderer Polizist.

»Wir sollten die MCs nicht unterschätzen. Es gibt Anwälte, Journalisten und seriöse Geschäftsleute in ihren Reihen. Das sind keine hirnlosen Idioten; die kennen sich auch mit Cyberkriminalität und Finanzdienstleistungen aus.«

Hennes hielt sich beim Husten ein Taschentuch vor den Mund. »Willst du damit sagen, dass es die Rocker der alten Schule nicht mehr gibt?«, nuschelte er.

»Doch, natürlich. Männer fürs Grobe werden immer gebraucht. Dass die Rocker ihre Vereinsfarben nicht mehr tragen dürfen, nervt sie deshalb richtig. Es schüchtert natürlich viel mehr ein, wenn sie in voller Montur bei Ladenbesitzern auftauchen und Schutzgeld verlangen.« Carlo Preker sah in die Runde. »Nur der Vollständigkeit halber: In der Batteriestraße in Flensburg treffen sich Angels weiter, nur dass sie es nicht mehr an die große Glocke hängen. Das Chapter in Lübeck formiert sich inzwischen neu. In Kiel treten die Bandidos wieder verstärkt auf. Der Präsident dieses Clubs ist ja bekanntermaßen ein Däne und wird, so nehmen wir an, mit der Rømø-Fähre anreisen.«

»Aber das war's doch, oder? Mehr Clubs gibt es nicht«, sagte der junge Polizist hoffnungsvoll.

»In mehreren Städten gibt es die Red Devils, das ist ein Unterstützerclub der Hells Angels. Auch die Bandidos-Unterstützer Chicanos MC sind nach wie vor mehrfach vertreten. Erwähnung finden zudem Contras MC und Mongols MC, aber auch andere kleinere Clubs.« Preker sah in die Runde. »Nicht alle Rocker oder Rockerclubs sind kriminell, manche betätigen sich wohltätig oder unterstützen Kriminalitätsopfer beispielsweise durch den Weißen Ring. Wir werden rund um den Trauerzug Präsenz zeigen und nötigenfalls eingreifen. Erkenntnisgewinn und Deeskalation stehen jedoch an erster Stelle bei diesem Einsatz. Noch Fragen?«

* * *

Tamara Hartmack stöckelte die Treppe hinunter zur Garage. Sie hatte sich einen Termin bei einer Kosmetikerin geben lassen, um morgen bei Roccos Beerdigung perfekt auszusehen. Es war ihre Art, ihm die letzte Ehre zu erweisen.

Zu hören, dass Rocco sie belogen hatte, war ein Schock gewesen. Sie hatte wirklich geglaubt, dass er sich den Tänzerinnen gegenüber fair verhielt. Die Frauen unter Druck zu setzen und Denise in den Käfig zu sperren war widerlich. Rocco hatte genau gewusst, dass sie beide darüber in einen Streit geraten wären. Vermutlich hatte er ihr es gerade deshalb verschwiegen, was fast schon wieder liebenswert war. Der Gedanke trieb Tamara die Tränen in die Augen und ließ sie die letzten Stufen hinunterstolpern.

Das laute Kläffen, das sie empfing, als sie den Kellereingang betrat, erschreckte sie beinahe zu Tode. Bosse stand vor ihr, die beiden Kanarischen Doggen an der Führleine.

»Du hast mit den Bullen geredet«, sagte er kalt.

Tamara wich zurück, drückte dann aber den Rücken durch. Bosse war gefährlich, aber sie hatte lange genug unter Männern wie ihm gelitten. Nichts würde sie sich mehr gefallen lassen. »Soll ich etwa schweigen, wenn die Polizei mich vernimmt?«

»Wir schweigen, das gebietet unsere Ehre.«

»Ich bin aber keine von euch. Und Rocco wollte es auch nicht mehr sein«, sagte sie.

Ansatzlos zog Bosse ihr den Handrücken durchs Gesicht. Ihre Lippe platzte auf. Tamara schmeckte Blut. »Ich weiß, was du den Bullen erzählt hast. Ich gebe dir einen Rat: Halte von jetzt an das Maul. Du wirst weder mit den Bullen reden noch mit unseren Biker-Brüdern. Dir sollte bekannt sein, was wir mit Nutten machen, die nicht spuren. Ich verschone dich dieses Mal noch, Rocco zuliebe.«

Tamara wusste nicht, woher sie den Mut dazu nahm, aber sie zischte: »Ich bin keine Nutte. Und ich lasse mich nicht von dir einschüchtern! Nicht mehr!«

Bosse zog eine Augenbraue hoch. »Ach ja, du bist eine

clevere Geschäftsfrau, die ihren Laden mit Schwarzgeld aus Roccos Geschäften finanziert hat. Du willst deine schöne Boutique behalten? Dann musst du ab sofort abdrücken.«

Auch das noch! Wenn sie schon keine Angst vor ihm hatte, dann wollte er wenigstens ihr Geld. Sie hatte das alles so satt! »Ich lasse mich nicht von dir erpressen!«

Bosse blaffte einen Befehl. Prompt geiferten die Hunde. Dogo würde ihr nichts tun, aber Don war unberechenbar. Furchtbare Angst packte Tamara.

Plötzlich ertönte eine fremde Stimme: »Alles in Ordnung bei Ihnen?« Ein Handwerker trat aus dem Gang zu ihnen. In der Hand hielt er ein schweres Metallwerkzeug. Ein Schriftzug auf dem Overall verriet, dass er für die Fahrstuhlfirma arbeitete.

»Ja, danke«, sagte Tamara mit zitternder Stimme, dann lief sie zu ihrem Auto.

* * *

Denise hatte Angst, Marcel in der Werkstatt aufzusuchen, aber noch mehr fürchtete sie sich davor, es nicht zu tun. Seine Botschaft war unmissverständlich gewesen, weshalb sie nach Tamara die Wohnung verlassen hatte.

Sie schlug einen großen Bogen um die Werkstattgrube und ging zu Marcel, der konzentriert einen Chopper mit Chrompolitur massierte. Er hauchte auf den glänzenden Tank und wischte darüber, bis er makellos glänzte, dann trat er zu ihr und legte den Kopf schief.

»Ich bin vom TÜV, darf ich deine Hupen testen?«, fragte er mit einem anzüglichen Grinsen.

Denise konnte nicht über diesen geschmacklosen Spruch lachen. Sein Grinsen verkümmerte. »Nicht lustig? Och …«

Er verzog schmollend das Gesicht, nur um gleich darauf ernst zu werden. »Bosse hat hohen Besuch. Heute und morgen wird es eine besondere Show in der Bar geben, um Rocco zu ehren«, sagte er.

Denise schob die Hände in die Ärmel ihres Pullovers. »Ich kann noch nicht tanzen. Die Beinwunde schmerzt, und mein Arm ... Es geht einfach nicht.«

Sein Zeigefinger wanderte unter ihr Kinn und drückte es hoch; es war eine Geste, die er sich vermutlich aus einem Film abgeguckt hatte.

»Du musst, Baby, es geht nicht anders. Deine Schulden bei Bosse sind zu hoch. Er ist ziemlich gereizt wegen der Vorkommnisse, genau wie ich.« Mit der anderen Hand zog er sie an sich. Denise dachte an das Koks und an den Sex mit ihm und spürte, dass sie vorsichtig sein musste. Er war ein Egoist und nicht der Beschützer, den sie so dringend brauchte.

»Ich kann nicht, versteh doch«, wiederholte sie.

»Wir haben einen heißen Dress für dich. Und gegen die Schmerzen bekommst du etwas Feines, du weißt schon. Ich sorge für dich, das habe ich dir doch versprochen.« Marcel löste sich von ihr.

Sie folgte ihm widerwillig zu dem Paravent, hinter dem seine Pritsche stand. Aus einer Pappkiste zerrte er einen schwarz glänzenden Jumpsuit. Marcel hielt das Lack-und-Leder-Teil an ihren Körper; es würde ihre Wunden verdecken und ihre Kurven an den entscheidenden Stellen betonen. »Du wirst alle ausstechen. Auch Bosse wird erkennen, was er an dir hat, wenn er dich sieht«, sagte Marcel aufmunternd. »Und jetzt geh zu den anderen Girls, die proben bereits. It's showtime.«

19

Seit Stunden schon gaben sich im Polizeirevier ehemalige Mitschüler von Tobias als Zeugen die Klinke in die Hand. Alle wirkten geschockt und konnten nicht begreifen, wie jemand ausgerechnet Tobias so etwas antun konnte. Immer wieder wurden die Polizisten gefragt, ob es Neuigkeiten über Tobias' Zustand gab. Zusammen mit der stetig eintrudelnden Verstärkung verwandelten sie das Backsteingebäude am Kirchenweg in einen Bienenstock. Die Aussagen der Freunde ähnelten sich, neue Erkenntnisse, die die Kommissare dem Täter näher brachten, kamen nicht hinzu. Im Gegenteil. Der Fall war mit seinen unzusammenhängenden Aspekten nach wie vor verwirrend.

Immerhin, dachte Liv, hat Sanna sich etwas gefangen. Am Telefon hatte ihre Tochter jedenfalls beinahe wie früher geklungen.

Gerade waren sie dabei, den letzten von Tobias' Freunden das Gesprächsprotokoll überprüfen und unterschreiben zu lassen, als Momke hereinkam. Er schwenkte Papiere, auf denen er handschriftlich Verschiedenes notiert und markiert hatte.

»Ich habe mir die Geschädigtenlisten von Schulke Invest angeschaut und bin über den Namen Laubenpichler gestolpert. Ist nicht schon mal ein Laubenpichler in der Ermittlung aufgetaucht?«, fragte er.

Liv holte sich die Akte und blätterte sie auf.

»Könnte sein. Laubenpichler …« Hennes spürte dem Namen nach.

»Da war doch was …« Liv blätterte hektisch. »Tatsächlich!«

»Kai Laubenpichler hieß der Mann, der regelmäßig an den illegalen Pokerrunden in der Bar teilgenommen hat und hoch bei Könnermann verschuldet ist«, fiel Hennes im gleichen Moment ein.

Momke wirkte zufrieden. »Kai Laubenpichler hat bei Schulkes Insolvenz fünfzigtausend verloren. So häufig kommt der Name wohl nicht auf Sylt vor. Wir haben eine Adresse in Wenningstedt.«

Liv sprang auf und klatschte Momke in einem »high five« ab. Endlich hatte jemand eine Verbindung zu beiden Mordopfern.

Damit sie wenigstens etwas im Magen hatten, kauften Liv und Hennes Fischbrötchen und setzten sich kurz an die Wenningstedter Promenade, wo sie die Befragung weiter vorbereiteten. Nach einem Regenguss schien jetzt wieder die Sonne, und über den Dünen hing ein Regenbogen.

Laubenpichler wohnte in einer Doppelhaushälfte neben dem Kursaal. Vor dem Carport stand ein Mini Clubman. Mara Laubenpichler bat sie herein, eine Frau Ende dreißig, deren modische Kleidung nicht über ihr abgekämpftes Aussehen hinwegtäuschen konnte. Die Einrichtung war schick, aber karg. Im Flur standen Pakete in verschiedenen Größen, die sorgfältig verklebt und beschriftet waren.

»Ziehen Sie um?«

»Wie? Ach so, die Kisten meinen Sie? Nein.« Sie wirkte abwesend. Im Wohnzimmer tobten zwei kleine Kinder über die Polster. Mal- und Bastelsachen waren auf dem Teppich verteilt.

»Wie sieht es denn hier aus!«, rief Mara Laubenpichler aus. Sie hielt ihren Sohn am Arm fest, der hingebungsvoll auf dem Sofa hüpfte. »Lass das bitte mal.« Er hörte nicht auf sie. Mit einem bemühten Lächeln wandte sie sich wieder an die Kommissare: »Was sagten Sie noch gleich, worum es geht?«

»Um Ihren Mann.«

»Kai ist unterwegs.«

»Wir interessieren uns für seine Verbindungen zu Schulke Invest.«

»Dazu kann ich gar nichts sagen. Mein Mann kümmert sich um unsere Finanzen, und das macht er gut.«

»Tatsächlich? Wir haben anderes gehört.«

Die Kinder machten jetzt mit den Sofakissen eine Kissenschlacht. Fahrig legte Mara Laubenpichler das Spielzeug auf einen Haufen und schob es unter das Sofa. Dann rief sie ihre Kinder zur Ordnung. »Geht in den Garten«, sagte sie.

»Nö, keine Lust«, maulte der Junge. Das Mädchen stimmte sofort in das Gequengel ein.

Mara Laubenpichler strengte der Geräuschpegel sichtlich an. »Ihr könnt euch ein Eis mitnehmen.«

Mit einem Juchzer waren die Kinder draußen. Mara Laubenpichler drapierte die Kissen wieder ordentlich auf dem Sofa. Plötzlich brach es aus ihr heraus. »Mir hat Kai gesagt, er ginge arbeiten, aber ich weiß, was er in Wirklichkeit tut: Er pokert. Unser ganzes Erspartes ist schon weg, jetzt fürchte ich, dass er uns bis über beide Ohren in Schulden stürzt. Suchen Sie ihn ruhig, erzählen Sie ihm, was Sie wollen, aber bringen Sie ihn vom Spielen ab. Ich dringe nicht mehr zu ihm durch.«

»Wo können wir Ihren Mann finden?«

»Das weiß ich nicht. Mit mir war er einmal im Casino. Kai meinte, ich würde ihm Glück bringen, aber verloren hat er trotzdem. Ich verstehe einfach nicht, was er an den Spielen findet.«

Wenig später hatten Liv und Hennes das Casino im alten Kurhaus erreicht. Das hell gestrichene, lang gezogene Gebäude erstrahlte vor dem Hintergrund der anthrazitfarbenen Wolken, die sich rasant vermehrten. Einen Steinwurf weiter wurde vor dem Rathaus ein Brautpaar mit Jubel begrüßt.

»Geh schon vor, ich muss noch schnell eine rauchen«, sagte Hennes und zündete sich eine Selbstgedrehte an.

»Du hattest doch gerade eine«, wunderte Liv sich. »Außerdem: Es gibt auch Nikotin-Ersatztabletten oder -Lutschbonbons.«

»Ich bin nicht süchtig. Wenn ich wollte, könnte ich sofort aufhören.«

»Klar«, entgegnete Liv ironisch.

»Hast du etwa Angst, allein zu ermitteln?!«

Kopfschüttelnd ging Liv voraus. Ab elf Uhr vormittags konnte im Casino gespielt werden, und erstaunlich viele Kunden nahmen dieses Angebot wahr. Durch das historische Ambiente hatte die Spielbank eine edle Anmutung. Liv wurde ihrer rustikalen Kleidung wegen beäugt, was den Vorteil hatte, dass sich schnell ein Mitarbeiter einfand, der ihr weiterhalf. Kai Laubenpichler war dem Mann jedoch angeblich kein Begriff, also verließ sie das Casino wieder.

»Das ging aber schnell«, sagte Hennes, der noch nicht einmal aufgeraucht hatte.

»Entschuldigen Sie.« Die Kommissare wurden von einer Dame angesprochen, die ebenfalls aus der Spielbank trat. Sie trug zu einem Chanel-Kostüm dezenten Perlenschmuck.

»Ich habe zufällig mitbekommen, dass Sie nach Kai gefragt haben. Den habe ich schon länger nicht mehr hier gesehen.« Während sie sprach, kramte sie in ihrer voluminösen Handtasche. »Vielleicht hat er um eine Sperrung aus Selbstschutz gebeten, vielleicht wurde er aber auch gesperrt. Er ist beim letzten Mal ganz schön am Ende gewesen.«

»Inwiefern?«, fragte Hennes.

Mit einem Seufzen hängte die Dame ihre Handtasche über den Unterarm. »Man sieht, wenn jemandem das Wasser bis zum Halse steht. Der bekommt dann so was Verzweifeltes.« Sie betrachtete gedankenverloren ihre ringgeschmückten und manikürten Finger. »Man muss wissen, wann man Schluss machen sollte. So wie ich.«

»Wohin könnte Herr Laubenpichler sonst noch zum Pokern oder überhaupt zum Spielen gegangen sein?«, erkundigte sich Liv.

Die Frau zog einen kleinen Brillantring vom Finger und betrachtete ihn eingehend. »Keine Ahnung. Vielleicht hält er sich an Online-Casinos. Oder er geht in die Spielothek«, sagte sie. Nach einem knappen Nicken, als sei sie zu einem Entschluss gekommen, steuerte sie auf die Strandstraße zu.

Hennes zog die Augenbraue hoch. »Kleine Wette? Pfandhaus oder Schmuckankauf?«, fragte er trocken.

»Weder noch, hoffe ich«, meinte Liv.

Ein verwahrlost wirkender Mann stürmte aus der Spielhalle und lief sie beinahe über den Haufen. Wie immer waren die Fenster der Spielothek abgeklebt, als müssten sie lichtscheue Gestalten schützen. Obgleich das Rauchen in geschlossenen Räumen schon lange verboten war, roch es nach Zigarettenqualm. Unwillkürlich fragte sich Liv, ob der Geruch im Teppich festsaß oder ob es Diffusoren im Großhandel gab, die ihn verströmten: *Zockerhalle Old School.* Mit dem Spielcasino im Alten Rathaus hatte diese Spielothek auf jeden Fall wenig gemein. Angesichts des boomenden Online-Spiele-Markts war ohnehin fraglich, wie lange derartig abgewrackte Spielhallen noch überleben konnten. Doch dann sah sie die Gestalten vor den Spielautomaten und kannte die Antwort. Einsam und doch in Gesellschaft, immer in der Hoffnung auf den großen Gewinn, der ihr Leben verbessern würde. Was die sozialen Milieus betraf, waren die Besucher eine durchmischte Gruppe. Es gab gepflegte ältere Damen genauso wie Handwerker, Rentner oder junge Männer.

»Kai suchen Sie?«, fragte die Frau hinter dem Tresen. »Hat er was angestellt?«

Als sie merkte, dass die Kommissare nicht zu Scherzen aufgelegt waren, wies sie auf die Tür. »Den habe ich gerade rausgeschmissen.«

Als sie nach draußen eilten, erblickten Liv und Hennes einen ungepflegten Mann, der sich langsam entfernte. Sie liefen ihm hinterher. In Sichtweite der Promenade hatten sie ihn eingeholt. Das zerknitterte Hemd hing Kai Laubenpichler halb aus dem Bund, die Hose war bekleckert, ein Schnürsenkel offen. Wie passt dieser schlampige Typ zu Mara Laubenpichler?, fragte sich Liv.

Kai Laubenpichler weigerte sich, die Kommissare in das Revier zu begleiten. »Solange ich nicht verhaftet bin, setze ich keinen Fuß in die Polizeiwache!«, sagte er verbissen.

»Gibt es denn einen Grund, Sie zu verhaften?«, fragte Hennes.

»Natürlich nicht!«

Er ließ sich breitschlagen, mit ihnen zu reden, bestand aber darauf, auf der Promenade bei den Fernrohren Platz zu nehmen. Spaziergänger zogen vorbei. Kinder kletterten auf die Bühne der Musikmuschel und drehten dort ihre Kreise. Mit vor der Brust verschränkten Armen musterte Laubenpichler die Schachspieler.

»Warum wurden Sie aus der Spielhalle geworfen?«, fragte Liv.

»Alles Beschiss! Der Automat hat meine letzten Euros gefressen!«, stieß er hervor.

»Soll vorkommen. Den Kunden das Geld aus der Tasche zu ziehen ist Sinn und Zweck dieser Automaten«, sagte Hennes. »Und später wollen Sie in eine gewisse Bar?«

Der Mann schwieg. »Wir wissen, dass Sie regelmäßiger Gast in der Funky Bar sind«, setzte Hennes hinzu.

»Da wird man auch nur über den Tisch gezogen«, erwiderte Laubenpichler grimmig.

»Es scheint, als hätten Sie schon länger kein Glück mehr gehabt. Wenn ich da an Ihre Investition bei Schulke Invest denke«, sagte Liv.

Laubenpichler sprang auf. »Damit hat ja alles angefangen! Wenn dieser Scharlatan nicht gewesen wäre, hätte ich nie ins Casino gehen müssen, nie an den Pokertisch und nie in eine Spielo! Dann müssten wir nicht Stück für Stück unsere Wohnungseinrichtung und den Schmuck meiner Frau verkaufen. Dann müssten wir nicht nach einem Haus auf dem Festland suchen. Dann müssten wir den Nachbarn nicht vorspielen, dass wir noch mithalten können.«

»Mithaltenkönnen ist natürlich oberstes Gesetz«, murmelte Hennes.

Der Sarkasmus entging Laubenpichler. Verbittert sagte er: »Ausstechen ist noch besser! Aber die Zeiten sind vorbei. Und Schulke, den juckt das nicht einmal. Der hat sich durch die Insolvenz sogar gesundgestoßen. Der hat seine Villa, seine Oldtimer und alles!«

Dieser Gefühlsausbruch spricht für Laubenpichler, dachte Liv. Wäre er der Drohbriefschreiber oder gar der Mörder, hätte er seinen Zorn sicher verheimlicht. »Sie müssen sehr wütend auf Friedrun Schulke sein.«

»Sie sind ja wirklich eine Schnellmerkerin. Aber die Betroffenheitsmasche zieht bei mir nicht. Die habe ich zu Hause zur Genüge. Hat sich abgenutzt.«

»Wo waren Sie vorgestern Abend?«, fragte Hennes.

»Warum wollen Sie das wissen?«

»Wir ermitteln wegen versuchten Mordes.«

»Wer wurde angegriffen?«

»Schulkes Sohn.«

Der Mann starrte sie fassungslos an. »Ich war in der Spielo, bis sie zumachte. Da gibt's bestimmt Überwachungskameras, dann wissen Sie, dass ich nicht lüge.«

»Und wo waren Sie von Freitag auf Samstag?«

»Auch in der Spielo. Ich war in letzter Zeit oft dort. Zu Hause halte ich es nicht aus. Die vorwurfsvollen Blicke meiner Frau, meiner Kinder. Ich wollte ihnen was bieten, und jetzt ...« Frustriert schüttelte er den Kopf. »Wenn Sie's genau wissen wollen: Ich bin nicht der Einzige, der wütend auf Schulke ist. Wir haben uns ein paarmal getroffen, die anderen Geschädigten und ich. Den Gerhard Mittgaard hat's besonders hart getroffen. Der musste sogar in die Hütte seiner Stiftung ziehen, weil er sein Haus verloren hat.«

Liv und Hennes merkten auf. »Sie meinen Hardy Mittgaard von Watt-Wohl?«

»Ebender.«

Mittgaard reagierte auf ihre Anrufe nicht, also fuhren sie hin. Vorher hatten sie noch die Überwachungsaufnahmen aus der Spielhalle beschlagnahmt.

Die Hütte von Watt-Wohl war geschlossen, ein Schild wies auf eine Wanderung im Kampener Watt hin. Also weiter.

Das Wattenmeer war eine weite, geriffelte Spiegelfläche im Wechselspiel von Licht und Wolkenschatten. Wie grüne Seide lagen Algenhaufen am Spülsaum. Schon von Weitem sahen sie die Gruppe. Liv wollte keinen Moment länger warten und schlüpfte aus Schuhen und Strümpfen. Auch Hennes machte sich an seinen Stiefeln zu schaffen.

»Meinst du, das ist bei deinem Husten eine gute Idee?«, fragte Liv.

Natürlich wollte Hennes trotzdem barfuß gehen. Einen Augenblick später stapfte er mit hochgekrempelten Jeans und blassen Füßen über den trockengefallenen Meeresboden.

Hardy Mittgaard hatte gerade mit seinem Spaten einen Wattwurm ausgebuddelt und zeigte den staunenden Touristen den ellenlangen rotbraunen Wurm. Nur die Zahl der Zugvögel, die alljährlich auf Sylt Station machen, beeindruckt die Watt-Wanderer noch mehr: zehn Millionen. Als er die Kommissare bemerkte, wirkte Hardy nervös und verunsichert. Außerhalb seiner Hütte sah er noch verlorener aus. Die Kommissare warteten, bis er seinen Vortrag beendet hatte.

Mittgaard ging neben ihnen zurück. »Ich hoffe, das Gespräch dauert nicht so lange. Ich habe viel zu tun, jetzt wo Tobias im Krankenhaus ist.«

»Wir können gleich zur Sache kommen. Sie sagten, dass Sie Ihr ganzes Leben und auch Ihr Vermögen Ihrer Stiftung gewidmet haben. Auf einen Teil Ihres Geldes mussten Sie jedoch verzichten, nachdem Sie es in der Insolvenz von Schulkes Firma verloren hatten.«

Die Augen des Mannes blitzten. »Deshalb sind Sie also hier. Wie können Sie ernsthaft glauben, dass ich mich an

Schulke rächen wollte und deshalb versucht habe, Tobias zu töten?«

»Es ist eine große Summe.«

»Ja, und der Verlust hat mir sehr weh getan, das gebe ich zu. Auf der anderen Seite: Was ist schon Geld? Reiche sind auch nicht glücklicher als Arme.«

»Aber sorgenfreier«, warf Liv ein, worauf sie einen kritischen Blick von Hennes kassierte.

»Was brauche ich schon? Ich habe ohnehin alles, was mir noch blieb, in die Umweltstiftung gesteckt. Außerdem wusste ich anfangs nicht einmal, wer Tobias' Vater ist.«

»Die Namensgleichheit hätte Ihnen doch auffallen müssen.«

»Darüber habe ich mir keine Gedanken gemacht.«

Hennes sah in die Ferne. »Die Insel ist klein, das kommt mir seltsam vor. Hier kennt doch jeder jeden. Wie sagt meine Kollegin Frau Lammers immer so schön: Sylt ist ein Dorf.«

Mittgaard war sichtlich unwohl. »Na gut«, sagte er schließlich. »Vielleicht habe ich es gewusst. Es hat mir aber nichts bedeutet. Tobias kann doch nichts dafür, was sein Vater tut. Er ist ein feiner Kerl, ehrlich. Ich hätte ihm niemals etwas angetan. Ich bin ein friedlicher Mensch.«

Hennes blätterte in seinen Notizen. »Die Gewaltfreiheit haben Sie aber erst kürzlich entdeckt, nicht wahr? Wir haben uns ein wenig umgehört: militanter Protest gegen Bauvorhaben, Sitzblockaden, sogar in ein Handgemenge mit Polizisten sollen Sie verwickelt gewesen sein.«

»Wer hat Ihnen denn diese Räuberpistolen erzählt? Die Polizisten wollten mich und andere Demonstranten von einer blockierten Straße treiben. Wir hakten uns unter. Da wurde einer der Polizisten grob, und ich wehrte mich aus dem Affekt heraus.«

Hennes fixierte ihn. »Und jetzt war Tobias Ihr Blitzableiter? Wehrten Sie sich auch aus dem Affekt heraus? Gingen Ihre Nerven wieder durch? Ich meine, Sie haben alles verloren, aber Herr Schulke, der sitzt da noch in seinem teuren Haus, mit seinem teuren Oldtimer …«

Hardy Mittgaard zupfte an einem Faden, stellte aber beim Weiterziehen unglücklich fest, dass er seinen Wollpullover ein wenig aufgeribbelt hatte. »Ich habe es als Prüfung betrachtet. Sie wissen schon, Karma und so. Aktion und Reaktion. Jede Tat hat eine Folge. Ich werde geprüft, um ein besserer Mensch zu werden. Und ich habe diese Prüfung bestanden, denn ich habe mich auf Tobias eingelassen, ohne in ihm seinen Vater zu sehen. Ich mag Tobias wirklich. Wenn er sterben würde …«, seine Stimme brach.

Beinahe hatten sie das Watt hinter sich gelassen. Nun suchte Liv Mittgaards Blick. »Sie trinken gerne. Welche Rolle spielt Alkohol in Ihrem Leben?«

Hardy Mittgaard seufzte schwer. »Wer hat mich dieses Mal angeschwärzt?«

»Anscheinend haben Sie sich in den vergangenen Jahren nicht nur Freunde gemacht.«

»Wer ehrlich ist und den Finger in die Wunde legt, macht sich eben keine Freunde. Hier auf Sylt sind alle so verlogen! Ins Gesicht lächeln und hinter dem Rücken lästern, so ist das hier. Ich wollte mich nicht verbiegen. Wenn jemand plötzlich einen SUV fährt und diesen als besonders umweltfreundlich anpreist, dann muss ich ihm sagen, dass er sich selbst in die Tasche lügt. Damit kann nicht jeder umgehen.«

»Das kann ich mir vorstellen. Nicht jeder mag schonungslose Offenheit«, sagte Hennes, der dieses Problem nur zu gut kannte.

Hardy Mittgaard hieb den Spaten in den Sand. »Ich mag

ein Querkopf sein und trinke gern. Aber ich habe meinen Bufdi nicht im Suff niedergestochen.«

»Dennoch werden wir Sie weiter überprüfen«, hielt Liv fest, obgleich sie wusste, dass die Spurenlage schwierig war.

»Tun Sie, was Sie nicht lassen können. Ich habe mir nichts zuschulden kommen lassen. Mein Gewissen ist rein.«

Als die Kommissare das Polizeirevier betraten, wurden sie bereits von Friedrun Schulke erwartet. Erregt stürzte er im Flur auf Liv zu. Sie hatte keine Ahnung, wie er es in dem Zustand geschafft hatte, zur Mordkommission vorgelassen zu werden. Jetzt kam Urs, der junge Streifenbeamte, mit einem zerknirschten Gesichtsausdruck hinterher. Liv gab ihm das Zeichen, dass es okay war; sie würde schon mit Schulke fertigwerden.

»Haben Sie endlich denjenigen gefunden, der meinen Sohn angegriffen hat? Man hört doch immer, dass die ersten achtundvierzig Stunden nach einem Mord die entscheidende Phase einer Ermittlung sind!«

»Wenn ich richtig informiert bin, ist Ihr Sohn aber nicht tot«, sagte Hennes.

»So gut wie tot ist er!«, schrie Schulke. »Sie haben Tobias heute schon wieder operiert, das kann doch kein Körper durchstehen!«

Liv legte ihm beruhigend die Hand auf den Arm. »Das tut uns sehr leid. Was sagen die Ärzte?«

»Dass sowohl Leber- als auch Brustverletzungen häufig nachbluten«, presste Schulke heraus. Er hob die zu Fäusten verkrampften Hände. »Sagen Sie mir, dass Sie jemanden festgenommen haben!«

»Zum derzeitigen Stand der Ermittlungen …«, begann Liv.

»Unfähig sind Sie, allesamt! Beamte, die nur ihre Zeit absitzen!«

Wieder sah der junge Streifenbeamte um die Ecke. Gut, dass er wachsam geblieben war. Liv nickte ihm zu.

»Es ist besser, wenn Sie jetzt gehen, Herr Schulke. Wir arbeiten unter Hochdruck daran, denjenigen zu finden, der den Mordanschlag auf Ihren Sohn verübt hat. Sobald wir Ergebnisse haben, werden wir uns melden.«

Friedrun Schulke zog etwas aus der Innentasche seines Jacketts. »Dies hier habe ich im Altpapier gefunden. Tobias hat es wohl ausgedruckt, kann ein paar Wochen her sein – ich weiß es nicht«, sagte er und hielt ihnen ein Plakat hin.

Den Farbschlieren nach zu urteilen, war es ein Fehldruck. *Dünenschänder! Ihre Aussicht wurde auf dem Schmerz der Erde erbaut. Dünenschutz vor Bauwut!*, stand in großen Lettern darauf. Darunter war der Name einer bekannten Sylter Immobilienfirma dick durchgestrichen.

»Vielleicht hat ihn ja doch sein Einsatz für die Natur in Gefahr gebracht.« Friedrun Schulke klang in seiner Verzweiflung beinahe hoffnungsvoll.

Auf dem Weg zu einem späten Mittagessen schnappte Liv sich Bente und befragte ihn zu seinen Gesprächen mit den dänischen Stellnetzfischern. »Das sind Großkonzerne, die juckt es nicht, ob einzelne Naturschützer gegen ihre Methoden protestieren. Die Kampagnen, die Tobias Schulke unterstützt hat, haben die nicht einmal wahrgenommen«, berichtete Bente auf dem Weg zum Edeka-Markt in der Nähe des Reviers, wo sie sich vor dem Eintopf-Mobil einreihten, bei dem es frische und leckere Suppen gab. »Petitionen sind ja sowieso nutzlos. Politiker müssen die Stellschrauben drehen, sonst ändert sich nichts«, setzte er hinzu.

»Was für ein Quatsch. Petitionen sind wichtig, um die Bürger aufzurütteln. Wir alle müssen endlich unsere Rechte stärker wahrnehmen!«, warf Hennes ein.

Bente machte eine lässige Geste. »Dann nimm du erst einmal dein Recht wahr. Du bist mit der Bestellung dran.«

Liv stellte sich an der Salatbar des Supermarkts einen Salat zusammen. Während sie im Freien aßen, kam Bente auf seine Ermittlungen zurück. »Das Gespräch mit den Hafenmeistern und Fischern war deprimierend«, berichtete er. »Selbst der letzte Krabbenfischer auf Sylt hat längst sein Metier aufgegeben. Keiner der Fischer konnte dem jungen Mann seinen Protest wegen des Raubbaus an den Meeren verübeln. Also müssen wir vielleicht doch den Leiter der Immobilienfirma ins Visier nehmen. Der Plakattext ist auf jeden Fall ziemlich pathetisch. Große Gefühle haben Tobias angetrieben.«

»Als Jugendliche war ich auch so pathetisch«, gab Liv zu. Insgeheim rührte sie der Plakattext. Sie kannte den Zorn, den Tobias spüren musste, genau. Auch sie war für Naturschutz und gegen neue Bauprojekte auf die Straße gegangen. Nur dass ihr Vater der Bauträger gewesen war. Mit diesem Swen Sagrauski, dem Chef der von Tobias kritisierten Firma, hatte sie bereits einen Termin gemacht.

Das Büro des Immobilienmaklers und Bauunternehmers befand sich in einem Einzelhaus in Wenningstedt. Im Fenster wurden die neuesten Bauvorhaben und Verkaufsobjekte angepriesen. Da war von Liebhaberstücken, Toplage, luxuriösen Kapitänshöfen und vor allem von Weitblick die Rede. Sie suchten das Schaufenster nach dem von Tobias kritisierten Objekt ab.

»Wenn die Sylter ebenso viel Weitblick hätten, wie die

Touristen suchen, würde auf der Insel nicht ein derartiger Ausverkauf stattfinden«, meinte Liv.

»Normalerweise hätte ich ja jetzt einen Spruch über deine Herkunft gemacht, aber nun, wo ich deinen Vater kennengelernt habe, verkneife ich mir das lieber.«

Liv sah ihn von der Seite an. »Hast du eigentlich schon Post von Ocke bekommen?«

Hennes hüstelte. »Noch keine Liebesbriefe«, murmelte er.

Ein Mann trat aus dem Büro. Alles an ihm war maßgeschneidert, nur das Gesicht war Mittelmaß. »Suchen Sie etwas Bestimmtes? Ich kann Ihnen die Insel zu Füßen legen«, sagte er mit einem einstudierten Lächeln.

»Danke, das wird nicht nötig sein«, meinte Hennes. Ihr Gegenüber musterte ihn, als versuche er herauszufinden, ob sich hinter der seltsamen Fassade eine wohlhabende Persönlichkeit versteckte.

Als Liv sich vorstellte, zog Swen Sagrauski eine Augenbraue leicht hoch. Sie fürchtete schon, dass er eine Bemerkung über ihren Vater oder darüber, dass sie wohl aus der Art geschlagen war, machen würde, aber nichts dergleichen geschah. Erleichtert sagte sie ihm, worum es ging.

»Ich habe ja nichts dagegen, dass junge Menschen sich engagieren. Die Rebellion ist eine wichtige Phase im Leben. Aber dieser Tobias Schulke war wirklich eine Nervensäge. Eine Zeit lang hat er ständig vor meinem Büro seine Handzettel verteilt. Er hat sogar meine Klienten angesprochen, was natürlich ein Ding der Unmöglichkeit ist.«

»Wie haben Sie darauf reagiert?«, wollte Hennes wissen.

Sagrauski wandte sich an Liv. Hennes schien für ihn nicht von Belang zu sein. »Ich habe mit ihm geredet. Ihm erklärt, dass alles rechtmäßig ist. Als er dann noch immer nicht einsichtig war, haben meine Mitarbeiter ihn verscheucht.«

Eine junge hübsche Frau in Businessanzug kam herein. »Das Gespräch ist gut gelaufen. Ich habe auf dem Weg Grillfleisch bei Al…« Sie verstummte, als sie die Kommissare sah.

»Das ist Clarissa, meine beste Mitarbeiterin.« Das glaubte Liv sofort. Solvente ältere Herren würden sich sicher gerne von Clarissa in lange Verkaufsgespräche verwickeln lassen. »Die Herrschaften sind von der Polizei. Es geht um Tobias Schulke, du weißt schon, diesen jungen Mann, der hier die Protestzettel verteilt hat.«

Clarissa hielt zwei Kühltaschen in den Händen, als wüsste sie nicht, wohin damit.

Ihr Chef nahm ihr eine ab. »Unsere Grill-Events sind immer sehr beliebt und bieten eine informelle Möglichkeit, mit unseren Kunden ins Gespräch zu kommen«, erläuterte er.

Die Kommissare folgten den beiden in eine Küche, die sich zu einem kleinen Garten hin öffnete. Im Mittelpunkt des Gartens stand ein gewaltiger Grill, der wohl mehr kostete als Livs Bulli. Billigfleisch auf einen Luxusgrill, wie absurd, dachte sie. Zeit zu gehen.

Doch dann blieb ihr Blick an der Anrichte hängen.

»Was ist mit diesem Tobias eigentlich?«, fragte Swen Sagrauski nun.

»Auf ihn wurde ein Mordanschlag verübt«, erklärte Hennes und fragte auch gleich nach dem Alibi.

Der Immobilienmakler wurde blass. »Am Sonntag habe ich meistens Kundengespräche. Viele Interessenten kommen am Wochenende auf die Insel und lassen sich dann einige Objekte zeigen. Moment, ich schaue nach.« Er konsultierte seinen Kalender. »Ja, genau. Vor meinen Terminen habe ich einen Spaziergang gemacht.«

»Allein?«

»Ich genieße es, am Strand allein zu sein, ehe ich Verkaufsgespräche führe. Das hilft mir, mich darauf zu besinnen, worum es eigentlich in meinem Beruf geht: eine wunderschöne Insel. Eben deshalb haben mich die Vorwürfe dieses jungen Manns ja auch so getroffen.«

»Sie verletzen also den Dünenschutz nicht für Ihr Bauvorhaben?«, fragte Hennes.

»Nein, natürlich nicht.«

»Das werden wir trotzdem überprüfen lassen, genau … wie Ihre … Term…« Hennes' letztes Wort wurde von einem Hustenanfall verschluckt. Die Hausmittel schienen nicht zu helfen. Sagrauski wich zurück.

»… wie Ihre Termine. Wir werden Ihre Termine ebenfalls überprüfen«, vervollständigte Liv den Satz.

»Tun Sie das. Wenn das denn alles war«, sagte Swen Sagrauski in der Hoffnung, sie loszuwerden.

Liv machte einen Schritt auf die Anrichte zu. »Darf ich mir den Messerblock mal ansehen?«

»Wenn es Ihr ausdrücklicher Wunsch ist.« Sagrauski lächelte gequält. »Für unsere Grillfeste brauchen wir vernünftiges Werkzeug.«

Liv zog Gummihandschuhe über. Vor allem die schmalen, einschneidigen Messer nahm sie genau in Augenschein. »Ich würde diesen Messerblock gerne mitnehmen.«

Sagrauskis Beherrschung bekam Risse. »Sie glauben doch nicht ernsthaft, dass ich mit einem dieser Messer Tobias Schulke angegriffen habe?«

Liv lächelte unverbindlich. »Betrachten Sie es als Ausschlussverfahren.«

Die Kommissare verabschiedeten sich. Noch einmal wandte sich Swen Sagrauski Liv zu. »So langsam begreife ich, warum Ihr Vater Sie verstoßen hat. Das war wohl auch ein Teil eines Ausschlussverfahrens«, sagte er bissig.

Als sie draußen waren, spürte Liv die Blicke ihres Kollegen auf sich. »Was?«, fragte sie schärfer als beabsichtigt.

»Muss nerven, immer auf seinen Alten angesprochen zu werden. Vor allem, wenn man ihn hasst«, meinte Hennes.

»Ich habe beschlossen, mich nicht mehr davon nerven zu lassen. Ich werde dafür sorgen, dass Ocke bekommt, was er verdient. Und ich werde ihm Sylt nicht überlassen.«

* * *

Nach dem enervierenden Besuch im Polizeirevier ging Friedrun Schulke in sein Büro, das sich im Souterrain der Villa befand. Er brachte es noch nicht über sich, ins Krankenhaus zurückzukehren. Tobias in diesem komatösen Zustand zu sehen war zu viel für ihn. Das schlaffe Gesicht, die vielen Verbände, die Schläuche und Infusionsnadeln. Aber auch diese unfähigen Kommissare setzten ihm zu. Was machten die überhaupt? Die hatten doch keine Ahnung, womit sie es zu tun hatten! Deshalb hatte er sich entschieden, externe Hilfe heranzuziehen. Es hatte keinen Sinn, sich mit diesen Stümpern abzugeben, wenn man für etwas Geld wirkliche Könner haben konnte.

Er fuhr den Rechner hoch, starrte aber nur auf die eingehenden Mails, ohne Details wahrzunehmen. Seit Tobias angegriffen worden war, fiel es ihm schwer, sich auf seine Arbeit zu konzentrieren. Er klickte sich durch die Seiten der Sylter Medien, um zu schauen, was sie über den Angriff auf Tobias berichteten. Seine Gedanken schweiften ab. Warum war Hardy Mittgaard erneut befragt worden? Hatte er doch etwas mit dem Mordanschlag auf Tobias zu tun? Hatte der Naturschützer etwas zu verbergen?

Sein Blick fiel auf die Geschädigten-Liste, die er für die

Kommissare kopiert hatte. Beiläufig begann er zu blättern. Natürlich war es albern von seiner Frau zu denken, dass einer seiner Kunden für den Angriff verantwortlich sein könnte. Sie waren doch alles erwachsene, geschäftsfähige Menschen. Außerdem würde das ja bedeuten, dass er indirekt die Schuld …

Entschlossen verbannte Friedrun Schulke den Gedanken in den hintersten Winkel seiner Seele. Da sprang ihm ein Vorname ins Auge, auf den er früher nie sonderlich geachtet hatte. Das konnte doch nicht … Das war doch nicht möglich … Wenn das wirklich wahr war, dann sollte dieser Mistkerl ebenso leiden, wie Tobias litt!

20

Die Sonne stand schon tief, als Hardy Mittgaard durch das Dünental beim Kampener Quermarkenfeuer marschierte. Bienen und Hummeln summten geschäftig über der blühenden Glockenheide umher. Immer wieder hielt er an, um Cranberrypflanzen herauszureißen. Das nordamerikanische Gewächs hatte sich vor allem bei Hörnum in den feuchten Dünentälern verbreitet und verdrängte dort Sonnentau und heimische Moosbeeren, weshalb Freiwillige es schon länger bekämpften. Es war eine aufwändige Arbeit, weil man sie in den sensiblen Feuchtgebieten nur zu Fuß und ohne maschinelle Hilfe machen konnte. Zudem ließen sich die Beeren nur im Herbst und Winter entfernen, weil zu dieser Zeit die seltenen Kreuzkröten und Moorfrösche in der Winterruhe waren. Hardy fluchte leise vor sich hin. Er spürte seinen Rücken schon. Jetzt hätte er Tobias' Hilfe gut brauchen können. Es würde dauern, ehe er einen neuen Bufdi gefunden hatte. Nicht alle jungen Menschen waren so naturbegeistert wie Tobias. Natürlich hatte er schon im Krankenhaus angerufen, aber man hatte ihm keine Auskunft erteilt. Hinzufahren wagte er nicht. Denn sollte er Schulke dort begegnen, konnte er für nichts garantieren.

Als er zu seiner Hütte zurückkehrte, war es dunkel. Mit der Taschenlampe seines Smartphones beleuchtete er den Weg. Irritiert stellte er fest, dass die Hüttentür offen stand.

Dabei war er sicher, dass er abgeschlossen hatte. Aber vermutlich hatte er es einfach vergessen.

Die Tür knarrte beim Eintreten. Sand war hereingeweht und hatte die ausgetretenen Bohlen gepudert. Der Lichtschalter funktionierte nicht; die Sicherung musste herausgeflogen sein, wieder einmal. Obgleich er wusste, dass es albern war, konnte Hardy die Reaktion seines Körpers nicht kontrollieren. Sein Puls beschleunigte sich, und er begann zu schwitzen. Er hatte Feinde, und nach dem, was Tobias zugestoßen war …

Der Strahl seiner Taschenlampe flackerte durch den Raum. Es waren lediglich ein paar Meter bis zum Sicherungskasten. Seine feuchten Finger umklammerten das Handy. Ruhig, mahnte er sich. Nur ein Klick, und der Notruf war gewählt. Mit rasendem Herzen lief er weiter in die Hütte hinein. Schon nach wenigen Schritten musste er feststellen, dass er nicht allein war.

* * *

Bei der Abschlussbesprechung kamen sie im kleinen Kreis zusammen, da jeder Polizist, der nicht mit dringlichen Aufgaben befasst war, die Observationsmaßnahmen unterstützte.

Carlo Preker war unruhig. Ihm war anzumerken, dass er diese Besprechung angesichts der Aufgaben, die auf ihn warteten, für überflüssig hielt.

Liv rollte die Schultern. Sie und Hennes hatten seitenweise Gesprächsprotokolle und KTU-Berichte durchgearbeitet, in denen es um den Mord an Rocco und den Anschlag auf Tobias ging. Kai Laubenpichlers Alibi war bombenfest, denn er war tatsächlich zu den Tatzeiten auf den Überwachungsaufnahmen der Spielothek zu sehen. Nirgendwo sonst war auch nur entfernt ein Motiv zu erkennen, das zu beiden Verbrechen passte. Es war zum Verrücktwerden.

»So wie es aussieht, gibt es keinen Zusammenhang zwischen den Taten«, fasste Hasselbrecht die Lage zusammen. »Beim Fund des Nagellacks muss es sich um einen Zufall oder einen fingierten Beweis handeln. Wir hoffen noch immer, dass die LKA-Leute mit ihren Maßnahmen weitere Erkenntnisse über den Mord an Rocco zutage fördern werden.«

»Was den Anschlag auf Tobias Schulke angeht, so prüft das K6 gerade die Messer, die wir bei diesem Sagrauski sichergestellt haben. Der Einzige, bei dem eine minimale Wahrscheinlichkeit besteht, dass er Rocco und Tobias angegriffen habe könnte, ist Zampowski. Ich würde ihn gerne noch mal in die Mangel nehmen«, sagte Liv.

»Und das Motiv?«

»Irgendwas mit Drogen?«, meinte Liv viel zu vage.

Preker verzog das Gesicht. »Ich halte es für einen Fehler, jetzt für Unruhe zu sorgen. Wir betrachten die Observation bei Roccos Beerdigung als gute Gelegenheit, neue Erkenntnisse über die Beteiligten in der Szene und ihre Verbindungen zu erlangen, um später in einer konzertierten Aktion gegen die Rockerkriminalität vorzugehen. Ein zu forsches Auftreten schadet nur. Deshalb haben wir auch die Sicherstellung der Hunde zurückgestellt.«

Liv wollte protestieren, aber Hennes kam ihr zuvor. Er hatte gerade einen Esslöffel Honig in seinen Ingwertee rühren wollen, hielt aber inne. »Ich höre immer ›Rockerkriminalität‹ – interessiert dich der Mord an René Höpen überhaupt noch, für den du ja auch zuständig bist?«, fragte er scharf. »Außerdem ist Bosses Alibi mehr als wackelig – seine Frau würde alles für ihn aussagen.«

»Was, wenn weitere Personen in Gefahr sind? Willst du auch ihren Tod riskieren?«, schob Liv nach.

Preker konnte ihren Blick nicht halten. »Natürlich nicht. Ich glaube nur, dass es auf einen Tag nicht ankommt. Marcel, Bosse und die anderen Rocker werden ohnehin überwacht. Sie können keinen Finger rühren, ohne dass wir es mitbekommen. Es gibt doch sicher noch andere Spuren, denen ihr folgen könnt. Was ist beim Fall Tobias Schulke beispielsweise mit einem Racheakt?«

Bente und Andreas berichteten nun von ihren Ermittlungen. Weitere Geprellte hatten eine Stinkwut auf Schulke, aber bislang konnte man keinem von ihnen etwas nachweisen. Schließlich wurde die Besprechung aufgehoben.

Liv stand unter Strom. »Ich kann nicht fassen, dass Carlo das Risiko einfach so abtut, dass das nächste Opfer bereits im Visier des Täters sein könnte!«, platzte sie heraus, als nur noch die Kollegen vom K1 und der Staatsanwalt im Raum waren. Auch Roman Leipoll zeigte in dieser Situation vollen Einsatz, indem er ihre Ermittlungen schnell und unbürokratisch unterstützte. Es tat gut zu sehen, dass zumindest sie alle an einem Strang zogen.

»Wir sollten kompromissbereit bleiben. Warten wir ab, bis die Beerdigung vorbei ist. Soweit wir wissen, ist für morgen Abend eine Party zu Roccos Ehren geplant. Vielleicht lockern Alkohol und Drogen dem einen oder anderen Gast die Zunge«, sagte Hasselbrecht. »Ansonsten bleibt uns nur polizeiliche Fleißarbeit. Lassen Sie uns, wenn dieses Spektakel vorbei ist, alle Aspekte der Fälle noch einmal durchgehen, vielleicht haben wir etwas übersehen.« Die K1-Chefin wandte sich dem Gang zu, wo der Staatsanwalt wartete. »Machen Sie ebenfalls Schluss. Wir haben für heute genug getan. Morgen ist ein langer Tag.«

Hennes verschwand in der Teeküche und kam mit Wasserkocher, Schale und Handtuch zurück. Er wollte doch nicht etwa hier inhalieren?

Als ihr Partner unter dem Tuch verschwunden war, schob Liv müde die Papiere auf ihrem Schreibtisch zusammen. Sie konnte es kaum erwarten, endlich zu Sanna zu fahren.

In diesem Augenblick stürzte Urs herein. »Wir haben einen Notruf! Hardy Mittgaard vom Verein Watt-Wohl hat die 110 gewählt. Er hat um Hilfe gerufen, aber das Gespräch brach ab. Jetzt geht keiner mehr ran.«

Liv warf sich auf den Fahrersitz und befestigte das Blaulicht auf dem Dach. Kaum dass Hennes die Tür geschlossen hatte, gab sie Gas. Ihr nach Eukalyptus duftender Partner klammerte sich an der Armlehne fest, während sie scharf die Kurve auf den Kirchenweg nahm.

»Mit reicht es endgültig. Es kann doch nicht sein, dass jetzt noch etwas passiert!«, stieß sie hervor.

Als sie auf der Keitumer Landstraße waren, trat Liv das Gaspedal durch. Die Landschaft flog nur so vorbei. Sie hängte sogar den Wagen mit ihren Kollegen ab, und das, obwohl der draufgängerische Kollege Andreas fuhr. Die Ampeln in Kampen standen auf Rot, also Sirene an, schon waren sie vorbeigerast.

Steinchen spritzten auf, als Liv auf den Parkplatz des Vereins raste. In der Hütte brannte Licht, aber das musste ja nichts heißen. Hennes und sie rannten los. Die Luft war salzgeschwängert und kalt. Hinter sich hörte sie den Wagen ihrer Kollegen abbremsen, dann Schritte. Als die anderen aufgeschlossen hatten, drängte Andreas vor. Ehe Liv oder Hennes eingreifen konnten, hatte er seine Waffe gezogen und trat die Tür ein.

»Lassen Sie sofort die Waffe fallen, oder ich schieße!«, brüllte er prophylaktisch.

Etwas zerbrach in der Hütte. Liv eilte ihren Kollegen nach.

Erschrocken starrten zwei Männer sie an. Mittgaards Wange war geschwollen, und Schulke hatte eine Platzwunde an der Oberlippe. Vor ihnen stand ein Becher mit Sahnehäubchen, ein weiterer lag zersprungen am Boden, umgeben von einer Rumaroma ausdünstenden Pfütze.

Konsterniert ließen die Kommissare die Waffen sinken. »Was ist hier denn los?! Sie hatten doch einen Notruf abgesetzt«, blaffte Andreas.

Fahrig betastete Mittgaard seinen Wangenknochen. »Ach, das hatte ich ganz vergessen ... Entschuldigung. Ich hätte noch mal anrufen ...«

Schulke rang die Hände. »Nein, es ist meine Schuld. Ich habe Hardy tatsächlich aufgelauert, sozusagen. Aber dann haben wir uns ausgesprochen. Ich weiß jetzt, dass er nichts mit dem Anschlag auf meinen Sohn zu tun hat.«

»Außerdem hat er sich bei mir entschuldigt.«

Schulke nickte. »Ich habe zwar ebenfalls unter der Insolvenz gelit...« Als er bemerkte, wie sich Mittgaard versteifte, brach er ab.

Mittgaard sah die Polizisten an und lächelte ein wenig gezwungen. »Darf ich Ihnen einen Pharisäer anbieten?«

Nach diesem unerfreulichen Einsatz hatte Liv sich von Hennes zum Bahnhof fahren lassen. Es hatte noch eine heftige Diskussion mit Andreas über sein Vorpreschen gegeben, woraufhin dieser dreist behauptet hatte: »Du fuchtelst ja selbst ständig mit der Waffe rum.« Eine haltlose Unterstellung, natürlich.

Bereits eine Stunde später stieg sie in Flensburg aus dem Zug. Die Geduld, auf den Bus zu warten, hatte sie nicht, und ein Taxi wollte sie sich nicht leisten. Also ging sie zu Fuß ins Kapitänsviertel. Das Gehen half ihr zudem, die Grübeleien über den Fall zu beenden.

Elise saß am Couchtisch vor dem Laptop. Sie sah aus, als hätte sie die letzten Tage überhaupt nicht geschlafen. Sanna war nirgends zu sehen. Liv begrüßte ihre Großmutter. »Wo ist sie?«

»In ihrem Zimmer. Heute war kein guter Tag.«

Liv ging sogleich nach oben. Ein Schlummerlicht brannte, wie früher, als Sanna noch klein gewesen war. Ihre Tochter hatte die Decke bis über den Kopf gezogen. Zärtlich schob Liv die Decke ein Stück herunter und strich Sanna über das Haar. Ihre Tochter drehte sich um und legte die Arme um sie. Sanna hielt das Smartphone in der Hand; das war sicher ein gutes Zeichen. Doch dann sah Liv, dass ihre Tochter auf einer Chat-Seite für Gewaltopfer war. Ein schlechtes Gewissen überfiel Liv. Sie hätte für Sanna da sein müssen!

»Was tust du, Lütte?«

Sanna machte für Liv auf dem Bett Platz. Diese setzte sich zu ihrer Tochter und begutachtete die Wunden. Sannas blaue Flecken spielten inzwischen ins gelblich Grüne. »Das sind Jugendliche, die mit einem chatten, wenn man … mit Gewalt zu tun hatte. Wahnsinn, wie viele …« Ihre Stimme brach.

Beruhigend streichelte Liv ihr den Rücken. »Vielleicht hilft es ihnen, anderen zu helfen.«

Sanna räusperte sich. »Ja, das glaube ich schon.«

Livs Gewissensbisse legten sich ein wenig. Der Austausch mit Gleichaltrigen im Schutz der Anonymität war nichts, was sie Sanna bieten konnte. »Wie sind die Gespräche mit der Therapeutin gelaufen?«, fragte sie.

»Auch gut … aber anders.« Sanna betrachtete die Seite noch kurz, dann schaltete sie das Handy aus und legte es weg. »Ich möchte mich nie wieder so hilflos fühlen«, sagte sie leise.

* * *

Die Frau riss an den Kabelbindern, mit denen sie an die Klappe ihres Transporters gefesselt war. Ihr Atem ging schnell, panische Angst hatte sie im Griff. Sie hatte eigentlich nur ihre Kisten ausladen wollen, aber dann war der Kerl über sie hergefallen, hatte sie betäubt und gefesselt. Seitdem redete und redete er, fragte und fragte. Wie lange ging das nun schon so?

Es gab nichts mehr, was sie noch nicht gesagt hatte. Wenn sie wenigstens wüsste, ob er ihr glaubte und sie freilassen würde, aber nichts von seiner Mimik war durch die Maske zu erkennen. Auch seine Stimme verriet nicht viel. Hieß es in den Filmen nicht immer, man müsse mit seinem Entführer sprechen, eine persönliche Beziehung zu ihm aufbauen? Aber auch darauf reagierte er nicht. Da waren nur dieses Elektroschockdings und das Klappmesser in seinen Händen.

»Ich habe … nichts getan … Ich habe sogar … die Polizei informiert … Das müssen Sie mir glauben …«, brachte sie mühsam heraus. Ihre Atemnot war furchtbar geworden. »Bitte … ich bekomme keine Luft, ich …«

21

Mittwoch, 27. September, 7.20 Uhr

Mit dem ersten Zug fuhr Liv nach Sylt zurück. Sanna ging es deutlich besser, was sie beruhigte. In Niebüll wurde der Zug so voll, dass Liv ihren Sitz einer alten Dame überlassen musste. Viertausendfünfhundert Menschen pendelten inzwischen täglich, hatte Liv gelesen. Wenig erstaunlich, dass die Störungen im Bahnverkehr das Hauptthema waren. Über dem Watt hing der rußgraue Himmel so tief, als wolle er das Meer verschlingen. Beim Vorbeirattern stob, einer Aschewolke gleich, ein Schwarm Knutts auf. Aus Livs Kopfhörern drang die kapverdische Sängerin Césaria Évora, deren melancholischer Gesang die trübe Stimmung ein wenig aufhellte.

In der Einsatzzentrale des MEK – des Mobilen Einsatzkommandos – herrschte schon früh am Morgen Hochspannung.

»Wie ist die Lage?«, fragte sie Carlo, der mit Andreas gerade über Motorräder diskutiert hatte. Ihr K1-Kollege näherte sich optisch immer mehr an Carlo an; heute trug er ebenfalls ein enges T-Shirt mit hochgerollten Ärmeln.

»Gestern Abend gab es ein Grillfest bei Könnermann. So richtig mit Gastgeschenk und allem Drum und Dran«, berichtete Preker. »Anschließend fuhren die Biker in die Bar. Alles schön gesetzeskonform: keine verbotenen Kutten, keine Spur von Waffen oder Drogen, keine Geschwindigkeitsüberschreitung, nicht einmal Ruhestörung. Heute Mittag versammeln sie sich wieder bei Bosse. Noch immer treffen neue Biker ein, morgens wurden bereits zwei Dänen und drei Typen aus den Niederlanden gesichtet. Ehemalige Mitglieder des verbotenen MCs Satudarah. Die alten Seilschaften reichen anscheinend weiter, als wir dachten«, sagte er. Dann teilte er Liv und Hennes ihre Aufgaben bei dem anstehenden Einsatz zu.

Ein grollender Konvoi rollte durch Westerland. Bosse fuhr als Road Captain voraus. In einem Beiwagen stand die Urne mit René Höpens sterblichen Überresten. Hinter den Motorrädern kam ein Hummer, in dem Könnermanns Frau saß. Den Schluss bildete Höpens Audi A8, der inzwischen von der Spurensicherung wieder freigegeben worden war, mit Tamara und den Tänzerinnen. Die Polizeiwagen ließen den Konvoi passieren und fuhren in gemessenem Abstand hinterher. Obgleich Liv wusste, dass es sich dabei auch um eine Machtdemonstration handelte, musste sie zugeben, dass die Motorrad-Formation beeindruckend war. Sie und ihre Kollegen vom K1 hatten am Vormittag Telefonate geführt, Berichte verfasst und gelesen, Zeugen befragt. Trotz all der Arbeit hatte Liv das Gefühl, keinen Schritt voranzukommen. Erst hatten sie diskutiert, ob sie den Motorrad-Konvoi überhaupt begleiten sollte, aber vielleicht würde die Beobachtung der Vorgänge ihr neue Erkenntnisse liefern.

Während der Beisetzung hielten die Polizisten sich im Hintergrund. Über fünfzig Männer in Lederkluft bevölkerten den Kirchhof und folgten dem Urnenträger zur Grabstelle. Mancher Biker verbarg sein Haar unter einem Kopftuch, andere trugen trotz des grauen Tags Sonnenbrillen. Die Polizisten ignorierten sie einfach. Bosse wurde hofiert, Marcel hielt sich in seiner Nähe, als hoffe er, dass etwas von

Könnermanns Macht auf ihn abstrahlte. Tamara nahm in einem schwarzen Etuikleid und einem Hütchen mit Schleier die Beileidsbekundungen entgegen. Immer wieder rang sie sichtlich um Fassung und musste von anderen Frauen gestützt werden.

Ein dünner Mann in einer viel zu weiten Lederjacke erregte Livs Aufmerksamkeit. Er war verhältnismäßig alt und schien nicht viele Biker zu kennen, denn er hielt sich abseits und kam anscheinend kaum ins Gespräch. Irgendetwas an ihm kam ihr bekannt vor. Der feingliedrige Körperbau, die papierartige Haut, die wässrigen grauen Augen …

»Gitzelstein!«, murmelte sie plötzlich.

»Was?«, fragte Hennes leise.

»Das da ist Gitzelstein.«

»Der verrückte Profiler?« Hennes musterte ihn unauffällig. »Endlich kriege ich den mal zu Gesicht. Als ihr bei diesem Fall mit ihm zu tun hattet, war ich ja leider im Urlaub. Kaum greift eine schrille Persönlichkeit in eine Ermittlung hier auf Sylt ein, bin ich nicht da – typisch!«

Liv beobachtete den Mann. Ja, er war es. Gitzelstein war Mitglied der Abteilung für Operative Fallanalyse beim LKA gewesen, aber frühpensioniert worden. Seine Berufsauffassung war gewöhnungsbedürftig, seine Methoden schrill, weil er auf Undercover-Einsätze und Mimikry setzte. Trotzdem schätzte Hasselbrecht ihn. Auch Liv hatte er geholfen. Allerdings glaubte sie kaum, dass Hasselbrecht etwas mit Gitzelsteins Einsatz zu tun hatte. Was also tat er hier? War ihm nicht klar, dass er sich selbst in Gefahr brachte? Wenn seine Maskerade aufflog, würde es nicht nur für ihn gefährlich werden …

Liv informierte Carlo, der ganz und gar nicht begeistert über das Auftreten des Profilers war. Die Biker waren jetzt im Aufbruch befindlich. Hennes und Liv würden sich ab jetzt anderen Aufgaben zuwenden; genügend Beamte hatten die Rocker im Blick. Für sie gab es Wichtigeres zu tun. Um sie herum fuhren donnernd die Harleys und andere schwere Motorräder los. Noch einmal wanderte Livs Blick zu Marcel Zampowski. Dieser stand mit Bosse bei den Motorrädern. Zampowski flirtete offensichtlich gerade mit einem blutjungen Mädchen, was einem Muskelprotz mit kurzen Locken, der in der Nähe stand, nicht gefiel.

Liv wandte sich noch einmal an Preker. »Wer sind die beiden?«

»Ingo Voggt besitzt das Fitness-Studio in Westerland, in dem auch Zampowski seinen Körper stählt. Die Kleine ist Voggts Tochter. Mina und ihr Vater waren es, die Zampowski das Alibi für den Mord an Rocco verschafft haben.«

»Da würde ich ja zu gerne noch mal nachhaken«, sagte Liv, die sich kaum beherrschen konnte, Zampowski anzusprechen.

Carlos Finger zuckten, als er sie ins Visier nahm. »Ich warne dich, zerschieß uns nicht diesen Einsatz!«

Bevor Liv ernsthaft in Versuchung geraten konnte, klingelte ihr Telefon.

Es war einer der diensthabenden Revierpolizisten. »Da kam was rein für Sie. Versuchter Mord bei Niebüll«, sagte er.

»Was haben wir damit zu tun?«, wunderte Liv sich, denn eigentlich waren sie doch mit ihren eigenen Fällen ausgelastet.

Die Antwort ließ sie Marcel und die anderen Rocker fürs Erste vergessen.

* * *

Jetzt, wo sie sich neben ihrer Urgroßmutter auf dem Sofa eingekuschelt hatte und Zorro zu ihren Füßen schlief, fühlte Sanna sich sicher. Jan hatte erneut versucht, sie anzurufen, aber sie wollte ihren Cousin noch nicht sprechen. Dagegen hatte es ihr gutgetan, sich mit der Therapeutin und den unbekannten Jugendlichen auf der Seelsorge-Seite auszutauschen. Auch Kimi hatte ein paar Kurznachrichten geschickt, was Sanna zugleich freute und nervös machte. Ihr kam es vor, als ob Ockes ekelhafte Tat zwischen ihnen stehen würde.

Es klingelte. Ihr Hund schreckte auf und rannte bellend zur Tür. Elise folgte ihm gemächlich. Einen Augenblick später stand sie wieder im Wohnzimmer. »Hier ist ein junger Mann, der sich nach dir erkundigt. Er ist extra von Sylt gekommen. Sein Name ist Kimi.«

Sanna hatte das Gefühl, gleich ohnmächtig zu werden vor Aufregung. Kimi war nach Flensburg gekommen! Nur ihretwegen.

»Soll ich ihn reinlassen?«

Als Kimi einige Stunden später wieder ging, waren Sannas Herz und ihr Kopf voller wilder Gefühle. Entgegen ihrer Befürchtungen stand nichts zwischen ihnen. Nun fühlte sie sich stark genug, einige ihrer Freunde zurückzurufen. Sie fing mit Jan an. Besorgt erkundigte ihr Cousin sich nach ihrem Befinden. Dass Kimi bei ihr gewesen war, schien ihn sehr zu wundern. Eine Weile druckste er herum.

»Ich wollte dich und Tante Liv bitten, die Anzeige gegen Großvater zurückzuziehen, ehe sie sich herumspricht«, sagte er schließlich.

»Wie kannst du das von uns verlangen? Du weißt doch, was er getan hat!«

»Eben deshalb bitte ich euch. Es ist eine Familienangelegenheit. Wir sollten sie nicht nach außen tragen, sondern das Problem in der Familie klären.«

Sanna war für einen Augenblick sprachlos. Warum stellte sich Jan auf einmal auf Ockes Seite?

»Auf das Geld für den Japan-Austausch, das Großvater dir angeboten hat, müsstest du dann definitiv verzichten«, sagte Jan.

Ging es Jan etwa um Geld? »Hat er dir gedroht? Oder dich bestochen?«, platzte sie heraus.

Sekundenlang war nur Jans Atem zu hören. »Ich finde es super, dass Tante Liv sich damals konsequent gegen Ocke gestellt hat. Aber ich bin in einem Jahr mit der Schule fertig. Ich werde mit Großvaters Hilfe eine der besten Universitäten besuchen können. Er wird dir die gleichen Chancen geben, da bin ich mir sicher.«

22

Bei Niebüll, Festland, 14.01 Uhr

Den dritten Tatort innerhalb einer Woche aufzusuchen setzte nicht nur Liv zu. Hennes rauchte, seit sie das Auto verlassen hatte, eine nach der anderen. Inzwischen umgab ihn eine Eukalyptus-, Nikotin- und Knoblauchwolke. Zur Stärkung seines Immunsystems hatte er morgens darauf bestanden, frischen Knoblauch zu verspeisen. Ihren Vorschlag, sich krankzumelden, hatte er empört abgelehnt.

So wie es auf den ersten Blick aussah, war die Handschrift des Täters dieselbe. Eine frustrierende Erkenntnis. Der oder die Mörder gingen ihren grausamen Plänen nach, und die Polizei hinkte hinterher. Es war, als ob man auf ein Muster starrte, das System dahinter aber einfach nicht durchschauen konnte.

Die Leiche war auf einer Hofstelle außerhalb von Niebüll gefunden worden. Der Luftkurort war die Hauptdrehscheibe des Verkehrs zu den nordfriesischen Inseln. Entdeckt hatte die Tote der Postbote, der gleich darauf zusammengeklappt war.

Hasselbrecht stapfte in einem damenhaft geschnittenen Kostüm und kurzen Gummistiefeln durch den Bauerngarten. In diesem blühten Hortensien, Herbstastern und Anemonen, als ob sie ihre Existenz feiern müssten.

»Bei der Toten handelt es sich um Ute Mulfsen, 64 Jahre, alleinstehend, Imkerin. Sie wurde mit Kabelbindern an die

Klappe ihres Transporters gefesselt. Wir haben wieder die Strommarken von einem Taser und den ›Schuldig‹-Schriftzug aus schwarzem Nagellack«, berichtete der K1-Kollege Aziz, der von Flensburg aus als Erstes am Tatort gewesen war.

»Was bedeutet das mit dem Nagellack? Hat der Täter ein ganzes Depot dieser Farbe zu Hause? Ist es ein Nachahmungstäter, der durch diese Lackschrift von sich ablenken will? Oder haben wir nur durch Zufall so ein Fläschchen bei der Leiche von Tobias gefunden?«, rätselte Hennes.

»Das werden wir nur durch gute Polizeiarbeit herausfinden. Wir fahren das ganze Programm auf«, entschied Hasselbrecht.

»Was ist mit Stichwunden?«, wollte Liv wissen.

»Sieht nicht danach aus, aber die Frau Rechtsmedizinerin weigert sich, uns vorzeitig Auskunft zu erteilen«, sagte Aziz.

Erst jetzt stellte Liv fest, dass Sebastian Gerlich dieses Mal nicht eingesprungen war. Sie konnte es ihm nicht verdenken, wenn sie es auch bedauerte. Dennoch suchte Liv das Gespräch mit Gerlichs Kollegin. Diese schien ebenfalls sehr sorgfältig, aber auch ziemlich schweigsam zu sein. Immerhin konnte Liv ihr entlocken, dass die Stichwunden nicht primär ursächlich für Ute Mulfsens Tod gewesen waren. Widerwillig legte die Rechtsmedizinerin sich auf eine ungefähre Todeszeit fest. Während die Kommissare die Ermittlungsarbeit aufnahmen, arbeitete es in Livs Hinterkopf. Mit diesem Mord waren Zampowski und Könnermann endgültig raus.

Ebenso bedrückt wie ratlos suchten Liv und Hennes das Gespräch im örtlichen Polizeirevier.

Ein gemütlich wirkender Beamter, den die Tat sichtlich aus der Bahn geworfen hatte, schaute in seinen Akten und Notizen nach. »Mit der Polizei hatte Frau Mulfsen nichts zu tun. Sie taucht bei uns nur in einer Aktennotiz auf. Einmal war sie hier, das war im Sommer. Sie hat einen Vorfall auf einem Parkplatz in der Nähe gemeldet.«

Liv hakte nach. »Was für einen Vorfall?«

Er schaute im Computer nach. »Da gab es wohl Handgreiflichkeiten bei einem Liegenbleiber. Das Auto hat direkt auf dem Parkplatz schlappgemacht. Mehrere Personen waren beteiligt, eine junge Frau soll belästigt worden sein. Frau Mulfsen schritt ein, um die Krawalltaschen auseinanderzubringen, wurde aber selbst von einem der Typen bedroht. Als wir hinfuhren, war das Auto schon verschwunden. Und da Frau Mulfsen das Kennzeichen nur unvollständig notiert hatte, konnten wir nichts machen. Tiefergelegte dunkle Audis fahren hier häufiger herum.«

Liv und Hennes merkten beide auf. »Was für ein Audi?«

Wieder schaute er in die Notizen. »Sage ich doch: tiefergelegt und dunkel, steht hier.«

»Und das notierte Kennzeichen?«

»NF-SY. Der Rest fehlt, das Kennzeichen war wohl ziemlich verdreckt.«

Das war in der Tat zu wenig. Viele Sylt-Fans ließen sich diese Buchstabenkombination auf das Nummernschild drucken. Auch Rocco hatte es getan …

»Hat Frau Mulfsen die Leute beschrieben?«

»Nur denjenigen, der sie bedroht hat. Ein junger Mann, mit engem T-Shirt. Ziegenbärtchen, muskulös. Auch die zwei anderen waren jung, ein Mann und ein Mädchen, dann war da noch ein Rentner. Hatten wohl einiges getrunken. Als wir ankamen, lagen da etliche Bierdosen und Kippen.«

»Mädchen? Das heißt ein Kind?«

Der Polizist starrte auf den Bericht, wurde aber offensichtlich nicht schlüssig daraus. »Nein, ich glaube, das soll eher Jugendliche heißen. Ein Kind, da hätten wir ja noch schneller reagiert.«

»Genauer wissen Sie es nicht?« Der Beamte schüttelte den Kopf.

»Wann war dieser Vorfall genau?«

»Am 30. Juli, abends. Das war ein Sonntag. Frau Mulfsen kam von einem Stadtfest, musste aber dringend. Es war ein heißer Tag, sie hatte wohl viel getrunken.«

»Ach, das haben Sie notiert?«, meinte Hennes.

Diese Bemerkung gefiel dem Beamten gar nicht. Dennoch sagte er: »Es war dunkel, sie war aufgeregt. Ich fand es gut, dass sie überhaupt Zivilcourage gezeigt hat. Das ist mehr, als die meisten Leute heutzutage schaffen. Meinen Sie etwa, es besteht ein Zusammenhang zwischen diesem Ereignis und dem Mord?«

»Schwer zu sagen. Wäre nett, wenn Sie die Aktennotiz ausdrucken und uns auf der Karte zeigen könnten, wo sich der Parkplatz befindet. Gibt es noch einen weiteren Beamten, der bei dem Gespräch anwesend war?«

Liv und Hennes redeten auch mit diesem Polizisten, doch das Gespräch brachte nichts Neues.

Nach etlichen Befragungen sowie Beratungen mit der Rechtsmedizinerin und den Kriminaltechnikern waren die Kommissare einigermaßen ratlos. Die Todesnachricht hatte bei Nachbarn, Bekannten und Freunden für Schock und Bedrückung gesorgt. Ute Mulfsen war sozial engagiert gewesen, bei allen beliebt, ein Verlust für die Gemeinde. Was für ein Jammer …

»Zwei Morde und ein versuchter Mord. Drei Opfer, die nichts verbindet, außer diesem verdammten Nagellack, den es in fast jeder Drogerie gibt. Und natürlich der Taser. Auch dieses Opfer ist unauffällig, hat friedlich gelebt. Auf den ersten Blick gibt es nichts, was nach einem Mordmotiv aussieht«, brach es aus Liv heraus, als sie mit Hennes eine Kaffeepause machte. »Das Einzige, was auffällt, ist die Aktennotiz.« Sie rief auf ihrem Handy eine Landkarte auf. »Der Parkplatz befindet sich an der Landstraße nach Niebüll. Ich muss immer an Roccos tiefergelegten dunklen Audi denken.«

»Aber im Sommer war Rocco auf Sylt. Außerdem kommt die Beschreibung nicht hin. Das Alter und der Bart passen eher auf …«

»Marcel.«

»Tobias könnte der andere junge Mann gewesen sein. Er ist Ende Juli von Berlin aus nach Sylt gefahren. Wir müssen die Daten abgleichen.«

»Also kannten die beiden sich doch? Aber wer waren das Mädchen und der Rentner?«

Liv hob mit einem mulmigen Gefühl die Schultern. Sie hoffte, dass die zwei nichts mit ihrer Mordserie zu tun hatten. »Lass uns hinfahren. Wir schauen uns den Parkplatz an«, schlug sie vor.

»Nach so vielen Wochen finden wir da nichts mehr«, war Hennes überzeugt.

»Trotzdem. Was soll's? Dieser Ausflug kostet uns nur ein Stündchen.«

Hier war Nordfriesland wirklich platt. Weite Felder, Entwässerungsgräben, Windräder, Höfe und Biogasanlagen. Der Parkplatz war kaum mehr als ein lang gezogener Streifen Asphalt an einem Waldstück. Auf der gegenüberliegenden Seite gab es ein kleines Toilettenhäuschen sowie einen Picknicktisch und zwei Bänke. Ein Feldweg führte zwischen den Bäumen hindurch in ein Naturschutzgebiet. Auf Schildern wurde das Ökosystem beschrieben und zu einem Waldspaziergang eingeladen. An den Asphalträndern lagen Kippen und sonstiger Müll.

»Ein Parkplatz, mehr nicht, vor allem keine Überwachungskameras«, sagte Hennes. »Trotzdem sollten wir klären, ob Marcel an dem Tag Roccos Audi gefahren ist. Vielleicht gibt es ja auch Kameras an der Strecke. Oder der Wagen ist geblitzt worden.« Sogleich nahm er das Telefon zur Hand.

Auch Liv hatte ihr Handy gezückt und wählte eine Nummer. »Enrik? Ich habe noch mal eine Frage zu Tobias …«

In ihrem Kopf begann es während des Gesprächs wie verrückt zu arbeiten. Alle Details der Fälle wirbelten noch einmal durcheinander. Eine unbestimmte Erregung hatte sie erfasst. Obgleich Hennes nur einen Teil des Dialogs mitbekam, tigerte er bei jedem weiteren Wort aufgeregt auf und ab und hüstelte vor sich hin.

Nachdenklich wog Liv nach dem Telefonat das Smartphone in der Hand.

»Enrik erinnert sich genau, dass Tobias an dem fraglichen Tag aus Berlin abgereist ist, weil er Tobias' Karte für ein Clubkonzert verkaufen musste. Das Konzert war cool, und Enrik hat Tobias etliche Fotos geschickt, deshalb wusste er das Datum so genau. Tobias ist nicht Bahn gefahren, das war ihm zu teuer. Einen Billigbus von Berlin nach Sylt gibt es nicht. Er hat irgendeinen Mitfahrdienst genutzt. Welchen, wusste Enrik nicht.«

23

Westerland, 18.06 Uhr

Im Polizeirevier schnappte Liv sich als Erstes die Unterlagen, die sie bei René Höpen beschlagnahmt hatten. Rocco hatte alle Belege säuberlich abgeheftet. Vor allem interessierten sie die Tankquittungen. Tatsächlich fand sich eine für den 30. Juli. Sie war in der Nähe von Hamburg ausgestellt worden, am Tag davor hatte Rocco in Berlin getankt. Was hatten er oder Marcel auf dem Festland erledigt?

Bei der kurzen Lage-Erörterung in kleiner Runde ging es zuerst um die Observation und die aktuellen Erkenntnisse. »Offenbar hat Bosse etwas von den Vertretern der MCs bekommen – wir vermuten, Waffen. Für einen Zugriff sind die Informationen jedoch zu vage. Hoffentlich wissen wir morgen mehr, wenn die Sause vorbei ist«, meinte Preker, der hibbelig wirkte.

Anschließend berichteten die Flensburger Kommissare von den aktuellen Entwicklungen. »Wir werden Marcel Zampowski und Tamara Hartmack zu diesem Ausflug aufs Festland befragen«, kündigte Liv an.

Carlo Preker war dagegen. »Für mich sind bei diesem Gedankengang ein paar Unwägbarkeiten zu viel. Falls es überhaupt Roccos Wagen war. Falls Marcel der Fahrer war. Falls etwas vorgefallen ist. Und dann ist ja auch noch die Frage: Was könnte da passiert sein, das einen, geschweige denn mehrere Morde rechtfertigt?«

»Das wissen wir auch nicht. Aber da wir keine andere heiße Spur haben, sollten wir der Sache nachgehen, meine ich.« Liv suchte den Blick ihrer Chefin, aber Hilke Hasselbrecht schwieg.

»Sollte wirklich irgendetwas bei dieser Fahrt vorgefallen sein, wird Zampowski ohnehin nichts dazu sagen«, setzte Preker hinzu.

Auf dem Flur vor der Intensivstation breitete sich ein wahres Blumen- und Postkartenmeer aus. Kleeblätter, Glückskäfer und Schornsteinfeger überwogen bei den Motiven. Offenbar hatten sich viele Freunde und ehemalige Mitschüler zur Klinik aufgemacht, um Tobias gute Besserung zu wünschen und seinen Eltern ihr Mitgefühl auszudrücken. Im Vorübergehen konnte Liv kurz zu Tobias Schulke ins Krankenzimmer hineinsehen. Der junge Mann war an Maschinen angeschlossen. So blass und unbewegt lag er da, dass sie sich fragte, ob er überhaupt noch lebte. Es musste grauenvoll für die Eltern sein, ihn so zu sehen.

Das Ehepaar Schulke hatte in dem Wartebereich eine Art Büro eingerichtet. Auf einem kleinen Tisch hatten sie Notebook, Tablet, Handys und Timer aufgebaut. Darum herum standen Warmhalteboxen von einem Sterne-Restaurant der Insel, das ihnen offenbar ihre Mahlzeiten hierhergeliefert hatte. Sogleich fing Friedrun Schulke wieder an, den Kommissaren Vorwürfe zu machen. Liv ignorierte ihn und erkundigte sich stattdessen nach Tobias' Zustand; es gab jedoch nichts Neues, deshalb kam Hennes gleich zur Sache.

»Aus verschiedenen Gründen sind wir bei unseren Ermittlungen bei den Geschehnissen vom 30. und 31. Juli dieses Jahres gelandet. Erinnern Sie sich an die beiden Tage?«

Friedrun Schulke starrte sie an, als seien sie vollends verrückt geworden. »Haben Sie sonst nichts zu tun?! Sie sollen sich mit dem 24. September beschäftigen, dem Tag, an dem unser Sohn angegriffen wurde.«

Es kostete Hennes sichtlich Mühe, ruhig zu bleiben. »Ich kann Ihnen versichern, dass diese Daten im Zusammenhang mit dem Mordversuch an Ihrem Sohn stehen«, sagte Liv.

Die Schulkes überlegten. »Das war, kurz bevor Tobias seine Stelle als Bufdi angetreten hat. War er nicht zu diesem Zeitpunkt mit Enrik und anderen in Berlin?«, fragte Babette Schulke schließlich.

»Erinnern Sie sich, wann Tobias zurückgekommen ist?«

»Er kam früher als erwartet zurück, glaube ich. Ich hatte zu einem Lunch eingeladen und ihn nicht für das Essen eingeplant, was mich zunächst etwas nervös machte. Aber dann hat er ohnehin darauf verzichtet, uns Gesellschaft zu leisten«, meinte Babette Schulke.

»Wissen Sie noch, wie Tobias gereist ist?«

»Na, mit Enrik, das sagte ich doch«, entgegnete Friedrun Schulke unfreundlich.

»Nein, das kann nicht stimmen. Enrik blieb länger in Berlin«, sagte Hennes.

»Dann habe ich keine Ahnung. Ich begreife aber auch nicht, was das zur Sache …«

Liv wandte sich an Babette Schulke. »Und was ist mit Ihnen? Hat Tobias Ihnen etwas über die Rückreise erzählt?«

Babette Schulke überlegte lange. »Als er ankam, war er irgendwie bedrückt. Ich habe es auf die Müdigkeit geschoben. Wenn die jungen Leute wild feiern …«

»Haben Sie mit Tobias darüber geredet?«

»Nein. Ich hatte mit dem Lunch alle Hände voll zu tun. Essen und Getränke wurden angeliefert, auch der Dekorateur war noch einmal da.« Abgelenkt rief sie auf ihrem Tablet eine Sylter Nachrichtenseite auf.

Die Kommissare erhoben sich. »Bitte melden Sie sich, falls Ihnen noch etwas einfällt«, sagte Liv.

Grimmig schüttelte Friedrun Schulke den Kopf. »Mir fällt nur immer wieder ein, dass Sie ja wohl überhaupt keine Ahnung haben, wonach Sie suchen sollen …«

Beim Hinausgehen war aus dem Schwesternzimmer eine Stimme zu hören, die Liv bekannt vorkam. Als sie hineinschaute, sah sie die Krankenpfleger und -schwestern vor einem kleinen Bildschirm. Der Sylt-Experte, ein Vlogger, der sich schon die ganze Zeit mit Berichten über die Ermittlungen zu profilieren versucht hatte, hatte einen ganz besonderen Gast.

»… allerdings hat die Öffentlichkeit bislang noch keine Verbindung zwischen dem Mord an René Höpen und dem Mordanschlag auf einen jungen Sylter aus guter Familie hergestellt«, sagte Gitzelstein gerade. Der Profiler hatte die Rockerkluft inzwischen abgelegt. Liv trat näher, um besser zuhören zu können. »Dabei ist die Handschrift des Täters dieselbe. Dass wir derzeit eine Ansammlung von Rockern auf der Insel beobachten können, ist ein weiterer Faktor, der einbezogen werden muss.«

»Sie sehen also einen Zusammenhang?«, fragte der Sylt-Experte.

»Ohne Zweifel. Wir haben es bei den sogenannten MCs mit einer quasiarchaischen Gemeinschaft zu tun, in der Rituale und Symbole eine große Bedeutung haben. Die Verletzung der Ehre kann martialisch bestraft werden.«

»Davon ist aber auf Sylt nicht die Rede.«

Gitzelstein sah nun direkt in die Kamera. »Weil die Polizei nicht alle Informationen über die Taten, die ihr vorliegen, auch öffentlich macht.«

Zurück im Revier, beschaffte Liv sich die Nummer von Rhianna, der Ex-Freundin von Tobias. Ein Kollege hatte sie schon allgemein befragt, allerdings hatte Rhianna wenig neue Erkenntnisse beitragen können. Nun sah die Sache anders aus. Rhianna war eine ehrgeizige junge Frau, die Liv zwischen zwei BWL-Vorlesungen erwischte. Liv schaltete den Lautsprecher ihres Telefons an, sodass Hennes mithören konnte.

»Ich wollte sofort, als ich von Tobias' Zustand hörte, nach Sylt kommen«, erklärte Rhianna. »Aber Enrik meinte, wir könnten ohnehin nicht zu ihm. Außerdem ist mein Stundenplan so vollgepackt, dass es mir schwerfallen würde, den Stoff nachzuholen.«

»Sicher wird das Ehepaar Schulke Sie informieren, sobald Tobias Besuch empfangen kann«, sagte Liv. Sie bat Rhianna, von Tobias und ihrer letzten Begegnung zu berichten.

»Tobias ist immer über verschiedene Mitfahrbörsen gereist. Da hat er die unglaublichsten Dinge erlebt. Einmal bin ich mit ihm mit – das war schrecklich! Der Fahrer hat unfassbar nach Knoblauch gestunken und versucht, uns zu irgendeiner obskuren Sekte zu bekehren.« Liv warf Hennes bei diesen Worten ein halbes Grinsen zu. Dieser tunkte demonstrativ eine Knoblauchzehe in Honig und verspeiste sie. »Ob Tobias nach unserem Streit mit einer Mitfahrzentrale gefahren ist, weiß ich nicht. Aber das müssten Sie doch auf seinem Handy sehen.«

»Tobias' Handy ist leider verschwunden. Und bislang haben wir noch keinen Zugriff auf seine Social-Media-Daten.«

»Warum das denn nicht? Ich denke, die Polizei darf alles.«

»Das stimmt nicht. Wir müssen uns ebenfalls an Regeln halten. Letztlich ist das auch richtig so. Manchmal dauert es allerdings, bis wir von den Seitenbetreibern eine Zugriffserlaubnis erhalten.« Gerade bei einem Mordfall oder versuchtem Mord ärgerte es Liv extrem, wenn sich die Provider derart viel Zeit ließen. Gleich als Nächstes würde sie der Abteilung für Cyberkriminalität beim LKA die Dringlichkeit ihrer Anfrage verdeutlichen.

Rhianna versprach Liv, sich noch einmal zu melden, falls ihr noch etwas einfiel. »Ich wünschte, ich hätte mich mit Tobias wieder vertragen. So sollte man nicht auseinandergehen«, sagte Rhianna schließlich leise. Ein erstickter Laut war zu hören. Liv ließ der jungen Frau Zeit. »Ich habe seine letzten Fotos bei Insta gesehen, darunter die Fluke eines Schweinswals«, sprach Rhianna schließlich weiter. »In dem Moment ist Tobias glücklich gewesen, das weiß ich. Dann hatte er immer so ein Blitzen in den Augen, das kannte ich gut.« Sie schniefte.

»Dann drücken wir die Daumen, dass Tobias bald wieder so glücklich sein wird«, sagte Liv tröstend.

Wenn sie Marcel derzeit noch nicht befragen konnten, würden sie wenigstens versuchen, sich an Tamara Hartmack zu halten. Liv entschuldigte sich auf der Mailbox dafür, sie an diesem schweren Tag zu belästigen, erklärte aber auch, dass es dringend sei. Zu ihrer Überraschung rief Tamara Hartmack bereits wenig später zurück. Die Kommissare durften sie in ihrem Penthouse aufsuchen.

Tamara nahm sie im Flur in Empfang. Ihre Augen waren verquollen, das Make-up verwischt. Frauen saßen im Wohnzimmer, der Tisch war voller Cocktails und Fingerfood. Hätten nicht alle Anwesenden so bedrückt gewirkt, hätte es ein lustiges Freundinnen-Treffen sein können. Auf dem Fernseher liefen, auf Stumm geschaltet, Urlaubsbilder und -filme. Liv bekam den lustigen und liebevollen Rocco auf dem Bildschirm nicht mit dem Eindruck zusammen, den sie bei den Ermittlungen gewonnen hatte.

»Wir haben doch schon alles besprochen. Was wollen Sie denn noch?«, fragte Tamara Hartmack mit heiserer Stimme.

»Gehen Sie nicht zu den Feierlichkeiten, die Bosse plant?«

»Nein. Ich habe auf dem Friedhof Abschied genommen, das genügt. Diese MCs sind reine Machovereine. Bei fast allen sind Frauen verboten, nur als Sexobjekte werden sie geduldet, das brauche ich nicht«, sagte Tamara bitter.

Liv hätte es von sich aus in dieser Situation nicht erwähnt, aber da Hartmack es selbst ansprach, tat sie es doch: »Bert Könnermann hat uns von Ihrer Vergangenheit erzählt.«

Tamara Hartmack stieß zischend die Luft aus. »Natürlich versucht er, mich zu diskreditieren. Bosse und ich verstehen uns, gelinde gesagt, nicht gut. Rocco stand zwischen uns. Dass wir auswandern wollten, empfand Bosse als Verrat. Ich schäme mich aber nicht für meine Vergangenheit. Anfangs erschien mir die Arbeit als Escort eine gute Möglichkeit, schnell viel Geld zu verdienen. Später fiel es mir immer schwerer, meinen Körper zu verkaufen. Jede Hure, die sagt, die Arbeit würde ihr Spaß machen, lügt. Aber ich will nicht undankbar sein. Nur mit diesem Startkapital konnte ich meine Boutique aufmachen.« Ein Schatten schien über ihr Gesicht zu wandern.

»Ist Rocco in den letzten Monaten mit dem Audi auf dem Festland gewesen? Wir interessieren uns besonders für Ende Juli, genauer gesagt, den 30. Juli«, sagte Hennes.

»Nein. In der Hauptsaison hatte Rocco immer viel zu tun.«

»Hat Rocco seinen Audi verliehen? War jemand anders für ihn zu dieser Zeit mit dem Auto unterwegs?«

»Das mag sein«, sagte Hartmack vage.

»An Marcel vielleicht? Hat er Fahrten für Rocco übernommen?«

Tamara Hartmack schwieg. Liv neigte sich zu ihr. »Wenn Sie etwas wissen, müssen Sie mit uns reden! Zwei Menschen sind gestorben, ein Dritter wurde lebensbedrohlich verletzt. Wir verfolgen unzählige Spuren, aber noch fehlt uns der Zusammenhang zwischen den Taten. Wenn Sie Angst vor einer Aussage haben, können wir Sie schützen. Wir können Ihren Namen geheim halten. Es gibt sogar Zeugenschutz, wenn Sie in Fällen von Organisierter Kriminalität aussagen«, redete Liv der Frau ins Gewissen.

Tamara musterte sie einige Augenblicke. »Niemand kann mich vor Bosse schützen«, sagte sie schließlich matt. »Schon dass ich hier mit Ihnen spreche, kann mich in Schwierigkeiten bringen. Also gehen Sie bitte.«

Der Fahrstuhl funktionierte wieder. Livs Telefon klingelte, als sie schweigend hinunterfuhren, sie konnte aber am anderen Ende der Leitung niemanden hören. Vor dem Hochhaus rief sie zurück. Fallwinde hatten eingesetzt und kündigten einen Wetterwechsel an. Hennes diskutierte derweil mit einem Lasterfahrer, der Getränke für den Surfworldcup anlieferte und sie zugeparkt hatte.

»Hier ist Rhianna, super, dass Sie so schnell zurückrufen. Ich habe meine Handyprogramme durchforstet, weil ich wusste, dass Tobias sich damals, als wir zusammen waren …« – damals, dachte Liv, es war gerade ein halbes Jahr her – »… bei mir in seine Online-Cloud eingeloggt hat, um seinen Kalender zu checken. Weil sein Handy tot war, wissen Sie?«

Liv spürte, wie sich ihr Körper unwillkürlich versteifte. Hoffentlich …

»Mein Handy hat das Passwort gespeichert, und tatsächlich konnte ich mich in seinen Account einloggen. Er hat am 30. Juli einen Kontakt hinzugefügt, eine gewisse Annie. A-N-N-I-E«, buchstabierte Rhianna. »Tobias hat geschrieben ›Mitreisende on the road to nowhere‹, also denke ich mal, dass sie auch zur MFG, also zur Mitfahrgemeinschaft, gehörte. Ich habe hier ihre Nummer.«

Das Mädchen, da war es! Liv konnte es nicht fassen. Aufgeregt notierte sie sich die Ziffernfolge. »Gibt es später noch einmal eine Nachricht an diese Annie?«

»Nein. Ich sagte doch, dass Tobias mein Handy nur kurz benutzt hat, um auf sein Adressbuch und den Kalender zuzugreifen, weil sein Akku leer war.«

Liv überlegte. Gerichtsfest waren Beweise nur, wenn sie rechtmäßig erlangt waren. Auf der anderen Seite ging es hier ja lediglich um hilfreiche Zwischenermittlungen – und die Zeit drängte. »Können Sie den Eintrag weiterleiten und mir sicherheitshalber zusätzlich noch einen Screenshot schicken? Und vielleicht Tobias' Login verraten? Dann können unsere Computerexperten möglicherweise …«

»Ich weiß nicht, ob Tobias das recht …«, zögerte Rhianna. Doch dann sagte sie: »Was soll's! Wenn es hilft, denjenigen zu finden, der Tobias das angetan hat …«

Livs Handy meldete den Eingang einer Kurznachricht. »Danke, Rhianna. Diese Informationen helfen uns sehr.«

Liv betrachtete Tobias' Eintrag. Leider entdeckte sie keine zusätzlichen relevanten Infos oder eine geheime Botschaft darin, die Rhianna übersehen hatte. Wenn Tobias sich mit dem Fahrer in Verbindung gesetzt hatte, dann nicht über diese Cloud, sondern vielleicht per SMS.

Liv setzte Hennes in Kenntnis. Sie mussten herausfinden, wer diese Annie war. Sofort riefen sie die Computerforensiker an, damit diese Annies Handynummer mit den Social-Media-Kontakten und den diversen Mitfahrzentralen abglichen. Liv spürte, dass diese Information der Ermittlung einen neuen Schub geben würde.

Kaum im Revier angekommen, ging Liv zu dem Computerexperten, mit dem sie telefoniert hatte, während Hennes die Melderegister durchforstete.

Ole war vollauf mit der Überwachung der Rocker beschäftigt. Abgelenkt reichte er Liv einen Zettel. »Hier sind die Verbindungsdaten des Handys dieser Annie. Das Gerät war seit Ende Juli tot. Am 20. und am 24. September hat es sich eingeloggt, immer nur für wenige Minuten, daneben findest du die Kenndaten der entsprechenden Funkmasten.«

Liv glich die Daten mit den Ereignissen ab. Drei Tage vor und einen nach Roccos Tod. Was hatte das zu bedeuten?

»Die Ortung ist derzeit wieder unmöglich, nehme ich an?«

»Ja, der Akku muss erneut entfernt worden sein. Wir konnten die Daten noch keiner Person in einem Telefonnummernverzeichnis zuordnen, ihr habt also weiterhin nur den Vornamen.«

Was war mit dieser Annie? Wo war sie? Warum schaltete sie ihr Handy immer wieder aus? Versteckte sie sich? Wusste sie, was ihren Mitreisenden zugestoßen war? War sie vielleicht die Mörderin? Gehörte der Nagellack ihr? Und was war dann mit dem Rentner? Sie mussten unbedingt dessen Identität herausbekommen!

Hennes kam zurück. »Und? Was hast du gefunden?«, fragte Liv angespannt.

»Leider nichts. Es gibt keine Annie in den Sylter Melderegistern, die der gesuchten Person entspricht. Die eine ist noch im Kindergarten, die andere hat seit Monaten das Altenheim nicht mehr verlassen. Ohne weitere Angaben oder einen Nachnamen kommen wir nicht weiter«, machte Hennes ihre Hoffnungen zunichte. Er schob die Papiere auf seinem Schreibtisch zusammen. »Vielleicht wohnt sie ja gar nicht auf Sylt, sondern wollte hier lediglich jemanden besuchen oder Urlaub machen.«

Liv sah ihre Chancen, diese Annie zu finden, auf null sinken.

Aus dem Augenwinkel beobachtete sie, wie Hennes einen Brief aufhob, der unter den Papieren gelegen hatte, und ihn öffnete. »Ich habe Post bekommen. Nicht gerade ein Liebesbrief. Das Kapital schlägt zurück«, sagte er finster.

Liv überflog den Brief. Schmerzensgeldantrag, Strafanzeige, Dienstaufsichtsbeschwerde. Ihr Blick blieb immer wieder an der Summe hängen, die in der Mitte des Schreibens prangte. Die Zahl war so astronomisch, dass sie einen normal verdienenden Menschen in den Ruin treiben würde. Die absurd hohe Summe wurde mit den angeblichen Verletzungen begründet, die Ocke im Krankenhaus hatte dokumentieren lassen, und damit, dass Hennes sehr wohl gewusst habe, was sein Schlag anrichten würde.

»Ich werde mich darum kümmern«, presste sie hervor.

Ihr Zeigefinger war über dem Symbol erstarrt. Sie schaffte es einfach nicht, auf »Rückruf« zu drücken. Andererseits konnte sie es aber einfach nicht ertragen, dass Hennes durch ihren Vater beruflich und finanziell kaputt gemacht werden sollte. Verstört überlegte sie, welche andere Möglichkeit sie hätte. Sollte sie selbst einen Anwalt beauftragen? Noch einmal überflog sie den Brief, den sie Hennes abgenommen hatte, als könne sie die Antwort darin finden. Da blieben ihre

Augen auf dem Briefkopf haften. Arian Plönsen – warum war ihr das nicht gleich aufgefallen? Liv wühlte in der Innentasche ihrer Jacke. Hatte Arian ihr nicht seine Telefonnummer zugesteckt?

Sie traf den früheren Schulfreund im Salon 1900 in Keitum. In dem Restaurant, das an ein Antiquitätengeschäft erinnerte, verspeisten er und seine Geschäftsfreunde blutrosa Deichlamm mit Rosmarinkartoffeln. Als er Liv entdeckte, entschuldigte er sich anscheinend bei seinen Begleitern und trat zu ihr.

In dem Powersuit mit Nadelstreifen und den handgefertigten Schuhen sah Arian elegant aus. Sein Blick war jedoch abschätzig. »Schön, dich hier zu sehen, wo du doch erst am Wochenende zugelassen hast, dass ich mich zum Affen mache.«

Liv lag eine spitze Bemerkung auf der Zunge, aber sie beherrschte sich. Sie hatte lediglich seine plumpen Flirtversuche ignoriert, worauf er bei Katharinas Feier zunehmend ungehalten reagiert hatte.

»Ich wusste gar nicht, dass du Anwalt bist«, sagte sie.

»Dass du dich nicht wirklich für mich interessierst, habe ich leider zu spät mitbekommen, sonst hätte ich meine Zeit nicht an dich verschwendet.«

»Du weißt, warum ich hier bin.«

Arian machte eine wegwerfende Handbewegung. »Normalerweise gebe ich mich nicht mit derartigen Bagatellen ab. Es ist in diesem Fall jedoch reizvoll, einen neuen Klienten zu gewinnen, und noch dazu einen so einflussreichen.« Er spielte mit dem Kleingeld in seiner Anzugtasche und machte ein paar lässige Schritte. Wie hatte sie ihn auch nur ansatzweise attraktiv finden können? »Sylt mag im Wandel sein, unter der Oberfläche wird es aber nach wie vor von der alten Garde regiert.«

Was redete er da? »Mein Vater soll die Anzeige gegen meinen Kollegen zurückziehen, sag ihm das.«

Arian lächelte gönnerhaft. »Herr Lammers wusste natürlich, dass du so reagieren würdest. Deshalb teilte er mir auch gleich eine Antwort mit: Er will dich persönlich sprechen. Du sollst ihn in seinem Arbeitszimmer aufsuchen.«

Obgleich sie es schon befürchtet hatte, traf diese Antwort sie wie ein Knockout. Scharf sog Liv die Luft ein.

Arian kam ihr jetzt viel zu nah. »So, wo wir das geklärt haben, können wir ja zum angenehmen Teil dieses Gesprächs übergehen. Willst du ein wenig warten, dann können wir einen Drink zusammen nehmen? Dann kannst du dein Verhalten von der Party wiedergutmachen.«

Liv ließ ihn einfach stehen.

24

Die Gesellschaft in der Tabledance-Bar ließ es krachen. Immer wieder wurden lautstark Toasts auf Rocco ausgesprochen oder Erinnerungen ausgetauscht. Bosse hatte sich nicht lumpen lassen, das Catering war vom Feinsten. Denise stöckelte sich in ihrem Lack-und-Leder-Dress durch eine Tanznummer. Die anzüglichen Rufe der Männer hörte sie schon gar nicht mehr, und den Kerlen, die sie anzufassen versuchten, wich sie geschickt aus. Ihre Wunden schmerzten, und unter dem engen Dress brannte der Schweiß. Während sie tanzte, träumte sie sich zu ihrer Tochter.

Ein scharfer Zuruf von Marcel holte sie unsanft in die Realität zurück. Sie stieg von der Bühne und ging zu ihm.

»Ein enger Freund von Bosse will dich mit in sein Zimmer nehmen. Malik ist eine große Nummer in Köln.« Sein Blick flackerte zu einem Typen mit Reptilienaugen, der sie schon die ganze Zeit beobachtet hatte.

Der Echsen-Typ sabberte fast vor Geilheit! Denise ekelte sich. »Ich mache das nicht mehr! Ich bin Tänzerin, mehr nicht.«

»Ich dachte, du hättest verstanden, wie Bosse dazu steht«, sagte Marcel halbwegs bekümmert.

Ihr Hals war wie zugeschnürt. »Du wolltest mir doch helfen.«

»Das werde ich auch, Baby. Kein anderer soll dich haben! Aber wir können es nicht übers Knie brechen, schon gar nicht heute, okay? Du musst mit ihm gehen, sonst ist hier nichts mehr easy. Mach es einfach, und denk an was Schönes.« Marcel steckte ihr ein Tütchen mit einer bunten Pille in den Ausschnitt. »Tu es für deine Tochter.«

Denise mied den fordernden Blick des Fremden. Am liebsten würde sie einfach weglaufen. Aber niemand würde ihr dann helfen, nicht einmal Marcel. Er dachte auch nur an seinen Vorteil. Sie pulte die Pille aus dem Tütchen und legte sie unter ihre Zunge. Dann knipste sie ihr Lächeln an und schlenderte auf den Fremden zu wie eine Ballerina zur Solonummer.

* * *

Mitten in der Nacht klingelte es bei Tamara Sturm. Sie wollte erst nicht öffnen, denn sie war noch angetrunken von der Trauerfeier, aber dann hörte sie direkt vor der Tür Denises Stimme. Die junge Frau wirkte derangiert, ihr Dress war eingerissen. Tamara half ihr herein. Kaum hatte sie die Tür hinter sich geschlossen, erschlaffte Denise in ihren Armen und sank auf den Boden, wo sie haltlos zu weinen begann.

»War das etwa Bosse, der dich so zugerichtet hat? Oder Marcel?«, fragte Tamara erzürnt.

Denise schluchzte. »Ich musste abhauen. Wer weiß, sonst hätte ich noch mal … Das hätte ich nicht ausgehalten. Darf ich hierbleiben, bitte?«

Tamara überfielen ungewollt Erinnerungen und zugleich eine heiße Wut. »Ich lasse dir erst einmal ein Bad ein«, presste sie hervor. Während das Wasser einlief, half sie Denise aus dem engen Anzug. Blaue Flecken an den Handgelenken und an den Oberschenkeln bewiesen, dass Denise misshandelt worden war.

Später machte Tamara der jungen Frau erneut das Gästebett. Sie stellte fest, dass es sie von ihren eigenen Sorgen ablenkte, wenn sie sich um jemanden kümmerte.

Nachdem Tamara einen Kamillentee aufgebrüht hatte, ging sie wieder zu Denise. Diese schaute sich in Endlosschleife einen kurzen Film auf ihrem Handy an. Ihr Gesicht war tränennass.

Tamara reichte ihr den Becher. »Was siehst du dir da an?«, fragte sie.

Denise wischte sich grob die Tränen aus dem Gesicht, dann zeigte sie Tamara das Display. Ein kleines Mädchen war zu sehen, das schaukelte und dabei unbeschwert sang.

»Felia, meine Tochter. Bosse hat gedroht …« Denise brach ab, atmete tief. »Nur für sie mache ich das alles.«

Einen Augenblick schauten sie gemeinsam auf das Display. Unwillkürlich knirschte Tamara mit den Zähnen. Bosse war so ein Schwein! Mit seiner jungen Frau und seinen Kindern spielte er heile Familie, aber das Leben anderer vernichtete er, ohne mit der Wimper zu zucken. Auch ihre Existenz würde er zerstören, wenn es ihm dienlich war. Auf eine seltsame Art und Weise schenkte der Anblick des unschuldigen Kindes Tamara neue Energie. Schließlich riss sie sich von dem Filmchen los.

Sie ging in den Keller zu Roccos Versteck. Lange Zeit hatte Tamara nichts von diesem Kabuff gewusst, das er von einem der anderen Apartment-Besitzer, der es nicht brauchte, gemietet hatte. Von außen unscheinbar, war der Kellerraum mit einer zweiten Tür versehen. Hinter dieser Sicherheitstür befand sich Roccos Lebensversicherung. Dass sie ihm letztlich nicht genützt hatte, war bitter.

Als Tamara die Alubox öffnete, strömte ihr der Geruch von Waffenöl und Pulver entgegen. Dann glitten ihre Fingerspitzen über den Stahl. Sie musste handeln, es ging nicht anders. Für ihren Seelenfrieden. Für Rocco. Für diese Frau und dieses Kind.

* * *

Eine trübsinnige Stimmung hatte sich in der Funky Bar ausgebreitet, jetzt wo die Tänzerinnen anderweitig beschäftigt waren und der Alkoholpegel anstieg. Mehr als einmal hatte Honk dazwischengehen müssen, als bei einigen Rockern harmloses Kräftemessen in eine Prügelei ausartete. Bosse hingegen hatte sich in diesen Situationen zurückgehalten, was Marcel zunehmend mit Verachtung erfüllte. Dazu kam, dass Bosse ihn und Honk einberufen hatte. Einen von ihnen würde er als seinen Stellvertreter aufbauen. Wen, das sollten sie unter sich ausmachen. Honks Blick nach zu urteilen, hätte er Marcel am liebsten sofort zerfleischt. Marcel würde geschickt agieren müssen, um sich gegen dieses Tier durchzusetzen. Bosse machte es sich mit dieser Entscheidung leicht. Jetzt war er in einem der Séparées verschwunden. Wie konnte man freiwillig auf einen so großartigen Zusammenhalt, wie er unter den Rockern herrschte, verzichten? Marcel fühlte sich sauwohl in dieser Gesellschaft und würde alles tun, hier anerkannt zu werden. Mit seiner Geschmeidigkeit und seiner Menschenkenntnis war er wie gemacht dafür, sich in dieser Szene zu behaupten.

»Danke noch mal für die geile Kleine. Gute Empfehlung, Mann.« Eine schwere Hand landete so fest zwischen seinen Schulterblättern, dass Marcel beinahe vornüberfiel. Der Kölner Rocker war unvermittelt neben ihm aufgetaucht. »Hab gehört, du hast noch andere Talente.«

Marcel versuchte, sich seine Verwirrung nicht anmerken zu lassen. Wusste er etwa von …

Die Antwort wurde ihm erspart.

»Ich will ehrlich zu dir sein. Ich habe mit Bosse über eine Intensivierung unserer Geschäftsbeziehungen verhandelt. Aber Bosse will hier weiter eine ruhige Kugel schieben, das weißt du ja sicher.« Malik blinzelte unablässig. »Falls du mehr Ambitionen hast, werden wir uns bestimmt einig. Du bist keine Flachpfeife wie viele andere. Vertrauenswürdige, loyale Männer kann ich immer brauchen. Ich würde auch dafür sorgen, dass deine Prospect-Zeit verkürzt wird und du nicht allzu lange den Sherpa machen musst.«

Marcel platzte beinahe vor Erregung. Malik hatte erkannt, was in ihm steckte. Der Kölner würde ihn fördern und nicht runterputzen, wie es Bosse tat. Die Hierarchie bei den Hells Angels kannte er natürlich. Erst als Member gehörte man wirklich und auf Lebenszeit dazu. AFFA – Angels Forever, Forever Angels.

»Aber wo willst du …?«

»Darüber sprechen wir, wenn es so weit ist. Du weißt ja: Diese eine Liebe wird nie zu Ende gehen …« Malik zwinkerte. Dann wandte er sich wieder den anderen zu.

Marcel kämpfte darum, dass man ihm seine Überraschung nicht ansah. Sollte das heißen, dass Malik plante, Bosse auf Sylt Konkurrenz zu machen?

Er bemerkte nicht, dass Bosse ihr Gespräch vom Séparée aus genau verfolgt hatte.

* * *

Entnervt schaltete Liv das Licht ein. Nie hatte sie unter Schlaflosigkeit gelitten, nie! Nicht als sie ihr Elternhaus verlassen hatte, nicht als junge Mutter oder als Auszubildende. Aber heute wälzte sie sich schweißgebadet auf dem Bett umher.

Vor dem Schlafengehen hatte sie noch mit einigen Kollegen im Kompass einen Flammkuchen gegessen. Später hatte sie mit Sanna und Elise telefoniert. Das Gespräch hatte viele unterdrückte Gefühle über ihre familiären Verstrickungen wieder zum Köcheln gebracht. Dazu die Morde, Tobias …

Sie setzte sich hin und klappte ihr Buch auf. Ihre Gedanken schweiften jedoch immer wieder ab. Schließlich fischte sie ihr Notizheft aus der Tasche und blätterte es durch. Seite um Seite hatte sie mit Informationen gefüllt, und doch fand sie den Schlüssel zu dem Rätsel nicht, das dieser verzweigte Fall verbarg.

Auf der letzten Seite stand nur ein einzelnes Wort, ein Name.

Annie, dachte sie, ich werde dich finden, und dann verrätst du mir, was am 30. Juli geschehen ist.

25

ÄNNY

Zu warten machte Änny nichts aus. Ihr wurde nie langweilig. Eigentlich gab es immer etwas zu sehen. Auch wenn die Verspätung inzwischen wirklich eine Frechheit war.

Außerdem war es viel zu heiß, um auf einem Platz herumzustehen. Immerhin gab es hier Bäume, typische Berliner Linden, die ebenfalls unter der Julihitze zu ächzen schienen. Die Musik des Sommers umfing sie: Vom Spielplatz in der Nähe erklang Kinderlachen, aus den offenen Fenstern der Wohnhäuser schallten Schlager. Sie hatte diesen hübschen Park im Bezirk Wedding noch gar nicht gekannt. Vor einer Kneipe schlabberte ein Dackel aus einer Wasserschale. Der Gemüseverkäufer sprühte den Kopfsalat ein, damit er frisch blieb, und die Schlange vor dem Eiscafé war endlos lang.

Änny hatte ebenfalls Lust auf ein Eis, aber ihr Geld reichte gerade für die Fahrt und einen Mittagspausenstopp. Nichts war peinlicher, als sich auf der Raststätte nicht einmal einen Kaffee leisten zu können. Sie tupfte sich den Schweiß ab, der an ihren Schläfen kitzelte, und trank einen Schluck aus ihrer Wasserflasche. Noch einmal kontrollierte sie ihr Handy. Nüscht, wie ihre Mitbewohnerin sagen würde. Sie blies das Kaugummi auf und ließ die Blase platzen. Stilvoll war das nicht gerade, schon klar. Aber es machte Spaß.

Zum Zeitvertreib beobachtete Änny die Leute. Ihr Blick

wanderte über zu kurze Shorts hin zu dicken Beinen, nackten Bäuchen und verschwitzten Unterhemden. Kein schöner Anblick. Modetechnisch war der Sommer oft genug eine Katastrophe. Das wollte sie mit ihren Kreationen ändern. Sie wusste ja, wie es anders ging. Auf Sylt hatte man eben Stil …

Die alte Dame, die nun über den blumengesäumten Platz spazierte, sah hingegen super aus. Das antikblaue Kleid war geschmackvoll gegürtet. Besonders schick fand Änny den kleinen Hut und, als gekonnten Stilbruch, die scharfen Riemchensandalen. Bestimmt war die Dame schon achtzig. Zugleich war sie der beste Beweis dafür, dass man im Alter nicht in Beige oder Schwarz herumlaufen musste.

Änny ging lächelnd auf sie zu. »Darf ich ein Foto von Ihnen machen? Ich bin Modestudentin. Sie sehen so großartig aus!«

Die Dame strahlte Änny an und drehte sich vor deren Handykamera, sodass der Rocksaum in weichen Wogen herumschwang. »Die Duchesse-Seide ist aus den Fünfzigerjahren. Ich habe das Kleid selbst umgearbeitet«, erklärte sie und musterte Änny. »Du siehst aber auch flott aus. Eine Eigenkreation?«

Änny wurde rot. Ihre Einstellung zu ihrem Aussehen hatte sich schon vor längerer Zeit extrem verwandelt. Wie ein Schmetterling hatte sie sich entpuppt.

»Ja, genau. Dass Sie das gesehen haben! Ich studiere Mode hier in Berlin«, verriet Änny. Sie konnte sich gerade noch zurückhalten, damit anzugeben, dass sie eines der begehrten Stipendien bekommen hatte. Ihr neues Selbstbewusstsein war der Grund, warum sie nach eineinhalb Jahren wieder nach Sylt wollte. Sie hatte es geschafft.

»Dann sind Ihre Eltern sicher stolz auf Sie.«

Änny lächelte matt.

»Leinen ist natürlich herrlich bei der Hitze«, setzte die alte Dame hinzu.

Änny hob Arm und Bein etwas, damit die Dame die Schlitze sehen konnte, die sie eingearbeitet hatte. Sie hatte viele Stunden Cocktails mixen, Zettel verteilen und Hunde ausführen müssen, um das Geld für das Leinen zusammenzubekommen.

In diesem Augenblick raste ein Auto heran. Änny zog die alte Dame behutsam von der Straße weg, als der Fahrer schnell an ihnen vorbeifuhr. Dann bremste der große Wagen in einigen Metern Entfernung. Die Reifen drehten durch, er fuhr rückwärts, hielt neben ihnen. Dunkelblaue Lackierung, breite Reifen, glänzende Felgen, und der Wagen hing tief über dem Asphalt. Sirrend senkte sich das Fenster. Ein junger Mann lehnte sich über den Beifahrersitz und grinste Änny an. Auf seiner Nase glänzte eine verspiegelte Pilotenbrille, die Änny völlig drüber fand.

»Bist du Änny? Ich bin Marcel. Wir haben ein Date. Rein mit mir … äh … dir.«

26

Donnerstag, 28. September, 7.30 Uhr

Bei dieser Morgenrunde wurde deutlich, wie stark die SOKO inzwischen angewachsen war, denn der Raum platzte beinahe aus den Nähten. Massen an belegten Brötchen und Schokoriegeln standen bereit. Angesichts der zwei Morde und des versuchten Mordes hatte sich das Need-to-know-Prinzip bei Ermittlungen im Zusammenhang mit OMCGs anscheinend erledigt. Mehrere Pinnwände waren inzwischen von Ermittlungsergebnissen, Zielen und Hinweisen bedeckt. Im Zentrum hingen jeweils die Porträtfotos der Opfer, eine ständige Mahnung an das, worum es hier ging. Liv hatte sich kurz mit den Kollegen ausgetauscht, ehe sie in den Besprechungsraum gegangen waren. Noch immer war kein Durchbruch in den Nachforschungen gelungen, dementsprechend angespannt war die Stimmung. Immerhin war Tobias von der Intensivstation auf eine normale Station verlegt worden, wenn er auch noch immer im künstlichen Koma lag.

»Boa, und diese FLSTSB! Ein fettes Teil, die hätte ich auch gerne …« Breit grinsend kam Andreas in den Raum, kurz nach ihm Carlo Preker.

»Stimmt, nicht schlecht, die schwarz lackierte Springergabel und die Tankkonsole im Cat-Eye-Look …«

Liv warf Hennes einen fragenden Blick zu. »Es geht um die Harley-Davidson Cross Bones. Einer der Rocker fährt sie anscheinend. Schwere Bikes für schwere Jungs«, sagte dieser und rührte Honig in eine dampfende Milch.

Carlo Preker bemerkte, dass alle bereits auf ihn gewartet hatten. »Tach«, begrüßte er sie aufgeräumt. Er trat vor das Whiteboard, hängte die Daumen in den Gürtel und sah in die Runde. »Ich freue mich, mitteilen zu können, dass unser gemeinsamer Einsatz gestern mit Unterstützung des MEK bereits einige Erfolge verbuchen konnte. Ohne Details nennen zu können, haben die Observationsmaßnahmen – die übrigens noch andauern – uns schon jetzt wertvolle Informationen geliefert.«

»Informationen, die zur Ergreifung des oder der Mörder führen werden?«, fragte Hilke Hasselbrecht, die nach den Männern eingetreten war.

»Davon gehen wir aus. Vor allem aber werden wir der Rockerkriminalität …«

»Berichten Sie uns doch als Erstes von den Informationen, die für die Mordermittlung relevant sind«, ging Hasselbrecht dazwischen.

Liv war froh über diese Einmischung, denn sie hatte schon länger befürchtet, dass Prekers Ermittlungsgruppe eine eigene Agenda verfolgte, die nichts mit den Morden zu tun hatte.

»Könnermann hat nichts über den Mord an Rocco gesagt, auch sonst scheint keiner der Rocker etwas damit zu tun zu haben. Der Anschlag auf den Lamborghini seines Konkurrenten hingegen –«

»Hat Zampowski sich zu den Morden oder dem Angriff auf Schulke geäußert?«

»Das nicht, aber –«

Die K1-Chefin übernahm charmant, aber bestimmt die Führung. »Sehen Sie mir nach, dass wir zunächst die aktuellen Entwicklungen in den Mordermittlungen zusammentragen.«

Sie erteilte Aziz das Wort, der von dem Stand der Ermittlungen im Mordfall Ute Mulfsen berichtete. »Frau Mulfsen erlag, während sie gefesselt war, einem akuten Asthmaanfall, so lautet das Ergebnis der Obduktion. Ein ursächlicher Zusammenhang zu dem Taser-Beschuss lässt sich nicht feststellen. Wir haben für die Tat ihren Nachbarn im Visier. Mit ihm hatte Frau Mulfsen häufig Streit, weil er Gen-Mais anbaute und ihrer Meinung nach ihren Honig verunreinigte und die Bienen schädigte. Am Tatort wurde neben fremder DNA, die wir noch nicht zuordnen konnten, auch seine DNA gefunden. Er leugnet jedoch, Frau Mulfsen überfallen und gefesselt zu haben«, lautete sein kompakter Bericht.

Hennes übernahm und fasste die jüngsten Ergebnisse zusammen. »Bislang konnten wir diese Annie noch nicht ausfindig machen. Auf dem Notebook von Tobias Schulke gibt es anscheinend auch keine weiteren Hinweise. Ich nehme aber an, dass sich heute die Zentrale Ansprechstelle Cybercrime mit Resultaten melden wird«, schloss er.

Anschließend war Bente an der Reihe. »Laubenpichler und Mittgaard sind endgültig raus. Ihre Alibis sind bestätigt. Gleiches gilt für Sagrauski: An den Grillmessern waren keine Spuren von menschlichem Blut. Er könnte natürlich ein anderes Messer verwendet haben, aber sein Alibi hat einer Überprüfung standgehalten. Die Dünenbaustelle ist anscheinend nicht der Grund für den Angriff auf Tobias Schulke.«

Livs Blick wanderte mit beinahe schon verzweifelter Energie über Whiteboard und Pinnwände. Da musste es doch etwas geben, das für einen Durchbruch bei den Ermittlungen sorgte. Die Fotos des Vorhängeschlosses und der »Schuldig«-

Schriftzüge, der Taser, die Drohbriefe und der Kabelbinder. Vielleicht hatten sie die Lösung des Falles schon vor Augen. Aus dieser Perspektive fiel ihr auf, wie penibel die Buchstaben der Drohbriefe ausgeschnitten und wie gerade sie aufgeklebt waren. Eine echte Bastelarbeit …

»Haben wir Mara Laubenpichler eigentlich zu den Drohbriefen befragt und ihr Alibi für die Tatzeiten überprüft?«, platzte sie in die Runde.

»Von den Drohbriefen wusste sie nichts, und zur Tatzeit war sie jeweils zu Hause. Warum?«, fragte Wanda.

»Als wir bei ihr waren, räumte sie gerade Mal- und Bastelsachen unters Sofa. Vielleicht sollten wir die Papiere und den Klebstoff abgleichen«, meinte Hennes, der Livs Gedankengang sofort gefolgt war.

»Tut das«, entschied Hasselbrecht.

»Marcel Zampowskis Alibi für die Zeit des Mordes an René Höpen wackelt auf jeden Fall. Ich habe Kontakt zu den Zeitungsboten aufgenommen, die im Umfeld der Funky Bar und der Werkstatt frühmorgens die Zeitung verteilen. Einer von ihnen will Zampowski gegen halb fünf dort gesehen haben«, berichtete Momke.

»Dann werden wir uns Marcel und seine Kumpel von der Muckibude also heute endlich vornehmen«, sagte Liv entschieden. Dieses Mal widersprach niemand. Sie konnte es kaum erwarten.

»Wir müssen die Zeit im Blick behalten. Noch immer können wir nicht ausschließen, dass es sich um eine Mordserie handelt. Der Mörder hat beim letzten Mal nur wenige Stunden verstreichen lassen, bis er wieder zuschlug. Sollten die Morde wirklich etwas mit den Ereignissen vom 30. Juli zu tun haben, gibt es zwei potenzielle Opfer, von denen uns bislang jede Spur fehlt: diese Annie und ein Rentner, von dem wir nicht einmal den Namen wissen«, meinte Hasselbrecht.

»Ich kann mir kaum vorstellen, dass ein Rentner zur Fahrgemeinschaft gehörte. Welcher Rentner macht das schon?«, meinte Andreas.

Unter Hasselbrechts Leitung verteilten sie die Aufgaben. Carlo Preker ergriff nun wieder das Wort. Enthusiastisch wie ein Motivationstrainer schloss er die Sitzung.

»Hätte gerade noch gefehlt, dass wir ihn an der Tür alle abklatschen müssen«, meinte Hennes.

»Gib mir fünf, Partner!«, meinte Liv und hielt ihm die Hand hin.

Doch Hennes pflückte sich nur die Mütze aus der Tasche und zog sie tief ins Gesicht. »Lass uns mal lieber Zampowskis Befragung vorbereiten.«

Im Hinausgehen sah Liv, dass Momke vor der Pinnwand stehen geblieben war. Er betrachtete den Ausdruck des Adressbucheintrags von Tobias Schulke. »Annie«, sagte er nachdenklich. »Irgendwie klingelt da was bei mir.«

Marcel Zampowski war nicht zu erreichen, deshalb machten sich Liv und Hennes direkt auf nach Wenningstedt. Eine undurchdringliche Wolkendecke hing über den Häusern, und der Wind hatte wieder zugelegt; es braute sich etwas zusammen.

Die Begrüßung durch Mara Laubenpichler erstaunte Liv. »Ich wollte mich noch bei Ihnen bedanken. Kommen Sie doch herein«, sagte sie.

Wieder standen im Flur diverse Pakete. Jetzt, wo sie wusste, dass das Paar Überflüssiges verkaufte, um seine Finanzen auszubessern, deprimierte der Anblick Liv. »Womit haben wir Ihren Dank verdient?«, fragte sie.

Mara Laubenpichler führte sie ins Wohnzimmer, wo ihr

Mann am Esstisch saß. Er sah manierlich aus, beachtete sie aber gar nicht.

»Danken Sie uns nicht zu früh«, sagte Hennes. »Wir sind hier, um Ihre Scheren, das Bastelpapier und den Klebstoff für eine Überprüfung zu beschlagnahmen.«

Diese Ankündigung riss den Hausherrn aus seiner Lethargie. »Warum das denn? Glauben Sie etwa, dass ich Drohbriefe an Schulke geschickt habe? Das ist doch lächerlich! Ich habe an die Presse geschrieben, das ist richtig. Aber die Zeitungen weigern sich ja, wahrheitsgemäß über Anzeigenkunden zu berichten – von wegen freie Presse!«, ereiferte sich Kai Laubenpichler.

Hennes stützte die Ellbogen auf die Knie. Ruhig sah er Laubenpichler an. »Ich habe Verständnis für Ihre Wut, ganz ehrlich. Das sollte es nicht geben, dass ein Pleitier besser dasteht als diejenigen, die durch ihn Geld verloren haben. Aber das ist ein Fall für die Gerichte.«

Die lange Rede brachte ihn zum Hüsteln, daher übernahm Liv. »Uns geht es um einen jungen Mann, der angegriffen wurde und seit Tagen mit dem Tode ringt. Der Drohbriefschreiber steht noch immer auf unserer Liste der Verdächtigen. Es kostet uns Zeit, ihn zu ermitteln und gegebenenfalls von der Liste zu streichen, wertvolle Zeit, in der eventuell ein Messerstecher auf Sylt frei herumläuft.«

Liv hatte das Ehepaar beobachtet, was sehr aufschlussreich gewesen war. »Wenn wir hingegen herausfinden, dass der Drohbriefschreiber nichts mit dem Mordanschlag zu tun hat, und er die Tat gesteht, kann er mit einer relativ niedrigen Strafe rechnen«, schloss sie.

Laubenpichler schlug die Hände auf die Knie. »Ich habe aber nichts mit diesen Drohbriefen zu tun, wie oft soll ich das noch …!«

Er unterbrach sich abrupt, als er Livs Blick folgte, der auf seiner Frau ruhte.

Als die Kommissare den Klinikgang betraten, auf dem Tobias Schulke jetzt untergebracht war, saß zu Livs Erstaunen Hermann Gitzelstein bei dessen Eltern. Auf dem Tisch vor ihnen waren ein mit einem Zeitstrahl bemaltes Papier, Zeichnungen und eine Namensliste ausgebreitet. Wie ihnen die Krankenschwester mitgeteilt hatte, war der Zustand von Tobias Schulke noch unverändert.

»Was machen Sie denn hier?«, fragte Hennes. »Eben noch Rocker und jetzt …«

»… externer Berater«, vollendete Gitzelstein selbstzufrieden seinen Satz.

»Wir haben Herrn Gitzelstein beim Sylt-Experten gesehen und waren beeindruckt von seiner Kompetenz. Deshalb habe ich ihn hinzugezogen – Sie sind ja offenbar mit diesem Fall überfordert«, ätzte Friedrun Schulke.

Liv ignorierte die Bemerkung. »Wir haben Ihnen etwas Wichtiges mitzuteilen. Vielleicht möchten Sie lieber ohne …«, begann sie, doch Schulke fiel ihr ins Wort: »Herr Gitzelstein genießt unser volles Vertrauen.«

»Nun gut. Wir haben den Verfasser der Drohbriefe ermittelt. Es handelt sich dabei um Mara Laubenpichler. Sie hat in ihrem Kummer über ihre Geldnot und die Verzweiflung ihres Manns keinen anderen Ausweg gewusst.« Die Frau hatte umfassend gestanden. Die Vergleichsprobe der Materialien war eine reine Formsache.

»Mit dem Angriff auf Ihren Sohn hatte Mara Laubenpichler jedoch nichts zu tun; zur Tatzeit war sie nicht einmal auf der Insel«, fuhr Hennes fort.

Gitzelstein hatte die Hände hinter dem Rücken verschränkt und wippte auf den Fußsohlen. »Das hätte ich Ihnen gleich sagen können. Dem Täter sind einfache Drohbriefe viel zu profan. Wenn es ihm nur auf die Botschaft ankäme, würde er es bei dem Schriftzug belassen. Ihm geht es um Rache. Es ist seine spezielle Signatur, die mich das annehmen lässt, sein Modus operandi. Außerdem ist anzunehmen, dass er vorher etwas von seinen Opfern erfahren will.«

»Warum sonst sollte er die Opfer erst betäuben und dann töten, schon klar«, murrte Hennes.

Auch Liv konnte sich Gitzelsteins Analyse nicht entziehen und hätte gerne mehr gehört, weigerte sich jedoch, sie vor dem Ehepaar Schulke zu diskutieren.

»Wie auch immer: Wir haben ein Geständnis und können diese Ermittlungsrichtung abhaken«, sagte sie.

»Unmöglich, diese Frau! Wie kann sie es wagen, uns derart zu belästigen!« Friedrun Schulke zückte sein Handy. »Natürlich werde ich sofort meinen Anwalt konsultieren und Anzeige erstatten.«

Hennes stieß ein Schnauben aus. »Auf den Gedanken, dass Sie schuld an Mara Laubenpichlers Verzweiflungstat sind, kommen Sie wohl gar nicht?!«

Völlig verständnislos starrte Schulke ihn an. »Wie könnte ich schuld daran sein?«

Im Revier wurden die Kommissare sofort zu Ole, dem IT-Mitarbeiter der Zentralen Ansprechstelle Cybercrime, bestellt.

»Wir haben mithilfe der Cookies auf Tobias Schulkes Notebook verschiedene Internetseiten von Mitfahrzentralen gecheckt. Der Markt für MFGs ist ja in den letzten Jahren geradezu explodiert. Wir reden von BlaBlaCar, Fahrgemeinschaften.de, MiFaZ und anderen. MFGs sind viel günstiger als andere Verkehrsmittel. Schon ab fünf Euro bist du on the road. Die Unternehmen betreiben unheimlich viel Aufwand, um das Mitfahren einfach und sicher zu machen. Mit dem gefährlichen Per-Anhalter-Fahren von früher hat das wenig zu tun. Gerade das Dynamic Ridesharing ist wirklich exzellent …«

Hennes wedelte mit der unangezündeten Zigarette in seiner Hand. »Weiter. Oder, falls du das besser verstehst, fast forward.«

Irritiert blickte der junge Computerforensiker ihn an. »Was hast du herausgefunden?«, meinte Liv freundlich, wenngleich sie ebenso ungeduldig wie ihr Kollege war.

»Anscheinend ist Tobias Schulke tatsächlich am 30. Juli mit drei anderen von Berlin nach Sylt gefahren. Leider haben wir bislang nur die Nicknames. Wir warten noch darauf, dass die Mitfahrzentrale die Daten freigibt. Das ist nämlich in diesem Fall gar nicht so –«

Offenbar wollte er zu einem längeren Exkurs ausholen. Liv ging dazwischen. »Ihr macht, so schnell ihr könnt, das wissen wir«, sagte sie.

»Immerhin haben wir Start und Ziel gefunden.«

Und das sagte er jetzt erst?! Er sah auf seine Notizen. Liv und Hennes hielt es kaum noch auf der Sitzkante.

»Tobias Schulke hatte eine Notiz in der Cloud gespeichert. ›Treffpunkt zehn Uhr Pekinger Platz in Berlin Wedding. Endpunkt Sylt, Käpt'n-Christiansen-Straße, Ecke Elisabeth-Straße‹. Die Beschreibung des Wagens passt auf Höpens Audi A8.«

Liv musste nur kurz überlegen. Sie schoss hoch. »Das ist die Ecke vom Friedhof der Namenlosen – nur einen Steinwurf von der Funky Bar entfernt.« Sie berührte begeistert den Oberarm des Kollegen. »Danke!«

Sie wollten gerade los, um Zampowski zu suchen, als Momke sie auf dem Flur abfing. »Ich wusste doch, dass mir der Name des Mädchens etwas sagt. Ich hatte im Sommer mit einer Änny zu tun, deren Name schreibt sich aber anders. Ä-N-N-Y. Allerdings …«

27

ÄNNY

»Wer hat nur die Diamanten gestohlen, um sie in deinen Augen zu verstecken?«, fragte Marcel mit einem fiesen Aufreißerlächeln.

Änny sah zur Ampel. Noch immer rot. Herrgott, war das eine lange Rotphase! Marcel legte die Hand auf die Lehne des Beifahrersitzes. Unauffällig neigte Änny sich zum Fenster. Sie bedauerte inzwischen nicht nur, vorne Platz genommen, sondern auch, ihn im Voraus bezahlt zu haben.

Schon mindestens eine Dreiviertelstunde kurvten sie durch Berlin. Natürlich war die Stadt groß, aber diese lange Fahrzeit kam ihr doch merkwürdig vor. Andererseits hatte Marcel ja gesagt, dass sie noch zwei Leute mitnehmen würden, denn nur so konnte er den unschlagbar günstigen Fahrpreis halten. Das Auto war ja groß genug dafür, und die Klimaanlage funktionierte, was beschwerte sie sich also. Vielleicht würde er sich später auch mehr auf die anderen konzentrieren. Oder sie konnte selbst ein paar interessante Gespräche führen. Sie war schon häufiger mit Fahrgemeinschaften gereist, das war immer angenehm gewesen.

Marcel zupfte an ihrer Leinenjacke, was ihr unangenehm war. »Du studierst Mode und kommst von Sylt. Reiches Töchterchen also. Alles easy, oder?«

»Nein, gar nicht. Ich jobbe.«

»Was machst du denn so?«

»Ich führe Hunde aus. Verteile Zettel. Arbeite in einer Cocktailbar.«

Er wandte sich ihr zu. Sollte er sich nicht besser auf den Verkehr konzentrieren? Hier war ganz schön was los! »So wie du aussiehst, bekommst du bestimmt viel Trinkgeld.«

Durch die Spiegelung in der Pilotenbrille sah sie, was er sah: ein kurviges blondes Mädchen. Sie mochte ihren curvy style, zog aber trotzdem die Jacke vor der Brust zusammen. Der Schweiß rann ihr herunter. Gott, war ihr heiß!

»Das Trinkgeld ist nicht schlecht. Und du, was machst du so?«, fragte Änny, um von sich abzulenken.

In diesem Augenblick schwenkte er an den Fahrbahnrand und kam abrupt zum Stehen. Das Fenster neben ihr fuhr herunter. Marcel schob die Sonnenbrille auf die Stirn und beugte sich so nah über sie, dass sie sich in den Sitz presste. Ein junger Mann stand auf dem Fußweg, etwa in ihrem Alter. Sportlich und flott sah er aus, ein Surfertyp. Die Kleidung war abgetragen, aber lässig. Er wirkte wie jemand, der wusste, was er wollte, und nicht viel Aufhebens um sich machte. Änny war er sofort sympathisch.

»Bist du Tobias? Marcel mein Name. Be my guest.«

28

Keitum, 12.33 Uhr

Mit Schwung ließ Marcel den Basie auf die Vitrine sausen. Krachend zersplitterte das Glas unter dem Baseballschläger und verteilte sich funkelnd auf Seidenblusen und Kaschmirmäntel.

»So bekommt der Glitter- und Glamour-Look doch gleich einen ganz neuen Touch«, meinte Marcel und freute sich über seine originelle Formulierung.

Tamara schien sich nicht darüber zu amüsieren. Roccos Witwe starrte ihn aus schreckgeweiteten Augen an. Ihre Finger zitterten, als sie ihm die Geldscheine hinhielt. »Hier, nimm das Geld – aber bitte hör auf!«

Vermutlich hatte sie ihn trotz der Maske erkannt. Das machte aber nichts, sie sollte ihn ruhig fürchten. Er war sicher, dass sie hinter der Missstimmung steckte, die zuletzt zwischen ihm und Rocco geherrscht hatte.

Marcel steckte das Geld ein und holte noch einmal mit dem Baseballschläger aus, um eine weitere Vitrine zu zertrümmern. Beim Hinausgehen schnappte er sich einen Bikini vom Kleiderständer. Mit diesem teuren Geschenk konnte er ganz sicher bei Gelegenheit ein Mädchen beeindrucken.

Er huschte ungesehen zum Auto, zerrte sich die Maske vom Kopf und wollte gerade Bosse von der erfolgreichen Erfüllung des Auftrags berichten, als sein Handy klingelte. Wieder war es diese Nummer. Seine Hochstimmung verflog.

»Ich weiß, was du getan hast …«

29

Kampen, 12.45 Uhr

Willem Rembke öffnete die unterste Schublade des Kiefernschranks. Fein säuberlich waren die Schlüpfer gefaltet. Die weißen Slips interessierten ihn nicht. Die roten und schwarzen Stringtangas zog er aber auseinander, betrachtete sie wie seltene Schmetterlinge und hielt sie an die Nase, um den Duft nach frischer Feinwäsche einzusaugen. Hach, er liebte die ersten Tage, in denen er ein neues Haus in aller Ruhe erkunden konnte.

Voller Besitzerstolz sah er sich in der Villa um. Toplage, wie die Makler sagen würden, Wattenmeer und Weststrand waren fußläufig erreichbar. Dies war die teuerste Ecke von Kampen, ja, von Sylt. Dass er hier einhüten durfte, hatte er nur seinem guten Ruf zu verdanken. Er galt als verlässlichster Housesitter für die exklusivsten Objekte. Sein polizeiliches Führungszeugnis war blütenweiß. Seine Kunden schätzten, dass er vertrauenswürdig und diskret war. Durch ihn sah ein Haus bewohnt aus, was die Gefahr eines Einbruchs minimierte. Er hängte Wäsche raus, schaltete die Lampen ein und aus und kümmerte sich gegebenenfalls sogar um zurückgelassene Haustiere oder Angehörige, die zur Urlaubszeit lästig geworden waren. Das waren allerdings nicht seine liebsten Aufträge. Am meisten mochte er, wenn er eine Villa für sich hatte, so wie jetzt. Er brauchte sie gar nicht besitzen; viel besser gefiel ihm die Abwechslung. Natürlich nippte er mal an exquisiten Spirituosen oder inspizierte den Weinkeller, aber dafür hütete er die Häuser zuverlässig. Letztlich war es ein Geschäft auf Gegenseitigkeit. Er wusste seine Neugier aber auch gut zu vertuschen.

Ein Geräusch riss ihn aus seiner Andacht. Hatte er etwa vergessen, die Terrassentür zu schließen? Eigentlich neigte er nicht zu solchen Nachlässigkeiten.

Sorgfältig legte Willem Rembke die Unterwäsche wieder zusammen, sodass niemand bemerken würde, dass er sich daran zu schaffen gemacht hatte, und schob die Schublade wieder zu. Er hatte ja noch viel Zeit, bis die Besitzer zurückkamen.

* * *

Der Schock saß tief. »Bist du sicher, dass das unsere Änny ist?«, fragte Liv noch einmal.

Momke hob die Schultern. »Wie soll ich sicher sein? Änny Meinhorn kam am 31. Juli nach Sylt, stieg aus der Bahn, kollabierte, wurde notfallmedizinisch behandelt und starb.«

Noch einmal ließen die Kommissare die Information sacken. Ihnen allen war die Erschütterung anzusehen. Noch eine Tote. Liv hatte die Nase gestrichen voll von diesem Fall.

»Wir fanden Ecstasy bei Änny. Ein Arzt kam aus dem Ärztehaus gegenüber zum Bahnhof geeilt, als er von dem Notfall hörte. Doktor Zingst diagnostizierte eine Überdosis. Ännys Vater behauptete, seine Tochter hätte nie Drogen genommen. Aber als wir der Sache nachgingen, stellten wir fest, dass er schon länger keinen Kontakt mehr zu ihr gehabt hatte«, berichtete Momke.

»Sie war erst neunzehn«, sagte Liv matt.

»Mit siebzehn hatte sie wohl die Insel verlassen. Studierte

Modedesign in Berlin. Taffes Mädchen, hat sich allein durchgeschlagen. Keinen Cent hat sie von ihrem Vater bekommen. Kein Wunder, dass Herr Meinhorn sich Vorwürfe machte. Wenn man eine Beziehung selbst verbockt hat, lenkt man ja gerne von der eigenen Schuld ab. Herr Meinhorn meinte von Anfang an, dass jemand seine Tochter ermordet hat. Darauf gab es aber keinen Hinweis. Wir haben die Ermittlungen deshalb eingestellt.«

»Ist Änny Meinhorn am 30. oder 31. Juli in Berlin aufgebrochen?«

»Das wusste ihre Mitbewohnerin nicht genau. Die hat ebenfalls viel gejobbt.«

»Hat Änny von Berlin aus die Bahn genommen?«

Momke sah zum Fenster. Der Wind trieb das Laub hoch durch die Luft. »Sie ist hier mit der Bahn angekommen, so viel steht fest. Ich kann mich nicht erinnern, dass wir darüber geredet haben. Das erschien uns nicht wichtig. Der Fall war klar. Was sollen wir bei einem Tod durch eine Überdosis auch groß ermitteln?«, sagte er, als ob er sich verteidigen müsse.

»Und Ännys Handy?

»Wir haben es ihrem Vater übergeben, zusammen mit ihren anderen Sachen.«

»Könntest du …«

Momke hielt Liv einen Zettel hin. »Ich habe die Adresse und die Telefonnummer des Vaters und der Freundin aufgeschrieben. Dachte mir schon, dass du mit beiden sprechen willst.«

»Die Frage ist nur, ob wir Ännys Vater als Zeugen oder als Beschuldigten vernehmen.«

»Du meinst doch nicht etwa …«, begann Momke entsetzt.

»Wenn wir ein starkes Motiv suchen, hier ist es: Der Mann

glaubt, dass seine Tochter umgebracht wurde, und wird damit alleingelassen. Die anderen sind ›schuldig‹.«

»Für die Begründung einer Beschuldigteneigenschaft reicht der Tatverdacht allein nicht, das solltest du wissen«, dozierte Momke.

»Hier geht es um seine Gefühle!«

Momke rümpfte die Nase. »Es gab keinen Hinweis auf Fremdeinwirkung. Punktum.«

Trotzdem notierte Liv sich auch noch die Telefonnummer des Arztes, der Änny notfallmedizinisch behandelt und ihren Tod festgestellt hatte, und hinterließ ihm eine Nachricht auf dem Anrufbeantworter.

Auf dem Weg zum Dienstwagen telefonierten sowohl Liv als auch Hennes. »Wir können nachher bei Ännys Vater vorbeifahren«, sagte Liv, als sie kurz darauf einstiegen. »Gert Meinhorn wunderte sich, dass wir uns plötzlich doch für den Tod seiner Tochter interessieren. Am Tag, als Rocco ermordet wurde, ist er angeblich nach Stuttgart geflogen; Bente überprüft das gerade. Was ist mit Zampowski?«

»Noch immer nichts. Der schläft wohl seinen Rausch aus. Aber das wird ein böses Erwachen.«

Sie umkurvten vorsichtig eine Touristengruppe, die viel zu schnell mit E-Bikes über die Hauptstraße brauste. Sosehr Liv auch darauf gebrannt hatte, endlich Marcel Zampowski zu vernehmen, jetzt drängte es sie beinahe mehr, herauszufinden, was es mit Änny auf sich hatte. Bestand ein Zusammenhang zwischen den Morden und dem Tod des Mädchens?

Hennes hustete, und Liv sah, dass er verstohlen einen Schluck von dem Hustensaft nahm, den sie ihm besorgt hatte. »Also: Zampowski ist aus irgendeinem Grund in Berlin. Auf dem Rückweg nimmt er ein paar Leute mit. Etwas passiert.

Änny stirbt. Knapp zwei Monate später beginnt er, seine Mitfahrer umzubringen. Ist das unsere Theorie?«

»Hört sich … verworren an«, gab Liv zu.

Ihr Partner ließ die Hustensaftflasche wieder in der Tasche verschwinden. »Niemand behauptet, dass Mörder große Logiker sind.«

»Und wie passt Rocco da hinein?«

Ihr Kollege schwieg.

Die Werkstatttore waren geschlossen, auch die Funky Bar war zu. Vor der Toreinfahrt spazierte ein Trupp Rocker vorbei. Liv eilte zur Ecke, um ihnen nachzusehen. Zampowski war nicht darunter, dafür trugen die harten Kerle Shoppingtaschen. Die anderen Passanten gingen trotzdem furchtsam auf Abstand.

Liv rief beim Überwachungsteam des MEK an. »Die Werkstatt ist geschlossen. Wisst ihr, wo Zampowski ist?«

»Warte, ich frage mal nach«, meinte der IT-Experte Ole. Einen Augenblick war nur fernes Stimmengewirr zu vernehmen. »Etliche Rocker sind bei Könnermann, treiben Sport oder shoppen, einige sind auch schon abgereist. Zampowski hat heute noch keiner gesehen. Übrigens wurde das Handy, das ich überwachen soll, heute benutzt. Allerdings nur kurz und mitten in Westerland. Unmöglich, den Anrufer zu lokalisieren.«

Liv unterdrückte ein angespanntes Seufzen. »Könntest du mich zu Carlo rüberstellen?«

Es dauerte schier endlos, bis der LKA-Kommissar sich meldete. »Wir brauchen einen Durchsuchungsbeschluss für die Werkstatt. Zampowski ist ausgeflogen«, sagte Liv.

»Auf keinen Fall. Unsere Operation darf nicht gefährdet werden. Wir wollen ihn weiter in Sicherheit wiegen.«

»Damit er Zeit hat, was zu tun? Einen weiteren Mord zu begehen?«, fragte Liv scharf. »Wenn du nicht zustimmst, rede ich mit dem Staatsanwalt.«

»Ich habe die Teamleitung inne«, sagte Carlo hart. »Es ist meine Entscheidung. Wir warten.«

»Auf was?«

»Wir wissen von unserer Quelle, dass Bosse heute über Drogen- und Waffengeschäfte verhandeln will. Sobald die Gespräche gelaufen sind, haben wir hoffentlich genügend gegen ihn in der Hand. Dann können wir auch Zampowski festnageln.«

»Könnt ihr wenigstens Zampowskis Handy orten und uns die Daten durchgeben?«

Ein tiefer Seufzer. »Ich melde mich.« Er hatte aufgelegt.

Das, was sie so flapsig als »Muckibude« bezeichnet hatten, war ein modernes Fitness-Studio mit Meerblick. Die Partyzelte vor dem Brandenburger Strand hoben sich leuchtend weiß von den Unwetterwolken am Himmel ab. Morgen würde der Surfcup beginnen. Liv war froh, dass Hasselbrechts Bitte an die Presse, die Berichterstattung über die Morde in Grenzen zu halten, gewirkt hatte. Noch war keine Hysterie angesichts des frei herumlaufenden Mörders ausgebrochen. Einzig der Sylt-Experte verbreitete krude Theorien.

Auf den Laufbändern vor der Fensterfront trabten muskelbepackte Kerle und sehnige Frauen, andere stemmten so schwere Gewichte, dass Liv schon beim Zusehen die Puste ausging.

Hennes hatte den Geschäftsführer entdeckt, der hinter einem kleinen Tresen stand und Energydrinks ausgab. Knapp stellten sie sich vor und fragten nach Marcel Zampowski.

»Der ist nicht hier«, sagte Ingo Voggt abweisend.

»Das sehen wir. Wann haben Sie ihn denn zum letzten Mal getroffen?«

»Gestern, bei der Trauerfeier.«

»Haben Sie eine Idee, wo wir ihn finden könnten?« Der Mann schüttelte verneinend die kurzen Locken. »Vielleicht bei Ihrer Tochter?«, setzte Liv aufs Geratewohl hinzu. Es war ein Bluff, aber im Gesicht ihres Gegenübers zuckte es beinahe unmerklich.

Hennes stützte sich auf den Tresen. »Sie wissen doch sicher, warum er sich so an Ihre Tochter heranmacht. Ist doch immer das gleiche Spiel: Junge hübsche Mädchen werden gefügig gemacht und dann zu sexuellen Gefälligkeiten gezwungen. Vielleicht braucht er sie auch, um Drogen zu verticken.«

»Nicht meine Mina. Außerdem hat Marcel mir versprochen, die Finger von ihr zu lassen.«

»Nee, ist klar.« Hennes winkte ab, blickte den Mann jedoch prüfend an. »Ein bisschen Sorge haben Sie aber schon. So ganz geheuer ist Ihnen Zampowski nicht. Sie wissen natürlich auch, was er mit den Stripperinnen macht. Dass er und Bosse sie zu sexuellen Dienstleistungen zwingen.«

»Ich pass auf Mina auf.«

»Das denke ich mir. Würde ich ja nicht anders machen. Aber die jungen Mädchen, die haben ihren eigenen Kopf. Schauen Sie mal hier, meine Kollegin Lammers. Da wollten die Eltern sicher auch nicht, dass sie mal zur Bullerei geht.« Die Männer tauschten solidarische Blicke. Liv nahm es hin. Solange Hennes' Masche funktionierte …

»Sind Sie sicher, dass Ihre Tochter nicht doch bei Marcel Zampowski ist?« Die Augen des Mannes flackerten zu seinem Handy. »Marcel lügt doch, wenn er den Mund aufmacht.

Wir wissen längst, dass er in der Nacht, in der Rocco ermordet wurde, nicht bei Ihnen gewesen ist. Zumindest nicht bis morgens.« Hennes studierte die Getränkeliste und tat so, als merke er nicht, dass sein Gegenüber eine Kurznachricht verschickte. »Von den Anabolika, die Sie hier unter dem Tresen verkaufen, wissen wir natürlich auch. Ist allerdings nicht mein Fachgebiet, sieht man ja, bei meiner Figur. Ich weiß auch gar nicht, was es dafür so gibt. Strafe, meine ich.« Hennes hob die Stimme. »Wie sieht das Strafmaß für Anabolika-Missbrauch aus, Lammers?«

Liv holte ihr Handy aus der Tasche. »Kann mal nachschauen, wenn's dich so brennend interessiert. Das Strafmaß für eine Falschaussage in einem Mordfall kann ich dir dagegen leicht sagen.« Sie fand ja, dass sie ein wenig zu dick auftrugen.

Ingo Voggt neigte sich zu Hennes. »Schon gut!«, stieß er leise hervor. »Marcel war nur bis kurz vor vier hier. Er wollte sich danach bei Rocco entschuldigen. Hatte einen Heidenschiss vor ihm, das kann ich Ihnen sagen.«

»Was hat Zampowski Ihnen für das Alibi gegeben?«

Schweigen.

»Haben Sie sich nicht gefragt, ob er derjenige gewesen ist, der Rocco getötet hat?«

»Marcel hat mir hoch und heilig versichert, dass er es nicht war. Glaube kaum, dass er gelogen hat. Es sich noch mehr mit mir zu verscherzen – das hätte er sich nicht getraut.« Ingo Voggt kramte aus einer Schublade ein durchsichtiges Tütchen mit mehreren bunten Pillen heraus. »Die hier hat er meiner Tochter zugesteckt. Wollte sie wohl anfüttern!«, stieß er wütend hervor.

Ein Pingen verriet den Eingang einer Kurznachricht. Sofort sah Voggt nach. »Meine Tochter ist genau da, wo sie sein soll: Die gibt Nachhilfe«, sagte er zufrieden und auch ziemlich erleichtert. Er fixierte Hennes. »Wir sind fertig, denke ich.«

Gerade als sie das Fitness-Studio verlassen hatten, klingelte Livs Handy.

Mit diesem Anruf hatte sie nicht gerechnet. Noch weniger allerdings damit, dass sie zum Stillschweigen verdonnert wurde.

Auf dem Weg zu Ännys Vater rief Hennes bei Hasselbrecht an und berichtete von Marcel Zampowskis geplatztem Alibi und der Weigerung des LKA-Teamleiters, diesen zur Fahndung ausschreiben zu lassen. Liv war froh darüber, so konnte sie in Ruhe über ihr eigenes Telefonat nachdenken.

»Wir haben noch immer ein potenzielles Opfer auf der Todesliste. Jetzt gerade, wo wir telefonieren, kann der Mann bereits in Zampowskis Fängen sein. Wir müssen alles in die Wege leiten, um den Rentner zu finden und den Mörder aufzuhalten! Mit seinem Motiv können wir uns immer noch beschäftigen, wenn wir ihn haben!«, redete Hennes der K1-Leiterin ins Gewissen.

Als Liv vor dem Mietshaus am Ortsrand von Rantum hielt, hatte Hennes das Gespräch beendet. »Hasselbrecht spricht mit Leipoll, der Staatsanwalt soll's richten, damit auch ja alle Paragrafenreiter zufrieden sind«, sagte er. »Ansonsten hatte Carlo eine gute und eine schlechte Nachricht für uns. Erst die gute: Ein Zeuge hat angerufen. Er behauptet, Zampowski in den Kampener Dünen gesehen zu haben, etwa um die Zeit, als Tobias Schulke angegriffen wurde. Damit steigt die Wahrscheinlichkeit, dass er der Täter ist«, berichtete Hennes.

»Also doch!«

»Freu dich nicht zu früh. Die schlechte Nachricht lautet: Marcel Zampowskis Handy lässt sich nicht orten.«

Eine düstere Vorahnung überfiel Liv.

30

Rantum

Das Haus hatte schon bessere Tage gesehen. Den Klingelschildern nach zu urteilen, schien es sich um viele kleine Wohneinheiten zu handeln. Zahlreiche Fenster waren staubbeschlagen, die Gardinen, wenn vorhanden, vergilbt. Die überklebten Schilder deuteten auf häufigen Mieterwechsel oder Untermieter hin. »Gert Meinhorn« war sorgfältig auf einem Klebestreifen notiert. Gleich nach dem Klingeln ertönte der Summer.

Gert Meinhorn war ein gepflegter älterer Herr, dem die blondierten Haare und seine schneeweiße Kleidung die Anmutung eines Schlagersängers aus den Siebzigern gaben. Er war sehr schlank und betonte das noch durch einen Ledergürtel, den er so eng um die Taille trug, dass seine Hose Falten warf.

Liv bildete sich ein, das aufdringliche Aftershave schon gerochen zu haben, bevor der Mann die Tür überhaupt geöffnet hatte. Höflich bat er sie hinein. Die Wohnung war so aufgeräumt, dass sie schon unpersönlich wirkte.

»Wir sind im Zusammenhang mit einem anderen Fall auf den Tod Ihrer Tochter Änny gestoßen und möchten die Ermittlungen noch einmal aufnehmen«, begann Liv nach einigen Höflichkeitsfloskeln.

Leicht theatralisch schlug er die Hände zusammen. »Ich bin erleichtert, dass die Polizei sich doch noch meiner Änny annimmt. Ich habe gleich gesagt, dass sie keinesfalls an einer Überdosis gestorben sein kann. Änny hat nie Drogen genommen.«

»Was für ein Verhältnis hatten Sie zu Ihrer Tochter?«

Gert Meinhorn strich über die weißen, knochigen Knie. »Ich weiß, worauf Sie hinauswollen. Dass ich keinen Kontakt zu Änny hatte. Aber ich kannte meine Tochter. Ich habe aus der Ferne beobachtet, was sie so treibt. Ab einem gewissen Zeitpunkt brauchen die Kinder einen nicht mehr. Auch wenn es schwerfällt, das muss man akzeptieren.«

Liv nickte verständnisvoll. »Ja, das fällt sehr schwer, das kenne ich. Meine Tochter wird sechzehn. Man hofft, sein Kind vor allem Bösen und allem Kummer fernzuhalten. Das ist aber nicht möglich. Die Kinder haben ihren eigenen Kopf, man kann sie nicht aufhalten.« Beim Gedanken an Sanna wurde ihr Hals eng.

Er pulte sich mit einem Fingernagel unter dem anderen. Unnötig, wie Liv fand; seine Hände waren sehr gepflegt. »Ich halte es für wichtig, dass man mit sich selbst im Reinen ist. Änny war mit sich im Reinen, da bin ich sicher.« Seine Stimme brach.

Die Kommissare ließen ihm Zeit. »Wussten Sie, dass Änny auf dem Weg nach Sylt war?«, fragte Hennes schließlich.

»Nein. Das Mädchen, mit dem Änny zusammenwohnte, schrieb mir später, dass sie mich überraschen wollte. Änny war Modestudentin, müssen Sie wissen. Sie hatte gerade eine wichtige Prüfung bestanden und ein Stipendium bekommen.« Er holte einige Entwürfe aus einer Schublade. »Sie wäre eine wunderbare Modedesignerin geworden. Ich bin sehr stolz darauf, was sie erreicht hat.«

Die Entwürfe gefielen Liv, was sie auch sagte. Der Vater konnte nur mühsam die Tränen zurückhalten.

»Sie haben sicher ein Foto von Änny?«, setzte Liv das Gespräch schließlich fort.

»Sie hat mir eins aus Berlin geschickt. Ich habe es zu den Fotos meiner Frau gelegt, um bei ihrem Anblick nicht immer wieder an meinen Verlust erinnert zu werden.«

»Das verstehe ich gut.«

Gert Meinhorn holte ein Foto aus der Schublade. Die Qualität war schlecht, es schien ein Ausschnitt aus einem Gruppenbild zu sein. Ein junges, fröhliches, etwas pummeliges Mädchen strahlte dem Fotografen entgegen.

»Sie sieht sympathisch aus. Eine starke Ausstrahlung.« Es war kaum zu glauben, dass Änny tot war, so viel Lebensfreude versprühte sie auf dem Bild. Ohne seine Familie musste Gert Meinhorn sehr einsam sein.

Der Mann nickte nur.

»Sie leben hier allein?«, fragte Liv.

»Meine Frau ist seit dreieinhalb Jahren tot. Krebs.« Er verstummte, dann huschte ein Lächeln über sein Gesicht. »Wir hatten eine Reinigung in Rantum. Die beste auf Sylt, möchte ich behaupten. ›Das Heim der Sauberkeit‹ haben wir sie genannt.«

Liv fragte sich die ganze Zeit, ob Gert Meinhorn in der Lage war, seine Tochter brutal zu rächen. »Sie sagten am Telefon, Sie wären letztes Wochenende in Stuttgart gewesen?«

Gert Meinhorn wunderte sich nicht über die Frage. »Ich habe mich dort mit einem Freund getroffen. Wir haben Wohnungen besichtigt. Mich hält hier nichts mehr. Meine Familie ist tot, die Reinigung abgerissen. Sylt ist schön, aber auch mit vielen traurigen Erinnerungen verbunden.« Schweiß hatte sich auf seiner Stirn gesammelt, sein Blick war flackernd; die Trauer setzte ihm anscheinend sehr zu. »Sie müssen wissen, dass ich gebürtig nicht von Sylt stamme.«

»Dürften wir die Flugtickets sehen und Namen sowie Telefonnummer dieses Freundes bekommen?«

»Natürlich.« Meinhorn suchte die gewünschten Unterlagen aus einem Schrank heraus.

»Haben Sie eigentlich Ännys Handy noch?«

»Nein. Ich habe es mit ihren Sachen verschenkt. Es gibt doch diese Sammelboxen. Ich dachte, dass jemand, der kein Geld hat, sich sicher darüber freut.«

Das ist natürlich höchst unglücklich, dachte Liv. Den neuen Besitzer des Handys herauszufinden dürfte schwierig werden. Dennoch ließ sie sich den Standort der Box geben.

Hennes ergriff das Wort. »Ich nehme an, dass Ihre Frau und Änny auf Sylt begraben sind.«

»Ich will die beiden umbetten lassen, wenn ich umziehe, damit sie bei mir bleiben.«

Liv hatte schon länger überlegt, wie sie es ansprechen sollte, aber Hennes kam ihr zuvor. »An Änny ist damals keine rechtsmedizinische Untersuchung vorgenommen worden. Es bestünde die Möglichkeit, diese nachzuholen, um die Todesursache zweifelsfrei feststellen zu lassen.«

»Sie wollen meine Änny wieder ausgraben und aufschneiden?«, fragte Gert Meinhorn.

»Also, nicht ich persönlich. Eine Exhumierung würde vom Institut für Rechtsmedizin in Kiel vorgenommen werden.«

Liv beugte sich vor. »Sie brauchen das nicht sofort zu entscheiden. Denken Sie ruhig darüber nach«, sagte sie sanft. Aber nicht zu lange, setzte sie in Gedanken hinzu. Denn wenn es sich tatsächlich um einen Serienmörder handelte, zählte jede Sekunde.

»Ich brauche keine Bedenkzeit. Ich will wissen, woran meine Änny wirklich gestorben ist!«

Gert Meinhorn bestand darauf, dass sie sofort die nötigen Unterlagen aufsetzten, damit die Exhumierung schnellstmöglich vorgenommen werden konnte.

Wenig später verabschiedeten sie sich und traten nach draußen. Der Wind war inzwischen zu Sturmstärke angewachsen. »Glaubst du wirklich, dass er zu einem derartigen Rachefeldzug imstande wäre?«, fragte Liv nachdenklich.

»Man hat schon Pferde vor der Apotheke kotzen sehen. Du übernimmst die Rechtsmedizin, ich den Flughafen, und wer zuerst fertig ist, ruft Meinhorns Kumpel an.«

Drei Telefonate später hatten sie die Bestätigung, dass Ännys Vater den Flug tatsächlich angetreten und seinen Freund in Stuttgart besucht hatte. Er konnte also weder Rocco noch Tobias angegriffen haben. Eine weitere Sackgasse. Vielleicht würde Ännys Obduktion neue Hinweise liefern. Die Exhumierung würde noch heute in die Wege geleitet werden. Auch die Fahndung nach Marcel Zampowski lief auf Hochtouren.

»Und jetzt helfen wir bei der Suche nach Marcel. Vielleicht haben Denise Dimitrov und die anderen Tänzerinnen ja etwas von ihm gehört.«

Liv hatte eine Entscheidung gefällt, was das anging. »Ich muss dir etwas sagen.«

* * *

Bosse klickte sich auf seinem Bildschirm durch die verschiedenen Beobachtungsobjekte. Noch passierte nichts in den Villen, die er mit Überwachungstechnik ausgestattet hatte. Der Vorstandsvorsitzende war mit seiner Familie auf Sylt – langweilig. Viel interessanter wäre es gewesen, wenn er seine Geliebte mitgebracht hätte, oder noch besser: seinen Geliebten.

Bosse schaltete in die Wohnung über der Bar. Alle vier Frauen waren da. Endlich wieder Normalität. Und Normalität bedeutete gute Geschäfte. Ruby rasierte sich die Achselhaare, Candy machte ein Nickerchen, und Denise … Was machten denn Sassy und Denise? Die beiden Frauen räumten das Zimmer auf und diskutierten anscheinend über etwas. Immer wieder wanderte Saskias Blick in den Winkel, in dem sich eine der versteckten Kameras befand.

Bosse setzte sich ruckartig auf. Wusste sie, dass sie überwacht wurden? Aber wer … Denise … diese verdammte Tamara! Hatte Rocco etwa gequatscht?!

Ganz genau beobachtete er jetzt, was die Frauen taten. Und was er da sah, gefiel ihm überhaupt nicht. Ohne den Blick abzuwenden, tastete er nach dem Telefon. Marcel ging nicht ran, mehr noch, das Handy war wie tot. Wo war dieser Idiot nur? Glaubte Marcel etwa, Bosse wüsste nicht, was er hinter seinem Rücken so trieb? Selbstredend hatte Bosse mitbekommen, dass dieser kleine Idiot daran dachte, sich vom Kölner Chapter abwerben zu lassen.

»Geh ran, du Trottel!«, schrie Bosse unbeherrscht die mechanische Ansage an.

Die Tür hinter ihm ging auf. Schnell aktivierte er den Bildschirmschoner. Rosi trat ein und schmiegte sich an ihn. »Alles in Ordnung, Bärchen?«

Bosse zwang sich, tief zu atmen. Nur ruhig. »Ja, alles in Ordnung«, sagte er gepresst.

Er musste in die Bar, musste Marcel die Hölle heißmachen und den Pferdchen zeigen, dass sie nicht herumzuschnüffeln hatten!

* * *

»Nun starr doch nicht immer dahin, er merkt noch was!«, wisperte Denise aufgeregt und packte ihre Klamotten unauffällig ein. Sie hoffte, dass das Bett Bosse die Sicht auf die Tasche verstellen würde. »Ich habe es dir nur erzählt, damit du von den Kameras weißt und ihr vorsichtig sein könnt.«

Endlich riss Saskia sich los. »Das heißt, alles, was wir machen, wird aufgenommen – auch wenn wir ficken?«, flüsterte sie entgeistert.

»Vermutlich. Vielleicht will Bosse die Kunden mit den Aufnahmen erpressen. Und uns ebenfalls. Wir wollen ja auch nicht, dass unsere Familie zu sehen bekommt, wie wir unser Geld verdienen mussten.«

Saskia sah sich schaudernd um. Denise schob die Tasche unauffällig vor sich her. »Was hast du vor?«, fragte Sassy.

Denise wagte nicht, es anzudeuten.

* * *

»Geh zum Hinterhof, aber schnell. Denise kommt vermutlich gleich runter.«

Honk war schwer von Begriff. »Wohin will sie denn? Hast du einen Kundenbesuch für sie?«

Bosse raufte sich die Haare. Warum war Rocco nicht mehr hier? Der hätte ihn auch ohne viele Worte verstanden. Unter einem Vorwand hatte er Rosi hinauskomplimentiert. Was sollte er nur tun? »Du beobachtest, was sie treibt, und erstattest mir …«

Schritte, Geraschel am anderen Ende der Leitung. »Da ist sie schon. Die hat's aber eilig«, murmelte Honk

»Wo läuft sie hin?«, wollte Bosse wissen.

»Keine Ahnung.« Funkstille.

»Hinterher, Mann.«

»Zu Fuß?«

»Nimm den Audi ...«

»Den hat doch Marcel. Wo steckt er eigentlich?«

Dieser Holzkopf hatte natürlich recht. »Quatsch keine Opern, sondern schnapp dir eines der Bikes, und folg ihr.«

Immer noch perplex überlegte Bosse. »Bestimmt will sie zu Tamara.«

»Hartmack?«

»Ja, du Honk, oder kennst du noch eine?«, fauchte Bosse.

Einen Augenblick herrschte Stille. »Ich kannte in Kiel mal eine Ta–«

»Schnauze, fahr jetzt – und dann ruf mich an, wenn du sie wiedergefunden hast!«

Erneut ein Zögern. »Soll ich Denise denn nicht aufhalten?«, fragte Honk unsicher.

Bosse überlegte. Am liebsten würde er Denise an den Haaren zurückschleifen lassen. Zumal die anderen Mädchen offenbar dabei waren, unauffällig die Wohnung nach den Kameras abzusuchen. »Nein, nur beobachten. Ruf mich sofort wieder an, wenn du sie gefunden hast.«

Bosse schaltete die Rufumleitung ein, holte seine Lederjacke aus dem Garderobenschrank und steckte eine Schnellfeuerwaffe hinten in den Hosenbund, für alle Fälle. Die Trauerfeier für Rocco hatte ein Gutes gehabt: Er hatte sein Waffenarsenal aufstocken können. Rosi und seinen Kindern gab er einen Kuss.

»Bist du zum Abendbrot wieder da?«, fragte seine Frau.

»Bestimmt. Sonst melde ich mich rechtzeitig.«

»Es gibt Pannfisch.«

»Köstlich. Wie könnte ich mir das entgehen lassen?«, sagte er und rang sich ein Lächeln ab. Gerade als er seine Harley abgedeckt und aus der Garage geschoben hatte, rief Honk wieder an. »Du hattest den richtigen Riecher, sie ist bei Tamara. Heißer Lederdress, das muss ich schon sagen.«

»Lederdress?«

»Sie hat Roccos Bike aus der Garage geholt und will wohl eine Spritztour machen. Schöner Anblick. Denise packt etwas in einen Fiat 500.«

»Fiat 500?« Ich klinge schon wie ein verfluchter Papagei, dachte Bosse verärgert. Er musste schleunigst damit aufhören, Honks Worte zu wiederholen. Das klang nicht gerade souverän.

»Soll ich sie aufhalten? Oder ihnen folgen? Aber was ist, wenn sie sich trennen?«

Da war etwas faul. Aus purem Instinkt sagte Bosse: »Lass sie machen. Bleib an Tamara dran. Mal sehen, was sie vorhat.«

* * *

Als Treffpunkt hatten sie Sankt Severin vereinbart. Die Kirche wachte nicht nur über Keitum, das weiß getünchte Kirchenschiff mit dem Glockenturm aus rotem Backstein war auch weithin zu sehen. Liv war vor wenigen Monaten erst bei Momkes Hochzeit hier gewesen. Jetzt wiesen Schilder auf die anstehende Renovierung hin. Durch die Empore wirkte der Innenraum zunächst düster, entwickelte dann aber einen ganz eigenen Charme.

Tamara Hartmack saß auf der letzten Bank. Sie war von Kopf bis Fuß in Schwarz gekleidet. Nur trug sie jetzt nicht, wie bei der Urnenbeisetzung, ein elegantes Kleid, sondern eine enge Lederkluft. Sie war es also gewesen, die mit der Harley gekommen war, deren Anblick Liv und Hennes beunruhigt hatte. Dennoch hatte Liv darauf bestanden, allein in die Kirche zu gehen. Hennes beobachtete Kirchhof und Parkplatz von außen.

Als Liv sich näherte, erhob Tamara Hartmack sich. Die beiden Frauen trafen in der Nähe der uralten Empore zusammen. Hartmack hielt in der einen Hand einen Umschlag, in der anderen einen Helm. Ihr Gesicht war beinahe ungeschminkt, die Unterlippe eingerissen und geschwollen.

»Ich hatte doch um Stillschweigen gebeten.«

»Nur mein Team-Partner weiß von dem Treffen. Er sichert die Kirche von außen. Ich kann mich auf ihn verlassen«, erklärte Liv.

Tamara Hartmacks Blick wanderte über den dreiteiligen Schnitzaltar. »Früher bin ich oft hierhergekommen, um Ruhe zu finden oder zu beten«, sagte sie leise. »Ich werde diesen Ort vermissen – überhaupt, die ganze Insel.«

»Vielleicht können Sie eines Tages hierher zurückkehren.«

Tamara Hartmack berührte ihre geschwollene Unterlippe. »Wenn Sie dies hier ausgewertet haben, werde ich tatsächlich auf einer Todesliste stehen, aber nicht auf der, um die es in Ihrer Ermittlung zu gehen scheint.«

»Sie sind sehr mutig«, sprach Liv ihren Gedanken aus.

»Reine Notwehr.« Tamara Hartmack reichte Liv den dicken Umschlag. »Papiere, aber auch eine externe Festplatte und Roccos Waffe. Das war Roccos Lebensversicherung.«

»Leider hat sie ihm nichts genützt.«

»Das ist wahr.« Hartmacks Gesicht verdüsterte sich. »Sie finden darin Namen und Daten zu Bosses Drogen- und Waffengeschäften, außerdem zu seinem neuen Projekt.«

Ein Motorgrollen ließ sie erstarren. Das Geräusch schwoll wieder ab, das Fahrzeug fuhr anscheinend vorbei. Liv war erleichtert. »Sein neues Projekt?«, fragte sie.

»Sie werden schon sehen.« Tamara Hartmack zog den

Reißverschluss ihrer Lederjacke zu und wandte sich zum Vorraum und der Hauptpforte.

»Sind Sie sicher, dass Sie nicht beim Staatsanwalt Zeugenschutz beantragen wollen? Es könnte notwendig sein, dass Sie gegen Könnermann vor Gericht aussagen.«

Hartmack zog den Helm über und klickte den Gurt unter dem Kinn zu. »Erst einmal verschwinde ich. Wenn ich in Sicherheit bin, werde ich gegebenenfalls Kontakt zu Ihnen aufnehmen.« Ein Blick auf die Uhr. »Ich muss mich beeilen, die Fähre ...«

Tamara Hartmack wollte hinausgehen, doch Liv hielt sie auf. Sie schlich voraus und scannte die Umgebung. Ruhig lag der Friedhof da, also betraten sie den Vorplatz. Das Chrom der Harley schimmerte im Zwielicht.

»Kann ich sonst noch etwas ...«

Liv kam nicht dazu, ihre Frage zu beenden. Ein Schuss fiel. Instinktiv riss sie Tamara Hartmack zur Seite.

»Verschwinden Sie!«

Auf einmal ging alles ganz schnell. Tamara Hartmack sprang auf das Motorrad. Liv hatte einen Augenblick benötigt, um festzustellen, dass der Schuss nicht auf sie abgefeuert worden war, sondern vom Kirchen-Parkplatz kam. Untermalt vom Blubbern der Harley quetschte sie den Umschlag in den Hosenbund und rannte los. Hennes!

Ihr Kollege rang mit einem bulligen Rocker mit Gesichtstattoo, dessen Motorrad neben dem Dienstwagen stand. In der Hand hatte der Rocker eine Waffe, die er immer wieder auf Hennes zu richten versuchte. Erstaunlicherweise hatte Hennes ihn trotz der ungleichen Voraussetzungen im Griff. Ihr Partner schien über eine ausgezeichnete Technik zu verfügen.

Liv kickte dem Rocker die Schusswaffe aus der Hand

und steckte sie ein. Diese Gefahr war schon mal gebannt. Sie wollte dem Tattoo-Typen gerade Handschellen anlegen, als ein zweites Bike auf den Parkplatz bog. Der Helm und das Tuch, das über den Mund gezogen war, kamen ihr bekannt vor. Es war Könnermann.

»Nach Norden, sie ist nach Norden …«, brüllte der Tattoo-Mann, ehe Hennes oder Liv es verhindern konnten.

Sofort machte Könnermann kehrt.

Die beiden Kommissare tauschten Blicke. Ihr Kollege hielt den Rocker im Schwitzkasten, wirkte aber allmählich deutlich angestrengt. »Du kannst doch … Motorrad fahren? Ich komme … hier schon klar«, stieß Hennes hüstelnd und knallrot hervor.

»Ich kann dich doch nicht allein …«

»Los, halt ihn auf!«

Liv sprang auf die Triumph und betätigte den Anlasser. Sattes Grollen ertönte. Der Rocker bäumte sich auf. Beinahe wäre es ihm gelungen, sich zu befreien, doch Hennes versetzte ihm einen geschickten Hieb; noch nie hatte Liv ihn so kämpfen sehen. Sein Helm schlackerte um ihren Kopf, war aber besser als nichts. Sofort drehte sie den Gasgriff, Splitt spritzte auf. Eine schnelle Gerade zur Hauptstraße, dann die Kurve, in der das Hinterrad wegdriftete. Kurz fürchtete sie, dass ihre Verfolgungsjagd schon jetzt vorbei wäre, doch dann brachte sie das Motorrad wieder auf Spur und beschleunigte.

Im Gegensatz zu Könnermann wusste Liv, wohin Tamara wollte. Aber auch Bosse hatte die richtige Richtung eingeschlagen. Bald kamen die Bikes in Sicht. Könnermann hatte beinahe zu Tamara aufgeschlossen. In lebensgefährlichem Tempo waren sie auf dem Munkhoog unterwegs. Im Zwielicht eines herannahenden Sturms schien die Landschaft auf die Straße zuzuwachsen. Liv bekam es angesichts dieses Tempos mit der Angst zu tun. Sie hatte Familie, und sie liebte das Leben …

In diesem Augenblick bewegte Bosse den rechten Arm. Er hob etwas – eine Pistole! Er würde doch nicht etwa bei dieser halsbrecherischen Fahrt zu schießen anfangen?

Liv hielt den Atem an, als sie sah, wie Tamara Hartmack auf der Fatboy ins Schleudern geriet. Unendlich lange Sekunden versuchte die Frau, das Bike auf der Spur zu halten. Liv kam näher; auch der Rocker hatte nun das Tempo verlangsamt. Schließlich verlor Hartmack den Kampf. Die Harley glitt zur Seite weg und rutschte kreischend über den Asphalt. Tamara Hartmack war es jedoch gelungen, ihr Bein hochzuziehen, sodass sie nicht unter der schweren Maschine eingeklemmt wurde. Sie löste sich von der Harley und wurde über die Fahrbahn geschleudert, Arme und Beine hatte sie angewinkelt in dem Bemühen, den Sturz abzumildern. Offenbar konnte die Boutiquebesitzerin ausgezeichnet motorradfahren und kannte sich auch mit brenzligen Situationen aus.

Und doch war sie in Gefahr. Könnermann hatte jetzt angehalten und zielte mit der Pistole auf sie. Hartmack, die sich aufgerappelt hatte, hob die Hände und wich zurück; sie humpelte.

Liv wusste nicht, was sie tun sollte. Sie konnte doch nicht zusehen, wie Tamara Hartmack erschossen wurde!

Auch sie brachte ihr Motorrad zum Stehen, sprang vom Sattel und machte sich bereit: den Helm weggeschleudert, die Walther P99 gezückt.

»Lassen Sie die Waffe fallen, oder ich schieße!«, schrie sie.

Könnermann reagierte nicht. Hinter Liv brauste es. In ihrem Rücken kamen in hohem Tempo Autos herangefahren, das konnte sie hören. Würden die Fahrer bei diesen Wetter- und Lichtverhältnissen rechtzeitig abbremsen können?

Liv atmete schnell, zu schnell, um einen sicheren Treffer zu landen. Trotzdem schoss sie.

Hinter ihr gingen quietschend die Autos in die Eisen. Könnermann knickte ein, im Oberschenkel getroffen. Am liebsten hätte Liv die Faust in die Höhe gereckt. Diesen Schuss hätte Hasselbrecht sehen sollen! Ihre Chefin hatte sie erst neulich wieder im Schießstand weit in den Schatten gestellt.

Hämmernde Schritte auf Asphalt. Liv rannte los, die Waffe noch immer im Anschlag, um Könnermann zu entwaffnen. Plötzlich sprintete jemand an ihr vorbei – Carlo Preker! Seine Kollegen folgten.

In Rekordzeit brachten die LKA-Beamten den Rocker zu Fall. Aus dem Augenwinkel sah Liv, wie Tamara sich Könnermanns Harley schnappte und aufstieg.

»Stopp!«, schrie Preker.

Liv hielt ihn auf. »Lass sie fahren.« Ungläubig starrte Carlo Preker sie an. »Sie hat uns ein Geschenk gemacht«, setzte Liv schnell hinzu und zog unauffällig die Jacke hoch, damit er einen kurzen Blick auf den Umschlag werfen konnte.

Er streckte die Hand aus. »Gib her.«

»Später.«

Widerwillig ließ er Hartmack ziehen. Könnermann brüllte, als er zusehen musste, wie Roccos Witwe mit seinem Bike verschwand.

Liv sah sich suchend um. Wo war Hennes? Sorge durchflutete sie. Sie hätte ihren Partner nicht allein lassen dürfen, nicht in dieser gefährlichen Situation!

* * *

Den Rocker im Schwitzkasten zu behalten fiel Hennes zunehmend schwer. Krampfhaft hatte er die Finger um die Unterarme des Tattoo-Typen geschlungen, um ihn festzuhalten. Ein Wadenkrampf und stechender Husten machten die Sache nicht gerade einfacher. Vielleicht sollte er doch die eine oder andere Zigarette weniger rauchen.

Liv verschwand auf der Triumph aus seinem Sichtfeld. Gleich darauf schoss ein Dienstwagen auf den Parkplatz. Andreas und eine LKA-Kollegin, Josie hieß sie wohl, stürmten ihnen entgegen. Andreas nestelte an seinem Holster – typisch, dieser Möchtegern-Rambo! Immer auf Schusswaffen setzen! Trotzdem war Hennes erleichtert. Gleich hatte er es überstanden.

Der kurze Moment der Unachtsamkeit wurde prompt bestraft. Ein Ruck – der Rocker bäumte sich auf, Hennes flog ein Stück durch die Luft, krachte auf die Erde. Wutschnaubend stürzte der Hüne auf ihn zu. Theoretisch hatte er noch einige Tricks parat, da er aber eingerostet war, krabbelte Hennes auf allen vieren zurück.

»Hände hoch!«, schrie die LKA-Kollegin. »Eine Waffe ist auf Sie gerichtet!«

Wie ein wilder Bär fuhr der Rocker herum und schleuderte ihr, ungeachtet der Gefahr, die Faust entgegen. Sie konnte einen vollen Einschlag verhindern, aber der Mann traf ihre Schulter, und so geriet Josie ins Straucheln und knickte mit dem Fuß um.

Nun wandte sich der Rocker Andreas zu. Hennes betrachtete er offenbar nicht mehr als ernsthaften Gegner, was diesen enorm ärgerte. Er rechnete damit, dass sein K1-Kollege den Rocker schnell unschädlich machen würde, schließlich gab er immer mit seinen Muckis an. Doch was geschah jetzt?! Andreas wich zurück, seine Schusshand bebte. Brüllend rannte der Rocker ihm hinterher – und der Macho-Mann gab Fersengeld. Die LKA-Kollegin hatte sich aufgerappelt, aber sie nahm eine Schonhaltung an – sie musste sich den Knöchel verletzt haben.

Hennes sog tief die Luft ein und ballte noch einmal die Hände zu Fäusten. Dann würde er eben derjenige sein, der diesem Rocker den Garaus machte. Er würde ihm beweisen, dass er noch lange nicht zum alten Eisen gehörte!

31

Westerland, 18.27 Uhr

Sie trafen im Revier wieder zusammen. Inzwischen hatte Regen eingesetzt. Der Sturm trieb die Tropfen quer am Fenster vorbei.

»Mann, für einen Augenblick hab ich mir echt Sorgen um dich gemacht!«, sagte Liv und schob sich ein Stück Pizza in den Mund; ein zweites Viertel balancierte sie auf der linken Hand.

»Unkraut vergeht nicht«, meinte Hennes, der einen seltsamen Anblick bot, weil er sich eine Tüte Tiefkühlspinat aus der Teeküche aufs Gesicht hielt. »Ein hübsches Veilchen, mehr nicht. Heiko Schlem, Rockername Honk, sieht nicht besser aus. Vor allem aber ist er aus dem Verkehr gezogen.«

»Ich wusste ja gar nicht, dass du solche Kampfsporttricks beherrschst«, sagte Liv anerkennend.

»Krav Maga. Du weißt schon, diese effektive Nahkampftechnik, die der israelische Geheimdienst erfunden hat. Habe ich in meiner Zeit in Israel kennengelernt, lange bevor sie modern wurde.«

»Du warst in Israel?« Hennes verblüffte sie immer wieder.

Ihr Kollege winkte ab. »In einem früheren Leben. Der olle Husten, zerschrammter Ellbogen, ein blaues Auge – langsam reicht's.« Er senkte die Stimme. »Hast du die Unterlagen noch? Ich begreife nicht, wieso Könnermann die Hartmack verfolgt hat, statt dich anzugreifen. Hätte er sich nicht denken können, dass sie dir ein Präsent gemacht hat?«

Das hatte Liv sich in der Tat auch schon gefragt. »In dem Augenblick hat wohl der Hass die Kontrolle über Könnermanns Denken übernommen. Immerhin bin ich dafür verantwortlich, dass sie ihm heute die Hunde weggenommen haben. Das war vielleicht eine Aktion zu viel«, meinte sie. »Gut nur, dass das MEK Bosse noch immer abgehört hat. Sonst hätte diese Aktion auch anders ausgehen können. Sind dir die Kollegen von LKA und K1 zu Hilfe gekommen?«

»Wie man's nimmt. Die LKA-Kollegin hat sich den Knöchel verknackst. Und unser Großmaul ist gebückelt wie ein Hase.«

»Nicht dein Ernst.« Da die Situation glücklicherweise gut ausgegangen war, unterdrückte Liv ihr Grinsen nicht.

In diesem Augenblick platzte Andreas herein. Seinem finsteren Gesichtsausdruck nach zu urteilen, hatte er Hennes' letzte Worte gehört. »Ich habe mir lediglich einen besseren Angriffspunkt gesucht«, verteidigte er sich. »Aber du hast da ja eine richtig dicke Welle gemacht«, setzte er an Liv gerichtet hinzu.

»Das sah wohl gefährlicher aus, als es war«, untertrieb Liv.

»Ich finde ja, Mütter sollten sich nicht derart in Gefahr bringen.« Andreas schürzte die Lippen. »Nur meine bescheidene Meinung.«

»Die steht jedem zu«, sagte Liv knapp, weil sie sich nun doch zu ärgern begann.

Hennes und sie schwiegen. Sie wollte Andreas nicht hier haben. »Ich glaube, Hasselbrecht hat dich gesucht«, schwindelte Liv schließlich. Andreas zog schmollend ab.

Liv öffnete den Umschlag. Schnell fotografierte sie die

Unterlagen ab. Sie schloss die externe Festplatte an und zog die Dokumente auf ihr Laptop. Man wusste ja nie …

»Lammers, in mein Büro!« Preker stand in der Tür.

Dort angekommen, nahm Carlo Preker ihr die Unterlagen sofort ab. »Wann gedachtest du denn, mich oder deine Chefin von dieser Aktion in Kenntnis zu setzen?«, fragte er scharf. »Und was hat dieser Wahnsinn mit eurer Mordermittlung zu tun?«

Liv war klar, dass sie nicht korrekt gehandelt hatte. Aber alles war so schnell gegangen. »Offenbar hat Tamara Hartmack Vertrauen zu mir gefasst. Sie hat mich erst gegen 13 Uhr angerufen und das Treffen verabredet. Das war, kurz nachdem Marcel Zampowski ihre Boutique in Schutt und Asche gelegt hatte, um Könnermanns Schutzgeldforderung Nachdruck zu verleihen.«

»Und für einen oder zwei Anrufe zu diesem Thema hattest du keine Zeit? Glaube kaum, dass deine Chefin davon angetan sein wird. Abgesehen von dem Aufsehen und der Gefährdung der Öffentlichkeit bei dieser Aktion.«

In diesem Moment trat Hilke Hasselbrecht ein. Sie warf Liv einen kurzen strengen Blick zu. »Mich haben die Kollegen selbstverständlich in Kenntnis gesetzt«, verkündete sie. Liv war erstaunt über diese Äußerung, ließ es sich aber nicht anmerken. »Überlassen Sie es mir, mit meinen Kommissaren über ihre Methoden zu sprechen, und prüfen Sie lieber die Unterlagen. Meinem Kenntnisstand nach hat sich diese Aktion trotz aller Kritik gelohnt.«

Als Hasselbrecht und Liv zurück in ihr Büro gegangen waren, meinte Hennes: »Ich habe mir erlaubt, die Chefin in Kenntnis zu setzen.« Liv warf ihm einen erleichterten Blick zu. Es war gut zu wissen, dass ihr Partner im Notfall Fehler abfederte.

Hasselbrecht setzte zu einer – erstaunlich gemäßigten – Strafpredigt an. »Drogen, Waffen- und Menschenhandel, Erpressung – da dürfte einiges zusammenkommen«, schloss sie schließlich. »Dafür hat sich der Einsatz gelohnt. Aber nun wenden wir uns wieder unserem eigentlichen Fall zu, statt dem LKA zuzuarbeiten.« Liv und Hennes waren mehr als einverstanden.

Langsam flaute das Adrenalin ab, und Müdigkeit breitete sich in Liv aus. Es war ein langer Tag gewesen. Sie holte sich noch ein Stück Pizza, einen Schokoriegel und einen doppelten Espresso und rief zu Hause an. Sanna und Elise ging es gut; ihre Tochter klang schon beinahe wieder normal. Liv erzählte von Hennes' Action-Einlage, spielte aber ihren Einsatz herunter.

Hennes saß an seinem Computer und war in Dokumente vertieft, während er an einem Brötchen kaute. Die Tüte mit dem Tiefkühlspinat hatte er neben sich auf den Schreibtisch gelegt, von wo aus das tauende Eis auf den Boden tropfte. Trotz der Kühlung war Hennes' Veilchen heftig angeschwollen. Liv sah sich um. Anscheinend hatten etliche Kollegen schon Feierabend gemacht.

»Wo sind Momke und die anderen?«

»Der musste mit seiner Ioanna zu irgendeinem Termin wegen der Schwangerschaft. Keine Ahnung, Hebammen-Casting, Anmeldung fürs Babyschwimmen, Vaterschafts-Yoga oder so ein Unsinn. Die anderen suchen noch immer nach Zampowski und dem Rentner.«

»Und wir?«

»Die Computerforensiker haben endlich Zugang zu den Daten der Mitfahrzentrale erhalten und den Rentner ermittelt. Willem Rembke aus Berlin. Er ist telefonisch nicht erreichbar. Wir haben Leute zu ihm nach Hause geschickt. Die haben mit den Nachbarn gesprochen. Rembke hütet wohl regelmäßig die Häuser reicher Leute. Du weißt schon, damit es so aussieht, als wären sie bewohnt, und Einbrecher abgeschreckt werden. Wir versuchen jetzt herauszufinden, ob er sich gerade irgendwo eingenistet hat, damit wir ihn dort erreichen können.«

»Gute Arbeit«, freute Liv sich. »Könnte wetten, dass dieser Rembke ebenfalls am 30. Juli nach Sylt gefahren ist.«

Plötzlich klingelte das Telefon auf ihrem Schreibtisch. »Gut, dass ihr noch da seid«, sagte ein Revier-Kollege. »In Kampen ist eine Villa überfallen worden. Der Housesitter ist zwar mit einem Schrecken davongekommen, aber er behauptete, sein Angreifer sei der Typ gewesen, nach dem ihr sucht.«

Mit einem Mal war Livs Müdigkeit verflogen.

32

ÄNNY

Als sie den Opa sah, den dritten und letzten Mitfahrer, sprang Änny aus dem Wagen und gesellte sich zu dem Naturburschen nach hinten.

»Bleib ruhig hier, ich habe gerne schöne Frauen neben mir«, sagte Marcel.

»Lieber nicht, vorne hat man viel mehr Beinfreiheit, das ist in dem Alter ja wichtig.« Änny blinzelte Tobias verschwörerisch zu. Er wurde rot, wie süß.

Der Opa ließ sich auf den Vordersitz fallen und wandte sich zu ihr um. »Endlich mal eine höfliche junge Dame.« Er schob seine Hand nach hinten. »Willem Rembke mein Name. Mit wem habe ich das Vergnügen?«

Sie nahm die Hand. Seine Finger waren schweißnass und hielten ihre einen Tick zu lange fest. Die Klimaanlage hatte sie ganz vergessen lassen, wie heiß es draußen war.

»Änny«, sagte sie und wollte sich losmachen.

Jetzt drängte sich Tobias' Hand dazwischen. »Tobias«, sagte er und schlug ebenfalls ein. Änny wischte sich die Hand am Oberschenkel ab. Dieser Tobias gefiel ihr immer mehr.

»Schöner Wagen. Wer will schon mit der Bahn fahren, in der die Klimaanlage nie funktioniert, oder mit einem grässlichen Bus, wenn er in einen Audi A8 steigen kann, was? Fährt sich sicher gut, diese Limousine. Ich habe mich ein bisschen schlau gemacht. 450 PS, oder? Allerdings sieht der Wagen aus,

als ob Sie etwas daran gemacht haben. Tiefergelegt, nicht wahr? Die Felgen sind doch auch nicht original?«

Der Opa begann, Marcel nach Strich und Faden auszuquetschen. Änny ließ sich in den Sitz sinken. Tobias hatte Kopfhörer um den Hals gehängt, aus denen es leise rauschte. Es gab Jungs oder Männer, bei denen Änny sich sofort angemacht und bedrängt fühlte. Tobias war anders. Er schien ganz bei sich zu sein und zugleich feinfühlig für die Stimmungen anderer.

»Was hörst du?«, fragte sie.

»Das Meer.«

Sie stutzte. War er doch ein Spinner? »Darf ich?«

»Klar.«

Er hielt ihr die Kopfhörer hin. Tatsächlich hörte sie das Rauschen des Meeres, mehr nicht. Sofort bekam sie ein heimeliges, entspanntes Gefühl. »Schön«, sagte sie.

»Finde ich auch. Das Meer beruhigt mich. Vor allem wenn ich nicht weiß, was mich erwartet, wie bei so einer Fahrt, oder wenn ich traurig bin. Klink dich ruhig ein, wenn du eigene Kopfhörer dabeihast.«

Tatsächlich hatte sie welche dabei und stöpselte sich ein, nahm jedoch nur einen ins Ohr. Änny sah Tobias von der Seite an. »Bist du denn traurig?« Er presste die Lippen leicht zusammen. »Du musst nicht darüber sprechen«, ruderte sie zurück.

»Schon okay«, meinte er. »Extrem sogar. Hatte ein richtig ätzendes Wochenende.«

»Das tut mir leid.«

Er lächelte schief. »Du kannst ja nichts dafür.«

Übermütig grinste sie. »Ich kann dir ja was von meiner Freude abgeben.«

Sie wollte ihm gerade etwas über ihren Grund für den

Sylt-Besuch erzählen, als Marcel sich umwandte. Sie standen mal wieder an einer Ampel, es waren jedoch schon Autobahnschilder zu erkennen. »Was habt ihr denn zu tratschen?«

»Ich wollte gerade erzählen, dass ich als Beste dieses Halbjahr abgeschlossen habe und deshalb ein Stipendium bekomme«, platzte Änny heraus.

»Wow, Glückwunsch! Das müssen wir nachher feiern!«, meinte Marcel. Dann aber setzte er hinzu: »Ich finde, Änny kommt wieder nach vorne. Immer das Beste für den Fahrer.«

»Apropos das Beste, wie ist es denn bei diesem Wagen um die Scheinwerfer bestellt?«, mischte der Rentner sich ein. Änny war froh über diese Unterbrechung. Sie hatte ganz und gar keine Lust, sich wieder zu Marcel zu setzen.

»Und was hast du so auf Sylt vor?«, fragte sie Tobias.

»Ich lebe da. Und übermorgen trete ich auf der Insel eine Stelle als Bufdi an.«

»Echt? Ich bin von Sylt abgehauen, aber mein Vater lebt noch dort.«

»Ich liebe das Meer und will es schützen. Das kann ich zu Hause, auf der Insel, am besten«, sagte Tobias mit einer ergreifenden Ernsthaftigkeit. »Kennst du die Theorie vom Flügelschlag des Schmetterlings? Oder anders – du hast doch bestimmt schon mal Strandhafer gesehen …«

33

Kampen, 18.59 Uhr

»Ich verlange Polizeischutz! Dieser Zampowski will mir etwas antun!« Aufgeregt lief der Rentner in dem riesigen Wohnzimmer auf und ab. Hinter ihm war die Spurensicherung in vollem Gange. Durch die eingeschlagene Terrassentür pfiff der Wind, mindestens Windstärke acht.

Liv sah die Wellenberge und die Schaumstreifen vor ihrem inneren Auge, die jetzt über die Nordsee peitschen würden. Ein herrliches Spektakel, solange man nicht in Seenot war.

»Haben Sie nicht gehört, was ich gefordert habe?!«

»Doch, natürlich«, schreckte sie aus ihren Gedanken. Sein Aussehen und Auftreten ließen Willem Rembke wie eine Mischung aus Buchhalter und Rumpelstilzchen wirken.

»Ihr Nachbar hat also bemerkt, dass jemand die Scheibe eingeschlagen hat, und Hilfe geholt«, fasste Hennes zusammen.

»Ja, genau.«

»Also ist es um die Nachbarschaftshilfe auf Sylt ja doch nicht so schlecht bestellt, wie es immer heißt«, meinte Liv.

»Das könnte man denken. Tatsächlich aber handelt es sich bei dem Nachbarn auch um einen Haushüter.« Rembke verschränkte die Finger. »Also, ich sah zufällig aus dem Fenster und wunderte mich über den Wagen, der mir bekannt vorkam. Es war der A8 von diesem Marcel Zampowski. Im gleichen Augenblick hörte ich es klirren.«

»Haben Sie Zampowski gesehen?«, fragte Hennes.

»Nein, das habe ich nicht. Ich habe mich im Keller versteckt. Das habe ich Ihren Kollegen doch schon gesagt. Erst als die Polizei klopfte, habe ich aufgemacht.«

»Woher können Sie denn sicher sein, dass es Zampowski war?«

»Ich habe den Wagen wiedererkannt. Ich kenne mich mit Autos aus, müssen Sie wissen. Ohnehin habe ich neulich an Herrn Zampowski denken müssen. Ich habe in den Nachrichten gelesen, dass diesem Tobias aus meiner Reisegruppe etwas zugestoßen ist.«

»Der Name des jungen Mannes wurde in der Zeitung nicht genannt.«

»In der Zeitung nicht, auf einer Internetseite aber schon. Außerdem hat sich heute ein seltsamer Typ bei der Housesitter-Agentur nach mir erkundigt, das berichtete der Agentur-Inhaber mir. Und als Herr Zampowski mich dann hier anrief …«

»Wann genau hat Zampowski Sie angerufen?«

»Heute Vormittag.«

»Was hat er gesagt?«

»Dass wir uns dringend treffen müssen. Er klang seltsam.«

»Inwiefern seltsam? Herrgott, nun lassen Sie sich doch nicht alles aus der Nase ziehen!«, brach es aus Hennes heraus.

»Ich wollte nicht mit ihm reden. Marcel Zampowski ist ein unangenehmer Typ. Er hat Dreck am Stecken, das ahnte ich. Wir sind nicht gerade in Frieden auseinandergegangen.«

»Spielen Sie auf die Ereignisse vom 30. Juli an?«, fragte Liv. »Erzählen Sie uns, was passiert ist.«

»Nur wenn Sie mir Polizeischutz garantieren!«

»Das können wir nicht. Aber wir können Ihnen verraten, dass wir bereits nach Marcel Zampowski fahnden.«

Der Rentner setzte sich mit einem tiefen Seufzer hin. Auch Liv und Hennes ließen sich auf die Couchlandschaft sinken, die weich und bequem war. Es tat Liv gut, einen Augenblick auszuruhen, ihre Füße waren schwer.

»Ich hatte nur einmal mit diesem Herrn zu tun, deshalb geht es natürlich um diesen Tag. Ich wünschte, ich hätte ihn nie getroffen!«

»Was genau ist denn nun am 30. Juli passiert?«

Zerknirscht sah Willem Rembke sie an. »Das weiß ich nicht. Ich war nicht dabei.«

Hennes ließ die Hände auf die Oberschenkel fallen. Er musste sich anscheinend schwer beherrschen, um nicht die Wahrheit aus dem Rentner herauszuschütteln. Liv wusste, dass auch ihr Kollege erschöpft war, der Husten setzte ihm mehr zu, als er zugab. Hasselbrecht hatte ihnen angeboten, Feierabend zu machen, aber sie waren sich der Bedeutung dieses Gesprächs bewusst und hatten darauf bestanden, es selbst zu übernehmen.

»Noch mal zum Mitschreiben: Sie nehmen an, dass Marcel Zampowski Ihnen etwas wegen der Ereignisse am 30. Juli antun will, aber Sie wissen nicht, was an diesem Tag geschehen ist?«

Der Rentner zupfte ein Haar von der Couch. »An diesem Tag schon. Nicht aber am Abend und in der Nacht«, gab er zu.

34

ÄNNY

Leicht angesäuselt lehnte sich Änny an Tobias und lauschte seiner Musik. Fast die ganze Fahrt hatten sie gequatscht. Und es war eine lange Fahrt, schließlich hatten sie stundenlang im Stau gestanden. Es war ihr zwischenzeitlich schon so vorgekommen, als müsste ihr Hirn zu kochen anfangen, so heiß war es in dem Wagen geworden, seit die Klimaanlage schlappgemacht hatte. Erstaunlich, wie viele gemeinsame Gesprächsthemen sie gefunden hatten. Aber auch erstaunlich, wie sehr seine Weltsicht sie faszinierte. Sie hatten sich so gut verstanden, dass sie sogar ihre Handynummern getauscht hatten; und das tat sie normalerweise nicht so schnell.

Marcel hatte zunehmend eifersüchtig reagiert. Änny hatte schon damit gerechnet, dass er einen Streit mit Tobias vom Zaun brechen würde. Aber dann hatte Marcel auf einer Raststätte gehalten und sie alle zu kühlem Sekt und Drinks eingeladen, um auf Ännys Erfolg anzustoßen. Das hatte ihr geschmeichelt. Und auch Herrn Rembke hatte dieser Stopp etwas besänftigt, denn vorher hatte der Opa stundenlang über die Hitze im Auto und die lange Fahrzeit geschimpft. Aber was konnte Marcel denn dafür?

»Verdammte Scheiße, nicht schon wieder!« Marcel hämmerte auf das Lenkrad.

Änny schreckte hoch. Vor ihnen stauten sich die Autos. »Schwarzenbek-Grande« stand auf dem Autobahnschild. Und jetzt auf einmal plingte auf dem Navi auch die Stau-Anzeige auf. Marcel versetzte dem Gerät einen Schlag. »Scheißteil!«

»Bleiben Sie ruhig. Wenn Sie sich so aufregen, bauen Sie noch einen Unfall. Wir wollen doch mal hören, was das Radio sagt. Manchmal sind die altmodischen Dinge zuverlässiger.« Mit einem besänftigenden Lächeln drehte Herr Rembke am Radioschalter. Die Nachrichten regten Marcel jedoch erst recht auf. Auf einer Landstraße gab es nach einer Massenkarambolage eine Vollsperrung, außerdem kilometerlange Staus.

»Genau unsere Strecke!«

»Wir können doch über Hamburg fahren, das wird schon gehen«, meinte Herr Rembke beruhigend. »Sehen Sie: Auf der Autobahn nach Hamburg wird nur an diesem Abbieger zur B5 erhöhtes Verkehrsaufkommen angezeigt, und das wohl wegen der Vollsperrung.«

Nur langsam kriegte Marcel sich wieder ein. Bald hatten sie den Stau hinter sich gelassen. Änny war erleichtert darüber. Prima, dass der Opa so ruhig geblieben war. Sie waren eine gut funktionierende Fahrgemeinschaft, fand sie.

Änny beugte sich zwischen den Vordersitzen vor. »Machen Sie Urlaub auf Sylt?«, fragte sie den Rentner.

»Das könnte man so sagen. Aber ich werde dafür bezahlt«, sagte Willem Rembke verschmitzt.

»Wie das?«

»Ich bin Haushüter. Das heißt, ich kann an den schönsten Orten Zeit verbringen und bekomme noch Geld dafür.«

»Auch nicht schlecht«, sagte Marcel plötzlich interessiert. »Wo denn so?«

Die Frage schien Willem Rembke unangenehm zu sein. »Das darf ich aus Diskretionsgründen nicht verraten.« Er lenkte ab und wies auf die freie Fahrbahn. »Sehen Sie, jetzt *flutscht der Verkehr wieder. Wenn ich mit Freunden in den Urlaub fahre, singen wir immer. Das macht gute Laune und vertreibt die Zeit.«*

Änny erinnerte sich dunkel daran, in ihrer Kindheit auch mit ihren Eltern gesungen zu haben. Damals, als noch alles gut gewesen war. Aber dann ... »Was singen Sie denn so?«, fragte sie, ehe die Erinnerung sie in rührselige Stimmung versetzen konnte.

»Wie wäre es mit ›Eine Seefahrt, die ist lustig‹? Das Lied kennt doch bestimmt jeder.«

»Ich nicht«, meinte Marcel.

Als Änny und Tobias einstimmten, ließ auch ihr Fahrer sich mitreißen. Dann jedoch steckten sie wieder im Verkehrschaos – zuerst Stop-and-go, und schließlich standen sie. Marcel umklammerte das Lenkrad.

»Ich wusste, dass es eine Scheißidee ist, über Hamburg zu fahren!«, blaffte er.

»Können Sie auch anders reden als in dieser Fäkalsprache?!«, schnappte Herr Rembke zurück.

Nachdem sie sich endlos weiter dahingeschleppt hatten, scherte Marcel aus und lenkte den Wagen auf einen Abbieger.

»Was haben Sie vor?«, fragte Willem Rembke beinahe alarmiert.

»Hier geht doch überhaupt nichts mehr. Wir fahren durchs Stadtgebiet, auf die A23, und dann nehmen wir die Landstraße über Husum. Da sind wir schneller und haben weniger Stress. Dann kommen wir heute noch locker auf die Insel.«

Doch auch auf den Umgehungsstraßen stockte der Verkehr. Als sie, völlig überhitzt, endlich die Autobahn nach Heide erreichten, stand die Sonne schon tief. Änny hatte Hunger, mochte jedoch nichts sagen. Der Opa verspeiste selbstgeschmierte Brote.

»Hast du noch was zu essen dabei?«, fragte Tobias leise.

»Leider nicht«, sagte Änny.

Wie so oft spürte sie Marcels Blick im Rückspiegel auf sich. »Ich habe auch Kohldampf und muss mir die Beine vertreten. Die nächste Raststätte ist unsere.«

»Aber schaffen wir dann noch den Autozug?«, fragte Herr Rembke besorgt.

Marcel winkte ab. »Bleib locker, Opa. Alles easy.«

Finster starrte der Rentner aus dem Fenster.

»Das ist das Risiko bei diesen Fahrgemeinschaften. Man weiß nie, wen man als Fahrer oder als Mitreisende bekommt«, sagte Änny, während sie mit Herrn Rembke auf die Rückkehr der anderen wartete. Sie saßen im Autobahnrestaurant. Der Opa hatte sich allerdings nichts zu essen gekauft, sondern nur über die überteuerten Preise geschimpft, und Änny war mit der einen Laugenstange, die sie sich hatte leisten können, schnell fertig gewesen. Um den Rentner aufzuheitern, erzählte sie ihm einige Anekdoten von ihren Reiseerlebnissen und lachte viel dabei. Sie wusste, dass sie ein ansteckendes Lachen hatte. Tatsächlich taute der Opa allmählich wieder auf.

»Hast du denn keine Angst, als Frau bei Unbekannten mitzufahren?«, fragte er.

»Ehrlich gesagt, glaube ich, dass diese Mitfahrgemeinschaften viel sicherer sind als das Fahren per Anhalter. Vom Fahrer und sämtlichen Mitfahrern werden die Daten festgehalten. Ich fotografiere zusätzlich vorher jedes Mal das Auto und habe die Adresse auf dem Handy. Außerdem lernt man so viele interessante Leute kennen.«

Der alte Herr musterte sie wohlwollend. »Das stimmt natürlich. Du bist eine nette Bekanntschaft. Und du siehst wirklich flott aus. Toll, wenn man seine Kleidung selbst nähen kann. Ich finde es ja ohnehin gut, wenn jeder einen Beruf hat, der seiner Natur entspricht.«

»Was meinen Sie damit?«

»Warum sollen Frauen Mechatroniker oder Bauleiter werden, wenn Ihnen doch die nötigen Kräfte fehlen? Du bist ein femininer Typ, geschaffen für hübsche Kleider und viele Kinder«, meinte Willem Rembke ernsthaft.

Ehe Änny auf diese haarsträubende Bemerkung reagieren konnte, näherten sich Marcel und Tobias. Ihr Fahrer stürzte sich sofort auf seinen Hamburger mit Pommes. Tobias schob sein Tablett zwischen sie; so viel war darauf, als müsste es für zwei reichen. »Lass uns teilen. Mir ist das sowieso zu viel«, sagte er.

»Bist du sicher?«

»Logo.«

Noch immer empört, flüsterte sie ihm Rembkes Worte ins Ohr. Tobias machte einen witzigen Spruch über den alten Herrn, und Änny konnte ihren Ärger weglachen. Allerdings hatte der Rentner den Wortwechsel wohl mitbekommen und verzog eingeschnappt das Gesicht.

Ehe sie wieder aufbrachen, kaufte Marcel noch zwei Sixpacks eiskalter Getränke und etliche Chipstüten. »Reiseproviant!«, sagte er grinsend.

Das Klicken machte sie ganz nervös. Marcel tickte immer wieder mit dem Fingernagel gegen die Scheibe am Armaturenbrett. Die Lichter blinkten wie bei einer Lightshow.

»Ist etwas kaputt?«

Änny sah nach vorne. Sie fuhren über plattes Land, in dem nur ab und zu Windräder und Biogasanlagen den Horizont zerstückelten. Das Korn hing schwer auf den Feldern. Einige der Bäume und Büsche zeigten eine erste Herbstfärbung. Sie hatte gerade mit Tobias über ihre Zeit als Kinder und Jugendliche auf Sylt geredet, in der sie sich seltsamerweise so nah gewesen waren und sich doch nie getroffen hatten. Gerade weil ihr Leben auf Sylt durch die Krankheit ihrer Mutter und die Folgen für ihre Familie geprägt gewesen war, genoss Änny es, positive Erinnerungen auszutauschen. Als noch alles gut gewesen war, hatte sie sogar eine Zeit lang ein Pflegepferd gehabt …

Der Wagen stotterte. Marcel fuhr an den Fahrbahnrand und öffnete die Motorhaube, während Herr Rembke wieder über diese Verzögerung zu schimpfen anfing. Tobias und sie strichen auf den Feldern herum. Grashüpfer und Falter stoben vor ihren Füßen auf, und lachend versuchte Änny, einen einzufangen. Ein Graben zerteilte die Felder. Klar floss der Fluss und wirbelte dabei das hereinhängende Gras herum. Wie schön es wäre, sich ein wenig abzukühlen!

»Jetzt in die Nordsee«, sagte Tobias sehnsuchtsvoll. »Und hinterher eine Kugel Salz-Karamell von Sölring Iskreem.«

»Meine Lieblingssorte!«

Obwohl bei dieser Fahrt ja nun wirklich alles schiefging, war Änny glücklich. Sie strahlte Tobias an. Sein Blick war intensiv, dann wandte er sich verwirrt ab. Was ging da zwischen ihnen ab? Schnell krempelte Änny ihre Leinenhose bis zu den Oberschenkeln hoch und sprang in den Fluss. Flusskiesel kitzelten ihre Fußsohlen. Gleich darauf hatte auch Tobias seine Hose hochgezogen und war hinterhergesprungen. Schnell spritzten sie einander nass, als wären sie kleine Kinder.

»He, lasst das! In diesem Zustand nehme ich euch auf keinen Fall mehr mit!«, schimpfte Marcel, der von seinen Händen einen Ölstreifen auf seine Stirn geschmiert hatte. Doch dann fiel sein Blick auf Ännys Top, das nass an ihrem

Busen klebte, und ein wohlwollendes Grinsen zeigte sich auf seinem Gesicht. »Vielleicht doch. Aber dann sitzt du wieder vorne.«

Der Audi fuhr noch eine halbe Stunde, dann hatten sie erneut eine Panne. Mit vereinten Kräften schoben sie den Wagen zu einem Rastplatz, der sich am Rande eines kleinen Wäldchens befand. Es gab sogar eine Toilette. Änny ging zu der Hütte, um sich frisch zu machen.

Als sie zurückkam, hörte sie, wie Herr Rembke zeterte. »Ich will, dass wir sofort weiterfahren!«, forderte er.

»Das will ich auch, aber der Motor ist nun mal völlig überhitzt und braucht eine Pause.«

Marcel machte sich am Kofferraum zu schaffen. Gleich darauf zischte es verführerisch. Jedem von ihnen hielt er eine Dose hin. »Hier, was Kühles für euch.«

Auf der Dose glitzerte das Kondenswasser. Änny nahm sie gerne an. So schön kalt war die Dose noch, dass Änny sie erst einmal über die Stirn rollen ließ. Dann trank sie die prickelnde Brause fast in einem Zug aus.

Sie gingen auf den Wald zu. Tobias beleuchtete mit dem Handy die Tafeln, die zu Wanderwegen und Spaziergängen einluden. Herr Rembke grummelte noch immer.

Marcel ließ sich ins Gras sinken. »Eine Viertelstunde, dann können wir weiter.«

»Wehe, wenn nicht, dann will ich mein Geld zurück!«, zischte der Rentner.

»Sie wollten mir doch mehr über die Villa erzählen, in der Sie einhüten?«, fragte Marcel, und es klang weniger wie eine Frage als wie eine Forderung.

Willem Rembke ignorierte ihn.

Marcel nahm es nicht krumm. Er lächelte Änny an und

klopfte neben sich. »Du bist so heiß, kein Wunder, dass die Gletscher schmelzen.«

Die plötzliche Kälte hatte ein schmerzliches Pochen hinter Ännys Schläfen ausgelöst, sodass ihr eine Reaktion auf diesen Spruch schwerfiel. Egal. Sie fühlte sich irgendwie dizzy. Sich ein wenig hinzusetzen wäre sicher gut. Marcel breitete seine Jacke neben sich aus. Sie ließ sich daraufsinken, achtete aber auf einen kleinen Abstand zu ihm. Eine Weile aßen sie Chips und tranken Brause. Intensiv nahm Änny den Geruch des Waldbodens und die verschiedenen Grüntöne der Blätter und Gräser wahr. Im Geäst raschelte es, und sie hörte Grillen zirpen.

»Wenn ich mir deine Klamotten so anschaue: Du bist wirklich talentiert. Ich habe einen Freund auf Sylt, der hat eine Boutique. Wenn du möchtest, kann ich dich ja mal vorstellen«, meinte Marcel.

Änny kam es fast zu schön vor, um wahr zu sein. Ihre Eltern hatten sie zu Höflichkeit, aber auch zu Misstrauen erzogen. »Wo ist die Boutique?«, fragte sie vorsichtig.

»In Keitum. Hauptsächlich Designersachen. Genau deine Preisklasse, würde ich sagen.«

Tobias hatte ihr Gespräch mit einem argwöhnischen Zug um den Mund verfolgt. Änny lächelte ihn zaghaft an. Es ging ihr langsam besser; nein, eigentlich fühlte sie sich allmählich wieder fit, ja, geradezu klar und energiegeladen.

»Wenn man bedenkt, was für Kleidermassen produziert werden, nur um nach einer Saison im Altkleidercontainer zu landen!«, stieß Tobias hervor.

Diese Bemerkung traf Änny völlig unerwartet. Sie versuchte, sie zu entschärfen. »Das finde ich auch. Meine Kleidung soll lange halten. Gleichzeitig soll sie stilvoll und schlicht sein. Dann ist sie auch keinen kurzfristigen Moden unterwor-

fen«, erwiderte sie und wedelte mit den Zipfeln ihrer Bluse – wie heiß ihr war!

»Das hört sich super an. Hätte ich nicht besser sagen können«, fand Marcel.

»Diese Wegwerfgesellschaft ist furchtbar. Niemand sollte überhaupt mehr neue Mode entwerfen«, meinte Tobias.

»Du bist so ein richtiger Miesepeter. Ökosandalen und Müsli, das ist doch alles, was dich interessiert!«, warf Marcel ihm vor.

»Und wenn schon!«, schnappte Tobias zurück. »Auf jeden Fall gebe ich mich nicht mit so einem hohlen Kram ab!«

Änny fühlte sich durch seine Worte verletzt. Trotzig packte sie Rembkes kariertes Jackett, das er neben ihr abgelegt hatte, kam auf die Füße, warf es über und drehte sich wie auf dem Laufsteg. »Soll ich in Zukunft vielleicht so was Grässliches wie das hier anziehen?«

Willem Rembke starrte sie pikiert an. Marcel lachte laut. »Auf keinen Fall! Hübsche Frauen sollten hübsche Kleider tragen, damit wir unser Vergnügen haben!«

Er erzählte ihr Witze, die zunehmend lustiger wurden; bald kringelte sie sich vor Lachen. Sie fühlte sich voller Energie, als könne sie Bäume ausreißen.

Schließlich setzte Marcel sich erneut in den Wagen und drehte den Zündschlüssel. Noch immer sprang der Audi nicht an. Willem Rembke flippte jetzt richtig aus. Dabei tat Marcel doch, was möglich war, fand Änny. Er rief sogar bei verschiedenen Pannendiensten an, erreichte aber niemanden. Wieder versuchte er, den Fehler zu beheben. Inzwischen fuhren kaum noch Autos vorbei. Niemand hielt, auch nicht, als sie winkend am Fahrbahnrand standen.

Auf seinem Handy ließ Marcel Musik laufen. Änny tanzte und wollte die anderen animieren mitzumachen, doch Tobias schmollte noch immer. Marcel hingegen nahm sie in den Arm und drehte sie im Kreis.

Ihr schwindelte, die Bilder begannen zu rucken, wie Standbilder, die schnell vorgespult wurden:

Marcel, der sie begrabbelte und ihr seine Zunge ins Ohr schob.

Ihr Versuch, sich loszureißen. Tränen, die ihr über die Wange liefen.

Tobias und der Rentner, die mit Marcel rangen.

Marcel, wie er Tobias schlug.

Dann wieder Marcel, der sie zu trösten versuchte. Doch sie wehrte ihn ab, es war ein richtiges Handgemenge.

Plötzlich das helle Aufblenden eines Transporters. Eine ältere Frau sprang heraus, beschimpfte die Männer und wollte Änny mit sich ziehen. Obwohl Änny die Fremde nicht kannte, wollte sie ihr folgen. Doch dann ging Marcel dazwischen und bedrohte die Frau. Diese schimpfte weiter, fuhr aber tatsächlich weg.

Stille kehrte ein. Änny legte den Kopf in den Nacken und sah in den Himmel. Wie hatte es auf einmal so tiefe Nacht werden können?

35

Sie fuhren mit Willem Rembke ins Polizeirevier. Dies war eine entscheidende Aussage; nichts durfte schiefgehen. Wenig später sprach Liv die nötigen Angaben auf Band und wiederholte die bisherigen Aussagen.

»So weit alles richtig?«, fragte Hennes.

Willem Rembke nickte ernsthaft.

»Sie haben sich also mit Marcel Zampowski gestritten und daraufhin gemeinsam mit Tobias Schulke den Parkplatz verlassen?«, wiederholte Liv noch einmal Rembkes letzte Worte.

»Es war ein Unding! In den Regularien der Mitfahrgesellschaft sind die nötigen Maßnahmen für den Fall einer Fahrzeugpanne festgehalten. Herrn Zampowski hat das alles nicht interessiert. Er hatte nur Augen für diese Änny.«

»Änny erschien Ihnen überdreht?«, fragte Hennes.

»Absolut. Ganz so, als ob sie unter Drogen stünde.«

»Hat Änny während der Fahrt Drogen konsumiert?«

»Das habe ich nicht gesehen. Ich kann es aber auch nicht ausschließen.«

Liv beugte sich vor. »Ich verstehe, ehrlich gesagt, nicht, wie Sie und Herr Schulke Änny bei Herrn Zampowski zurücklassen konnten. Ein junges Mädchen und ein Mann, der, wie Sie sagten, Dreck am Stecken hat.«

Ihr Gegenüber verschränkte die Arme vor der Brust. »Es ist Ännys ausdrücklicher Wunsch gewesen. Sie meinte, wir wären Spielverderber. Sie hat sich deswegen sogar mit Tobias gezankt. Außerdem haben wir ja gehofft, dass die Polizei Änny einsammeln würde.«

»Sie beziehen sich auf die Frau, die an dem Rastplatz gehalten hat?«

»So ist es. Die fuhr irgendeinen Firmentransporter. Sie hat gesehen, dass etwas bei uns nicht stimmte, und wollte Änny helfen. Herr Zampowski hat die Fremde bedroht. Ich konnte nicht verstehen, was er gesagt hat, aber die Frau wurde bleich und fuhr davon. Vorher hat sie noch gesagt, dass sie die Polizei holen würde. Darauf habe ich mich verlassen.« Fassungslos schüttelte Willem Rembke den Kopf.

»Was ist dann passiert?«, wollte Hennes wissen.

»Tobias und ich wanderten die Landstraße entlang. Es war stockfinster. Wir wollten per Anhalter in den nächsten Ort fahren, aber es kamen keine Autos mehr. Eine gottverlassene Gegend.«

»Warum haben Sie nicht bei der Polizei angerufen?«

»Ich habe kein Handy, und das von Tobias war leer.«

»Und dann?«

»Tobias war niedergeschlagen wegen Änny. Er meinte, dass wir sie nicht hätten zurücklassen sollen. Wir vereinbarten, dass er zurückgeht und ich in den nächsten Ort wandere, um die Polizei zu informieren. Wir waren allerdings schon ein gutes Stück marschiert.«

»Bei der Polizei sind Sie aber nicht angekommen?«

»Ich war todmüde und bin in einer Pension eingekehrt«, gestand Willem Rembke ein. »Als ich bei der Polizei anrief, sagten die Beamten mir, sie hätten schon von dem Vorfall Kenntnis erhalten. Damit war die Angelegenheit für mich erledigt. Ich ging davon aus, dass Tobias sich um Änny kümmert. Die beiden jungen Leute haben sich gut verstanden. Ich habe dann noch eine saftige Beschwerde auf der Internetseite abgesetzt.«

»In welcher Pension sind Sie abgestiegen?«

Willem Rembke kniff die Augenbrauen zusammen. Schließlich schüttelte er unzufrieden den Kopf. »Das weiß ich nicht mehr. Ein scheußliches, heruntergekommenes Haus. Ich wollte den ganzen Abend so schnell wie möglich vergessen.«

»Haben Sie Ihr Zimmer mit der Karte bezahlt?«, wollte Liv wissen.

»Das nicht, aber ich habe vielleicht eine Quittung, die ich heraussuchen könnte.«

»Tun Sie das bitte.«

»Sie ist allerdings in Berlin, das könnte ein wenig dauern.«

»Wie sind Sie dann nach Sylt gekommen?«, fragte Hennes.

»Mit dem Taxi und der Bahn. Von meinen Mitreisenden habe ich nie wieder etwas gehört. Bis heute.« Willem Rembke presste die Finger an die Schläfen. »Sind wir jetzt fertig? Ich fühle mich nicht gut. Vielleicht dürfte ich ja in einer Ihrer Zellen übernachten, nur zur Sicherheit? Oder Sie bringen mich ins Krankenhaus, dort bin ich ja auch nicht allein.«

Willem Rembke hatte so lange lamentiert und über plötzliche Kopf- und Herzschmerzen geklagt, dass sie übereingekommen waren, ihn zur Beobachtung in die Klinik zu bringen. Die Kommissare kamen im Besprechungszimmer zusammen. Die Stimmung war wie aufgeladen, aber allen war klar, dass sie nichts erzwingen konnten. Sie brachten sich gegenseitig auf den neuesten Stand. Liv brannte darauf, mit Tobias zu sprechen. Er musste einfach das Bewusstsein wiedererlangen! Und zwar möglichst bald!

»Der Audi A8 wurde auf dem Weg nach Kampen gesehen, aber wir konnten die weitere Route des Fahrzeugs noch nicht rekonstruieren und wissen daher nicht, wohin er verschwunden ist. Auch sonst fehlt von Zampowski jede Spur.«

»Bosse wird weiterhin verhört. Er hat angegeben, dass er ebenfalls nichts über Zampowskis Verbleib weiß. Carlo ist übrigens sehr angetan von deinem Paket, Liv. Es sieht aus, als ob wir Könnermann wegen diverser Vergehen drankriegen könnten.«

Liv dachte kurz an Könnermanns Frau und seine Kinder. Sie taten ihr leid. Andererseits hatte Könnermann sich seine Suppe ja selbst eingebrockt.

»Die Exhumierung ist im Gange. Wir werden hoffentlich in wenigen Stunden die Ergebnisse haben.«

»Haben wir Ännys Totenschein inzwischen?«, fragte Hennes.

»Ja. Der Arzt steht auch für ein Gespräch bereit. Jederzeit, sagte er. Er erledigt in seiner Praxis ohnehin noch Papierkram.«

»Rembkes Aussage erscheint mir lückenhaft, um es mal so zu sagen. Wir werden die Pensionen und Gasthäuser auf dem Festland abklappern, genauso wie die Taxiunternehmen, und mit Ännys Foto hausieren gehen«, entschied Hasselbrecht.

»Ich werde weitere Fotos von Änny beschaffen, die Qualität des Bilds, das der Vater uns gegeben hat, ist schlecht. Außerdem würde ich tiefer in ihre Biografie und in ihre letzten Tage einsteigen. Vielleicht hat sie bei Freundinnen auf Sylt ihren Besuch angekündigt.«

»Ich weiß nicht, was das bringen soll, Lammers«, ging Andreas dazwischen, der anscheinend sauer über Livs Ermittlungserfolg im Fall der Rocker war.

»Diese Änny scheint mir der Schlüssel für die Taten zu sein«, beharrte Liv.

»Da bin ich Ihrer Meinung«, schlug Hasselbrecht sich auf Livs Seite.

Doktor Chrystian Zingst hatte seine Praxis in einem Ärztehaus gegenüber des Westerländer Bahnhofs. Sonnengegerbt und mit Seglerschuhen wirkte er wie einer der Mediziner, die Sylt ganz bewusst als letzte Station ihrer beruflichen Laufbahn auswählten. Hoffentlich zeichnet sich seine Arbeit nicht dadurch aus, dass er eine ruhige Kugel schiebt, dachte Liv. Allerdings bog sich sein Schreibtisch unter Aktenordnern und aufgeschlagenen Fachbüchern.

Wie alle Ärzte war er nicht gerade begeistert davon, dass die Polizei sein Urteil hinterfragte.

»Glauben Sie, ich wüsste nicht, dass Polizei und Rechtsmedizin es kritisch sehen, wenn Allgemeinmediziner Totenscheine ausstellen? Ich kenne das Gerücht, dass angeblich tausendzweihundert Morde pro Jahr wegen der nachlässigen Begutachtung der Leichen durch Hausärzte unentdeckt bleiben. Sie sind doch der Meinung, für die dreißig oder vielleicht fünfzig Euro, die eine Krankenkasse für eine Leichenschau zahlt, ziehen wir die Leiche nicht einmal aus«, sagte er. »Ich kann Ihnen jedoch versichern, dass ich nach den Grundsätzen der ärztlichen Sorgfaltspflicht gearbeitet habe. Änny Meinhorn hatte keine äußeren Verletzungen. Sie wies alle Anzeichen einer Überdosis auf. Sie hatte hohes Fieber und spuckte Blut, Krämpfe schüttelten ihren Körper. Als wir dann noch die Drogen in ihrer Tasche gefunden haben, gab es keinen Zweifel mehr: Tod durch Organversagen infolge einer Überdosis.«

»Um was für Drogen handelte es sich?«

»Happy Pills, Sie wissen schon, klein und bunt, mit einem Löwenkopf als Prägung.«

Also solche, wie sie Marcel Zampowski auch Mina Voggt, der Tochter des Fitness-Studio-Besitzers, angeboten hatte. »Was ist mit den Pillen nach Ännys Tod passiert?«

»Ich habe die Tütchen gemeinsam mit den anderen Besitztümern der Toten an den Vater übergeben.«

Liv unterstrich diese Notiz mehrfach, tief drückte sich die Stiftspitze ein. Sie würden in Meinhorns Apartment gezielt danach suchen; vielleicht befanden sich brauchbare Fingerabdrücke auf den Plastiktütchen.

Trotz der späten Stunde erreichte Liv Birte, eine von Ännys früheren Freundinnen auf Sylt. Gert Meinhorn hatte ihnen den Namen der jungen Frau genannt.

»Hatten Sie nach Ännys Abreise noch Kontakt zu ihr?«, wollte Liv wissen.

»Nein. Änny hatte sich sehr stark verändert. Es war, als sei sie ein ganz anderer Mensch geworden.«

»Inwiefern?«

»Na, Aussehen, Interessen – alles. Sie hatte auch kaum Zeit, immer hat sie gejobbt.«

»Könnten Sie mir ein Foto der früheren Änny schicken?«, bat Liv.

»Klar. Ich habe eins von uns auf dem Handy, als Erinnerung. Sie war schließlich mal meine beste Freundin.«

Als das Foto auf dem Display erschien, wäre Liv beinahe das Smartphone aus der Hand gefallen.

»Das nenne ich mal einen Imagewechsel: vom Grufti zur Frohnatur«, meinte Hennes, als sie nach Rantum zu dem Haus fuhren, in dem Ännys Vater wohnte.

Das Foto hatte alle in Alarmbereitschaft versetzt. Die Kommissare hatten jeden Gedanken an Feierabend abgehakt, viele Polizisten waren noch einmal ins Revier zurückgekehrt, um zu helfen.

Änny war ganz in Schwarz gekleidet gewesen, ihre Haare hatte sie halb abrasiert, die andere Hälfte hing in schwarzen Strähnen herunter. Vor allem aber waren ihre Fingernägel tiefschwarz lackiert gewesen. Liv hatte mit Ännys Freundin über deren Look gesprochen. Die Freundin hatte bestätigt, dass Ännys Fingernägel immer schwarz lackiert gewesen waren und es darüber erbitterte Diskussionen mit Ännys Vater gegeben hatte.

Auf einmal war alles in greifbarer Nähe: Das Motiv. Der Täter. Der schwarze Nagellack.

Gert Meinhorn hatte auf ihre Anrufe nicht reagiert. Im Revier lief das Räderwerk auf Hochtouren. Am dringendsten benötigten sie jedoch einen Durchsuchungsbeschluss.

Ab jetzt gab es für Liv nur noch den Fall. Sie vergewisserte sich noch einmal, dass es Sanna und Elise so weit gut ging. Dann tauchte sie ab. Keinen anderen Gedanken ließ sie mehr zu. Für nichts gab es mehr Raum als die Suche nach dem Täter und vor allem seinem potenziellen Opfer.

Livs Gedanken kreisten um Gert Meinhorn. Sie konnte ihre Ankunft kaum erwarten. Beim Aussteigen suchte Liv die Fenster des Wohnblocks ab, doch in der Wohnung war es dunkel. Sie klingelten.

Nichts.

Das hatte sie befürchtet. Sie rief Hasselbrecht an. »Meinhorn reagiert nicht. Wir müssen in die Wohnung.«

»Ich habe bereits das Okay vom Staatsanwalt. Klarer Fall von Gefahr im Verzug, schließlich geht es möglicherweise um ein Menschenleben. Wenn Meinhorn der Täter ist, könnte er

Zampowski in seiner Gewalt haben. Leipoll ist an der richterlichen Anordnung dran.«

Sie klingelten bei einem Nachbarn. Dieser hatte aber weder Meinhorn gesehen noch Geräusche aus der Wohnung gehört. »Er ist ein ruhiger, unauffälliger Nachbar. Immer freundlich«, sagte er.

Weitere Bewohner des Hauses schauten neugierig in den Flur. »Bleiben Sie besser drinnen, hier gibt es nichts zu sehen!«, forderte Liv sie auf.

Nun brachen sie die Haustür auf und sicherten den Eingang. Liv und Hennes gingen hinein. Ein Geruch wie von Desinfektionsmitteln lag in der Luft. Dazu der schon fast penetrante Duft von Raumspray und Aftershave. Alles war penibel sauber und unpersönlich, wie vor einigen Stunden.

Doch dann öffneten sie die Tür zu dem Raum, in dem sich Meinhorns Schlafzimmer befinden musste. Die Wände waren über und über bedeckt mit Fotos, Notizen und abgetippten Chat-Protokollen. Der Anblick zog Liv den Boden unter den Füßen weg. Da waren Rocco, Zampowski, Tobias Schulke, Ute Mulfsen und …

* * *

Momke zerrte an den Kabelbindern, mit denen seine Daumen aneinandergefesselt waren. Sein Rücken schmerzte, denn er hing an irgendeiner Maschine, deren Teile sich in seine Rippen bohrten. Das Gerät stand auf einer Art Steinsockel. Schwer musste diese Maschine sein, denn wenn er daran riss oder sich dagegenstemmte, bewegte sie sich kaum. Er wusste nicht, wie das hatte passieren können. Er war doch auf dem Weg gewesen, sich mit Ioanna in Niebüll zu treffen und die zukünftige Hebamme kennenzulernen. Doch dann hatte ihn jemand angerufen und ihm erzählt, dass Ioanna in der Nähe des Bahnhofs zusammengebrochen sei. Keinen Augenblick hatte Momke sich gefragt, was Ioanna auf Sylt wollte, obwohl sie sich doch eigentlich auf dem Festland hatten treffen wollen. Sein einziger Gedanke war gewesen, dass er zu ihr musste. Dann hatte ihn jemand am Fahrbahnrand angesprochen; wegen der tief ins Gesicht gezogenen Kapuze hatte er ihn nicht erkannt. Plötzlich hatte er einen Schmerz gespürt. Krämpfe hatten ihn geschüttelt und schließlich ausgeknockt. Zampowski musste auch ihn überfallen haben – aber warum? Was hatte dieser Mistkerl mit ihm vor?

Seit Momke aufgewacht war, umgab ihn Dunkelheit. Er nahm einen stechenden Geruch wahr, aber das Atmen fiel ihm ohnehin schwer, denn sein Mund war mit Klebeband verschlossen. Sein Kopf brummte von der schlechten Luft. Neben ihm stöhnte jemand. Der Atem des Mannes ging flach und unregelmäßig – kein gutes Zeichen.

Plötzlich flammte Licht gleißend hell auf. Momke kniff die Augen zusammen. Etwas Weißes bewegte sich am Rande seines Gesichtsfelds.

Dann sah er Zampowski.

* * *

»Ioanna, hier spricht Liv.«

Schon der erste Satz ihrer Gesprächspartnerin bestätigte Livs schlimmste Befürchtungen.

»Ist etwas mit Momke? Ich erreiche ihn nicht. Wir waren in Niebüll verabredet, und er ist einfach nicht gekommen. Das ist sonst gar nicht Momkes Art.« Die sonst so klarsichtige Anwältin klang auf einmal beinahe panisch.

Liv überlegte, was sie Ioanna sagen durfte. Nicht aus

rechtlichen Gründen, sondern vor allem, weil sie schwanger war. Dass ein Porträt von Momke an der Pinnwand eines Mörders gehangen hatte, war dramatisch.

»Nun sag doch was! Und komm mir bloß nicht mit falscher Rücksichtnahme«, forderte Ioanna.

Liv atmete langsam aus, ehe sie antwortete. »Wir können nicht ausschließen, dass Momke sich in Gefahr befindet. Wann hast du zum letzten Mal etwas von ihm gehört?«

»Gegen 17 Uhr. Ich habe ihn gebeten, etwas aus dem Supermarkt mitzubringen. Wegen der Schwangerschaft habe ich diese absurden Gelüste. Zum Beispiel auf Lakritzeis und Labskaus.«

So außergewöhnlich fand Liv diese Gelüste nicht, aber das stand jetzt nicht zur Debatte. »Könnte er zu seinen Eltern nach Archsum gefahren sein oder zu einem Freund, ohne es dir zu sagen?«

»Das glaube ich nicht. Mit seinen Eltern habe ich schon gesprochen, die haben auch nichts von ihm gehört.« Geraschel, dann schnaufte Ioanna leise. »Ich komme auf die Insel.«

»Das musst du nicht. Ich melde mich sofort bei dir, wenn wir ihn gefunden haben. Es ist bestimmt nur ein Missverständnis.«

Aber so recht glaubte Liv nicht daran.

Sie waren zu einem Eil-Meeting zusammengekommen, diskutierten hektisch die neuesten Ergebnisse und leiteten Ermittlungen in die Wege. In einer konzertierten Aktion hatten sie das Geflecht von Fotos und Notizen gesichtet. Es war davon auszugehen, dass Gert Meinhorn sowohl Marcel Zampowski als auch ihren Kollegen Momke in seine Gewalt gebracht hatte. Sie alle beherrschte die Frage, wo Meinhorn seine Opfer versteckte. Keiner mochte ihre größte Sorge aussprechen: dass auch Zampowski und Momke längst tot waren.

»Will dieser Meinhorn etwa jeden töten, den er für den Tod seiner Tochter verantwortlich macht?«, fragte Wanda ratlos. »Und wie passen Rocco, Denise und das Vorhängeschloss ins Bild?«

»Nächste Frage: Warum tötet er seine Opfer nicht gleich, sondern betäubt sie?«

»Das ist leicht: Er will etwas von ihnen wissen«, antwortete eine selbstgewisse Stimme von der Tür her.

Die Ermittler wandten sich um. »Was macht dieser Spinner denn hier?«, fragte Andreas entgeistert.

»Ich habe Herrn Gitzelstein hinzugezogen. Er hat sich bereit erklärt, uns zu beraten, bis die OFA eine fallanalytische Beratung vornehmen kann. Wir stellen gerade die neuesten Unterlagen für Xavier Hansen und sein Team zusammen«, erklärte Hilke Hasselbrecht.

»Der Täter ist laut meines Täterprofils körperlich unterlegen. Trifft das auf Herrn Meinhorn zu?«, wollte Gitzelstein wissen.

»Er ist kleiner als ich und sehr schlank, wirkt beinahe verhärmt«, erinnerte Liv sich.

»Na also«, war Gitzelstein zufrieden.

»Jetzt, wo wir den Täter kennen, hätte jeder diese Diagnose stellen können«, murrte Andreas.

»Gert Meinhorn betäubt seine Opfer, um sie zu befragen. Vermutlich will er herausfinden, was seiner Tochter wirklich zugestoßen ist.«

»Aber warum Momke? Und ist der Arzt dann auch bedroht?«

»Die Möglichkeit besteht. Die beiden haben Ännys Tod

nicht ernst genommen. Durch sie ist Änny gewissermaßen zum zweiten Mal gestorben«, urteilte Gitzelstein.

Hasselbrecht ließ sofort einen Polizisten zu Doktor Zingst schicken. Bente betrat den Raum. »Ich habe dem Stuttgarter Freund ins Gewissen geredet. Er hat eingestanden, dass Gert Meinhorn ihm Geld schickte, damit er für ihn lügt. Am Flughafen hat Meinhorn offenbar eingecheckt, dann aber überraschend Brechdurchfall bekommen.«

»Woher hat Meinhorn die Kohle für das falsche Alibi?«

»Vermutlich handelt es sich um das Geld, das Rocco bei sich getragen hat.«

Hasselbrecht tippte auf ihre Armbanduhr. »Die Zeit läuft. Vergessen wir nicht: Keines seiner Opfer hat er lange am Leben gelassen.«

* * *

Bente tat so, als knabbere er an dem Keks, der mindestens aus der Zeit der großen Sturmflut stammte. Die Wohnung, in der er sich befand, sah allerdings auch so aus, als sei sie seit Jahren nicht mehr geputzt worden. Staub, Spinnweben und Wollmäuse überall. Der bräunliche Rand schien das gesprungene Porzellan seiner Teetasse zusammenzuhalten.

»Greifen Sie ruhig zu, ich habe noch mehr davon. Als ich hörte, dass diese besondere Sorte Friesenkekse nicht mehr produziert wird, habe ich zugeschlagen«, meinte der alte Herr stolz. »Heute gibt es so eine Qualität gar nicht mehr.«

Bente sah verstohlen auf die Uhr. Er zweifelte allmählich an dem Sinn dieses Gesprächs. Außerdem hatte er eine Verabredung, die platzen würde, wenn er nicht bald Schluss machte. Allerdings hatte Meinhorns Vermieter sich erinnert, dass Peter Seiffer bei diesem beschäftigt gewesen war.

»Ich hatte Sie nach Ihrem früheren Arbeitgeber gefragt. Wie lange haben Sie in Meinhorns Reinigung gearbeitet?«

»Die letzten neunzehn Jahre, bis ich pensioniert wurde. Ich habe mehr Glück als Verstand gehabt.«

»Wie meinen Sie das?«

»Na, Herr Meinhorn und seine Frau – beide Krebs. Die Reinigungschemikalien, wissen Sie? Heutzutage wird ja mehr auf Gesundheitsgefährdung und so geachtet, aber damals …« Der alte Mann wienerte mit dem Handballen einen Fettfleck vom Tisch. »Ob Sie's glauben oder nicht – ich fasse heute so ein Teufelszeug nicht mehr an. Bei mir muss keiner vom Boden essen können. Bisschen Dreck hat noch niemandem geschadet, das sagen ja sogar die Allergieforscher.«

Bente hielt als vierfacher Familienvater auch nichts von den Eltern, die die Finger ihrer Sprösslinge bei jeder Gelegenheit mit Desinfektionstüchern abrubbelten. Aber auch diese Sichtweise machte den Anblick der Wohnung nicht unbedingt erträglicher. Er tunkte den Keks in den Tee und steckte ihn schnell in den Mund. Es war trotzdem, als würde er auf einen Schwamm beißen.

Sogleich hielt der alte Mann ihm wieder die Keksdose hin. »Nur zu, noch ist was da.«

Notgedrungen nahm Bente einen weiteren Keks, hielt ihn aber unschlüssig in der Hand. »Sie führen die Erkrankungen also auf den Umgang mit den Reinigungschemikalien zurück?«, fragte er.

»Ja, klar. Das kann heutzutage doch jeder nachlesen. Hat die Berufsgenossenschaft trotzdem anders gesehen. Die Krankheit seiner Frau und der lange Rechtsstreit haben Herrn Meinhorn zermürbt, das können Sie mir glauben. Es gibt ganz bestimmte Krebsarten, für die die Berufsgenossenschaft aufkommt. Erkrankt man an einer anderen Art von Krebs – Pech gehabt.«

»Bitter«, meinte Bente.

»Das können Sie laut sagen. Der Herr Meinhorn war nie der Einfachste. Beharrte immer auf seinem Recht und wusste alles besser. Aber als das Schicksal über ihn hereinbrach … War nicht einfach, mit ihm auszukommen.«

»Und Änny, seine Tochter?«

»Armes Ding. Die Krankheit ihrer Mutter hat ihr sehr zugesetzt. Hat sich aber trotzdem nie jemand um sie gekümmert. Erst als sie anfing, sich ständig mit dem Tod zu beschäftigen, und sich am liebsten von Kopf bis Fuß schwarz gefärbt hätte, kümmerten sich die Eltern um sie – dann gab es ständig Streit. Ich hab gehört, dass es erst wieder bergauf mit Änny gegangen sein soll, als sie wegzog. Tja, und nun ist sie tot.« Kopfschüttelnd sah er Bente an.

»Würden Sie Gert Meinhorn eine Gewalttat zutrauen?«

Peter Seiffer wog seinen Kopf. »Ich kann ja nicht in ihn reingucken, das kann niemand. Aber letztlich war Änny alles, was ihm geblieben war. Keine Frau hatte er mehr, keine Reinigung, dafür Schulden, die während der Krankheit seiner Gattin aufgelaufen waren. Muss schwer sein, ein Kind zu verlieren, und noch schwerer, wenn man so viel versäumt hat und im Streit auseinanderging. Wenn Sie mich fragen: Nicht nur der Krebs, sondern auch die Verbitterung hat seinen Körper zerfressen. Herr Meinhorn macht es nicht mehr lange – was hat er also zu verlieren?« Er sah den Kommissar auffordernd an. »Sie haben ja Ihren Keks noch gar nicht gegessen.«

Bente lächelte gequält.

* * *

Die Nachricht aus dem Krankenhaus hatte allen einen weiteren Energieschub versetzt. Tobias Schulke war bei Bewusstsein und konnte vernommen werden. Liv und Hennes fuhren in die Klinik, um dieses wichtige Gespräch zu führen.

Der behandelnde Arzt hielt die Kommissare auf und ermahnte sie, den Patienten nur kurz zu befragen und nicht zu sehr zu strapazieren. Die Eltern reagierten, als würden sie am liebsten eine Befragung ganz verhindern.

Nachdem Liv ihn nur bewusstlos und mit Schläuchen und Infusionsnadeln im Körper gesehen hatte, war sie erstaunt, wie viel fiebrige Lebendigkeit jetzt schon wieder in den tintenblauen Augen lag. Tobias bestätigte den Ablauf der Ereignisse vom 30. Juli, wie Willem Rembke ihn bereits geschildert hatte.

»Irgendwann kam endlich ein Taxi vorbei. Ich habe den Fahrer gebeten, die Strecke noch einmal abzufahren, und nach Änny gesucht, sie aber nicht gefunden. Dann habe ich mich am Bahnhof absetzen lassen und auf einer Bank geschlafen, bis der erste Zug kam.« Seine Stimme war immer leiser geworden. Liv wusste, dass sie bald Schluss machen mussten.

»Haben Sie danach noch von Änny gehört?«

»Nein. Ich habe ihr ein paar Nachrichten geschickt, aber sie hat nicht darauf reagiert. Da dachte ich, dass sie nichts mehr mit mir zu tun haben will.«

Es klopfte an die Tür des Krankenzimmers. Der Arzt blickte herein. Hinter ihm waren Tobias' Eltern zu sehen. »Tobias, wie geht es dir? Sollen die Kommissare dich zu einem späteren Zeitpunkt noch einmal befragen?«

Tobias schüttelte den Kopf. »Es geht noch ein wenig.«

Friedrun Schulke runzelte die Stirn. »Fünf Minuten noch, höchstens.«

Hennes stützte die Hände auf die Knie. »Lassen Sie uns

auf den Angriff auf Sie in den Kampener Dünen zu sprechen kommen.«

Im Wesentlichen bestätigte Tobias den Tathergang, wie sie ihn rekonstruiert hatten. Das Sprechen kostete ihn inzwischen viel Kraft. »Der Mann hatte die Kapuze eines Steppmantels übergezogen, aber ich habe sein … Gesicht gesehen.« Sein Atem ging schwer. »Für seine Falten … waren die Haare sehr blond, und er … war sehr mager. Und er roch … aufdringlich nach Parfüm.«

»Hat er Sie befragt?«, wollte Hennes noch wissen.

»Die … ganze Zeit. Aber ich konnte ihm … nicht mehr sagen, als … ich Ihnen erzählt habe.« Seine Augen fielen zu. Sie mussten Schluss machen. »Er hat mir nicht … geglaubt. Wegen der … Botschaften auf dem Handy«, murmelte Tobias Schulke noch.

»Was haben Sie Änny geschrieben?«

Er verzog schmerzerfüllt das Gesicht. Dann sagte er: »Dass … ich es so schön mit ihr fand. Das hat er wohl … falsch verstanden. Außerdem waren es wohl … zu viele Nachrichten.« Er verzog das Gesicht. »Sie hat ja nicht … geantwortet.«

Die Kommissare dankten ihm und eilten hinaus. Liv dachte über das Gehörte nach. In seinem Kummer musste Gert Meinhorn sich aus dem Wenigen, das er herausgefunden hatte, seine eigene Wahrheit zusammengezimmert haben. Vermutlich hatte er geglaubt, dass Tobias Änny bedrängt und ihr etwas angetan hatte.

Liv war von einer starken Unruhe erfüllt. Sie hatte sich mehr von der Befragung erhofft. Als sie gerade durch die Eingangshalle gingen, trafen sie auf die LKA-Kollegen, die Bert Könnermann zu einem Krankenwagen begleiteten. Er würde aufs Festland in eine Zelle gebracht werden. Als Könnermann sie sah, flippte er schier aus. Gut, dass er an der Trage festgebunden war.

»Euch mache ich fertig! Dich und diese Tamara werde ich richtig ficken! Damit kommt ihr nicht durch! Und auch dir, alter Zocker, reiße ich den Arsch auf! Wir haben dich gewarnt!«

Liv spürte, wie bei diesen Drohungen das Blut aus ihrem Gesicht wich. Auch Hennes war blass geworden. Bosse hatte eindeutig ihn als »alten Zocker« angesprochen. Was hatte er damit gemeint? Liv bemühte sich um eine gleichmütige Stimme. Sie wollte Könnermann keinen Triumph verschaffen.

»Dieser kleine Ausbruch dürfte das Strafmaß noch weiter erhöhen. Machen Sie nur so weiter, Könnermann, wenn Sie noch länger von Ihrer Familie getrennt sein wollen«, sagte sie ruhig, obgleich jede Pore ihres Körpers kribbelte.

Der Rocker war jetzt hochrot. »Du …«, begann er, presste dann jedoch die Lippen zusammen. Seine Kiefer mahlten.

Als Könnermann in den Krankenwagen verfrachtet war, fragte sie Hennes: »Was meinte Könnermann damit, dass die dich gewarnt haben?«

Ihr Kollege hüstelte und steckte sich dann eine Zigarette an. »Weiß ich doch nicht, was der sich aus den Fingern saugt, um einen einzuschüchtern.«

Es war, als hämmere das unaufhaltsame Ticken der Uhr in ihrem Körper. Ein rasender Takt, der sie rastlos machte. Noch einmal brütete Liv über den Fotos und Notizen, die sie bei Gert Meinhorn gefunden hatten.

»Der einzige Ort, der ihm etwas bedeutet hat, ist die Reinigung gewesen. Und die wurde abgerissen«, murmelte Hennes.

Liv starrte ihn an. »Das hat er uns zumindest gesagt.«

»So einfach kann es doch nicht sein.«

»Vielleicht doch. Wie können wir das auf die Schnelle überprüfen?« Hennes rief die Frage in den Raum, doch selbst die Sylter Kollegen wussten nicht, ob das Gebäude noch stand. Bei dem Architekturbüro, das für Abriss und Neubau zuständig war, erreichten sie niemanden mehr.

»Wir fahren hin«, entschied Liv.

Hasselbrecht hielt sie auf. »Ihr geht nicht allein rein, sondern wartet auf das SEK! Dieser Mann ist zu allem fähig!«

36

Änny

Auf einmal war sie mit Marcel allein. Tobias und Herr Rembke hatten erneut mit ihm gestritten. Marcel war ausgeflippt, als der Opa etwas aus dem Kofferraum geholt hatte. Hatte behauptet, der Rentner hätte in seinen Sachen herumgewühlt und versucht, etwas zu stehlen. Herr Rembke war entrüstet gewesen. Er hatte Tobias als Zeugen hinzurufen wollen, aber dieser hatte sich entzogen. Dann waren die beiden aufgebrochen. Noch einmal hatten Tobias und Herr Rembke gefragt, ob sie mitkommen wollte. Änny hatte sich jedoch nicht durchringen können, obwohl sie sich schon wieder klarer im Kopf fühlte. Tobias hatte so gemein über ihre Mode gesprochen. Marcel hingegen erzählte ihr immer wieder von seinem Freund mit der Boutique. Er mochte sie, wollte ihr helfen.

Inzwischen kam es ihr albern und vor allem falsch vor, dass sie bei Marcel geblieben war.

Im Wald raschelte es unheimlich. Es war finster. Die Straße war nicht beleuchtet, kein Auto fuhr mehr vorbei.

Marcel legte den Arm um sie und den Kopf in den Nacken. »Schau mal«, flüsterte er. Für einen Augenblick glaubte Änny, dass alles gut war. Doch dann setzte er hinzu: »Es sind so viele Sterne am Himmel – holst du mir einen runter?« Frech grinste er sie an.

»Spinnst du?! Was ist das denn für ein blöder Spruch!«

Änny machte sich los. Ihr Herz raste. So unwohl war ihr

zumute, dass ihr Magen schmerzte. Ihr Kopf war ganz heiß, der Mund trocken. Vielleicht hätte sie doch mit den anderen gehen sollen.

Die Nacht verschattete jetzt Marcels Gesicht, gab ihm einen unheimlichen Anstrich. »Sollen wir auch zu Fuß ins nächste Dorf gehen? Der Audi könnte natürlich aufgebrochen oder geklaut werden, aber das muss ich riskieren«, sagte er plötzlich leichthin. »Ist allerdings nicht meiner, sondern gehört dem Kumpel mit der Boutique.«

Marcel betätigte die Zentralverriegelung, die Lichter des Audis blinkten auf. »Was soll's. Komm, wir gehen …«

Unentschlossen sah Änny die Landstraße vor sich, die von der Finsternis eingesaugt zu werden schien. Es kam ihr nicht richtig vor, dass Marcel Ärger bekommen würde, wenn das Auto beschädigt oder gestohlen wurde. Er konnte ja nichts dafür, dass der Audi kaputtgegangen war. Es fiel ihr allerdings noch immer etwas schwer, komplizierte Gedankengänge zu verfolgen. Mit dem Handrücken wischte sie sich den Schweiß von der Stirn, die andere Hand presste sie auf ihren krampfenden Magen.

»Was sollen wir denn sonst tun?«, brachte sie mit kratziger Stimme heraus; sie hatte starken Durst.

»Ich versuche weiter, einen Abschleppdienst zu erreichen. Vielleicht können wir ja auch jemanden anhalten, der uns hilft. Eins von beiden wird früher oder später passieren, alles easy also. Aber wenn du willst, gehen wir zusammen los.« Er machte eine vage Handbewegung zur Straße.

Änny taten die Füße weh, ganz schwer waren ihre Beine. Plötzlich war ihr kalt. Von der Hitze des Tages war wenig geblieben. Sie rieb sich die Oberarme.

»Sollen wir ein Lagerfeuer machen?«

»Das wäre schön.«

Sie sammelten Reisig ein und entzündeten in der Nähe des Autos ein kleines Feuer. Änny zog die Beine an und umklammerte sie. Die Magenschmerzen und die Kälte ließen ein wenig nach. Marcel fummelte etwas aus seiner Tasche. Mit einem schiefen Lächeln schüttelte er ein kleines Tütchen mit einem weißen Pulver. »Schon mal probiert? Das hält uns wach.«

»Ich nehme keine Drogen«, sagte Änny entschieden.

»Komm schon, einmal ist keinmal – du wirst dich super fühlen.«

Änny schüttelte den Kopf.

»Okay, wie du willst.« Er öffnete das Tütchen, befeuchtete den kleinen Finger und schmierte sich das Pulver auf das Zahnfleisch.

»Aber du … du musst doch fahren?«, wunderte sie sich.

»Bis ich wieder fahren kann, ist die Wirkung längst verflogen.« Marcel zögerte. »Aber eine Cola nimmst du doch noch? Oder ist die dir auch zu heftig?«

»Eine Cola wäre schön.«

Änny hörte es hinter sich zischen. Dann hielt er ihr eine Dose hin. »Cola ist alle. Das sind die letzten zwei Softdrinks. Jetzt müssen wir durchhalten, allein in der Wildnis, wie echte Survival-Experten.«

Wenig später kam es Änny so vor, als könne sie fliegen, und sie ahnte, dass Marcel ihr irgendwas in das Getränk getan hatte. Ihr Mund fühlte sich wund an, als die Kohlensäure über die Schleimhäute prickelte, der Magen zog sich stechend zusammen. Marcel redete auf sie ein, fasste sie immer wieder an. Das wollte sie nicht! Änny schoss hoch, wankte.

»Wo willst du denn hin, Schöne?« Er zog sie wieder zu sich auf die Erde. Sie schaffte es nicht mehr, sich dagegenzustemmen. Plötzlich drückte er sie auf den Waldboden, war auf ihr, fummelte an ihr herum. Sie wand sich unter ihm.

»Was ist denn?«, murmelte Marcel und schob seine Hände grob unter ihr Hemd. »Du willst es doch auch – warum wärst du sonst allein bei mir geblieben?«

»Nein, ich … Lass mich in Ruhe.« Änny bäumte sich auf. Diesmal gelang es ihr, ihn wegzustoßen. Sie stützte die Ellbogen auf, wollte hochkommen. Alles drehte sich um sie. »Was hast du … mir in den Drink …«

»Etwas, wofür andere einiges springen lassen, um abfeiern zu können. Und genau das machen wir jetzt.« Wieder zog er sie zurück, machte sich an ihrer Hose zu schaffen. Sie spürte, wie erregt er war, und bekam es nun erst recht mit der Angst zu tun.

Jetzt schrie sie, doch ihr Hilfeschrei brach ab, als er grob die Hand auf ihren Mund presste. Marcel zerrte an ihrer Hose. Seine Finger auf ihrer nackten Haut.

»Es wird dir gefallen, du wirst schon sehen …«

Änny tastete um sich, in der Hoffnung, irgendwas zu finden, mit dem sie ihn abwehren konnte. Sie wühlte im Waldboden. Da, ein Stein. Nur faustgroß, aber das Einzige, was ihr blieb.

Sie schlug zu, traf ihn direkt an der Schläfe. Marcel zuckte zurück. Schrie auf. Wollte zurückschlagen.

Noch ein Hieb, wieder traf sie den Kopf. Er sackte in sich, stöhnte. Änny nahm ihre gesamte Kraft zusammen und kam auf die Füße. Sie zog ihre Hose hoch, hielt den Bund umklammert. Blut, da war überall Blut – an ihrer Hand, auf dem Stein, auf Marcels Gesicht. Ihre Augen waren von Tränen und Entsetzen so angeschwollen, als müssten sie herausfallen. Erschrocken ließ sie den Stein fallen. »Das wollte ich nicht … das …«

Marcels Hand schoss vor, streifte sie – beinahe hätte er sie gepackt. »Du Fotze … das wird dich teuer zu stehen kom-

men … Du wirst … mein Pferdchen …«, stieß er hervor, und Blut sprenkelte das Leinen ihrer Hosenbeine.

Änny wusste nicht, was er meinte. Aber dass er sie leiden lassen würde, das wusste sie.

37

Rantum, 22.30 Uhr

Der Sturm warf abgerissene Äste, Laub und Sand über die Landstraße, als sie nach Rantum fuhren. Das Haus befand sich am Ortsrand, dort, wo die Dünen den Ort zurückzuerobern versuchten. Es handelte sich um einen Wohn- und Gewerbeklotz aus den Sechzigerjahren. Das Dach war an einer Stelle eingedrückt, Dachpfannen hatte ein Sturm weggetragen. Die Leuchtreklame war längst verschwunden, der Rand jedoch, den die geschwungenen Buchstaben hinterlassen hatten, war sogar im schwindenden Licht noch zu erkennen. Der Schriftzug »Heim der Sauberkeit« war nur noch eine diffuse Erinnerung, verblichen, und bald würde er mitsamt dem Gebäude ganz verschwunden sein. »Nicht betreten« warnten Schilder am Bauzaun, doch die Graffiti bewiesen, dass sich zumindest die Jugendlichen nicht hatten abschrecken lassen. Es wird nicht mehr lange dauern, bis hier wieder eine Baulücke klafft, deren Wert sich binnen kürzester Zeit vervielfacht, dachte Liv.

»Da hat sich der Abriss wohl verzögert. Oder Gert Meinhorn hat uns bewusst nicht davon erzählt. Ob Bauunternehmer wohl über die Insel fahren, jede Baulücke sondieren und jedes Gebäude nur unter dem Gesichtspunkt begutachten, wann es abgerissen werden kann? Sylt, ein einziges Spekulationsobjekt, ein einziger goldener Boden«, sagte Hennes düster, nachdem sie rückwärts durch den Sturm gelaufen waren, weil der Sand ihnen sonst die Gesichtshaut weggeschmirgelt hätte. Im Windschatten eines Hauses hatten sie Schutz gesucht.

Liv zückte ihre Taschenlampe. Sie musste die Stimme etwas heben, um gegen den Wind anzukommen, wollte aber gleichzeitig nicht schreien. »Ich frage mich eher, ob Gert Meinhorn sich in dem Gebäude befindet und ob er Momke und Marcel Zampowski bei sich hat.«

»Sehen wir nach.«

Sie rief bei Hasselbrecht an und informierte ihre Chefin. »Das Haus steht noch. Wir gehen hinein. Jede Sekunde kann über Leben oder Tod entscheiden.«

Sie konnte förmlich hören, wie wenig Hasselbrecht diese Entscheidung gefiel. Dennoch trug die K1-Chefin sie mit. »Das SEK ist noch auf dem Weg zu Ihnen. Seien Sie vorsichtig! Sobald Sie sicher sind, dass Meinhorn sich darin befindet, drehen Sie um. Wir sind schon dabei, die Baupläne zu beschaffen.«

Der Wind hatte den Dünensand über die Gehwegplatten geweht. Hüfthoch war der Sand an die Hauswände gebrandet.

»Wenn man das sieht, fragt man sich, wie lange es wohl dauern würde, bis die Dünen das Haus verschluckt hätten«, meinte Hennes nachdenklich.

»Nicht sehr lange, nehme ich an. Hier, an der schmalsten Stelle der Insel, wo West- und Ostküste nur etwa fünfhundert Meter auseinanderliegen, haben die Menschen seit jeher mit den Elementen gekämpft. Nicht nur die Nordsee mit ihren Sturmfluten, auch der Dünensand setzt ihnen zu. Mehrere Kirchen und viele Häuser sind von den wandernden Dünen begraben worden, mindestens dreimal wurde das Dorf verlegt«, kramte Liv ihr Wissen zusammen, während sie die Absperrung absuchten.

Schnell entdeckten die Kommissare eine Stelle, in der zwei einzelne Absperrgitter so verschoben waren, dass man hindurchschlüpfen konnte. Zunächst überprüften sie das Gebäude von außen. Drei Türen, einfach verglaste Fenster, zum Teil zerbrochen. Die Eingänge der Reinigung und der Wohnung waren verschlossen, ebenso wie die Hintertür. Außerdem gab es eine Lastenklappe, durch die jedoch kein Zugang möglich schien. Die Mauer über der Klappe war so verschoben, dass sie mit Pfosten abgestützt worden war.

Mit einem kleinen Dietrich öffnete Hennes den Hintereingang. Taschenlampen und Waffen im Anschlag, machten sie sich daran, den ersten Raum zu sichern. Adrenalin schoss durch Livs Adern. Hellwach war sie, ihre Sinne waren geschärft.

Totenstille lag über dem Raum. Ein scharfer, chemischer Geruch hing in der Luft. Ihr Herz pumpte heftig, als Liv versuchte, sich einen Überblick zu verschaffen. Viel zu viele uneinsehbare Winkel. Der Raum war mit seinen deckenhohen Maschinen und Regalen unübersichtlich. Unheimlich wirkten die klaffenden Löcher der Waschtrommeln und die unerbittlich erscheinenden Kiefer der Plättmaschinen. Ein in Folie eingeschlagener Frack dämmerte an einem Kleiderständer vor sich hin wie ein Komapatient an den lebenserhaltenden Geräten. Gleichzeitig war es, als habe die letzte Reinigungskraft gerade erst den Raum verlassen.

Liv hörte an Hennes' flachem Atem, dass er ebenso angespannt war wie sie. Endlich konnten sie halbwegs sicher sein, dass niemand hier war.

Eine Zwischentür führte in die Wohnung. Auch hier schien die Zeit stehengeblieben zu sein. Wenn es sie interessiert hätte, welcher Wohnstil vor mindestens zehn Jahren angesagt gewesen war, hier hätte sie es gesehen. Sollten sie rufen und sich zu erkennen geben? Andererseits – wenn sie es nicht taten, hatten sie das Überraschungsmoment auf ihrer Seite.

Auch in der Wohnung standen rollbare Metallständer mit Kleiderbügeln, deplatziert und überflüssig. Liv erkannte dahinter die Umrisse einer Treppe und eine weitere Tür, die vielleicht in den Keller führte. Hennes und sie schoben behutsam den ersten Kleiderständer beiseite, konnten jedoch das leise Klirren nicht verhindern.

Aus dem Obergeschoss war ein Geräusch zu hören, ein Scharren oder Kratzen. Adrenalin flutete ihre Herzkammern. Vor Livs innerem Auge erschien das Bild eines Manns, der sich gefesselt auf dem Teppich krümmte. Momke? Marcel? Wortlos verständigten Hennes und sie sich. Treppenstufen knarrten unter ihren Schritten. Durch ein zersplittertes Fenster war Laub hereingeweht worden. Stufe um Stufe schlichen sie hoch. Hennes sicherte den Treppenaufgang. Zwei Türen, eine angelehnt. Das Scharren wurde lauter.

Hennes bog die Schultern vor und presste die Hand auf den Mund; ausgerechnet jetzt ein Hustenanfall! Wenn er auch nur einen Mucks von sich gab, wüsste jeder, dass sie hier waren. Als er sich wieder aufrichtete, waren seine Augen glasig, und eine Ader war auf der Stirn hervorgetreten. Er hob trotzdem den Daumen, um Liv zu verstehen zu geben, dass er weitermachen konnte.

Mit trommelndem Puls schob sie die Tür auf. Anscheinend war das Ännys Zimmer. Schwarz gestrichene Wände, dunkle Möbel. Schwierig, überhaupt etwas zu erkennen. Sie lauschte. Das Geräusch kam hinter dem Bett hervor. Ob sich der Täter dort versteckte oder sein Opfer dort abgelegt hatte?

Liv schlich auf das Bett zu. Dahinter befand sich eine Kiste, wie für Spielzeug, aufgeklappt. Etwas bewegte sich darin. Aber was …

Sie beugte sich vor – ein Schlag ins Gesicht. Sie riss die Arme hoch, die Haut wurde ihr aufgerissen. Jetzt war neben ihr ein Fauchen und Flattern. Der Vogel krachte gegen die Scheibe, immer und immer wieder. Eine Dohle, ausgerechnet dieser Unglücksvogel. Andererseits nisteten Dohlen gerne in Höhlen oder Ruinen; sie musste durch eines der zerbrochenen Fenster eingedrungen sein.

Hennes öffnete das Fenster und ließ die Dohle hinausfliegen. Ihr Kollege wandte sich Liv zu, formte mit fragendem Blick Daumen und Zeigefinger zu einem Kreis. Liv wischte sich das Blut vom Handrücken und nickte. Sie durchsuchten Ännys Zimmer oberflächlich. Dann nahmen sie sich den gegenüberliegenden Raum vor. Es war das Schlafzimmer der Eltern. Nun begriff sie, warum Meinhorns Apartment so unpersönlich gewirkt hatte. Er hatte anscheinend alles zurückgelassen, was ihm einmal etwas bedeutet hatte. Man brauchte kein Psychologe zu sein, um das als negatives Zeichen zu werten. Dieser Mann hatte mit seinem Leben abgeschlossen.

Wieder verständigten Liv und Hennes sich wortlos. Nun blieb nur noch der Keller. Livs Herz legte noch an Tempo zu. Keller könnten sich leicht als Falle entpuppen …

* * *

Das Klirren der Kleiderbügel hatte ihn aufgeschreckt. Es war ein Geräusch, das er unter Tausenden wiedererkannt hätte, deshalb hatte er die Ständer ja auch als eine Art Alarmanlage eingesetzt. Er unterdrückte ein Stöhnen. Die Wirkung der Tropfen hatte nachgelassen, die Schmerzen waren erneut unerträglich geworden. Es wurde Zeit, dass es ein Ende hatte …

Gert Meinhorn zwang sich aufzustehen. Der Rand des Bottichs, gegen den er halb bewusstlos niedergesunken war, hatte sich in seinen Nacken gebohrt. Er lauschte. Wer war das? Die Polizei etwa? Oder wieder Halbstarke, die er schon mal hatte vertreiben müssen?

Erst jetzt bemerkte er, dass der Polizist, der Ordnungshüter, der diese Bezeichnung nicht verdiente, an seinen Fesseln riss.

Er hob den Taser, dessen Griffband er um sein Handgelenk geschlungen hatte. »Lass das, sonst verpasse ich dir noch einen mit dem hier«, brachte er mühsam hervor.

Der Angesprochene erstarrte. Der andere Kerl lag unbewegt da. Er hatte stark geblutet. Dabei hatte er ihn noch gar nicht tödlich verletzen wollen. Sein Plan war gewesen, Zampowski mit dem Taser zu betäuben und hierherzubringen, um ihn in Ruhe befragen zu können. Marcel Zampowski in die Falle zu locken war kein Problem gewesen: Er hatte einen Anruf fingiert, sich als der Rentner ausgegeben und behauptet, er habe Beweise für Zampowskis Untaten. Das war nur halb gelogen. Als er bei seinen Nachforschungen in der Funky Bar gewesen war, hatte er andere Besucher von Drogen, Sex und Glücksspiel reden hören. Zudem hatte er bei dem Telefonat den Eindruck gehabt, dass Zampowski darauf hoffte, in der Villa, die der Rentner hütete, reiche Beute zu machen. Wie ein braver Spürhund hatte Marcel Zampowski den aktuellen Aufenthaltsort des Rentners herausgefunden und ihn dort hingeführt. Er hatte sich vorgenommen, zunächst Zampowski außer Gefecht zu setzen und sich dann den Rentner zu schnappen. Als er sich allerdings mit dem Taser genähert hatte, war alles schiefgegangen. Zampowski hatte ein Messer gezogen, sie hatten gerungen. Natürlich war er unterlegen gewesen – aber er hatte ja noch den Elektroschocker gehabt. Im letzten Augenblick hatte er Zampowski damit berühren können, ihm das Messer abgenommen und … Gert Meinhorn erstickte jede Mitleidsregung im Keim. Zampowski hatte auch kein Mitleid mit Änny gehabt.

Mit wackeligen Schritten ging Meinhorn zum Treppenfuß; immer wieder musste er sich abstützen. Auf keinen Fall durften ihn die Polizisten aufhalten, ehe er …

Wieder ein Geräusch über ihm, ganz nah.

Er hob die Stimme: »Keinen Schritt weiter! Sobald Sie den Keller betreten, werden meine … Gäste dafür bezahlen müssen. Sie wollen doch nicht verantwortlich dafür sein, dass ihnen etwas zustößt?!«

* * *

Bei diesen Worten schien Livs Körper sich mit einer Eisschicht zu überziehen. Es gab keinen Zweifel mehr. Gert Meinhorn war hier. Und er hatte Geiseln genommen. Jedenfalls hoffte Liv, dass er mit dem Tod der beiden Männer nur drohte, um ein anderes Ziel zu erreichen. Natürlich waren sie für den Fall einer Geiselnahme geschult worden, aber Liv hatte das Glück gehabt, noch nie mit einer konfrontiert gewesen zu sein.

Sie suchte Hennes' Blick. Tief hatten sich inzwischen Anspannung und Müdigkeit in sein ohnehin zerfurchtes Gesicht gegraben. Wie sollten sie mit der Lage umgehen? Hennes machte eine auffordernde Geste. Liv überschlug ihre Optionen.

»Herr Meinhorn, hier spricht Liv Lammers von der Mordkommission in Flensburg. Lassen Sie die Geiseln frei. Ihre Taten machen Änny auch nicht wieder lebendig.«

Schweigen.

»Wir arbeiten mit Hochdruck daran herauszufinden, was

Änny zugestoßen ist. Deshalb sind wir hierhergekommen. Wir wollen im ehemaligen Zimmer Ihrer Tochter nach Hinweisen suchen.«

»Jetzt ist es zu spät. Sie werden kaum herausfinden, wer meine Änny ermordet hat, denn der Hauptschuldige ist hier, bei mir«, drang es dumpf aus dem Keller.

»Wen meinen Sie?« Keine Reaktion. »Meinen Sie Marcel Zampowski?«

»Ich möchte, dass Sie jetzt verschwinden.«

»Aber warum haben Sie meinen Kollegen Momke Nebber gefangen genommen? Seine Frau vermisst ihn sehr. Sie müssen wissen, dass sie schwanger –«

»Schweigen Sie!«, schrie Meinhorn. »Sonst wird Ihr Kollege noch früher büßen müssen, als ich es eigentlich vorgesehen hatte.«

Die Drohung sorgte dafür, dass sich Livs Nackenhaare aufstellten. Die Kunst bestand jetzt darin, sich trotz ihrer Emotionen im Griff zu behalten und ruhig zu bleiben, das wusste sie. »Haben Sie Forderungen, Herr Meinhorn? Was können wir tun, damit Sie die Geiseln freilassen und sich selbst in Polizeigewahrsam begeben?«

»Das Einzige, was ich möchte, ist, herausfinden, was meiner Tochter zugestoßen ist. Wer sie auf dem Gewissen hat. Und wie es dazu kommen konnte. Nichts darf mehr unter den Teppich gekehrt werden!«

»Das werden wir herausfinden, ganz bestimmt. Ich verspreche Ihnen, für lückenlose Aufklärung zu sorgen. Das hat Änny verdient. Darf ich mich wieder mit Ihnen in Verbindung setzen, wenn wir Beweise in den Händen halten?«

Fast fürchtete Liv, dass er ihr auch dieses Mal nicht antworten würde. Doch dann drang wieder die Stimme zu ihr. »Tun Sie das. Das hat mir schon bei unserem ersten Gespräch gefallen, dass Sie wenigstens über höfliche Umgangsformen verfügen. Außerdem scheint Ihnen das Schicksal meiner Tochter zumindest nicht ganz egal zu sein.«

»Wie könnte es? Je mehr ich über Änny erfahre, umso stärker bin ich davon überzeugt, dass sie ein wunderbarer Mensch war.«

»Das war sie wirklich. Und nun verlassen Sie mein Haus, sonst kann ich für nichts garantieren.«

Hennes hatte bereits aus dem Haus eine Nachricht an Hasselbrecht geschickt. Beim Hinausgehen scannte Liv das Gebäude noch einmal, dieses Mal aber unter dem Gesichtspunkt einer Geiselbefreiung. Auch die Umgebung des Gebäudes nahm sie noch einmal anders wahr. Würden sie einige der Häuser evakuieren müssen? In der Nähe entdeckte sie ein Geschäft, dass leer stand und zu vermieten war. Perfekt …

* * *

Verärgert fuhr Andreas zu dem Architektenbüro. Er sollte den Bauplan des Gebäudes beschaffen – zu mehr als einfachen Botendiensten war er nach Hasselbrechts Ansicht wohl nicht imstande. Obgleich die K1-Chefin ihm versichert hatte, dass sie ihn seiner Qualifikation wegen schätzte, durften diese Lammers, der Frischling im Team, und der alte Sturbock Hennes die wichtigen Aufgaben übernehmen. Lebensgefahr, Spannung und brenzlige Situationen – davon hatte er geträumt, als er zum K1 gekommen war. Aber aufregende Einsätze waren Mangelware. Sein Arbeitstag bestand viel zu oft aus langweiligem Schreibtischdienst. Vielleicht hätte er doch zu den Elitetruppen gehen sollen. Die misslungenen Qualifikationstests hätte er sicher noch einmal wiederholen können …

Dass er ausgerechnet beim Einsatz gegen Bosse als Loser dagestanden hatte, ärgerte Andreas maßlos. Er hatte darauf gehofft, dass Carlo sein besonderes Talent erkennen und ihn für das LKA abwerben würde. Dabei hatte er den perfekten Plan gehabt, um Honk unschädlich zu machen. Nur dass der Plan doch einen winzigen Fehler gehabt hatte …

Aber er würde schon noch beweisen, was in ihm steckte.

* * *

»Wanda Alwas, K1 Flensburg. Im Rahmen einer Ermittlung möchten wir herausfinden, ob verschiedene Personen vom 30. auf den 31. Juli dieses Jahres bei Ihnen in der Pension abgestiegen sind. Dürfte ich Sie bitten …« Sie lauschte kurz. »Sie waren zu diesem Zeitpunkt selbst im Urlaub?« Wanda strich den Namen entschlossen durch. »Dann entschuldigen Sie die Störung. Haben Sie einen Tipp für mich, wo ein Fußgänger, der an der B5 aus Höhe Bordelumer Heide zwischen Bredstedt und Bargum unterwegs ist, am späten Abend oder nachts abgestiegen sein könnte?«

Eine Dreiviertelstunde später hatte Wanda noch immer keine belastbaren Hinweise. Dabei tickte die Uhr unaufhaltsam. Aber ihr Vater hatte immer gesagt, Geduld sei die Haupttugend eines guten Polizisten.

Sie hatte nun nur noch die Pensionen auf ihrer Liste, die offiziell geschlossen waren, aber nach Auskunft ihrer Gesprächspartner trotzdem ab und zu Gäste aufnahmen.

Zum x-ten Mal sagte sie ihren Spruch auf. Doch nun bekam sie eine Antwort. Allerdings eine, mit der sie wirklich nicht gerechnet hatte.

* * *

Schon wieder waren sie auf dem Weg zu ihrem Dienstwagen. Wandas Nachricht hatte sie elektrisiert. Liv und Hennes gingen schnell, sie liefen beinahe. Noch eine Vernehmung stand an. Vielleicht war es das Gespräch, das diesem verzwickten Fall die entscheidende Wendung geben konnte.

* * *

Er übergoss Zampowski mit einem Wasserschwall, doch dieser rührte sich kaum. Auch der Polizist hing wie erstarrt in seinen Fesseln. Nun nahm Gert Meinhorn all seine Kräfte zusammen, um Zampowski hochzuzerren. Es gelang ihm, aber sofort schoss ein heftiger Schmerz durch seinen Unterleib, als zerreiße es ihn.

»Jetzt sag mir endlich, was du mit Änny gemacht hast. Was hast du ihr angetan?«, stieß er hervor.

»Nichts … ich habe doch alles schon … gesagt, was … ich weiß …«, brachte Zampowski mühsam heraus.

Das konnte Gert Meinhorn nicht glauben. Er hatte schon viele Fehler gemacht, dieses Mal würde er nicht übereilt handeln! Tobias Schulke hatte ihm versichert, dass er Änny bei Zampowski zurückgelassen hatte. Dafür hatte der Bufdi dann die gerechte Strafe erhalten. Irgendeiner musste ja lügen. Und dieser Bufdi hatte in seiner Todesangst glaubhaft gewirkt. Das war ihm aber erst später wirklich klar geworden. Nachdem er wie im Rausch mit dem Messer über Schulke hergefallen war und ihn tot liegen gelassen hatte. Zumindest war er davon ausgegangen, dass er Schulke getötet hatte. An seine Tat und das viele Blut mochte er gar nicht denken. Seinen schönen Daunenmantel hatte er verbrennen müssen, keine Reinigung hätte die Blutflecken entfernen können. Es war reiner Zufall gewesen, dass ihn niemand gesehen hatte. Für falsche Fährten hatte er immerhin gesorgt: Überall, wo er gewesen war, hatte er Staub aus der Reinigung gelassen. Bei so viel Haaren und Hautschuppen würden seine gar nicht auffallen. Trotzdem war die Polizei ihm auf die Spur gekommen. Er hatte nicht mehr viel Zeit. Immer wieder hatte er versucht, sich einen Zeitpuffer zu verschaffen, zuletzt als er unter falschem Namen im Polizeirevier angerufen und behauptet hatte, Marcel Zampowski in den Kampener Dünen gesehen zu haben.

Drohend ging Gert Meinhorn auf sein Opfer zu, das Messer hielt er umklammert. »Das ist deine letzte Chance!«

»Selbst wenn Sie ... mir noch einmal das Messer in den ... Leib rammen – ich kann ... Ihnen nicht mehr sagen. Änny ist ... abgehauen, und ich ... bin am nächsten Morgen ... allein nach Sylt zurück.«

Zampowski wollte es offenbar nicht anders.

* * *

Hilke Hasselbrecht trug über ihrem Kostüm eine schusssichere Weste, statt der Pumps hatte sie Turnschuhe an. Sie stand in den Geschäftsräumen in Rantum, in denen sie ihre Einsatzzentrale eingerichtet hatten, und wartete darauf, dass ihre Verkabelung zum letzten Mal überprüft wurde. Die Kommissare telefonierten weitere Freunde und Bekannte Meinhorns ab, versuchten, einen Ansatzpunkt zu finden, damit sie ihn zum Aufgeben bewegen konnten. Gemeinsam mit Gitzelstein hatten sie unter Hochdruck eine Gesprächsstrategie erarbeitet. Hasselbrecht war stolz auf ihr Team, alle hatten hervorragende Arbeit geleistet, vor allem Liv. Es war eine gute Entscheidung gewesen, sie zur Mordkommission zu locken. Allerdings ging das Schicksal der Opfer der jungen Kollegin oft sehr nahe, was sie zu impulsiv machte. Gleichzeitig musste sie aufpassen, dass Livs private Probleme sie nicht destabilisierten. Jeder in ihrem Team hatte seine Stärke. Es musste doch möglich sein, dass sie auch diese brisante Situation in den Griff bekamen.

Der Techniker checkte die Sprechverbindung, aber anscheinend funktionierte etwas noch nicht. Nach außen hin ruhig, doch innerlich ungeduldig wartete Hasselbrecht. Sie mussten Momke aus diesem Keller bekommen und den Täter unschädlich machen!

Hennes kam auf sie zu, um den dünnen Hals hatte er einen flauschigen bunten Schal gewickelt. Er kannte sie besser als jeder andere im Team. Seit beinahe zwanzig Jahren arbeiteten sie schon zusammen. Und – was keiner von den anderen wusste – er hatte ihr beigestanden in den schweren Monaten, nachdem ihr Mann gestorben war.

»Wenn man nicht wüsste, was er getan hat, könnte man glatt Mitleid mit ihm haben«, sagte Hennes.

»Schon«, gab Hasselbrecht zu. Auch sie fühlte mit Gert Meinhorn. »Aber wir kennen die Fakten. Durch ihn sind zwei Menschen zu Tode gekommen, ein Dritter wurde schwer verletzt. Von den psychischen Folgen für Angehörige und sonstige Beteiligte ganz zu schweigen.«

Unschlüssig holte Hennes seine Tabakpackung heraus, machte aber keine Anstalten, eine Zigarette zu drehen. »Trotzdem ist es eine Riesensauerei. Lange Zeit wurden Dioxine in Textilreinigungen verwendet, krebserregende Stoffe, die denen in Agent Orange ähnelten«, fasste er zusammen, was ihre Nachforschungen ergeben hatten. »Aber auch heute noch werden Chlorverbindungen in Textilreinigungen eingesetzt. Über die Atemwege oder die Haut dringen sie in den Körper ein. Es kann zur Erblindung kommen, zum Verlust von Geruchs- und Geschmackssinn und beispielsweise zu

Nierenzellenkarzinomen. Meinhorns Arzt beruft sich auf die ärztliche Schweigepflicht, aber er scheint jede Hoffnung für seinen Patienten aufgegeben zu haben. Offenbar hat er ihm Morphium verschrieben.« Er suchte ihren Blick. »Was ich damit sagen will: Wir werden Meinhorn nicht mit Vernunft kommen können. Logik und Rationalität sind bei ihm ausgeschaltet.«

»Seine Taten waren durchaus durchdacht«, meinte Hasselbrecht spitzfindig.

»Du weißt, worauf ich hinauswill. Gert Meinhorn hat nichts mehr zu verlieren. Sei vorsichtig.«

Hasselbrecht lächelte ihn an. »Ich habe doch euch.«

Der Check war abgeschlossen. Hilke Hasselbrecht ging zu dem Haus und den Weg hinunter zum Keller, auf dem sie von Mitgliedern ihres Teams gesichert wurde. Sie wusste sich in guten Händen. Und doch war sie nervös.

An der Kellertür atmete Hilke Hasselbrecht ein paarmal tief durch. Dann hob sie die Stimme: »Herr Meinhorn, hier spricht Hilke Hasselbrecht. Ich habe als Leiterin der Mordkommission Flensburg die Ermittlungen übernommen und wollte Ihnen den derzeitigen Stand –«

»Wo ist Frau Lammers?«, unterbrach Gert Meinhorn sie schroff.

»Nicht hier. Wir haben –«

»Frau Lammers weiß, was mir Änny bedeutet hat. Für Sie und alle anderen ist meine Tochter nur eine Zahl in Ihrer Drogenstatistik. Ich rede mit Lammers, oder ich rede gar nicht mehr.«

* * *

Andreas hielt die Verhandlungen für vertane Zeit. Sie wussten nicht einmal, in welchem Zustand die Geiseln waren. Der Täter hielt sie nur hin. Und was sollte das SEK, auf das sie warteten, schon in diesem engen Keller ausrichten? Ein einzelner Mann hingegen könnte versuchen, durch die Ladeluke in den Keller einzudringen, während der Täter durch die Verhandlungen abgelenkt war. Ein einzelner, entschlossener Mann …

* * *

Eine Viertelstunde später war es Liv, die verkabelt und gesichert zur Kellertreppe ging. Das Herz schlug ihr bis zum Hals. Sie wechselte einen kurzen Blick mit Hasselbrecht. Jeder fürchtete das Risiko, das sie eingingen. Aber sie mussten endlich in den Keller hineinsehen, um die Lage wirklich einschätzen zu können.

»Wie geht es Ihnen, Herr Meinhorn? Brauchen Sie oder Ihre Geiseln etwas?«, rief sie als Erstes in den Keller hinein.

Seine Stimme klang nun müde. »Sie wissen, was ich brauche.«

»Und ich habe die richtigen Informationen für Sie. Wir haben viel über Ännys letzte Stunden herausgefunden. Wir wissen jetzt, was geschehen ist.«

Sie konnte es selbst immer noch nicht glauben, dass sie so belogen worden waren.

»Ich muss Ihnen etwas vorspielen. Es handelt sich um eine Aufnahme auf meinem Handy. Ein Gespräch, in dem einer der Beteiligten gesteht, wie es zu Ännys Tod gekommen ist.«

»Machen Sie es!«, forderte er ungeduldig.

»Von hier aus werden Sie es nicht verstehen. Lassen Sie mich ein paar Schritte näher kommen. Ich verspreche Ihnen, dass ich nichts tun werde, um Sie zu gefährden.«

Würde Gert Meinhorn auf ihren Vorschlag eingehen?

Endlich antwortete er. »Kommen Sie ein paar Stufen die Kellertreppe hinunter. Ich sage Stopp.«

Liv tat es. Die Luft im Keller war nicht nur abgestanden, sie war stechend und verursachte ihr umgehend Kopfschmerzen. Sie zeigte mit einer Hand das Smartphone, die andere hielt sie mit der Handfläche nach oben. Eine Stufe, dann noch eine. Ihre Knie waren weich, ihr Puls zu schnell. Jetzt sah sie Bottiche und Kanister in verschiedenen Größen, Gasflaschen, ausrangierte, staubige Maschinen und Pappkisten. Und sie sah die Gefangenen. Am liebsten wäre sie sofort losgestürzt, um Momke zu befreien und Marcel Zampowski zu retten, doch sie musste sich zusammenreißen. Immerhin würden jetzt auch ihre Kollegen über die Bodycam einen Eindruck von dem Keller bekommen, sodass sie die Befreiung der Geiseln besser planen konnten.

»Ich würde Ihnen ja gerne vertrauen, Frau Lammers, aber die Nachlässigkeit Ihres Kollegen Nebber hat mich misstrauisch gemacht und an der Zuverlässigkeit der Polizei zweifeln lassen«, sagte Gert Meinhorn entschuldigend. Seine höflichen Worte sprachen seiner Handlung Hohn: Er hielt Momke das Butterflymesser an die Kehle.

Ihr Herz stolperte. *Bleib ruhig, Liv!*

»Wir wissen, dass Sie auch Willem Rembke zu der Fahrt mit Änny befragen wollten, dazu aber nicht kamen«, bemühte sie sich um eine möglichst neutrale Formulierung, obwohl sich alles in ihr dagegen sträubte. »Wir haben dieses Gespräch für Sie übernommen. Es war sehr aufschlussreich.«

»Nun machen Sie endlich!« Auch aus der Entfernung von vielleicht sechs, sieben Metern sah sie, dass seine Hand bebte. Momkes Augen waren angstgeweitet. Aber da war noch etwas in seinem Blick. Er würde doch nicht etwa …

Sie tippte auf das Play-Symbol. Wieder hallte ihre Stimme durch den Keller, dieses Mal aber klang sie durch den Lautsprecher fremd. Sofort war sie gedanklich wieder in der Villa bei dem Gespräch mit dem Housesitter. Willem Rembke war in das Luxusanwesen zurückgekehrt, nachdem das Krankenhaus ihn entlassen hatte. Die Aufnahme begann mit den nötigen Formalitäten.

»Herr Rembke, bei unseren Ermittlungen sind wir über ein paar Unklarheiten gestolpert. Sie sagten, dass Tobias Schulke und Sie Änny bei Marcel Zampowski auf dem Parkplatz zurückgelassen haben, doch so ganz kann das nicht stimmen. Wir haben mit einem Taxifahrer gesprochen, der ausgesagt hat, dass er Sie in der Nacht vom 30. auf den 31. Juli transportierte. Und nicht nur das, er sagte aus, Sie hätten dafür gesorgt, dass er einen weiteren Fahrgast mitnimmt.«

38

Änny

Änny taumelte über die Landstraße. Ihr Magen krampfte, und ihr war schlecht. Sie hatte erbrochen, aber zuletzt war nur noch Galle gekommen. Ihre Zunge fühlte sich mürbe wie ein Korken an, und in ihren Augen brannte Schweiß. Vermutlich hatte sie Fieber. Vielleicht hatte sie sich eine Grippe eingefangen. Oder ihr schlechter Zustand war auf die Drogen zurückzuführen, die Marcel ihr untergejubelt hatte. Aber dann müsste die Wirkung doch langsam nachlassen.

Vereinzelt fuhren Autos vorüber, machten einen Bogen um sie, als habe sie eine ansteckende Krankheit. Die roten Lichter der Windräder blinkten über den Feldern wie Ufos, die sich verflogen hatten. Tränen brannten in ihren Augen, aber sie weinte nicht. Sie begriff nicht, wie diese Fahrt so schrecklich aus dem Ruder hatte laufen können.

Ihre Zehen schrammten über den Asphalt. Wo waren ihre Schuhe geblieben? Ach ja, da, in ihrer Tasche. Komisch, vorhin hatte sie getanzt, aber jetzt erschienen ihr ihre Füße viel zu schwer. Wie müde sie war, wie erschöpft! Das monotone Flapp-Flapp eines Windrads machte es nicht besser. Manchmal quakte leise ein Frosch, was sie aufheiterte. Sie musste an Tobias und seine Erzählungen denken …

Noch einmal zog sie ihr Handy hervor. Tot, immer noch. Plötzlich blendete grelles Licht sie. Ein Taxi näherte sich, das Dachzeichen war ausgeschaltet. Es hielt. Jemand stieg aus. Sie wusste nicht, ob sie erleichtert sein oder sich fürchten sollte. Eigentlich fehlte ihr zu beidem die Kraft.

»Komm, ich bringe dich irgendwohin, wo du ausruhen kannst.«

Jetzt brachen sich ihre Tränen Bahn. Sie fiel Herrn Rembke um den Hals, obwohl er nach Schweiß roch. »Ich bin so froh, Sie zu sehen. Wo ist Tobias?«

39

Während Liv in dem Keller die Aufnahme abspielte, hatte sie die Vernehmung wieder klar vor Augen.

Eine Stunde früher.

Willem Rembke saß in der Villa und benahm sich, als sei er der Hausherr dieses Anwesens; es hätte nur noch gefehlt, dass er ihnen einen Drink aus der Hausbar anbot.

Er hielt die Hände gefaltet und ließ die Daumen umeinanderkreisen, als sei er die Ruhe selbst.

»Tobias' Worte hatten mir zu denken gegeben. Ich war so wütend auf Herrn Zampowski gewesen, dass ich mir über Änny gar keine Gedanken gemacht hatte. Ich habe dann meinen Taxifahrer gebeten, die Strecke zum Rastplatz noch einmal abzufahren. Wir entdeckten Änny, wie sie halb unzurechnungsfähig über die Landstraße taumelte. Ich habe sie in eine Pension gebracht.«

»Und was haben Sie dann gemacht?«, fragte Hennes nach.

»Ich habe mich ebenfalls in eine Pension fahren lassen.«

»Tatsächlich? Uns liegt die Aussage einer Pensionswirtin vor, dass Sie für Änny und sich ein Zimmer gemietet und dieses auch bezogen haben.«

Das Daumenwackeln erstarb. »Das meinte ich doch! Wollen Sie mich absichtlich missverstehen? Ich bin ein geachteter Pensionär mit lupenreinem Führungszeugnis. Glauben Sie ernsthaft, man würde mir sonst eine derartige Villa, wie dieses Schmuckstück, anvertrauen?«

»Ihre Reputation steht nicht zur Debatte. Sie sagten: ›Ich habe mich ebenfalls in eine Pension fahren lassen.‹ In Wahrheit haben Sie sich mit Änny ein Zimmer geteilt.«

»Es war ja sonst keines mehr frei«, rechtfertigte Willem Rembke sich.

»Doch, nach Aussage der Pensionswirtin durchaus. Ännys Gesicht war tränenüberströmt, und sie wirkte, ich zitiere ›neben der Spur‹, als sie ankamen.«

»Da hören Sie es! Ich mochte sie nicht allein lassen. Änny hatte Fieber und hätte ja erbrechen können.«

»Was ist dann passiert?«

»Ich habe auf dem Teppich geschlafen und Änny das Bett überlassen.«

»Auch das entspricht anscheinend nicht der Wahrheit. Die Pensionswirtin berichtete, dass das Bettlaken am nächsten Tag Flecken aufwies, die auf einen Geschlechtsverkehr hindeuteten. Sie hatte sich wegen des Altersunterschieds darüber gewundert. Zudem haben wir Ännys Kleidung spurentechnisch untersuchen lassen.« Bewusst blieb sie vage. Einzelne Ergebnisse der Spurenanalyse standen noch aus. »Was also ist wirklich geschehen?«

Willem Rembke leugnete hartnäckig, aber Liv und Hennes ließen nicht locker. Immer wieder konfrontierten sie ihn mit den Ermittlungsergebnissen. Schließlich gab er zu: »Änny bat mich in ihr Bett. Wir hatten Geschlechtsverkehr, einvernehmlich, wie ich betonen möchte.«

»Sie behaupten also, dass Änny, der es offensichtlich schlecht ging, freiwillig mit einem alten Knacker wie Ihnen in die Kiste gehüpft ist?«, fragte Hennes scharf.

Einen Augenblick hörte man nur das Rütteln des Sturms

am Hausdach. Dann Liv: »Der Befragte nickt. Bitte sprechen Sie für das Protokoll Ihre Antwort aus.«

»Ja, das behaupte ich.«

Nur mühsam hatte Gert Meinhorn die Haltung bewahrt. Nun sah Liv, wie ihm die Gesichtszüge entgleisten. Gab es denn nichts, das sie tun konnte, um sein Entsetzen zu ihren Gunsten zu nutzen? Die Klinge hielt er nicht mehr ganz so entschlossen an Momkes Kehle. Aber ihre Aufnahme war noch nicht zu Ende.

»Was geschah dann?«, wollte Hennes von Willem Rembke wissen; seine Stimme klang gepresst.

»Am nächsten Morgen nahm Änny ein Taxi. Ich sah sie nie wieder«, sagte Rembke.

Liv stieß scharf die Luft aus. »Tatsächlich? Dann lassen wir also auch hier die Zeugen zu Wort kommen. Diese sagen aus, dass Sie sich am nächsten Morgen erneut mit Änny ein Taxi zum Bahnhof geteilt haben. Sie setzten Änny in einen Zug nach Westerland, wo sie an einer Überdosis starb. Denn das ist das Ergebnis der rechtsmedizinischen Untersuchung.«

Rechtsmedizin und KTU hatten überragend schnell gearbeitet.

»Ich habe doch gesagt, dass sie neben der Spur war. Eine Drogensüchtige, mehr nicht.« Willem Rembkes Stimme klang verächtlich. »Wenn überhaupt jemand für die Überdosis verantwortlich ist, dann ist es Herr Zampowski.«

»Wir haben das Apothekerbriefchen mit den Ecstasy-Pillen, das unter Ännys Sachen gefunden wurde, auf Fingerabdrücke untersucht.«

»Was habe ich damit zu tun?«

»Weder Zampowskis noch Ännys Fingerabdrücke waren auf dem Tütchen zu finden, sondern einzig Ihre.«

»Das kann nicht sein.« Willem Rembke klang nicht mehr so selbstsicher.

Liv übernahm. »Sie haben einem kranken Mädchen diese Pillen verabreicht, ihr Gewalt angetan und haben sie, obwohl es ihr schlecht ging, in einen Zug gesetzt und sterben lassen.« Ihre Stimme klang nun selbst als Aufnahme und in diesem Keller scharf. »Ob es eine Überdosis MDMA war, ob es am Mischkonsum lag oder die Zusammensetzung der Pillen tödlich war, wissen wir noch nicht. Aber wir wissen, welche Auswirkungen diese Einnahme hatte.« Sie zögerte kurz. »Änny hat durch die Ecstasy-Pillen innere Blutungen in Magen und Darm bekommen. Sie ist innerlich verblutet. Und dabei haben Sie zugesehen? Ja, mehr noch: Ihre Lust befriedigt?«

Ein ersticktes Geräusch war zu hören.

* * *

Momke hatte beobachtet, wie Gert Meinhorn, während er lauschte, immer mehr in sich zusammensank. Auch das Zittern des Mannes hatte er gespürt. Dann hatte Meinhorn das Messer von seiner Kehle gelöst und war ein paar Schritte auf Liv zugetaumelt. Momke war unbeschreiblich erleichtert gewesen. Die Maschine hinter sich hatte er, indem er sich dagegenstemmte, ein gutes Stück auf dem Sockel bewegen können. Wenn sie kippte, würde sie das Ende des Gestänges freigeben – er könnte sich befreien und sich seinem Entführer in den Rücken werfen. Aber reichte seine Kraft wirklich aus, um Meinhorn in einer derart gefährlichen Aktion kampfunfähig zu machen? Er war kein Held, war es nie gewesen. Zampowski war ihm egal, der hatte sich seine Suppe selbst eingebrockt. Aber er hatte die Pflicht, um sein Leben zu kämpfen – das musste er für Ioanna und sein ungeborenes Kind tun. Gleichzeitig fürchtete er jeden Moment, dass Meinhorn sich zu ihm umdrehen und seinen Plan durchschauen würde. Und das war nicht das Einzige, was ihm Panik einjagte.

Vorhin hatte Meinhorn sich längere Zeit an den Kanistern und Gasflaschen zu schaffen gemacht. Momke konnte nicht behaupten, dass er in Chemie ein Ass gewesen war, aber dass nichts Gutes dabei herauskam, wenn man derart konzentrierte Chemikalien mischte und an eine Gasflasche koppelte, konnte selbst er sich denken. Die Angst ließ ihn beinahe mutlos werden. Dennoch wusste er: Meinhorn musste aufgehalten werden. Wieder einmal wünschte Momke, dass jemand anders ihm zuvorkommen würde.

Er fing Livs Blick auf, der sorgenvoll und kämpferisch zugleich war. Dann nahm er seinen ganzen Mut zusammen und drückte den oberen Rücken wieder gegen die Maschine. Schwer war sie, so schwer, dass ihm der Schweiß ausbrach. Kopfschmerzen durchpulsten ihn. Fast hatte er es geschafft. Ein wenig noch. Er feuerte sich selbst innerlich an. In diesem Augenblick …

* * *

»… Sie ist innerlich verblutet. Und dabei haben Sie zugesehen? Ja, mehr noch: Ihre Lust befriedigt?«

Andreas kauerte auf der Schräge, die von der Lastenklappe in den Keller führte, und hörte nur mit einem Ohr zu. Er platzte beinahe vor Stolz. Nur die ersten Bilder der Bodycam hatte er sehen müssen, um zu erkennen, dass die

Lastenklappe hinter einem Regal verborgen war. Perfekt! Sogleich hatte er die Streifenhörnchen – seine Kollegen, die Wache schoben – mit einem einfachen Trick überlistet und war zur Lastenklappe geschlichen. Baugerüst und Stützpfeiler hatten ihm Sichtschutz geboten. Natürlich hatte er vorher den Bauplan eingesehen und wusste, dass die Schräge lang genug war, um sich dort zu verstecken. Nichts als die Tonbandaufnahme war im Keller zu hören. Lammers genoss es bestimmt, mal wieder die Hauptrolle zu spielen. Seine Mundwinkel zuckten vor Vorfreude. Sie konnte nicht ahnen, dass er ihr diese Rolle gleich mit einer Heldentat streitig machen würde.

Andreas stützte eine Hand an die Decke, nahm die Pistole in die andere und wollte gerade von der Schräge abspringen, als der Beton unter ihm bröckelte.

* * *

»Und dabei haben Sie zugesehen? Ja, mehr noch: Ihre Lust befriedigt?«

Während Liv das Ende der Befragung vorspielte, überschlugen sich ihre Gedanken. Es musste doch irgendeine Lösung für diese verfahrene Situation geben! Denk nach, Lammers, antizipiere seine Gedanken!, befahl sie sich. Was würde er als Nächstes tun? Sie musste alle Möglichkeiten durchdenken. Und dann musste sie die logische Konsequenz ziehen und entsprechend handeln. Mut statt Angst! Wobei das ein guter Gedanke, aber in der Realität gar nicht so einfach war. Insgeheim hoffte sie auf Hilfe. Musste das Geiselbefreiungskommando nicht allmählich eintreffen?

Meinhorn sah aus, als würde er gleich zusammenbrechen. Sie konnte es ihm nicht verdenken. Aus seiner Sicht hatte er vermutlich total versagt. Er hatte nach Ännys Mörder gesucht, ihn aber nicht gefunden. Wie auch? Es hatte keinen Tötungsvorsatz gegeben. Aber der Mann, der Änny die tödlichen Pillen verabreicht hatte und am ehesten für ihren Tod verantwortlich war, der sie geschändet hatte, war davongekommen.

In diesem Augenblick hörten sie vom hinteren Ende des Kellers Getöse. Ein Regal geriet ins Wanken und fiel krachend um. Dahinter stürzte Andreas wie ein Sack Kartoffeln auf den Kellerboden. Liv war ebenso entsetzt wie wütend. Was machte ihr Kollege da? Diese Aktion hatte er doch sicher nicht mit Hasselbrecht abgesprochen.

Andreas sprang auf und wollte Meinhorn angreifen. Dieser war jedoch gleichzeitig mit ungeahnter Schnelligkeit auf ihn zugestürzt und traf ihn mit dem Taser. Andreas taumelte unter Krämpfen und stürzte unglücklich mit dem Oberkörper auf die massiven Regalbretter. Knochen knacksten. Hatte Andreas sich das Genick gebrochen? Immerhin gab er jetzt ein ersticktes Stöhnen von sich.

Gert Meinhorn zerrte ihn zu den anderen. Dem kranken Mann war anzusehen, wie schwer ihm dieser Kraftakt fiel. Unvermittelt hob er einen kleinen schwarzen Kasten vom Boden auf, auf dem ein Kippschalter zu sehen war.

»Das war's. Jeder von Ihnen ist schuldig, jeder Einzelne, auf die eine oder andere Art und Weise. Jetzt mache ich all dem ein Ende!«

Er deutete mit der schwarzen Box auf Gasflaschen und Kanister, an denen Kabel hingen. »Das gibt ein schönes Feuerwerk. Von diesem Haus wird nichts übrig bleiben, genauso wenig wie von meiner Familie. Ich säubere Sylt von unserer Existenz.«

Ob die chemischen Substanzen, die er neben sich aufgebaut hatte, wirklich eine Explosion verursachen könnten, konnte Liv nicht beurteilen. Das Hantieren mit der Gasflasche war auf jeden Fall brandgefährlich. Sie musste vom Ernstfall ausgehen. Schließlich überwand sie sich und ging eine weitere Stufe auf ihn zu. Das Herz schlug ihr bis zum Hals.

Sie hob die Hände in einer beruhigenden Geste. »Tun Sie das bitte nicht, Herr Meinhorn. Lassen Sie Ihre Geiseln frei! Die Männer werden ihre verdiente Strafe erhalten.«

Der Kranke wirkte aus der Nähe sehr blass, beinahe durchscheinend. »Keiner in diesem Raum verdient es, zu überleben.«

»Dieses Urteil steht niemandem zu, auch Ihnen nicht. Keiner dieser Männer hat Ihre Tochter umgebracht. Mein Kollege Andreas hatte bis vor Kurzem überhaupt nichts mit Ännys Tod zu tun.«

»Er hat sich selbst in Gefahr gebracht. Er ist genauso schuldig wie dieser Rocco. Als ich in der Funky Bar war, um herauszufinden, ob er Änny getötet hat, sperrte er doch tatsächlich eine junge Frau in einen Hundekäfig!«

Noch immer überlegte Liv, was sie tun konnte. Sie mussten Zeit gewinnen, das stand fest. »Haben Sie Rocco deshalb das Vorhängeschloss des Käfigs um die Hoden geschnürt?«, fragte sie.

»Um ihn zu bestrafen, natürlich. Und zugleich war es eine falsche Fährte. Ich wusste ja, dass ich noch mehr Zeit brauchte, denn Rocco hatte mir keine Erklärung für Ännys Tod geliefert. Nur die Motorradmaske, die er in der Tasche trug, und die Einnahmen aus der Bar haben mir geholfen.« Es schien ihn zu erleichtern, über seine Taten sprechen zu können.

Hasselbrecht und Gitzelstein wisperten Liv über Funk

Informationen und Fragen zu, was sie zunehmend irritierte. »Haben Sie Rocco ausgezogen, um ihn zu erniedrigen?«

»Er sollte so erniedrigt werden, wie er die Frauen erniedrigte. Außerdem musste ich sichergehen, dass er keine versteckte Waffe bei sich trug.«

»Sie sind kein schlechter Mensch. Sie wollten Denise retten.«

»Wen?«, fragte Meinhorn verständnislos.

»Die Tänzerin.«

»Ja, ich habe sie zum Auto geschleppt und in den Kofferraum verfrachtet, um sie später freizulassen. Aber dann hat mich Roccos Ermordung doch mehr mitgenommen, als ich dachte. Ich musste Morphin tropfen, war halb bewusstlos und fuhr nach seinem Tod wie irre umher, bis der Wagen schließlich von der Fahrbahn geriet und sich festfuhr. Immerhin bei dem Angelteich. Ich wusste, dass da bei jedem Wetter irgendwelche Sportangler auftauchen. Als ich später herausfand, dass es nicht Rocco war, der Änny mitgenommen hat, sondern Zampowski, verspürte ich kurz Reue. Aber dann machte ich mir klar, dass auch er schuldig war. Nur anders, als ich dachte.«

»Warum haben Sie eigentlich erst jetzt gehandelt? Beinahe zwei Monate nach Ännys Tod.«

Er schwieg. So schwach wirkte er, dass sie überlegte, ob sie versuchen sollte, ihn unschädlich zu machen. Aber noch immer hielt er die Box in den Händen. Die Gefahr war zu groß. Sie schlug einen flehenden Ton an. »Bitte sagen Sie es mir, die Frage wird mir sonst keine Ruhe lassen.«

Gert Meinhorn meinte widerwillig: »Ännys Tod stürzte mich in eine tiefe Depression. Erst als diese Immobilienhaie mich aus dem Haus trieben und ich meine Sachen packen musste, schaute ich mir ihr Handy an – und fand das Foto des Audi mit dem Hinweis, dass sie damit gereist ist. Sie hat es irgendwo in Berlin aufgenommen. Ich kannte die Sylter Straßenecke, die sie als Zielort dazu notiert hat, und begann nachzuforschen.«

»Aber die Nachrichten von Tobias Schulke entdeckten Sie zu diesem Zeitpunkt noch nicht?«, fragte Liv erstaunt.

»Ich konnte mich nicht eingehender mit Ännys Fotos und Nachrichten befassen. Es tat zu weh.« Gert Meinhorn umfasste die schwarze Box, als müsse er sich daran festhalten. »Ich werde es jetzt tun.«

Liv wusste sich keinen Rat mehr. Wie sollte sie ihn stoppen, ohne die Geiseln zu gefährden? Vielleicht konnte sie wenigstens noch etwas mehr Zeit gewinnen und ihn weiter am Reden halten, bis das SEK eintraf. »Eine Frage noch, bitte! Warum die Mörderkuhle? Sie waren mit Änny dort, nicht wahr?«, rief sie, um ihn aufzuhalten. »Änny hatte ein Pferd, oder?«

Es war, als würde er weiter in sich zusammensinken. Seine Hände brachten die tödliche Box zum Beben. Nicht dass er aus Versehen eine Explosion auslöste! Dann würde es auch sie in Stücke reißen. Der Gedanke ließ Livs Atem stocken.

»Ein Pflegepferd, ja. Sie hatte es sich so sehr gewünscht. Wir waren oft bei der Pferdekoppel an der Mörderkuhle. Ich habe dort sogar eine Schaukel für sie aufgehängt.«

Liv dachte an den Autoreifen, der am Rande der Mörderkuhle an einem Seil geschaukelt hatte. Hätte sie früher mehr herausfinden oder eine Verbindung herstellen können? Zu spät.

Meinhorns Stimme war dünn geworden. »Es ist so weit. Gleich ist alles vorbei.«

Das Wispern in ihren Kopfhörern nahm noch zu. »Bitte!«, rief Liv flehend. »Helfen Sie uns zu verstehen, was geschehen ist. Wie haben Sie Ute Mulfsen gefunden? Und warum haben Sie sie als ›schuldig‹ bezeichnet? Sie wollte Änny doch helfen.«

Halb resignierend antwortete er. Fehlte ihm für Widerstand die Kraft? Und war das ein gutes Zeichen? »Tobias Schulke konnte sich an die Aufschrift des Transporters erinnern. Ute Mulfsen sollte nicht sterben, nur leiden, dafür, dass sie nicht mehr für Änny getan hatte.« Er sah auf, und seine Augen loderten. »Sie starb ohne mein Zutun. Aber als sie tot war, erschien mir der Schriftzug richtig. Es war, als ob Änny mir die Hand führen würde mit ihrem Nagellack.« Ganz leise sprach er jetzt. »Ich wusste nicht, dass es so viele Varianten von Schwarz gibt, bis ich Ännys Kosmetikköfferchen entdeckte.«

»Und der Nagellack bei Tobias – Sie haben ihn verloren, nicht wahr?«

Liv bekam keine Antwort mehr. Stille kehrte für einige Atemzüge ein.

Doch dann hob Gert Meinhorn die schwarze Box. Schneidend sagte er: »Sie gehen jetzt besser, Frau Lammers.«

Momkes Blick war hysterisch, Andreas und Marcel waren noch immer bewusstlos; vielleicht waren sie schon halb tot. Ihr Puls schnellte in ungeahnte Höhen. »Ich werde nicht gehen! Geben Sie auf! Lassen Sie diese unschuldigen Menschen frei!«

Gert Meinhorn schüttelte heftig den Kopf. Schweiß glitzerte auf seiner Stirn. »Das kann ich nicht.«

Aus dem Knopf in ihrem Ohr hörte Liv nun Warnschreie und Befehle. Gestresst zerrte sie den Stöpsel heraus. Sie war auch ohne Befehle und gute Ratschläge allein, war auf sich gestellt.

Sie zog ihre Waffe und richtete diese auf Gert Meinhorn. »Lassen Sie die Box los, oder ich schieße.«

Starrsinnig schüttelte er den Kopf. Sein Finger zuckte. »Gleich ist es vorbei.«

Liv atmete tief ein, halb aus. Dann erschütterte ein ungeheurer Knall den Keller.

40

Liv zitterte am ganzen Körper. Es kam ihr vor, als stünde sie neben sich. Als wäre sie gar nicht hier, auf dieser Straße in Rantum, auf der ihr der Sturm den Sand ins Gesicht peitschte. Kaum nahm sie wahr, wie Momke aus dem Abbruchhaus geführt wurde und seine Frau Ioanna ihm schluchzend in die Arme fiel. Livs Magen zog sich abrupt zusammen. Im letzten Augenblick konnte sie sich abwenden und in den Fahrbahnrand erbrechen. Sie hatte auf einen Menschen geschossen, ihn vielleicht sogar erschossen. Sie würgte, bis nichts mehr kam.

Eine Hand auf ihrem Rücken. Füße neben ihr. Hennes' alte Cowboystiefel erkannte sie sofort. Er reichte ihr ein Taschentuch hinunter.

Mit bebenden Fingern wischte sie sich den Mund ab. »Was ist mit Meinhorn?«, presste sie hervor.

»Der wird niemandem mehr etwas antun. Du hast seinem Leiden ein Ende bereitet.«

Lange bewegte Liv die Worte in ihrem Geist. »Ich weiß nicht, ob das die Sache besser macht«, stieß sie hervor.

Eine Sanitäterin musste Liv auf dem Weg zum Rettungswagen stützen. Die Frau befragte sie nach ihrem Befinden und untersuchte sie. Livs Gedanken kreisten um eine Tatsache: Sie hatte jemanden getötet. Um ein Bild: wie Gert Meinhorn nach ihrem Schuss zusammenbrach. Dafür war sie nicht Polizistin geworden.

Jemand kam. Sie zuckte zusammen. Es war nur Hilke Hasselbrecht. Ihre Chefin wirkte sehr ernst.

»Warum haben Sie ihn erschossen, Liv?«, fragte Hasselbrecht mit einem Unterton, der Liv irritierte.

Sie krampfte die Hände ineinander, um sie zur Ruhe zu bringen. Ihre Stimme bebte. »Das müssen Sie doch über die Bodycam gesehen haben. Meinhorn hatte einen Zünder. Er drohte, alles in die Luft zu sprengen.«

Jetzt erst bemerkte sie die Asservatentüte in Hasselbrechts Hand. »Meinen Sie diese Box hier?«

»Ja.«

»Die Box ist leer. Darin ist nichts. Kein Zünder, gar nichts.«

Diese Tatsache raubte Liv den Atem. »Aber er hat … die Chemikalien … die Gasflaschen …«

»Soweit wir es beurteilen können, befinden sich tatsächlich die beschriebenen Chemikalien in den Kanistern. Die Gasflasche ist voll. Er hätte also tatsächlich erheblichen Schaden anrichten können. Aber nicht jetzt, nicht so …«

Liv starrte auf ihre Füße, hin- und hergerissen zwischen dem Bedürfnis, sich zu verteidigen oder einfach im Erdboden zu versinken.

»Wir wussten, wie gefährlich er war. Kurz zuvor hat er Momke mit dem Messer bedroht. Zampowski und Andreas schienen mir ernsthaft verletzt …«

»Das weiß ich alles. Dennoch stellt sich die Frage, ob der Schusswaffengebrauch nicht übereilt gewesen ist. Zumindest wird die Staatsanwaltschaft diese Frage stellen.«

In diesem Augenblick näherten sich mehrere Wagen. Das SEK traf ein.

41

Freitag, 29. September, 10.33 Uhr

Wie betäubt hatte sie den Rest des Tags hinter sich gebracht. Gesprächsangebote und Beruhigungsmittel hatte Liv abgelehnt, obgleich es ihr schwergefallen war. Sie hatte noch nicht einmal zu Hause angerufen, sondern nur eine kurze Nachricht geschickt. Es ging nicht, sie musste allein sein. Allein mit ihrer Schuld.

Am nächsten Morgen wollte Hasselbrecht, dass sie sich krankschreiben ließ, aber Liv lehnte ab. Geistesabwesend stand sie die Befragung durch den Staatsanwalt durch und füllte alle notwendigen Formulare wegen des Schusswaffeneinsatzes aus. Mechanisch aß sie, ohne Hunger zu haben, trank, ohne trinken zu wollen. Sie wusste, dass sie unter Schock stand – und wollte es doch nicht wahrhaben. Was sie wollte, war, ihren Papierkram zu erledigen, zu funktionieren wie gehabt. Aber es ging nicht. Schließlich floh sie aus dem Revier. Lief vor allen weg, selbst vor Hennes. Sie musste an den Strand und sich den Kopf freipusten lassen.

Das Wetter war über Nacht herrlich geworden. Es war, als ob sich der Sommer ein letztes Mal in diesem Jahr aufbäumte. Liv sah aufs Meer hinaus. Die Weite des Himmels öffnete ihr Herz, und sie weinte. Sie war nur ein Sandkorn im Universum, mehr nicht. Und trotzdem war sie Teil eines Ganzen. Sternenstaub, wie alles auf dieser Welt, wie Gert Meinhorns sterbliche Überreste.

Als sie sich wieder einigermaßen gefangen hatte, rief Liv in Flensburg an. Elise und Sanna hatten sich schon Sorgen gemacht. Vor allem ihre Tochter hatte furchtbare Angst gehabt. Glücklicherweise konnte Liv sie beruhigen. Schon am Nachmittag wären sie wieder zusammen.

Nach dem Telefonat fuhr Liv noch einmal in die Villa der Familie Schulke. Im Untergeschoss war eine provisorische Krankenstation eingerichtet worden. Für die Gesundheit ihres Sohns schienen die Eltern keine Kosten und Mühen zu scheuen. Tobias Schulkes Krankenbett stand neben einem offenen Fenster, durch das die Septembersonne schien. Auf dem Schoß hielt er ein Buch.

Kurz hatten sie über die vergangenen Ereignisse geredet, als eine resolute und hübsche Krankenschwester das Fenster schließen wollte.

»Ich möchte bei frischer Luft mit Frau Lammers weiterreden.«

»Herr Schulke …«

»Ich war lange genug in einem Krankenzimmer eingesperrt! Gehen Sie, und lassen Sie das Fenster auf, bitte«, sagte der junge Mann fest. Als die Krankenschwester einige Schritte entfernt war, wandte er sich Liv zu. »Ich arbeite an meinem Rückgrat.«

»Ich dachte, nur deine inneren Organe …« Liv stockte.

Tobias lächelte schief. »Mental gesehen, meine ich.« Sein Lächeln verkümmerte. »Ich hätte Änny beistehen müssen. Ich hätte Zampowski von Anfang an in die Schranken weisen müssen.« Tobias kniff die Lippen zusammen und starrte in die Ferne. »Wie geht es ihm eigentlich?«

»Zampowski wird die Verletzung durch das Messer überleben. Die Kollegen vom LKA tragen noch die Informationen zusammen. Wir gehen davon aus, dass er wegen

Verstößen gegen das Betäubungsmittelgesetz angeklagt werden kann.«

Dass Marcel Zampowski offenbar versucht hatte, etliche junge Mädchen mit Ecstasy und Kokain anzufixen, verschwieg sie. Die Drogen hatte Zampowski vermutlich abgezweigt, das hatten René Höpens Unterlagen belegt. Warum der Rocker seinen betrügerischen Mitarbeiter nicht zur Rechenschaft gezogen hatte, wussten sie nicht. Und vielleicht würden sie es auch nie erfahren. Letztlich spielte es auch keine Rolle.

»Ich habe mich gefragt, wie Herr Rembke eigentlich an die Pillen gekommen ist, die er Änny verabreicht hat«, sagte Tobias nachdenklich.

»Willem Rembke hat zugegeben, die Drogen aus Zampowskis Kofferraum gestohlen zu haben. Er wird sich für seine Taten verantworten müssen.«

»Das ist gut. Und wie geht es Ihren Kollegen?«

»Herr Nebber ist wohlauf. Er hat sich bis auf Weiteres beurlauben lassen. Mein Kollege Andreas allerdings hat ein Schädel-Hirn-Trauma erlitten. Er liegt noch im Krankenhaus.« Die Situation ihres Kollegen bedrückte sie alle. Dass keiner Andreas' Versuch, den Helden zu spielen, mitbekommen hatte, machte die Sache umso bitterer. Anderenfalls hätten sie ihn aufhalten können. So aber war er leichtfertig in eine lebensbedrohliche Situation hineingeraten. Noch wusste niemand, ob er Spätfolgen zurückbehalten würde.

Tobias bewegte unruhig ein Lesezeichen zwischen den Fingern, ein laminiertes Stück Papier. »Wissen Sie, ich habe nur wenig Zeit mit Änny verbracht. Und doch hatte ich das Gefühl, sie gut gekannt zu haben.« Seine Hände beruhigten sich. »Es ist seltsam, wie schnell man zu einem anderen Menschen eine intensive Beziehung aufbauen kann.« Der intime Ton von Tobias' Kurznachrichten an Änny – die ihr Vater später auf dem Handy seiner Tochter gelesen hatte –, hatten den jungen Umweltschützer als Hauptverdächtigen erscheinen lassen. In Meinhorns Hosentasche hatten sie Ännys Handy gefunden und eingehend untersucht. Es war traurig, dass der letzte Mensch, mit dem Änny sich verbunden gefühlt hatte, dafür bestraft worden war.

»Ich frage mich oft, was passiert wäre, wenn Änny nicht ... gestorben wäre. Vielleicht wären wir ein Paar geworden.« Er räusperte sich und sah Liv an. »Ich habe heute Morgen Kontakt zu Ännys Freundin in Berlin aufgenommen. Wir wollen Ännys Entwürfe nähen lassen, damit Sie am Tag der offenen Tür ihrer Hochschule ausgestellt werden können. Auch auf Sylt sollen Ännys Kleider gezeigt werden. Ich will meine Eltern dazu bringen, dass sie ihre Beziehungen spielen lassen.«

»Was für eine schöne Idee«, meinte Liv; ihr Hals war eng geworden. Sie schwiegen einen Augenblick. »Und was hast du vor?«, lenkte sie ab.

Tobias sah einer Möwe zu, die vor der Villa im Wind segelte, als wäre sie schwerelos. »Sobald es mir gut genug geht, fange ich wieder als Bufdi an. Es wird allerdings noch ein paar Monate dauern, bis es so weit ist. Immerhin meinen die Ärzte, dass ich wohl wieder ganz gesund werde.« Er lächelte tapfer. »Ich lasse mich nicht unterkriegen.«

Liv erwiderte sein Lächeln. Sie staunte über die Selbstheilungskräfte von jungen Menschen und hoffte, dass auch Sanna den Schock überwinden würde. »Das ist gut so. Wir brauchen mehr junge Leute wie dich.«

Schatten zogen über sein Gesicht. »Und Änny. Solche Leute wie Änny hätte die Welt auch gebraucht.« Gedankenverloren strich er über das Lesezeichen. Ein paar trockene Halme waren auf dem Papier eingeschweißt.

Liv wies auf das Lesezeichen. »Was hat es eigentlich mit dem Strandhafer auf sich?«

Im Revier war Liv gefasst genug, um weiterarbeiten zu können. Weitermachen wäre die beste Medizin. Ein paar Stunden noch, dann würde sie die Insel verlassen und den Fall vergessen. Sie hoffte zumindest, dass sie es konnte.

Auf einmal stand Carlo Preker vor ihrem Schreibtisch. Der LKA-Kommissar neigte sich zu ihr. »Die Unterlagen, die du uns beschafft hast, sind echt der Wahnsinn, Liv. Damit werden wir Bosse richtig drankriegen. Schwierig wird es nur mit diesem neuen Projekt. Anscheinend war er dabei, in Villen, in denen er Überwachungsanlagen installierte, auch gleich ein paar geheime Kameras einzubauen, um die Besitzer erpressen zu können. Bosse leugnet natürlich, dass er das vorhatte, und wir müssen Beweise heranschaffen. Hoffentlich ist am Ende des Verfahrens zumindest sein Ruf als Sicherheitsexperte hin.« Preker rieb sich über das stoppelige Kinn. »Gift und Galle hat Bosse gegen dich und Tamara Hartmack gespuckt und wüste Drohungen ausgesprochen. Er wüsste, wo du wohnst, und so. Aber keine Sorge, das gehört bei Rockern zum guten Ton.«

Diese hinterhergeschobene Relativierung beruhigte Liv nicht gerade.

Preker neigte sich zu ihr. »Es wird vermutlich nötig sein, dass Hartmack gegen ihn aussagt. Weißt du, wo sie steckt?«

»Keine Ahnung«, log Liv. Sie hatte von einer unbekannten Nummer ein Foto erhalten, das ihr tiefe Befriedigung verschafft hatte. Tamara Hartmack, Denise Dimitrov und ein kleines Mädchen waren darauf zu sehen gewesen. Sie befanden sich in einer südlich wirkenden Umgebung mit Palmen und knallblauem Himmel. Florida war das eher nicht. Trotz der Ereignisse der letzten Tage sahen die zwei Frauen erleichtert aus. Liv hatte das Foto sofort gelöscht. Hartmack wusste um den Wert ihrer Aussage und würde sich gegebenenfalls bei ihr melden. Keinesfalls würde Liv die Frau noch mehr in Gefahr bringen. Dazu hatte sie kein Recht, fand sie.

»Wenn du was von Hartmack hörst, kommst du sofort zu mir, versprochen?«, raunte Preker ihr zu.

»Mach ich.«

Er knuffte ihr gegen den Oberarm. »Wenn du dich übrigens mal verändern willst – ein Anruf genügt. In unserem Sachgebiet nehmen wir engagierte und qualifizierte Frauen wie dich mit Kusshand.«

»Danke für das Angebot, aber im Augenblick … bin ich zufrieden.« Was sollte sie auch sonst sagen?

Wenig später riss das Läuten des Telefons sie aus ihrer Konzentration. »Doktor Gerlich?«, wunderte sie sich.

»Ich hätte eine Anmerkung zu dem Fall.«

Das Meer war im Hintergrund zu hören. Liv spürte ein sehnsuchtsvolles Ziehen im Herzen. Sie schob die Unterlagen zusammen. Ihre Arbeit war beinahe beendet.

»Wo sind Sie?«

Sie fand den letzten Parkplatz am quirligen Lister Hafen. Dann ging sie die Promenade entlang, vorbei am Naturgewalten-Zentrum. Am ersten Strandaufgang bog sie ab und zog die Schuhe aus. Angenehm kühl kitzelte der Sand an ihren Füßen. Das Glucksen der Brandung brachte nicht nur ihren Geist zur Ruhe. Sie musste daran denken, was Tobias über den Strandhafer gesagt hatte. Obgleich Liv bereits in der Grundschule einiges über diese Pflanze erfahren hatte und wusste, dass ihre Wurzeln Dünen beisammenhielten, war ihr unbekannt gewesen, wie zäh und genügsam dieses Gewächs war. Begeistert hatte Tobias erzählt, dass der Strandhafer sich sogar aus einer fast zwei Meter dicken Sandschicht wieder ans Licht wühlen und den Sand festhalten konnte. Würde man das Wurzelwerk einer einzigen Pflanze zusammenlegen, wäre es so lang wie die gesamte Insel. Tobias erschien der Strandhafer als Symbol für das Leben. Selbst ein einzelnes, kleines Wesen konnte so viel bewegen …

Liv wurde jäh aus ihren Gedankenspielen gerissen, als eine Silbermöwe im Sturzflug über sie hinwegschoss. Ein Aufschrei verriet Liv, dass die Möwe ein Geschenk auf einigen Spaziergängern hinterlassen hatte. Shit happens. Unwillkürlich musste Liv lächeln.

»Das ist ja gerade noch mal gut gegangen.«

Sie hätte Sebastian Gerlich beinahe nicht erkannt, der in einem Neoprenanzug am Strand stand, ein Strich in der Landschaft. Wild kräuselten sich seine Locken. Neben dem Rechtsmediziner lag ein Kajak.

»Ich habe mir die Patientenunterlagen und Obduktionsergebnisse angeschaut. Gert Meinhorn hatte nur noch wenige Monate, ja, vielleicht nur noch Wochen, zu leben. Der Krebs hatte sich im ganzen Körper ausgebreitet. Er hatte bereits alle weiteren Behandlungen abgelehnt. Haben Sie mal darüber nachgedacht, ob es sich um einen Suicide by Cop handeln könnte?«, kam er gleich zur Sache.

Fassungslos starrte Liv ihn an. »Sie meinen, er wollte, dass ich ihn töte? Er hat darauf spekuliert, dass ich schieße?«

»Möglich wäre es.«

Sie überlegte einen Augenblick. Es kam immer mal wieder vor, dass selbstmordgefährdete Personen eine Situation herbeiführten, in der Polizisten gar nicht anders konnten, als von ihrer Schusswaffe Gebrauch zu machen. »So ganz überzeugend finde ich das nicht. Ich glaube kaum, dass ich den Eindruck einer Person vermittelt habe, die wild herumballert.«

Gerlich stieß ein trockenes Lachen aus. »Bestimmt nicht. Möglicherweise ist Meinhorn erst im Keller die Idee gekommen. Vielleicht wollte er auch lieber von jemandem getötet werden, der Sympathie für Änny und ihn empfand, als von einem gesichtslosen Scharfschützen. Oder er wollte einfach nicht mehr qualvoll dahinsiechen.«

Plötzlich überfiel heiße Wut sie. Sie bohrte ihre Fingernägel in die Handballen. »Trotzdem hat er mir diese Tat aufgebürdet! Ich werde mit ihr zu kämpfen haben!«

Sebastian Gerlich löste ihre Verkrampfung. Seine Berührung irritierte Liv. Sie bemerkte die Sommersprossen auf Gerlichs Nasenrücken, die die Nordseesonne hervorgekitzelt hatte.

»Sie sind stark. Sie können dieses Trauma bewältigen. Polizisten oder Soldaten, die an einer posttraumatischen Belastungsstörung erkranken, haben oft kein stabiles familiäres Umfeld und niemanden, dem sie sich anvertrauen können. Das ist bei Ihnen anders.«

Liv dachte an ihre Familie, an Sanna und Elise, die sie liebte, und an deren Probleme.

Sebastian Gerlich schien ihre Gedanken zu erraten. »Ich habe von dem schrecklichen Ereignis mit Ihrem Vater gehört.«

Dass er es so direkt ansprach, erwischte sie kalt. »Davon ist vor allem meine Tochter betroffen«, sagte sie gepresst.

Gerlich sah sie prüfend an. »Ist das so?«

Liv sah weg. Ihr Blick wanderte auf das Meer hinaus und hielt sich an dem Umriss des Fischkutters fest, der sich im Glitzern der Nordsee abzeichnete. Noch immer wusste sie nicht, welche furchtbaren Erinnerungen noch in den Tiefen ihres Gedächtnisses verborgen waren. Es fiel ihr schwer, darüber zu reden. »Eine Psychotherapie ist nichts für mich, glaube ich.«

Ein aufmunterndes Lächeln huschte über sein Gesicht. »Manchmal hilft es auch, traumatische Erlebnisse unter Hypnose oder bei schamanischem Trommeln aufzudecken und zu verarbeiten. Wir kennen da ja beide so einen selbsternannten Profiler …«

Liv stieß ein heiseres Lachen aus. »Diesen Tipp hätte ich von Ihnen nun wirklich nicht erwartet. Sie sind immer so sachlich …«

»Fakten sorgen für klare Verhältnisse. Hätte man Änny Meinhorn gleich obduziert, wäre es vielleicht gar nicht so weit gekommen.«

Gerlich wandte sich seinem Kajak zu. Habe ich etwas Falsches gesagt?, fragte sich Liv.

»Ich wusste ja gar nicht, dass Sie Wassersport betreiben«, sagte sie dann wie beiläufig.

Der Rechtsmediziner sah auf. »Mein Sohn ist auf einem Fußballcamp auf Sylt, da nutze ich die Zeit. Ich will die Insel umrunden.«

Ein Sohn? Auch von Gerlichs Familie hatte Liv nichts gewusst. »Einmal rund um Sylt paddeln? Im Kajak?«

»Im Kajak und auch zu Fuß. Mir einen umfassenden Eindruck von einem Ort zu verschaffen, langsam, durch meine eigene Kraft, das mag ich.«

»Ich bin Sylterin, aber daran, die Insel zu umrunden, habe ich noch nie gedacht.«

»Dann kommen Sie doch mit. Also irgendwann mal … wenn Sie möchten«, setzte Gerlich verlegen hinzu.

Liv lachte. »Gerne«, sagte sie, plötzlich ebenso unsicher. Was redete sie da?

Er lachte auf. Es klang sympathisch, tief und echt. »Wollen wir uns nicht endlich duzen?«

Sie nickte, ungewohnt verlegen, und machte sich auf, zu gehen. »Und du, was hast du jetzt vor?«, wollte Sebastian noch wissen.

Liv schob die Schulterblätter zusammen und ließ kurz die Schultern rollen. Trotz des netten Gesprächs war ihr Rücken bretthart. »Ich werde mich den Geistern der Vergangenheit stellen.«

42

Morsum, 15.16 Uhr

Livs Schritte waren schwer, als sie ihr Elternhaus betrat. Die Hausmamsell führte sie mit ungnädigem Gesichtsausdruck zum Arbeitszimmer des Vaters. Livs Puls pochte in ihrem Hals. Ihre Brust fühlte sich eng an.

»Du trampelst so laut, dass man dich meilenweit hören kann. Dabei habe ich so viel Mühe darauf verwendet, euch gesittetes Benehmen beizubringen.«

Mühe und Körperkraft, dachte Liv bitter und hätte am liebsten auf dem Absatz kehrtgemacht.

Ocke Lammers stand vor dem Fenster und sah zu, wie im weitläufigen Garten mit schwerem Gerät eine Grube ausgehoben wurde. »Wusstest du, dass Aquatherapie bei einem Schlaganfallpatienten wahre Wunder wirkt?«, fragte ihr Vater unvermittelt. »Für meine wiedererstarkte Gesundheit ist ein Pool wahrlich eine kleine Investition.«

Groll flutete jede Zelle in Livs Körper, doch sie drängte ihn zurück. »Ich möchte, dass du die diversen Drohungen und die Anzeige gegen meinen Kollegen Hennes zurückziehst«, sagte sie mit fester Stimme.

Er wandte sich ihr zu. »Warum sollte ich? Im Gegenteil: Ich habe eine Detektei beauftragt, in Flensburg Erkundigungen über ihn einzuholen. Er ist ein gewalttätiger, unverschämter Kerl, der eine Strafe verdient. Schmerzensgeldantrag, Strafanzeige, Dienstaufsichtsbeschwerde – das ist nur der Anfang. Du weißt genau, dass ich ihn fertigmachen kann. Er hat es nicht anders verdient.«

Die Selbstgerechtigkeit in den Worten ihres Vaters verschlug ihr die Sprache.

Er ging langsam um seinen Schreibtisch herum und setzte sich in seinen Armlehnensessel. »Komm näher, ich will in Ruhe mit dir reden.«

Liv blieb wie erstarrt stehen.

Ocke Lammers schnalzte verärgert und auf eine Art, die Liv in ihrem Leben wohl schon hundertmal zur Weißglut getrieben hatte. »Ungehorsam, wie immer. Aber ich habe die Hoffnung noch nicht aufgegeben. Ich habe schon seit einiger Zeit versucht, Kontakt mit dir aufzunehmen. Es ist klar, dass deine Schwester Lammers Estates nicht allein führen kann. Annika ist mir zwar treu ergeben, wie es sich für ein braves Mädchen gehört« – Liv lief ein Schauder über den Rücken – »und sie versteht etwas von Immobilien. Aber Annika hat in letzter Zeit auch einige Fehlentscheidungen getroffen.« Er schnalzte erneut abschätzig. »Ich habe deine Karriere verfolgt. Lammers Estates braucht jemanden mit deinem Biss, deinem Wagemut, deinem Gespür. Du gehst ja sogar über Leichen.« Stolz schwang in seiner Stimme mit.

Spielte ihr Vater etwa auf Meinhorns Tod an? Wie geschmacklos! Nie würde sie mit ihm darüber reden.

»Du hast mich enterbt«, rief Liv ihm fassungslos über seine Ansichten ins Gedächtnis.

Seine nächsten Worte waren wie ein Erdrutsch, der ihr den vertrauten Boden unter den Füßen wegriss: »Ich bin bereit, dich wieder in meiner Gunst aufzunehmen. Du sollst deinen Anteil vom Familienbesitz bekommen. Mit einem Schlag wärest du Millionärin. Du wärest aller Sorgen ledig. Deiner Tochter könntest du eine anständige Ausbildung finanzieren, damit etwas aus ihr wird. Und ein angemessenes Domizil würden wir auf Sylt auch für euch finden. Sogar deinen Kollegen würde ich deinetwegen verschonen.« Ocke lächelte maliziös. »Ich habe nur eine Bedingung: Du musst dich meinem Willen unterwerfen. Dazu gehört natürlich auch, dass du und Sanna die Anzeigen gegen mich wegen dieser lächerlichen Sache zurückzieht.«

43

Flensburg, Samstag, 30. September, 8.33 Uhr

Die Hautblase platzte auf und nässte den Holzstick. Liv brach Duke Ellingtons Jazz-Standard *Caravan* fluchend ab. Ihre Hände waren rot und geschwollen, das T-Shirt schweißnass. Während sie den Hautfetzen von der Blase zupfte, fiel ihr Blick auf die Uhr. So spät schon! Sie hatte Stunden gespielt. Seit Tagen schlief sie wenig. Diese hartnäckige Schlaflosigkeit, die sie gar nicht von sich kannte, machte sie wütend. Nachts schreckte sie bei jedem Geräusch auf. Sie hatte Könnermanns Drohung im Ohr. Meistens aber sah sie den Augenblick vor sich, ehe sie den Abzug betätigte. Es fiel ihr schwer, damit zu leben, dass sie einen Menschen getötet hatte. Das Gespräch mit ihrem Vater setzte ihr natürlich auch zu. Sie wusste nicht, wie sie es ihrer Familie sagen sollte.

»Mam!« Sanna rief von oben die Kellertreppe hinunter.

Liv sprang auf. Auch die Sorge um Sanna hielt sie wach. Ihre Tochter wirkte beinahe wieder normal, und doch spürte Liv, dass es in ihr brodelte. Immerhin schienen ihr die Gespräche mit der Therapeutin gutzutun. »Was ist denn?«

»Hennes ist da.«

Hennes? Hier? Um diese Uhrzeit? Was war los? Liv tupfte die Wunde mit einem Taschentuch ab und stürmte die Kellertreppe hoch. Sanna trug einen Jogginganzug, der ihr schlichtes, sportliches Aussehen noch unterstrich. Keine

Spur mehr von Schminke und falschen Wimpern. Sie hielt Liv einige Klamotten hin.

»Du musst dich noch umziehen«, sagte sie. Fragend sah Liv ihre Tochter an. Sie nahm die Sportkleidung an sich und ging in den Flur. Hennes plauschte mit Elise und streichelte Zorro, der aufgeregt um seine Beine strich. Der Anblick ihres Partners trieb ein Lächeln auf Livs Gesicht. Hennes trug einen hellblauen Trainingsanzug, wie sie in den Siebzigerjahren modern gewesen waren, ein farblich passendes Stirnband, das die Haare hochschob, und ein verwaschenes Ton-Steine-Scherben-Shirt.

»Du siehst aus wie eine Mischung aus Hausbesetzer und Björn Borg auf dem Weg zum Tenniscourt«, sagte sie grinsend.

Hennes blieb ernst. »Und du wie der Schlagzeuger aus *Whiplash*, kurz bevor er mit blutigen Händen durchdreht.«

»Du kennst den Film? Grandios, oder?«

Ihr Kollege fragte Sanna und Elise, ob sie nicht schon voraus in den Garten gehen wollten. Die beiden verstanden. Besorgt musterte Hennes Liv, als sie allein waren. »Mal im Ernst – alles in Ordnung bei dir?«

»Ich bin auf jeden Fall nicht Polizistin geworden, um jemanden umzubringen.« Sie wollte nicht schon wieder darüber reden.

»Das wird besser mit der Zeit.«

»Woher weißt du das? Hast du jemanden erschießen müssen?«

Er tastete seine Jackentaschen ab, und beinahe rechnete sie damit, dass er seine Tabakpackung hervorholen würde.

»Was machst du hier?«, fragte sie schließlich.

»Dich auf andere Gedanken bringen. Du hast Sanna wohl erzählt, dass ich ein Krav-Maga-Genie bin. Sie hat mich gebeten, dass ich euch ein paar Tricks zeige. Hat mir richtig Spaß gemacht, die Technik mal wieder anzuwenden. Ich bin vielleicht doch noch nicht so old school.«

Sie gingen durch die Terrassentür in den kleinen Garten hinaus. Auch in Flensburg war der Sommer noch einmal zurückgekehrt. Hennes verteilte Springseile, und sie mühten sich lachend und pustend damit ab, während Elise den Hund ablenkte, der ihnen aufgeregt kläffend zwischen die Füße laufen wollte. Hennes' T-Shirt rutschte beim Springen nach oben, und Liv stellte überrascht fest, dass er ein Nikotinpflaster aufgeklebt hatte.

»Und … nun … zur … ersten Lektion«, meinte Hennes keuchend und pfefferte sein Seil in die Ecke.

Als sie später etwas tranken, wandte Hennes sich Liv noch einmal zu: »Ach ja, was hat eigentlich das Gespräch mit deinem Vater ergeben? Muss ich mein Sparschwein schlachten, um einen Anwalt zu finanzieren?«

Alle drei sahen sie gespannt an. Liv wusste nicht, wie sie es ihnen sagen sollte.

ENDE

Anmerkung und Dank

Eines vorweg: *Blutige Düne* ist ein Roman. Ähnlichkeiten zu wahren Ereignissen oder real existierenden Persönlichkeiten sind rein zufällig und nicht beabsichtigt. Ich habe die Hintergründe und polizeilichen Abläufe des Falls recherchiert, aber meine Charaktere, allen voran Liv, haben ihren eigenen Kopf; etwaige Fehler sind allein mir zuzuschreiben.

Ein paar Zahlen und Fakten zur Rockerkriminalität: Laut dem aktuellen Bundeslagebild Organisierte Kriminalität des BKA (2017) gibt es in Deutschland rund siebenhundert Chapter mit ungefähr zehntausend Angehörigen von Rockergruppierungen. Dazu kommen regionale Rockerclubs. Darüber hinaus agieren in Deutschland rockerähnliche Gruppierungen, bei denen das Motorrad nur noch eine untergeordnete Rolle spielt. Auch in Schleswig-Holstein ist die Rockerszene weiterhin in Bewegung.

Wer tiefer in das Thema einsteigen will, dem empfehle ich *Rockerkrieg* von Jörg Diehl, Thomas Heise und Claas Meyer-Hever sowie den Insiderbericht *Höllenritt: Ein deutscher Hells Angel packt aus* von Ulrich Detrois (»Bad Boy Uli«).

Ich bin sehr dankbar für die Offenheit und Zeit, die sich Menschen, die Tag für Tag mit Kriminalität zu tun haben, für meine Nachforschungen nehmen. Ich danke Christian Wiege, dem Leiter der Kripo Sylt, für den Einblick in seine Arbeit auf dieser schönen und – allen Krimis zum

Trotz – sehr sicheren Insel. Mein Dank gilt neben der Mordkommission Flensburg zudem Christian Kartheus von der Pressestelle der dortigen Polizeidirektion. Uwe Keller, Pressesprecher des LKA Kiel, beantwortete meine Fragen und schlug eine Brücke zu einem Gesprächspartner des Sachgebiets Rocker und Milieu – ein herzliches Dankeschön dafür! Einen großen Dank möchte ich Professor Doktor Klaus Püschel aussprechen, der mir und anderen Autorinnen des Verbands Mörderische Schwestern e.V. seine Arbeit am Institut für Rechtsmedizin in Hamburg vorstellte und der meine Fragen beantwortete. Seine Sachbücher wie *Tote schweigen nicht*, die er mit Bettina Mittelacher verfasste, liefern einen fundierten und spannenden Einblick in die Rechtsmedizin. Zudem bin ich Dr. Joachim Dieckmann sowie Valerie Höhne-Dieckmann zu Dank verpflichtet. Es gibt in meinem Freundeskreis weitere Menschen, die einen wichtigen gesellschaftlichen Beitrag leisten und trotzdem noch Zeit finden, meine Fragen zu beantworten, was für mich unschätzbar wertvoll ist: danke, liebe Anja Hufnagel. Danke, lieber Stefan. Spät, aber doch: vielen Dank, Carsten und Kirsten für euren »Recherche-Input«.

Wenn ich schreibe, tauche ich oft ab. Umso wichtiger ist für mich der professionelle und präzise Blick meiner Lektorin Dr. Stefanie Heinen sowie von Stefanie Kruschandl, die für die Außenredaktion verantwortlich zeichnet. Ich danke zudem meiner Agentin Petra Hermanns für ihre Inspiration.

Nicht zuletzt möchte ich meiner Familie danken, die nicht nur gerne und oft mit auf Sylt unterwegs ist, sondern auch meine Romane von der ersten bis zur letzten Seite mit Rat und Tat begleitet.

Wenn Sie, liebe Leserinnen und Leser, mehr Hintergründe

über meine Sylt-Krimis erfahren oder Fotos von den Schauplätzen sehen möchten, empfehle ich Ihnen meine Homepage. Ich freue mich auch über Ihr Feedback unter mail@ sabineweiss.com.